희망을 리필합니다

프란치스코 체험 에세이

안영열 지음

오늘의문학사

국립중앙도서관 출판시도서목록(CIP)

희망을 리필합니다 : 프란치스코 체험 에세이 /
지은이 : 안영열. -- 대전 : 오늘의문학사, 2013
    p. ; cm

ISBN 978-89-5669-576-1 03810 : ₩15000
한국 현대 수필[韓國現代隨筆]

814.7-KDC5
895.745-DDC21   CIP2013020801

희망을 리필합니다

프란치스코 체험 에세이

내가 현재 살아있다는 것 자체가 참으로 소중하고 귀하게 여겨집니다. 암이란 병에 걸려 고통스럽지만 투병생활하다 회복하여 건강을 되찾은 사람들, 갑자기 뜻하지 않은 사고를 당하여 아픔 속에서도 희망의 끈을 놓지 않고 꿋꿋하게 싸워 이겨 건강을 찾은 사람들은 이구동성으로 인생을 두 번 산다고들 합니다.

저는 몇 번의 죽을 고비에서 살아남다 보니 인생을 두 번 사는 것이 아니라 삶 자체가 그만큼 소중하게 여겨진다는 것입니다. 저는 지금 행복합니다.

예수님께서 지극히 사랑해주시니 말입니다. 사랑하는 아내, 이제 훌쩍 커버린 자랑스러운 두 딸, 핏줄과 환경과 살아온 모습은 달라도 하느님 사랑 안에서 함께 사는 우리 할아버지들과 함께 한 가족처럼 옹기종기 모여 웃으면서 때로는 아웅다웅 다투면서 살을 맞대고 살고 있으니 말입니다.

미약하고 부족하지만 본인이 원하는 삶을 사랑하는 사람이 도와주어 함께 행하고 있으니 이 얼마나 감사하고 행복한 일입니까?

한 독지가의 권유로 글을 쓰기 시작하였지만 한 글자 한 글자가 모여 어느 덧 책 한권을 내게 되었습니다. 글을 쓰다 보니 지난날 암울하고 힘들었던 일 들과 그때그때마다 감사했던 일들이 겹쳐 지난 모든 시간들이 주마등처럼 스 쳐 지나갑니다. 청소년기 때 한푼 두푼 모으려고 악착같이 몸을 학대한 것, 기 나긴 투병생활, 한쪽 폐를 들어내는 폐 절단수술, 한 아주머니가 건네준 눈물 의 보신탕, 감격의 세례식, 고 김수환 추기경님과의 만남, 공동체생활의 아름 다웠던 체험, 결혼, 출산 등등.

비록 지금 현재 산소호흡기에 의지하고 사는 몸이지만 나처럼 힘들고 아픈 사람들에게 다소나마 힘과 용기를 주기 위해서입니다. 아울러 감사했던 분들 에 대한 마음을 미처 책에 수록하지 못한 부분은 죄송스럽게 생각하면서 넓으 신 마음으로 이해하여 주시기를 바랍니다. 도와주셔서 감사합니다. 마음으로 함께 해 주셔서 감사합니다. 제가 생을 다하여 눈을 감는 순간까지 우리 할아 버지들과 같이 매일 매일 기도드리겠습니다. 건강하시고 행복하게 사세요. 저 희들도 행복하게 살겠습니다. 사랑합니다.

2013년 7월 여름즈음에

■ 머리말 · 12

제1부　눈빛을 느끼고 눈으로 볼 수 있으니

제3부 저는 베짱이입니다

제4부 희망을 띄우는 편지

제1부

눈빛을 느끼고 눈으로 볼 수 있으니

먼저 가거라, 규남아

♥

금요일 저녁 식사 후부터 규남이가 기침을 했습니다.

병원에는 안 가고 집에 처방약이 있어 기침 감기약을 먹였습니다. 제가 좀 늦게 자는 편인지라 다른 식구들은 잠들었는데 규남이는 간간히 기침을 하고 있었습니다. 기침하는 소리를 들으며 방문을 열고 들어가 찬찬히 살펴보았습니다. 다른 식구들은 자면서 이리저리 몸을 뒤척일 수 있지만 규남이는 한 번 자리에 누우면 그 자세로 다음날 아침까지는 그대로 있어야만 하기에 가끔씩 몸을 돌려줘야 합니다. 몸을 돌려 눕히고 손을 잡고 물끄러미 쳐다보며 늘 느껴지는 마음이지만 낮에 볼 때와 밤에 잠들어 있는 모습이 또 다릅니다.

목 줄기를 통해 가끔 토해내는 기침 소리를 들으면 안쓰럽고 괴롭기만 합니다. 다음 날 오후, 빠른 시간 내에 119 구급차를 불러 성모 병원으로 향하였습니다. 혈압 체크부터 시작하여 환자에 대한 상담, 링거 주사를 꼽고 산소호흡기를 코에 단 후 빠른 속도로 옷을 열어젖힌 채 전기충격기를 쓰기 시작하였습니다. 저런 고통을 주는 것이 마음은 아팠지만 살릴 수만 있다면…. 머리를 조아리며 수없이 주님을 찾습니다.

땀을 흘리며 의사 선생님께서 저에게 다가오고 있습니다. 선생님께서 나에게 무슨 말을 할까? 가슴이 콩닥콩닥거립니다. 제발 제발 "안되겠습니다.

힘들 것 같습니다."라는 말을 하지 말아주기를….

이마에 땀을 닦으신 선생님께서 "산소 수치가 자꾸 내려가고 있습니다. 힘들 것 같습니다." 하셨습니다.

아!! "힘들 것 같습니다."라는 말을 듣지 않기를 원했는데…. 아! 그놈의 산소 수치!

산소 수치가 떨어진다는 것을 나는 누구보다도 잘 알고 있습니다. 산소 호흡기를 24시간 해야 하는 나로서는 뼈저리게 그 말을 느낄 수 있습니다. '아, 규남아! 아, 규남아!' 마음속으로 흐느끼면서 문득 18년 전에도 응급실을 거쳐 중환자실에서 규남이와 똑같은 환자를 집으로 데려가 임종을 지켜봤는데…. 또 다시 규남이를 통하여 그 일을 해야 할 것 같습니다.

집에까지 따라온 의사가 이제 산소 호흡기를 떼면 20~30분 후 숨이 멎을 것이라 했습니다. 조금은 가쁜 숨을 모아 쉬는 규남이의 손을 잡고 편안히 하늘나라로 갈 수 있도록 기도했습니다. 오후 따스한 햇살을 받으며 그렇게 규남이는 평온하게 눈을 감았습니다. 마음 한쪽이 찡한 이 기분…. 마음 한쪽 뻥 뚫린 이 기분…. 자식 조금 더 살지.

잘 해준 것은 하나도 생각나지 않고 잘못한 것만 생각납니다. '더 잘해줄걸…' 이러한 생각들이 꼬리에 꼬리를 물고 눈시울이 붉어져 흐르는 눈물을 주체 할 수가 없습니다. 괜히 뒤에 앉아 있던 할아버지도 이제는 제가 우는 모습을 보고 규남이가 죽은 것을 알았는지 "규남아, 규남아!" 하고 부르며 울고 있습니다. 마음속으로 되뇌어봅니다. 며칠 있다가 나도 갈 테니 좋은 자리 잡아 놓으라고 외쳐 봅니다.

규남이 같은 '근육 이완증' 병은 만19세를 못 넘기고 죽는다고 의사의 말을 통해 들은 적이 있고 그렇게 많은 환자들을 봐왔지만 막상 규남이를 떠나보내려니 슬프기만 합니다. 우리 집 막둥이로 정이 많이 들었는데….

다른 아저씨들은 규남이의 주검에 멀뚱멀뚱하지만 인정 많은 우리 할아버지, 규남이를 예뻐했던 우리 할아버지는 연신 눈물을 닦아 내며 때로는 큰소리로, 때로는 작은 소리로 규남이를 불러봅니다.

규남이를 한 번 껴안아 보지만 아무런 미동도 없는 규남이인지라 위로가 되지 않은 듯합니다.

가양 1동 동사무소 사회과에서 전화가 와서 상담 후 빈곤자 집을 방문했습니다. 지하실 컴컴한 방에서 텔레비전을 보고 있던 청년이 있었는데 그 청년이 규남이였습니다. 이것이 규남이와의 첫 만남이었습니다. 지하실인지라 온 천지가 시커멓고 규남이 방은 형광등이 가물거리고 있었습니다. 방안에 들어가려는 순간 대변냄새와 소변냄새, 그리고 그 외 여러 가지 냄새가 복합적으로 제 코를 자극하는 바람에 폐가 한 쪽 밖에 없는 저로서는 호흡하기가 힘들어서 선뜻 들어서기가 힘들었습니다.

저도 환자들 똥을 닦아내고, 목욕시키고, 수많은 자리의 노숙자들과도 접해보아 비위가 좋았습니다. 그러나 요 근래에는 이런 냄새를 많이 맡지 못해서인지 규남이 방 안의 냄새가 한 마디로 너무나 괴로웠습니다. 다시 밖으로 나가 맑은 공기를 긴 호흡으로 최대한 들이 마신 후 다시 방안으로 들어섰습니다. 대화를 하면서 점차 저도 그 환경, 그 냄새에 적응이 되었습니다.

앞으로 쓰러지듯이 앉아 있는 모습이 참 힘들어 보였습니다. 몸에 살집은 하나도 없고 뼈만 앙상하게 남아 있었습니다. 엄마는 생후 몇 개월 때 집을 나가버렸고, 아버지도 내가 방문하기 6개월 전까지 함께 살다 소리 없이 들어오시지 않고 지금까지 연락이 없다고 했습니다.

주인집 아주머니는 한 번도 내려와 주시지 않고, 앞집 나이 드신 할머께서 죽이나 라면을 끓여와 하루 한 끼 먹으며 살고 있었습니다. 누워있는 규남이를 겨우 어렵게 앉혀 놓으면 하루 종일 컴컴한 방에서 텔레비전만 본다고 했습니다.

소변이 마려워도 참다 참다 누가 소변을 받아주지 않으면 옷에다가, 이불 위에다가 소변을 볼 수밖에 없다고 하였습니다. 대변도 마찬가지입니다. 나는 조심스럽게 말하였습니다.

"규남아, 아저씨 따라갈래? 아저씨 따라가면 할아버지도 계시고, 아저씨들도 계시고, 애기들도 있고, 아줌마들도 있는데. 가서 함께 살래?" 하고 말하였더니 쑥스러운지 고개를 숙이면서 조금은 웃는 얼굴로 가고 싶다고 했습니다.

제 옷에 똥오줌을 묻히고 다른 사람들 도움을 받으며 '희망의 집' 대문에 들었을 때, 이것이 첫 만남, 인연이 되어 '희망의 집' 식구가 되었습니다. 그렇게 규남이는 저희와 행복하게 살아 왔는데 저를 비롯한 우리 식구들을 남겨두고 하늘나라로 가기 위해 마지막 숨을 쉬고 있습니다.

부모님 떠나보내고 그동안 못 먹어서인지 그렇게 음식을 먹어대던 규남이.

예전에는 소변, 대변을 잘 못 봤는데 이제는 소변통에다 소변을 시원하게 누던 규남이.

혼자서 세수도 못하여 꾀죄죄할 때 목욕을 한 후 얼굴을 보면 예쁘장하게 생겼던 규남이.

맛있는 반찬을 잘 먹고 맛없고 입맛에 맞지 않는 반찬은 먹지 않고 편식하다 가끔 꾸지람을 들었던 규남이.

TV나 만화책을 보면서 낄낄대는 규남이.

글자는 잘 아는데 숫자를 잘 못 세어서 작은 딸한테 가끔 놀림을 받았던 규남이.

천주교 기도문을 배워 열심히 기도를 따라했던 규남이.

방문자들에게 처음에는 쑥스러워 인사도 못했지만 나중에는 빙그레 웃어 주던 규남이.

추우면 추운대로 더우면 더운대로 목욕하고 숨 가쁘게 "고맙습니다." 인사하던 규남이.

우리 할아버지에게서 귀엽다면서 하루에 10번 이상은 뽀뽀 세례를 받았던 규남이.

막대 아이스크림을 주면서 장난치면 삐지기도 하고 웃어주던 규남이….

이렇듯 정이 많이 들었던 규남이가 편안히 눈을 감았습니다.

"규남아! 하늘나라에 먼저 가 있어라. 이 아저씨도 숨을 쉴 수 없으면 너 따라갈게"

두 손을 꼬옥 잡고 기도하고 있노라니 마음 한 켠에 무엇인가 뭉클한 것이 전해져 옵니다. 이놈의 눈물은 왜 이리 자꾸 흐르는지…. 몇몇 사람들이 병원으로 옮기라고 하였지만 저는 그렇게 하지 않았습니다.

우리 '희망의 집'에서 생활하시다 운명하신 분(가족)은 집에서 장례를 치를 것이라고, 나는 '희망의집' 간판을 걸 때부터 그렇게 생각해 왔습니다. 다행히 큰 집으로 이사한 후 봉사자들의 도움으로 마당에서 조문객들을 맞이할 수 있었습니다. 규남이가 눈을 감은 날이 토요일인지라 생각보다 많은 조문객들과 봉사자들님께서 수고해 주셨습니다.

일일이 전화로 도움을 청하기도 했지만 평소에 규남이를 알고 지내던 형제와 자매님들, 지인들이 오셔서 기도와 명복을 빌어 주셨습니다.

규남이 자식.

부모님들은 자신을 버리고 떠났습니다. 하루에 한 끼 그것도 라면이나 죽만 먹었습니다. 소변도 참고 대변도 참아야 했습니다. 어떨 때는 할 수 없이 이불 위에 싸버릴 수밖에 없었습니다. 팔다리는 아플 때 몸을 못 움직여 신체가 끊어지듯 아팠습니다. 이렇게 어린 나이에 정신적으로, 육체적으로 고생만 하다 눈을 감았습니다. 짧은 인생이었지만 그나마 할아버지를 비롯한 식구들에게 귀여움과 사랑을 받았습니다. 아울러 봉사자들과 은인들의 손길과 보호에 감사하는 마음과 웃을 수 있는 여유로움을 찾았습니다. 그리고 주님의 사랑을 체험하고 기도했으며 성부와 성자와 성령의 이름으로 대세를 받았다는 것입니다.

규남아! 너는 복이 많아 많은 사람들의 기도를 받으며 하늘나라로 가는구나!

다소나마 위로가 되었습니다. 한줌의 재로 훨훨 날아 자유를 찾아 갔습니다. 부모님들에게는 사랑을 받지 못하였지만 이곳에 와서 할아버지를 비롯한 모든 식구들, 형제자매들의 사랑을 많이 받고 가는지라 다행이라 생각합니다.

"규남아. 저 하늘나라에서 영원한 행복을 누리기를 기도할게. 규남아 사랑했었다, 내 마음 안에 너를 듬뿍 안고 살아갈게. 우리 다시 만나자!"

이 시간을 빌어 장례미사집전과 직접 장지까지 함께 동행해 주신 신부님, 조문객도 맞이할 수 있도록 협조해주신 형제자매님들, 장지까지 함께 가서서 운구해 주시고 기도해 주신 모든 분들에게 감사하는 마음입니다. ✝

눈빛을 느끼고 눈으로 볼 수 있으니

어느 날 저녁 미사를 드리러 갔었는데 성당 안 불빛이 밝아졌습니다. 기분이 너무 좋아졌습니다. 마음이 참으로 평화로웠습니다. 심하게 말하면 입이 코에 걸렸습니다. 영미씨에게 "너무 좋지? 그치?" 그러니까 영미씨도 고개를 끄덕끄덕 했습니다.

4년여 전부터 눈이 갑자기 침침했습니다. 안과에 가서 상담해 본 결과, 왼쪽 눈에 상처를 입은 적이 있느냐는 의사의 말에 그런 적이 없다고 말했지만 상처를 받은 흔적이 있다고 하여 일단 안경을 맞추었습니다. 불편하지만 눈을 위하여 안경을 써야 했습니다. 안경을 맞춰 썼는데도 책을 읽어도 눈이 충혈되며 피곤함을 느꼈습니다. 성서 책을 읽어도 예전에는 많은 분량을 읽을 수 있었는데 지금은 3~4장만 읽어도 눈이 피곤하여 읽을 수가 없습니다.

제 눈이 시리고, 피곤하고, 침침해져 오는 것을 느끼며 장모님의 눈을 생각해봤습니다. 우리 장모님은 고생을 많이 하셔서 그런지 눈꺼풀이 거의 눈을 덮고 계셔서 하루 일과를 생활하기가 너무 힘이 드십니다. 텔레비전을 볼라치면 눈꺼풀이 내려앉고, 신문이나 책을 읽어도 처음에는 조금 괜찮다싶다가도 몇 줄 읽어내려 가다보면 어느새 눈꺼풀이 내려앉아 더 이상 읽을 수가 없어 스트레스가 쌓이고 때때로 마음에 심한 아픔을 느낄 때가 많습니다. 눈을 조금이라도 낫게 하기 위하여 병원에 가서 작은 수술도 하고, 주사도 맞으시고 여기저기 안 다녀본 곳이 없습니다. 그래도 기억에 남는 것은 영동읍에서 한참 들어가는 시골 동네에 어떤 할머니가 용하다고 하여 치료차 다니기 시작하였습니다. 그 때는 영미씨와 함께 학원을 운영할 때였습니다.

토요일 오전, 조용히 안식을 취하는 시간이지만 어머니를 위하여 2시간가량 차를 몰고 그 용하다는 할머니에게 눈 치료차 다녀와야 했습니다. 가진 것 없고, 배운 것 없고, 아무리 봐도 마음에 들지 않는 사위지만 친아들만큼 더 아껴주시는 장모님이시기에 어머님처럼 모시고 함께 살 때입니다. 너무나 기쁘게 처음에는 시골 동네로 어머님의 눈을 낫게 하기 위하여 다녀왔습니다. 도착하여 바로 치료를 받으면 좋으련만 기다리는 사람들이 너무 많아 무작정 기다려야 합니다. 몇 시간씩 기다릴 때도 있습니다만, 기도하면서 시골 공기를 마시며 산책하며 기다렸습니다.

학원을 하며 차량 운전으로 피곤할 때도 있는데, 토요일 오전 늦게까지 잠을 자고 싶지만 늦게 가면 치료 받는 사람들이 너무 많아 일찍 가야하기 때문에 아침 일찍 서두릅니다. 항상 즐거운 마음으로 치료차 오고가는 중에 어머님과 이야기를 하며 좋을 때도 있었지만, 토요일 아침 피곤할 때는 짜증이 날 때도 있었습니다. 그때마다 자신을 돌아보며 밝은 눈이 있음에 감사드리고 눈이 안 보이는 장애인들도 생각했습니다. 속 좁은 제가 앞이 잘 안 보이는 장모님의 마음을 어찌 헤아릴 수 있겠습니까?

예전에 공동체에서 함께 생활하고 계셨던 류마티즘 관절염 환자(전신마비)에게 여쭤보았습니다. 이것저것 물어보면서 몸은 못 움직여도 눈은 괜찮은 사람과 앞을 전혀 볼 수 없는 맹인이 있었습니다. 이 두 사람 중에 어느 분을 택하고 싶으냐고 류마티즘 환자에게 여쭤보니 한 차례의 망설임도 없이 "몸은 못 움직이는 전신마비 환자이지만, 눈을 볼 수 있는 사람이 훨씬 낫지요. 앞이 안 보이면 얼마나 답답하겠어요." 하며 단호히 말했습니다. 그래서 사소한 것, 작은 것만 챙겨줘도 고맙다고 늘 입버릇처럼 말했습니다. 저는 약해도 그런 분께 꼭 도움이 되고 싶었습니다.

제 온 몸에 쓸만한 장기가 있을지 모르겠습니다만, 다 남을 위하여 주고 싶습니다. 이처럼 밝은 눈을 가진 사람은 행복해야 합니다. 비록 안경은 사물을 보고, 글을 읽을 수 있다는 자체가 은총이었습니다. 눈을 뜰 수 있고, 빛을 보고 느낄 수 있으니 아기 예수님이 이 세상에 빛으로 오셨듯이 그 빛과 사랑 속에 머물면서 빛과 소금의 역할을 다하는 프란치스코가 되겠습니다. ✝

故 김수환 추기경

우리나라 대한민국의 큰 어르신을 잃었습니다.

우리나라의 종교계, 아니 가톨릭 신앙의 큰 정신적인 지주 故 김수환 추기경님께서 눈을 감으셨습니다. 종교를 가졌든, 안 가졌든, 믿음의 생활을 하든, 안 하든 우리나라의 모든 사람들이 추기경님께서 좋은 데로 갔으리라고 믿고 있을 것입니다. 저를 비롯한 우리 믿는 사람들은 주님이 인도하신 하늘나라에서 영원한 행복을 누리고 계시리라 믿습니다.

추기경님의 죽음 앞에 전 세계의 많은 사람들이 가슴 아파하며 많이 울었습니다. 전 세계적으로 많이 울었지만 우리나라 대한민국의 형제, 자매님들은 정말 많이 울었습니다. 그 눈물이 흘러 넘쳐 눈물바다를 이룰 정도였습니다. 한때 높은 자리를 차지하였던 전 전 대통령과, 현재의 대통령, 나라의 모든 위정자들의 줄지은 빈소방문. 각계각처의 모든 이들, 세상의 부러울 것 하나 없는 이들의 빈소방문, 외국인들과 각 종교계(스님, 목사), 군인, 경찰, 일반인들, 남녀를 불문하고 빈소방문, 할머니, 할아버지들, 학생들, 청춘남녀, 그리고 손에 묵주 알을 돌리고 기도하며, 길게 늘어선 신앙인들의 빈소방문 행렬을 저는 집 안방에 혼자 앉아 물끄러미 보고 눈시울을 적시고 있습니다.

진정 가보고 싶었습니다. 저곳에서 故 김수환 추기경님의 체취를 마음으로 느끼고 싶었습니다. 내가 서울로 빈소를 찾아 간다고 하면 영미씨는 안 된다고 말할 줄 알면서도 "영미씨 서울 갔다가 오면 안 될까요?" 하고 물어보았습니다.

"서울 가면 기다리는 시간, 서울 가는 시간, 오고 가는 시간, 다 합치면 산소통이 모자라지요. 당신이 추기경님과 안면이 있다는 것에 대해서는 믿겠지만, 당신 혼자 다녀오다가 잘못되면 어떻게 할 거예요?"

영미씨의 화났을 때의 쩌렁 쩌렁한 목소리가 내 가슴과 귀에 팍 파고들었습니다.

"사람이 한번 죽지 두 번 죽냐?"고 나도 한번 큰소리로 맞장구 쳤습니다.

"그래요. 애들과 마누라 가슴을 평생 슬프게 만들려거든 죽어요. 죽어."

또 다시금 큰소리로 영미씨는 응답했습니다. 마음이 너무나 잘 맞다가도 가끔씩 이런 식으로 다투게 되면서 언성을 높이게 됩니다. 산소를 아예 잠가 버리고 아예 마당 밖으로 나가 버렸습니다. 산소 나오는 것(기계)을 끊는다는 것은 잠시 잠깐은 괜찮겠지만 장시간 산소가 제 몸 안에 보충이 안 되면, 제 몸 안에 산소 수치가 떨어지게 되며, 몸 안의 모든 장기에 산소가 보충이 안 되면 제 몸 안의 산소 수치가 떨어지게 되며, 몸 안의 모든 장기가 안 좋게 되고 심장에 무리가 오게 되어 결국은 산소 수치가 낮아져서 의식을 잃고 쓰러지게 됩니다. 산소를 떼면 의식을 잃고 쓰러지는 것을 뻔히 알면서도 바깥마당에서 고집을 피우고 있습니다.

이렇게 고집을 부리고 있으면 여자가 좀 애교스럽게 따라 나와서 "여보, 이제 되었으니 들어갑시다." 하면 저도 못 미더운 척 하면서 들어갈 텐데…. 영미씨는 절대 못합니다. 남편한테 애교떠는 것은 못하더라고요. 남편 시중 들고, 챙기는 것은 너무 사랑스럽게 잘 하지만 애교만은 안 됩니다. 하긴 모든 점에 있어 다 잘하면 그것이 어디 사람이겠습니까? 결국은 고집을 꺾고 거실로 들어와 산소를 켜고 긴 호흡을 하며 텔레비전 리모컨을 잡고 여기 저기 채널을 돌려 故 김수환 추기경님을 찾아봅니다.

조용한 방안을 생각하며 필히 자고 있으리라 생각하며, 혹시 나 때문에 울고 있지는 않을까? 살며시 가보니 정말이지 잘 자고 있었습니다. 결혼생활 20년 동안 늘 이렇게 지내왔습니다. 피곤하든, 즐거웠든, 행복하든, 슬프든 잠을 자고 있을 때나 제가 잘 때, 꼭 껴안아 주며 "미안했어요. 사랑해요." 하면 다음날 아침 웃는 얼굴로 저를 깨워줍니다. 아참, 이야기가 잠시 빗나갔습니다.

故 김수환 추기경님과 저의 만남은 대구 요양원에서입니다. 제가 고향 경남 양산에서 의식을 잃고 쓰러졌습니다. 쓰러지기 전에 몇 번 신부님을 찾아뵙고 자신이 처해있는 상황을 설명하고 도움을 베풀어 주십사 청하였습니다만, 신부님을 뵙지 못하자 성당 앞에서 기다리는 중 쓰러진 고로, 신부님께서 마침 오시다 쓰러지는 것을 목격 하셨습니다. 그러나 몸이 너무 야위고 몸에 뼈 밖에 없는 것 같아 병원에서 잠시 진찰을 받고 전부터 유대 관계에 계셨던 대구 故 김동한 신부님에게 연락하여 그리 보내졌습니다.

정신을 차려 눈을 떠보니 조립식 건물인 것 같았으며, 방바닥에 매트리스가 한 이십여 개가 쫙 깔려 있으며, 이불이 개어져 있고 이상하리만치 사람이 한 사람도 보이지 않았습니다. 멀뚱멀뚱 두리번거리며 고개를 돌리고 있을 즈음 어디에선가 노래 소리가 들렸습니다.

아름다운 노래 소리가 들리는 쪽으로 귀를 쫑긋거리며 벌써부터 신을 신고 그곳으로 몸을 움직이고 있었습니다. 노래 소리가 나는 곳의 문을 살짝 열어젖히니 나이 드신 남자 분이 검은 안경을 끼고, 하얀 고무신을 신고, 제가 전혀 알지 못하는 말을 하고 계셨습니다. 또 많은 사람들은 그곳을 향하여 전부 다들 집중하고 계셨습니다.

그런데 한 가지 제 눈에 확 들어오는 것은 십자가에 예수님이 계셨다는 것입니다. 다시 노래 소리가 나며 "그리스도의 몸." "아멘." 하며 줄지어 나가고, 받아 모시고, 다시 돌아오는 것입니다. 나도 따라가려니 한 분이 못 가게 막아섰습니다. 뿌리치며 "사람들이 다 가는데 왜 나만 못 가게 하느냐?"고 엄숙한 분위기를 깨뜨려 버렸습니다. 제가 너무나 몰랐던 것입니다. 제가 가지 못하는 이유는 가톨릭 신앙(천주교회)의 영세를 받지 않았기 때문입니다.

그때부터 대구 요양원에서의 생활이 시작되었습니다.

그곳에서 가톨릭 교리를 배우고 익혀 프란치스코라는 세례명으로 새 인생을 살게 되었습니다. 대구 요양원은 故 김수환 추기경님의 형님 되시는 故 김동한 신부님께서 운영하시던 곳이었습니다. 故 김동한 신부님께서 우리나라의 모든 성당을 찾아 미사집전과 강론을 해주시고, 2차 봉헌금을 가져오셔서 60여 명 되는 환자들에게 고기와 과일, 따듯한 의복을 사 주셨습니다. 참으로 좋으신 분이셨습니다. 故 마더 데레사 수녀님 같은 분이셨습니다.

신부님께서는 지병이신 당뇨가 있는데도 몸을 아끼지 않으시고 한 푼, 두 푼 모아 오셔서 아프신 분들 먹이시고, 입히시고, 겨울날 따뜻하게 지내라고 난방에도 철저히 신경을 써 주신 분이십니다. 병실 다니시며 환자들 머리도 쓰다듬어 주시고, 예쁘게 해 주셨습니다. 지금 생각하니 감회가 새롭고, 제가 그곳에 가지 않았다면 벌써 죽고 없었을 것이라 생각하니 늘 고마울 따름입니다.

이렇게 좋으신 분이 하늘나라로 가셨습니다. 故 김수환 추기경님께서 형님 되시는 신부님의 영전에서 한참을 계셨습니다. 제 마음속으로 감히 생각하건데 마음으로, 속으로 많이 울으셨을 것 같습니다. 대구 성직자 묘지에 시신을 안치하시고 떠나시기 전에 잠깐 저와 다른 젊은 환우 2명과 함께 추기경님과 사진 찍는 것이 인연이 되어 늘 생각하며 살아왔습니다.

故 김수환 추기경께서 "자네들은 젊은 사람들이니 희망과 용기 잃지 말고, 하느님을 잘 믿으면 자네들에게도 좋은 건강과 행복이 찾아 올 것이다."라고 말씀하셨습니다. 또 한 가지는 하루에 한 번이라도 "선을 베풀어라."라고 말

쏨하시며 안수해 주셨습니다. 아울러 두 손 꼭 잡아주셨던 故 김수환 추기경 님의 뒷모습을 생각하며, 가끔씩 텔레비전에서 볼 때마다 대구에 있었던 일 들을 상기하며 살았습니다.

죽을 인생이었던 저에게 치료약을 주시고, 먹여주시고, 따뜻하게 입혀주 시고, 포근한 잠자리를 주시고, 여기에다 중요한 참 생명을 얻게끔 프란치스 코라는 새 생명을 주신 故 김동한 신부님과 "희망과 용기를 잃지 말고, 하느 님을 진실되게 잘 믿고 선을 베풀어라."라는 가르침을 주셨던 故 김수환 추기 경님 두 분은 저의 인생의 참된 목자이시며 사랑이셨습니다. ✝

우리말 퀴즈

저는 퍼즐게임을 좋아합니다. 집에서 있는 시간이 많은지라 책이나, 신문에서 가끔 한글로 끝말잇기 퍼즐게임이 있어 펜을 들고 한 문제, 한 문제 적어보곤 합니다. 처음 시작할 때는 답지를 보지 않고 풀어나가다가, 어느 정도 풀면 한계점이 와서 끙끙거리다가 결국은 답지를 커닝할 수밖에 없습니다. 여러 번 이런 식으로 풀다 딱 한번 답지를 보지 않고 풀은 적이 있습니다. 답지와 비교하여 다 맞았을 때의 그 짜릿함, 기쁨은 굉장합니다. 다음에 또 해야지 하고 기나려십니다.

학교에서의 시험, 일반 공무원 시험, 사법고시의 시험, 세상 사람들은 이 세상을 살기 위하여 자기 적성에 맞는 시험을 치러 합격이라는 기쁨과 함께 열심히 살아갑니다. 합격 아닌 낙방하여 우울함과 동시에 슬픔도 겪지만 말입니다. 문제를 풀면서 하나도 안 틀리고 다 맞았을 때의 그 기쁨은 큽니다. 머리, 즉 아이큐가 좋아 시험을 칠 때마다, 또 다른 문제를 풀어도 거의 만점 받는 사람들은 아무런 느낌이나 감이 떨어질 테지만 말입니다. 조금은 무지한 저로서는 그 기쁨이 배가 됩니다.

매주 월요일 저녁 오후 7시 이후, KBS방송국에서 낱말퀴즈(우리말 퀴즈)를 맞추는 프로그램이 있습니다. 물론 예선전이 있으리라 생각하며, 고득점자 여섯 분이 본선에 참가합니다. 본선에서 한 문제 한 문제 맞춰나가다 점수가 고득점자인 두 분만이 결선에 오르게 됩니다. 그 두 분이 낱말 퍼즐게임을 치러 이긴 사람이 우리말 달인에 도전하게 됩니다. 많은 사람들이 우리말 달인에 도전하는 것을 보고, 많은 이들이 실패하는 것을 보았습니다만 어느 날 그 프로를 보면서 나이가 연로하신 할머니 한 분이 젊은 사람들 속에서 한 문제, 한 문제 풀고 계셨습니다. 시원시원하게 문제를 풀어나가는 할머니 앞에서 젊은 남녀 학생들 청년들은 쩔쩔매고 있었습니다.

사회자의 목소리가 흥분되듯 "정답입니다.", "정답입니다." 큰소리로 응답하셨습니다. 결국은 젊은 사람 4명을 물리치고 차점자와 함께 결선에 참가하게 되신 할머니셨습니다. 결선에서도 낱말 퍼즐게임에서 월등한 실력으로 상대팀을 물리쳐 승리하셨습니다. 승리의 기쁨에 많은 사람들의 축하 속에서 할머니께서는 미소를 띠며 머리 숙여 겸손해 하셨습니다. 저로서는 그 모습이 보기가 참 좋았습니다.

드디어 우리말 도전입니다. 긴장감이 하나도 없어 보이시고, 초연하게 서 계시는 할머니의 모습에 영미와 저는 어떻게 떨리지도 않으실까? 참으로 담담히 서 계신다고 대화를 나눴습니다. 한 문제, 한 문제 자세 하나 흐트러짐이 없이 실력 그대로 풀어 나가셨습니다. 미소 띤 얼굴로 말입니다. 많은 도전자들이 세 번째 문제에서 탈락했지만, 할머니께서는 침착하게 통과하셨습니다. 사회자도 깜짝 놀라 흥분하고, 텔레비전 시청을 하는 나와 우리 가족들도 흥분되어 그 광경을 지켜보고 있었습니다.

아니나 다를까 전국에서 이 모습을 지켜보고 있으리라 믿으며, 진정 모두 달인이 되셨으면 하는 바라는 마음일거라 믿어 의심치 않으며, 저 또한 진정 달인이 되셨으면 하는 마음과 함께 마지막 문제에 눈과 귀를 활짝 열어젖혔습니다. 우리 딸들도, 영미씨도, 긴장되는지 꼼짝도 않고 눈이 텔레비전 속으로 빠져들고 있었습니다. 콩닥콩닥, 두근두근거리는 마음을 진정시키려 애쓰고 마지막 네 번째 문제가 출제되고 고요함 속에서 카메라는 할머니의 얼굴을 클로즈업하였습니다. 제발, 제발 할머니…. 라는 소리를 나도 모르게 끙끙거리고 있었습니다. 영미씨는 얼굴이 아예 텔레비전 속으로 들어가고, 큰 딸과 작은 딸이 두 손 모아 기도하는 자세로 머리를 숙여 조아리고 있었습니다.

"동티!" 할머니께서는 외마디로 말씀하시고, 사회자도 "동티!"라고 외치고 있었습니다. "동티! 과연 정답일까요?" 1초, 2초, 3초 적막함 속에서 시간은 흐르고, 드디어 사회자 한석준씨는 입을 열었습니다.

"동티! 정답입니다."하는 소리에 "와!"하면서 우리 가족들은 박수를 쳤습니다. 방청객들도, 참석자들도, 방청객들도 함께 박수를 쳤습니다. 단 한사람은 의연하게 앉아 손자 등을 두드리며 미소 짓고 게셨습니다. 할머니께서 제일 사랑하는 할아버지셨습니다.

세 번째 문제를 맞추고, 사회자가 할머니에게 "할머니, 많이 아프셨다면서요?" 하고 물으니 할머니께서 "암에 걸려 고생을 많이 했습니다." 하셨습니다. "이제는 다 나으셨나요?" 하고 사회자가 또 물으니 할머니께서는 "이젠 다 낫은 것 같습니다." 하고 말씀하셨습니다.

"그동안 우리 할아버지께서 5년 동안 고생 많이 하셨다."고 말씀하셨습니다. 좋다는 약재라면 온갖 약재 다 구해주시고, 위장에 좋다는 것 다 구해주시고 머리 빠지니 많이 빠지지 말라고 약 구해주시고, 몸을 보호해야 되니 거기에 맞춰 음식을 해 주시고, 저를 위해 돈 많이 쓰고, 고생 많이 하셨다고 했습니다.

사회자가 웃으면서 "이제 돈 많이 갖잖아요."하는 말에 할머니와 방청객들 모두 웃을 수 있었습니다. 인간 승리였습니다. 한 마디로 몸이 아프신 데도, 연로하신 데에도 할머니께서는 용기 내어 꿋꿋이 삶을 영위하셨듯이 나도 힘차게 살아야겠다고 다짐해봅니다.

"아! 다음 월요일이 기다려진다. 이번엔 어떤 달인이 탄생할 것인가?"

"얘들아, 우리도 달인 도전에 한번 나가보자."

우리 가족 대표가 나가게 되니 우리끼리 예선전을 치러야 한다.

"낱말 퍼즐게임 찾아서 누가 제일 많이 맞추나 게임 한번 해 보자"

"당신, 또 제일 적게 맞추면 삐질 거죠? 삐지는 당신 모습 보기 싫어서라도 나는 안할래요. 피곤하니 방에서 뒹굴뒹굴 할래요. 나 건드리지 말아요." ✝

귀염둥이 사랑이

가족들의 건강을 핑계 삼아, 집안의 환경을 핑계 삼아, 아저씨 똥 치우는 수고로움을 핑계 삼아, 귀염둥이 사랑이를 평소에 잘 아시는 분을 통하여 타인에게 인도해 주었습니다.

사랑이가 어리고 예뻐서 꼬리치고 살랑살랑 뛰며 달려들 때는 잘 몰랐었는데, 커나갈수록 털갈이를 하며, 개털이 집안 곳곳에 들어와 호흡기 환자인 나에게 좋지 않아 다른 곳으로 보냈습니다. 소변, 대변을 보아 변 처리하는 것도 그랬으며, 찬물을 뿌려 청소를 하여도 냄새가 나서 보냈습니다. 벌써 개들을 몇 번째 보내는 것입니다.

하나, 둘, 셋 세어보니 다섯 마리나 되었습니다.

처음 두 마리는 쌍둥이 달마시안이었습니다. 참으로 예쁘고 깜찍하였습니다. 그런데 한 마리는 정말 활기(생기)가 넘쳐나는 미남이고 건강한 개였으며, 다른 한 마리는 내성적인 데다, 코미디언 김제동 같은 얼굴이고 행동은 지극히 조용하였습니다. 너무나 대조적인 개 두 마리의 이름은 초롱이와 사랑이였습니다. 식구들이나 방문자들이 동시에 두 마리가 쫓아왔다가 한 마리(사랑이)는 힘없이 뒤로 물러나고, 건강한 개(초롱이)만 연신 펄펄 뛰며 꼬리를 사정없이 흔들어 댑니다.

그런데 큰 딸(예린)은 두 마리의 개들과 적응을 잘하는데, 작은 딸(혜린)은 개들이 무서워 집안에서 나오지를 못하였습니다. 집안에서 나올 때나, 학교 갈 때나, 이층 방으로 가기 위해 마당을 지나칠 때나 두 마리의 개들이 동시에 달려들어 무서워하기에 개들을 잡아주어야 합니다.

하루, 이틀 날이 갈수록 작은 딸(혜린)은 개를 무서워하며 나중에는 울기까지 하였습니다. 어깨를 토닥이며 몇 번이고 달래며 개들과 함께 친하게 지내려고 접근을 시도해 보았지만 실패를 하고 말았습니다.

영미씨와 의논하여 할 수 없이 처음에 개를 준 여동생에게 돌려보냈습니다. 큰 딸 예린이는 쌍둥이 개들이 친정으로 갔다는 사실에 못내 아쉬워하며 하염없이 눈물을 흘렸지만, 작은 딸 혜린이는 안심이 되었는지 가느다란 한숨을 쉬는 모습이 역력에 보였습니다. 이렇게 하여 개를 키우기 시작하여 두 번째, 세 번째로 잘 키워 이웃에게 줘 보냈습니다.

한 번은 이름을 '희망이'라고 지은 작은 개가 있었습니다. 참으로 똑똑하였습니다. 다른 차, 즉 저희 집에 오는 차 소리가 나면 영락없이 짖어대고, '희망의 집'에 오시는 손님들(방문자)이 오는 발자국 소리만 저 멀리서 들려도 짖어댑니다. 그러나 저의 차 소리나 발자국 소리에는 절대 짖지 않으며, 우리 딸들이나 영미씨, 제가 다가오면 그렇게 반가운 듯 꼬리를 흔들어 줍니다.

작은 딸도 처음에는 또 다시 무서워하였으나 제가 부둥켜안고 같이 손을 잡고 작은 개 머리를 쓰다듬게 하여, 그토록 무서워하던 개의 두려움을 떨칠 수 있었습니다. 그 후로 조용히 가서 만지면서 겁을 내지 않고, 마음껏 만져보며 좋아하게 되었습니다. 가끔 먹이를 사서 직접 먹이도 곧잘 주기도 했습니다.

우체부 아저씨나, 요구르트 아주머니, LPG가스 배달원, 처음 찾아오시는 방문자나, 봉사활동 오는 대학생, 고등학생 할 것 없이 본연의 임무를 충실히 하듯 앙칼지게 짖어 대었습니다. 어떻게 저토록 작은 체구에 큰 소리가 나는지…. 이렇듯 짖는 소리가 너무나 시끄러워 미안할 때가 참 많습니다. 그래서 가끔 줄을 풀어 마음껏 바람을 쐬고 오라고 줄을 풀어줍니다. 신나게 대문 밖으로 뛰어 나갔다가 5분도 안되어 집에 들어왔다가 또 꼬리를 흔들며 뛰어 나갑니다

산책시켜 주느라 같이 골목길을 가노라면 전봇대에 소변을 자주 하여 동네 어르신들께 민망할 때가 많았습니다. 영역표시 한다고들 개를 키우는 사람들에게 들었습니다. 그래도 그 주변에서는 냄새날 것이라 생각해 동네 산책은 그만 두었던 적이 있었습니다. 어떨 때는 아침에 나갔다가 오후 3시쯤 들어오기도 하였습니다. 또 어떤 날은 점심 먹고 난 후 집을 나섰다가 그 날은 들어오지 않고 다음날 아침 언제 들어왔는지 자신의 자리에 앉아 있다 영미씨의 얼굴을 보면 밥을 달라고 짖어대며 꼬리치기 시작했습니다.

"(짜식) 완전 똥 배짱이구만."

또 어느 날은 2박 3일 들어오지 않아 걱정하였는데, 아니나 다를까 우리들이 걱정하는 것을 아는지 들어오자마자 양지바른 계단에 앉아 계속하여 잠만 자고 있습니다. 방문자들이 와도 전처럼 크게 짖지도 않습니다. 내가 옆에 가도 도망가지 않고, 꼬리도 흔드는 둥 마는 둥 닭이 조는 것처럼 계속하여 꾸벅 꾸벅 졸기만 하였습니다. 그토록 잘 짖던 개가 햇볕을 피해 사람들이 오가지 않는 저쪽 잔디 위에 앉아 머리를 푹 파묻고 잠을 청하고 있습니다. 왜일까? 가만히 생각해 보니 웃음이 절로 나왔습니다.

이 영특한 놈이, 후후후…. 지도 남자라고, 영미씨에게 대충 이야기 해 주었습니다. 우리 집 방문자들에게도 말입니다. 이 개에게 무슨 일이 일어났는지 아시겠지요. 개나 사람이나 똑같은가 봅니다. 몸 생각해야지. 끌끌끌.

이런 추억을 남겨 주기라도 하듯 개가 대문 밖에서 멀찍이 바라보는 것을 저는 분명히 보았는데 쭈빗쭈빗 뒷걸음질을 하더니 휙 몸을 돌리며 늦은 걸음으로 길가로 나가고 있었습니다. 저녁 먹고 있으면 들어오겠지 했는데 들어오지 않았습니다. 딸들이 기다려도 영미씨가 이름을 불러보아도 목메어

기다리는데도 돌아오지 않았습니다. 지금이라도 꼬리를 연신 흔들며 돌아올 것 같은데 들어오지 않으니 내심 제 마음이 무겁게만 느껴집니다.

작고 귀여운 희망이라는 이름을 가진 개, 작은 딸 혜린이가 처음으로 접한 마음을 준 개(희망이), 항상 앙칼지게 큰 소리로 용감하게 짖어 주었던 작은 개, 이런 개에게 머리를 쓰다듬어 주고 예쁘다고 장난을 치며 심하게 한 것이 자꾸 생각이 나서 희망이에게 미안한 마음입니다. 길거리를 마구 헤매돌지 않고, 어느 한 가정에서 사랑을 받으며 행복하게 살고 있으면 좋으련만 지금도 생각하며 기도하곤 합니다.

희망이가 집에 들어오지 않은 날, 새하얀 개가 들어와 우리들은 사랑이라고 지었습니다. 어릴 때 들어와 큰 개가 되어 오늘 시집보냈습니다. 이 사랑이라는 개는 묵묵히 자기 도리를 다 했습니다. 희망이처럼 주인이 들어오면 짖지 않고, 남모르는 사람이 골목에 들어서면 벌써 알아채고 짖어대곤 했습니다. 그것도 큰 소리로 적당히 끊고, 맺고 할 줄 알았습니다. 양식도 주면 먹고, 때를 놓치면 묵묵히 기다릴 줄 아는 신사다운 개였습니다.

여러 가지 조건으로 보내야겠다는 소리를 영미씨와 아래층에서 하였습니다만, 영미씨가 이층에 다녀와서 말을 했습니다. "왜! 어떻게 알 수 있냐고요."

이유인 즉, 자신만 보면 그렇게 꼬리를 치며 낑낑대던 개가, 꼬리를 살랑살랑 흔들고, 변 처리를 하는데도 다른 때와 다르게 얌전히 꿋꿋이 서 있더래요. 양식을 주는데도 얌전히 앉아 있더래요. 먹으라고 말하며 손짓을 하는데도 물끄러미 쳐다보더래요.

옛날 어른들이 하는 말이 생각났습니다. 사람과 제일 친분이 두터운 동물이 개라고 말입니다. 개는 머리가 좋은 영특한 동물인지라 즉 영물이라고…. 벌써 자기 자신의 처지를 알아듣는다고 말입니다. 사람 같으면 치를 떨 텐데…. 이웃이 와서 사랑이를 데려가려 하자 가지 않으려고 하는지 온 몸으로 자신을 흔들어 대었습니다. 대문 밖으로 나가지 않으려고 몸부림을 쳤습니다. 개 줄이 풀려 개를 데려가려는 분들이 당황해 하고, 어쩔 줄을 몰라 했습니다.

"사랑아." 큰 소리로 부르며 다시 잡기를 바라면서 대문 밖으로 보냈습니다. 소가 도살장으로 끌려가지 않으려고 뒷다리에 힘을 주듯이 사랑이가 대문 밖에서 차에 타지 않으려고 고통스러운 몸짓을 하고 있었습니다. 그 모습을 보노라니 마음 한켠이 편하지 않았습니다. 정을 주지나 말걸! 사랑이가 떠나간 자리가 횡 하니 보입니다.

나도 이런데 예린이와 혜린이 두 딸의 마음은 어떨까? 걱정됩니다. 사람도 같이 있을 때는 모르고, 없어봐야 그 사람이 그립고, 그 사람의 진면목을 알 수 있다고 하지 않았습니까? 사랑이도 없으니깐 짖는 소리도 나지 않고, 사랑이의 자리가 덩그러니 횡 비어 있으니 마음이 허전합니다. 주인을 위하여, 식구들을 위하여, 봉사활동 오시는 분들 위하여, 밤손님들 대비하기 위하여 충성스럽게 짖어대었을 뿐인데….

"개를 어떻게 했어?"

"필요한 이웃에게 줬어요."

"개를 잡았어?"

"아유, 한 식구 같은 가족인데 어떻게 잡아유."

많은 분들이 사랑이가 없어진 것을 말씀하시는 통에 사랑이에게 미안하기만 합니다.

사랑아, 어디에 있든지 몸 건강하게 잘 지내야 한다. 사랑이 네가 편해야 나도 편하지 않겠니. 너를 진정 사랑했단다. 예린이와 혜린이는 네가 없어진 것을 알고 며칠 동안 침울하게 지내며, 이층 베란다에서 네가 다시 돌아왔으면 하며 대문 있는 곳으로 눈길을 향하고 있단다. 사랑아, 내가 두 딸에게 설명해 줬는데도 기다리고 있단다. 딸들이 듣게끔 한 번 크게 짖어 주면 좋겠다. ✝

식사초대

　이른 저녁시간인데도 겨울인지라 사방이 어둑어둑 캄캄하며 바람이 매섭게 불고 있습니다. 추운 날씨인데 잘 다녀올 수 있을까? 다소 긴장되며 걱정입니다. 우리 집 식구들을 6시까지 데리러 온다고 하기에 외출 준비를 하였습니다. 저녁 식사 초대였습니다. 우리 집 식구들은 한번이라도 외출하려면 옷 입었는지부터 시작하여 소변통 챙기는 것까지 신경이 쓰이며 몸과 마음이 분주합니다. 한두 번 외출하는 것도 아닌데 움직이는 몸이 바쁘기만 합니다.

　최고령 할아버지는 본인만 챙기면 될 텐데 외출 시작부터 차에 탈 때까지 계속하여 말을 하십니다. 평소 때도 그러하시겠지만, "주씨, 모자 써야지. 주씨 잠바입어야지. 주씨, 이리와 봐. 내가 지퍼 올려줄게. 주씨, 내복도 입어야지.", "나는 내복 안 입을 거야." …등등….

　"옷 입는 것 도와 주셔야죠." 하며 외쳤습니다. 혼자만 편하게 기분 좋게 나가려는 아저씨는 기분이 조금 상한 듯 보였습니다. 저는 또 한 번 나직한 목소리로 "김씨아저씨, 소변통도 챙겨야죠.", "아, 아, 알았어요." 하시는 김씨아저씨의 모습을 물리친 채 몸을 돌리자 또 다른 김씨아저씨가 잠바 지퍼가 잘 안 올라가 끙끙거리다가 하다못해 성질을 부리고 욕을 하려하다가 내 모습을 보자 누그러졌습니다. 도움의 손길이 필요했습니다. 그때 할아버지 또 다시 참견하십니다.

"이렇게 잡고 내렸다가 조금 내려가면 싹 올려야지." 하며 또 한 번 의기양양 위대하심을 드러내셨습니다. 주씨 아저씨는 외출을 해도 본인이 준비할 줄 아는 게 하나도 없으신지라, 이 바쁜 와중에 태연한 채 요즘말로 멍 때리고 계십니다. 옆에 가서 옷매무새를 고쳐드리고 마지막으로 "양말을 신어보세요."라고 하자, 양말을 잘못 신어 이리저리 뒤집혔다, 폈다, 벗었다, 신었다. 몇 번이고 실랑이를 하고 있습니다. 주씨 아저씨 혼자서 잘 못하시는 줄 알지만 그래도 언제나 본인이 할 수 있을 때까지 실험해보지만 결국은 실패하고 말았습니다. 결국은 양말 입구를 찾아주자 올바르게 신었습니다.

이제 마지막 운동화 찾아 신느라고 우당탕탕 야단들입니다. 이제 차 있는 곳까지 걸어가야 하니 조용히는 결코 못갑니다. "빨리빨리 먼저 가.", "너부터 먼저 가.", "천천히 가.", "빨리 가면 넘어져." 한 마디씩은 다 외쳐댑니다.

일반 사람이 걸어서는 몇 발짝 안 되는 거리지만, 먼저 가려는 김씨 아저씨로부터 시작하여, "가만히 있어, 난 붙잡지 마라."를 외치며 넘어질세라 목발을 양 겨드랑이에 끼워 조심스레 걷는 할아버지. 무턱대고 마음대로 걷는 주씨 아저씨. 춤추듯 양팔을 조금 벌린 채 뒤뚱뒤뚱 걷는 김씨 아저씨. 그나마 새로 오신 할아버지는 빠르고 건강한 걸음은 아니더라도 작은 보폭이지만 제대로 걸으려고 하십니다. 이렇듯 아저씨들 외출준비가 끝나면 저 또한 아저씨들과 마찬가지로 산소통 챙기랴, 목도리 하랴, 옷 입으랴, 산소가 잘 나오는지 중간 중간 체크하랴, 나가 있는 시간이 길면 길수록 외출용 산소통을 몇 개 더 챙기느라 바쁩니다.

기관지 수술을 해서인지 기관지 관에서 가래가 끓으면 기침과 더불어 관을 막아서인지 산소가 잘 공급이 안 되어 호흡하기가 너무 힘들 때가 있습니다. 집에서야 석선기계로 가래를 금방 빼내면 되겠지만, 외출해서 이런 지경이면 굉장히 힘들 때가 많습니다. 그래서 겨울이면 부득이한 일 아니면 외출을 삼가고 있습니다.

 오늘 저녁 초대는 한 달 전부터 이야기 된 것이라 불안하지만 기쁜 마음으로 가자고 마음을 먹었습니다. 6시 정도면 퇴근 시간인지라 차량이 밀려들어 겨우 도착하였고, 사람 많은 식당이여서인지 입구에서부터 사람들은 북적대고, 엘리베이터 타는 것도 쉽지만은 않았습니다. 최대한 사람들과 대충 나누고 앉아 있으려니 국민의례부터 시작해 지인들 소개, 축하인사, 모시는 말씀 사람들 소개로 시간이 많이 지연되어 밤 8시가 지나가고 있었습니다. 허기가 져서 마음이 조금씩 불편해지려 했지만 그래도 참고 빨리 끝나기를 기다리고 있었습니다.

 배에서 여간해서 잘 안하던 '꼬르륵, 꼬르륵' 소리가 연거푸 들렸습니다. 신기했습니다. 이 '꼬르륵, 꼬르륵' 소리를 몇 년 만에 들어봤는지 기억도 잘 안 납니다. 긴 한숨을 몇 번 더 쉬었더니 꼬르륵 소리가 연거푸 들렸습니다. 배는 고프지만 왠지 기분은 좋았습니다. 물 한잔으로 입가심을 하고 있는 순간, "자, 이제 식사 합시다."라는 사회자의 멘트가 기쁨을 더 해 주었습니다. 뷔페식당인지라 산소통을 끌고 다니며 음식을 챙기기가 불편하겠구나 생각하고 있었는데, "여기 가만히 앉아 계셔요. 맛있는 음식 챙겨 드릴게요." 하며 제 뒤에서 어깨를 감싸 쥐며 나지막한 목소리가 들려왔다. 나보고 "오빠, 오빠" 하고 불러주던 봉사자 주재남씨였습니다.

 내 음식과 더불어 할아버지, 아저씨들 음식까지 제가 말하기 전에 다른 봉사자들과 협력하여 가져다 주었습니다. 할아버지는 음식보다 사이다와 소주에 더 많은 신경을 곤두세우고 있었습니다. 할아버지와 아저씨들 잔에 술을 따르고 난 뒤 "사랑합니다."를 외쳤습니다. 술 한 잔이 시작되니 할아버지는 계속하여 술과 음료수를 잡수시고 계십니다. "할아버지, 많이 드시지 마세요." 말을 했으나 오늘은 조금 막무가내입니다. 내 말 한 마디보다는 술잔을 더 원하고 계시니 말입니다. 집에서 반주로 먹는 것보다 오늘 저녁의 술은 더

달지 모른다는 생각에 굳이 말리려는 생각은 없습니다.

언제나처럼 김명현 아저씨는 며칠 굶은 사람처럼 음식을 너무 많이 드셔서 속상할 때가 있습니다. 집에서 굶기지도 않는데 항상 저렇게 상에 차려놓은 음식이든지, 뷔페 음식이든지 다 먹어 치우시니 말입니다.

"김명현 아저씨, 적당히 드세요. 많이 드시면 좋지 않으십니다." 하고 말하면 미간을 찡그리십니다. "그만 드세요."라는 말은 죽기보다 싫으신가 봅니다. 몇 번 권유하다 안 되면 은연중에 음식 좀 치워 달라고 봉사자들한테 도움을 요청합니다. 이런 일은 식사초대나, 야외에 나올 때마다 되풀이 되곤 합니다. 먹는 음식을 두고 이러는 저도 정말 싫을 때가 많습니다. 그러나 가족의 건강을 생각하면 과음, 과식을 하는 것을 마냥 두고 볼 수는 없습니다.

김용봉 아저씨와 주씨 아저씨도 음식을 많이 드시는 편이지만 두 아서씨는 제 말에 호응을 참 잘해 주십니다. 아무리 좋은 음식, 본인들이 좋아하는 음식이 있어도 "아저씨 오늘은 그만 드시고 다음에 또 먹읍시다." 하고 다정하고 조용히 말하면 두말 않고 수저를 놓습니다. 이러는 두 아저씨들에게는 참으로, 고마우면서도 한편으로서는 가엾게 느껴지는 것은 당연합니다.

이렇듯 희망의 집에서 10여년 가까이 생활하시는 네 분의 모습입니다. 이런 네 분의 생활 안에 새로 오신 안 할아버지께서 서서히 이 '희망의 집'에서 잘 적응해 나가시는 중에 식사초대 자리에 음식과 술이며, 과일과 떡이며, 마시는 음료수까지 적당히 잘 드시면서 가끔씩은 짓궂게 장난도 치고 합니다.

우리 민 할아버지는 술을 조금 지나치게 드시면 노래 부르신다고 막무가내로 마이크를 빼앗아 새색시처럼 인사하고 난 후 노래를 부르기 시작했습니다. 가사 앵두나무 우물가에로부터 시작하여 이별의 부산정거장으로 끝나는 것이 한 곡이십니다. 듣는 사람들은 대부분 배꼽을 잡고 웃으십니다. 흥을 돋우는 제스추어가 일품이며, 중간 중간 혀 차는 소리는 듣는 사람으로 하여금 웃음을 자아냅니다. 한 곡이 끝나고 사회자님이 마이크를 빼앗으려 하자

마이크를 절대 뺏기지 않았습니다. 다시 색시처럼 절하자 많은 분들이 박수로 호응해주면 노들강변, 천안삼거리 등 다섯 곡 정도를 계속하여 메들리로 부르십니다.

이제 끝나려니 하고 마이크를 달라고 사회자가 부탁하자 줄 생각이 전혀 없는 것을 느낀 저는 자리에서 일어나 몇 발짝 나가면서 "할아버지 이제 그만~~~." 하니 마지못해 사회자에게 마이크를 넘기고 소주 한 잔 드시고 많은 사람들에게 박수를 받으며 퇴장하셨습니다. 그 후로 할아버지는 오줌을 싸서 바지를 다 버렸습니다.

어떻게 된 일인지 옷을 뒤에까지 다 버렸습니다. "아이고, 할아버지 쉬 했네요. 어떡하죠?" 말하니 창피스러우신지 "아무 말도 마라, 그만."하며 손으로 입을 가려 막으시면서 막 호통을 치십니다. '역시 술이 한 잔 들어가야 터프해지시는구만. 바지에 쉬 하셔서 가지고 창피한 것은 아시는 모양이네.' 허허 웃을 수밖에 없었습니다. 식사대접에다 겨울 내복까지 선물 받고 집으로 돌아오는 길에 생각에 잠겼습니다.

전에 제가 많이 아프지 않았을 때에는 한 달에 한 번씩 제 차 타고 외식을 하러 다녔지만 지금은 몸이 많이 안 좋아 자주 못나갔었는데, 이렇게라도 외출하여 좋은 자리를 마련할 수 있어 어르신들에게 조금은 덜 송구스러울 뿐입니다. 따뜻한 봄 되면 우리 식구 다시 힘 있게 뭉쳐 김밥 사들고 소풍을 가야겠다는 생각을 해봅니다.

오늘 저녁 좋은 자리를 마련해 주신 라이온스클럽 회원님들. 특히 가양 2동 연세의원 원장님, 가양2동 이춘옥씨, 주재남씨를 비롯한 만두레 회원님들께 감사드리는 마음입니다. 오늘 저녁 시간을 지내오면서 조금 아쉬운 것은 영미씨와 우리 딸들이 함께 하지 못해 마음이 착잡합니다.

"이 세상에 하나밖에 둘도 없는 내 여인아~" 뷔페식당에서 불렀던 나훈아의 '사랑'이라는 노래가사가 마음에 꽉 차 있습니다. 이 세상에 둘도 없는 내 여인 영미씨, 사랑해요.

어느덧 차가 집 앞에까지 다 온 듯합니다.

"여보세요."

반갑게 들리는 전화 목소리에 저는 흥분하여 외쳐봅니다.

"영미씨, 집 앞에 잠시만 나와 주세요."

잠시 후 활짝 웃으면서 기다리고 있을 영미씨의 얼굴을 떠올려 봅니다. ✝

내 인생의 또 다른 예수성탄

언제나처럼 외출하려면 시간이 오래 걸립니다. 집에서 산소를 하는 호흡기 환자인지라 특히 주일날 9시 미사를 드리려면 최소한 7시에는 일어나서 준비해야 합니다. 빨리 하려면 긴장이 되어서인지 심장 박동 수가 빨라지며 호흡이 가빠져 오는 것을 느낍니다. 그리하여 느긋하게 준비해야 하기에 다른 남자들에 비해 세 배 이상은 지연되는 것 같습니다. 한 마디로 여자들 외출할 때처럼 시간이 걸리는 듯합니다. 양치질에 세면, 면도하고 머리를 감습니다. 감기 걸리지 않게 완전히 머리를 말려야 하고, 얼굴에 로션 바르고 간단한 아침식사에 속옷부터 겉옷까지 갈아입습니다. 기관지를 수술한 지라 간밤에 싸인 가래(객담)를 빼내기 위해 노블라이저하고 석션하여 가래를 빼냅니다. 목둘레를 하고 집전기로 하는 산소를 끄고 외출용 산소로 갈아 끼웁니다. 겨울바람이 매서워서 빵 모자와 마스크를 쓰고 장갑을 끼고 신발을 신으면 외출 준비가 끝납니다.

몸이 많이 안 좋아진지라 외출을 자주 못하게 되었습니다. 성당에 가기 위해 예전에는 차로 많이 다녔지만 요즈음은 조금만 늦게 가면 차를 주차하기 힘들어 장애자용 오토바이를 타고 다닙니다. 작년 겨울 언젠가는 눈이 많이 와서 걸어가야 할 때가 있었습니다. 바람은 매섭게 불고, 코에서는 콧물이 하염없이 흐르고 숨은 턱까지 차올라서 건강한 사람은 10~15분 걸리는 거리를 다섯 번 쉬고, 30분은 족히 걸렸던 것 같습니다.

12월 24일 예수 성탄전야 미사에 첨례하기 위하여 몸을 실었습니다. "추우니까 집에서 있고 내일 대축일 미사를 드리라"고 영미씨가 말했습니다만 두 딸을 데리고 대문을 나섰습니다. 차가운 바람이 내 얼굴을 스치고 지나갈 때마다 기분은 참 좋았습니다. 큰길가에서 차량들이 소음을 내며 제 옆을 쌩쌩 지나갔습니다만, 쌩쌩 지나가는 차에 비해 천천히 가는 오토바이를 타고 가는 저는 지극히 평화로웠습니다. 제 앞에서 재잘재잘 떠들며 웃으며 같이 가 주는 딸들이 있어 더욱 행복했습니다.

성당 사무실에서 근무하는 내 사랑하는 영미씨를 밖에서 보면 집에서 볼 때와는 달리 또 다른 감정을 느낍니다. 얼굴만 쳐다봐도 마냥 좋습니다. 두 딸과 함께 간 저에게, 또 두 딸들에게 살며시 미소 짓는 영미씨가 오늘따라 더 예뻐 보이는 것은 웬일인지…. 아기 예수님이 탄생일이라 그럴까요… 후 후후.

성당에 올라갔으나 형제자매님들이 많이 오신지라 앉을 자리가 없었습니다. 성당 제일 윗 전에 서 있었으나 제가 좋아하는 형제님이 긴 의자를 가져다 주셔서 딸들과 함께 우리 가족이 함께 앉아 편안하게 미사를 드릴 수 있었습니다. 복사들로 시작하여 신학생, 부제, 두 분 사제의 제대로 향한 행렬, 촛불 점화, 낭랑한 사제의 경문 읽는 소리, 주여 자비를 베푸소서, 하늘 높은 곳에서는 하느님께 영광…. 대영광송이 울려 퍼지고 성가대의 화답송, 강론, 봉헌, 영성체, 사제의 강복으로 성탄 미사를 드렸습니다. 참 평화로웠고 행복했습니다. 산소를 하면서도 살아있음이 주님의 은총이라 생각하면서 미사 중간에 우리 가족끼리 두 손을 꼭 잡고 주님의 기도를 바쳤습니다. 다른 미사 때도 주님의 기도할 때 우리 가족은 손잡고 기도해 왔습니다만, 이번 성탄전야 미사에서 손을 잡았을 때는 더 감동스러웠습니다.

우리 서로 서로 이해하며 살자고

우리 서로 서로 사랑하며 살자고

우리 서로 서로 희망을 가지며 살자고

우리 서로 서로 감사하며 살자고

우리 서로 서로 최선을 다하는 삶을 살라고 말은 하지 않아도 마음으로 통했습니다.

또 한편으로 심장병, 백혈병, 암으로 고통당하고 있는 어린이들, 추운 날 쉴 곳이 없는 노숙자들이 생각났습니다. 어린이들은 하루 속히 완치되고, 노숙자들은 빨리 안식처를 얻어 모두 모두 행복하게 지냈으면 하는 마음으로 마음을 다하여 미사 드리고 기도하는 성탄절이 되어 참으로 기쁘고 행복했습니다.

이 기쁨과 행복을 '희망의 집'을 도와주는 은인들과 봉사자들과도 나누고 싶습니다. 우리 할아버지들과도 함께…. ✝

참된 목자

가톨릭 대학교 입학은 그 자체가 신성한 것이며 신비로운 것입니다. 각각 개인이 나름대로 뜻을 세우고 이 학교에 입학한 사람, 부모님의 권유로 이 학교에 입학한 사람, 교회 신부나 수녀님의 추천을 받아 입학한 사람 등 여러 가지 권유로 이 가톨릭 신학교에 입학을 하게 됩니다. 예전에 제가 살고 있는 대전에는 신학교가 설립되지 않아 전부 서울 신학교에 입학해야만 했습니다. 입학의 문이 그렇게 좁았으며, 7년 동안 공부하고 신부님이 되기도 진정 힘들고 어려웠습니다. 지금은 대전에 신학교가 설립되어 많은 학생들이 입학 후 공부하여 서울 신학교에서 보다 좀 더 많은 신부님들이 사제 서품을 받게 되었습니다.

그래도 입학은 하지만 열심히 공부해야 합니다. 또한 품행이 올바라야 합니다. 정신을 똑바로 차려야 합니다. 참된 인간이 되어야 합니다. 더군다나 신학교이다 보니 기도생활, 희생, 자비, 극기의 생활도 남달라야 합니다. 중요한 것은 같은 신학생들과의 어울림은 무시 못 합니다. 요즘 말로 왕따를 시켜도 안 되지만 왕따를 당해도 안 됩니다. 단지 왕따처럼 보일 때는 기도할 때가 아닌가 생각됩니다.

7년간의 신학교 생활 중에서 힘들어서, 신학생들과의 부딪힘에서, 좌우지간 여러 가지 증상으로 신부가 되지 못한 채 신학교를 떠나야만 합니다. 그만큼 신학교 생활이 어렵다는 것입니다. 신학교 생활이 신학공부, 기도생활, 규칙생활 등 다방면으로 어렵지만 그 신학교 생활 속에서도 나름대로 즐겁게 웃으면서 공부할 수 있습니다. 요는 자신이 얼마나 정신 차리고 대응하면서 신학교에서 생활하는가 입니다. 신학교에서 7년 동안 계속 공부만 하는 것이 아니라 방학도 있고 교회 절기에 따라 부활 때나 성탄 때나 각자의 성당으로 가서 그 성당의 큰 신부님을 도와 바깥에서 생활할 수 있으니 이 또한 새로움과 활기의 생활입니다.

7년 동안의 공부 중에 군대를 다녀오고, 군대를 가지 않는 사람들은 복지시설에 가서 몸이 불편하신 분들을 위하여 손수 봉사(희생, 극기)를 해야 합니다. 이렇듯 5년간을 공부하면 '부제'라는 품을 받게 됩니다. 이때는 신부가 되기 전 가장 중요한 때이니 마음과 생각, 행동이 무엇보다도 일치해야 될 것이며, 충실한 기도생활이 우선시 되야 할 것 같습니다.

이렇듯 한 분의 사제님(신부)이 탄생하기까지 많은 일들과 사건, 우여곡절의 사연들 속에서 사랑의 꽃 신부가 태어납니다.

저 또한 많다면 많고 적다면 적을 수 있겠지만 신부님들을 접할 수 있었습니다. 여기서 몇 신부님들을 소개하고자 합니다. 지극히 청빈의 삶을 살고자 하셨던 몇 분의 신부님을 만나 뵐 수 있었습니다. 김영교(베드로) 신부님은 많은 신자 분들이 본받고자 하셨습니다. 신부님 입으시라고 신자 분들이 속옷이며 점퍼, 바지, 겨울 스웨터, 생활필수품 등 여러 가지를 상품을 떼지도 않은 채 전에 제가 있던 가난하고 아픈 사람들이 살던 공동체에 다 가져다주시고 허허 웃으시며 떠나셨습니다. 오실 때마다 한 보따리씩입니다. 산타할아버지는 겨울에 오시지만 김 신부님은 언제 어디서라도 "김 신부님!" 하고 부르면 달려오시는 산타 할아버지이자 신부님이셨습니다. 고맙고 감사했습니다. 외국에 나가셨는데 몸 건강하십시오.

백(요한) 신부님은 시간을 똑소리나게 잘 지키시는 분이십니다. 웬만한 거리는 차를 절대 타지 않고 걸어 다니십니다. 더운 여름날에는 새벽에라도 걸어 다니며 시간을 잘 지키시고, 추운 겨울날 눈이 펑펑 쏟아지는 날씨에도 시간을 정확히 지키십니다.

성모병원에 원목 신부님으로 재직하고 계실 때 병원에서 대전 자양동까지 (공동체) 비가 오나, 더우나, 세찬 바람이 몰아쳐도 정확히 여섯 시면 똑똑똑 문을 두드려 여시며 "안녕하세요." 하고 웃는 얼굴로 인사하며 방 안으로 들어오십니다. 어쩌면 저렇게 정확하실까? 전에는 몰랐습니다. 차를 타고 다니지도 않을뿐더러 도보로 걸어 와서 목적지에 조금 빨리 왔다 생각되면 바깥에서 마음속으로 기도하시며 기다리시다 정확히 여섯 시에 문을 노크하셨다는 것을 말입니다.

이 또한 백요한 신부님께서는 가난하고 아픈 사람들이 있는 곳이면 어디든지 가시는 신부님이십니다. 지금은 목동에 수녀원 지도 신부님으로 계시던 중 우연히 저를 만나 대화하는 중, 제가 가양동에서 장애자들과 함께 살고 있다는 소리를 들으시고 사랑하는 마음으로 후원해 주고 계십니다. 하느님의 은총 속에 또 백요한 신부님을 만나게 해 주심에 감사하오며 이제는 연로하옵신데 건강하심을 위하여 기도합니다. 고맙고 감사합니다.

이창덕(마르꼬) 신부님은 참으로 하루하루의 삶을 성실하게 사시는 분이십니다. 새벽 미사 때 특히 겨울 아침에 그렇습니다. 제대 위에 놓인 미사 경본을 읽으시는 소리가 얼마나 혼이 담겨있는지 모릅니다. 한 말씀 한 말씀 읽어 내려가는 소리가 어느 한 시인이 간절하게 읽고 있는 독백 소리와도 같은 것처럼 들립니다. 간결한 강론, 강론과 더불어 미사 끝나고 나서 웃으시는 미소는 사람들로 하여금 존경을 받게끔 하십니다.

식복사(신부님 밥 해 주시는 분)도 없이 가난하게 사시고자 신부님께서는 손수 끼니를 준비하셨습니다. 신자 분들에게 돈 이야기는 절대 하지 못하시며, 어렵고 가난한 사람이 도움을 청하면 기꺼이 사비를 털어서라도 도와주셨던 분이셨습니다. 특히 아픈 분들이 계시면 좋으신 말씀으로 위로해 주시고 용기를 주시며 안수까지 해 주셨습니다. 건강이 염려되오니 조심하시고 챙기십시오. 고맙고 감사합니다.

이 땅의 모든 신부님들이 이 분들처럼 사셨으면 하는 것은 단순한 저의 바람이며, 살아오신 환경과 성격이 다를 텐데 어떻게 똑같이 행동하실 수 있겠습니까? 강요는 못하지만 처음에 새 신부님이 될 때 마음가짐처럼 살아주시면 저를 비롯한 이 땅의 모든 신자들도 신부님들을 존경하며 거기에 순명할 것입니다. 신자들이 자기들에게 잘 해주고 챙겨주면 좋다고들 하면서 본당의 신부 험담하지 않고 그 신부님이 어디에 계시든 쫓아다니는데 참으로 애석한 마음이며, 일단 본당 신부님의 말씀에 순명하며 주어진 활동에 충실해야 되지 않나 생각합니다. 더욱더 중요한 것은 본당 신부님을 위하여 매일 기도해야 합니다.

제가 가양동에 정신적으로 신자로서의 교적을 옮길 때에는 백성수(시몬) 신부님이 계셨을 때입니다. 우리 부부는 신자들을 잘 몰랐지만 이상하게도 본당 신자들은 잘 알고 있는 듯 밝은 미소로 우리 부부를 맞아 주시기에 싫지만은 않았습니다. 백 신부님은 무슨 일을 하시든 앞으로의 계획을 짜시든 만사형통 좌우지간 철두철미하셨습니다. 신자들과의 관계에서도 소문이 나지 않게 개인 면담을 주로 했습니다. 겉으로는 차가운 것처럼 보이시지만 마음속으로는 사랑이 많으셨던 분이셨습니다. 지금은 성지에 계시는데 건강하세요. 고맙고 감사했습니다. p.s : 신부님이 주셨던 검정 점퍼는 잘 입고 있습니다.

양 신부님은 나의 아버지처럼, 옆집에 계신 아저씨처럼, 친근하게 다가오시는 분이셨습니다. 우리 부부의 삶이 보기 좋다고 어디에서든 신자들과 함께 술 한 잔 하거나, 식사 때 모이면 "우리 가양동 성당에는 정말 아름답게 살고 있는 신자 부부가 있어 참 좋아." 하며 입버릇처럼 말씀하셔서 처음에는 부끄러웠는데, 여러 번 자주자주 말씀하시기에 나중에는 화장실을 핑계로 밖으로 나가기 일쑤였습니다. 또한 양 신부님은 췌장이 좀 좋지 않아 음식을 자주 조금씩 드셔야 했습니다. 많이 드시면 안 좋은데 술 많이 드시고 방귀를 참으로 자주 뀌십니다. 어떤 때는 냄새가 안 났다가도 어떤 때는 냄새가 많이 나 손으로 저으면 신부님은 야야 그만해라 하시며 웃으셨습니다.

여기에서 짧은 소견으로 말씀드립니다. 백 신부님이 본당에 몸담고 계실 때에는 미사집전 하시고 마치자마자 2층에서 1층, 그리고 사제관으로 바로 가는 경우가 굉장히 많았습니다. 물론 1층에서 신자들과 이야기할 때도 계셨습니다만 주로 사제관으로 가실 때가 많았습니다. 추운 겨울날, 미사참례를 위해 오시는 할아버지, 할머니, 장애자들과 난롯가에 앉아 오순도순 이야기하고 있다가도 신부님이 오시면 무릎 관절이 안 좋으신데도 다들 일어나셔서 신부님께 인사합니다. 그러나 무엇이 그리 바쁘신지 손 한 번 일일이 잡아주시지 않으시고 눈인사도 전부 안 해 주시고 사제관으로 들어가십니다.

저는 그런 모습을 보면서 다음에 오시는 신부님은 추운 겨울날 이렇게 미사드리러 오시는 어르신들 따뜻하게 손잡아 주시고 다정스러운 말로 위안해 주시는 신부님이 오셨으면 하고 간절히 기도했습니다. 저의 기도가 너무 진했을는지는 모르겠습니다. 양택규(안드레아) 신부님이 오셨는데 신자들과 대화를 잘 하셨는데 남녀노소 가릴 것 없이 큰 목소리로 호탕하게 웃으시며 신자들로 하여금 편안하게 하셨습니다. 또 언제 사제관으로 들어가셨는지 금세 사복으로 입고 나오셔서 여기저기 다니시며 눈인사와 더불어 말을 주고받으셨습니다. 어찌 같은 신부님이신데 이렇게 행동은 다르신지 웃음이 나올 뿐입니다. 혹시 백 신부님, 양 신부님을 비교 아닌 비교를 하게 되어 죄송스럽습니다. 그리고 백 신부님 기분이 조금 나쁘셨을지 모르지만, 마음속은 따뜻하다는 것을 본당 신자들 중 알 사람은 다 알고 저도 알고 있으니 염려하지 마십시오.

저를 사목위원으로, 또한 주일학교 선생으로, 영미씨로 하여금 사무장으로 근무하게끔 해주시고, 우리 딸을 예뻐해주시고, 석진이에게 점퍼 사 주시고, 할아버지들에게 건강양말, 점퍼, 의류들을 챙겨주신 백 신부님 고맙고 감사합니다. 양 신부님은 신분에 얽매지 않고 가난한 사람, 부유한 사람, 잘난 사람, 못난 사람, 남녀노소 따지지 않고 다같이 대해주셨습니다.

양신부님은 갑자기 불러 성당에 도착하면 "식사해야지." 하며 5~6분 태우고 식당가는 길에 성당신자들을 만나면 한 명 한 명 태워 식당에서 내려 주십니다. 그 인원이 열세 명에서 열네 명 정도 됩니다. 그래도 신자들 식사 값은 신부님이 내십니다. 일반 신자가 신부님과 함께 식사하기가 얼마나 어려운데 이렇듯 서슴없이 신자들을 챙겨주셨던 양 신부님은 은퇴하셨습니다. 어디에 계시든 건강하시고, 행복하세요. 고맙고 감사합니다. (달마다 후원금 챙겨주셔서 감사합니다.)

이제는 지금 계시는 윤종학(베르나르드) 신부님이십니다. 지금 계시는 신부님은 고백성사와 미사참례를 제일 중요시하는 듯합니다. 고백성사와 미사참례를 자주 참석하지 않으면 겉으로는 웃으시더라도 마음속으로는 울고 계신 듯합니다. 그리고 "그리스도의 몸" 하면 "아멘." 하면서 손을 밑으로 내리지 말라고 누누이 강조하십니다. 그래도 신자들은 손을 밑으로 내리니 신부님은 신자들을 볼 때마다 안타까운 듯 내다보십니다. 성당에 전기불이 켜져 있으면 다니시면서 끄기 일쑤이며 전기세를 아껴야한다고 강조하십니다. 신자들이 때로는 신부님들을 겪으면서 단점을 이야기할 때마다 그것은 그 신부님의 성격일 수도 있으니 우리들도 다 단점이 있는 것 아니냐고, 우리들은 신부님들을 이해하고 기도해야만 한다고 강조하기도 합니다.

윤 신부님, 가양동에 계시는 날까지 건강하시고요, 행복했으면 합니다. 고맙고 감사합니다. 저 자신이 여기에서 신부님들을 위하여 말씀드린 것은 잘 못하신 것, 비판하기 위해서가 아닙니다. 늘 좋은 것들만 보고, 늘 한결같이 우리 가족들을 사랑해 주셨던 것을 생각하며 나름대로 존경하고 본받기 위해서이며 기도하기 위함입니다. 좋지 않은 행동, 언어로 인하여 신자들에게 상처를 주기도 하셨던 분이시지만 우리 신자들이 잘 되게 하기 위한 것으로 받아들이고 신부님들을 위하여 기도해야만 합니다. 왜냐하면 하느님께서 사랑으로 그 분들을 뽑으셔서 그리스도의 대리자로서 사용하시기 때문입니다. 미안하고 부족한 저에게 다가오셨던 신부님들의 관심에 늘 감사드립니다. 특별히 길바닥에 쓰러져 있던 저 자신을 요양원에 입원시켜주신 양산성당 신부님과 요양원에서 저를 먹여주시고 약을 주시어 낫게 해주시고 하느님의 자녀로 거듭 태어나게 해주신 故 김동환 신부님에게 이제 이 시간을 빌어 진심으로 감사드립니다.

故 김동환 신부님의 영혼이 저 하늘나라에서 영원한 행복을 누리소서. 아멘. ✝

* 제가 신자생활을 하면서 봐오고 느낀 점을, 체험한 것을 이 지면을 통하여 좋으신 부분만을 썼습니다. 혹시 신부님들의 마음에 언짢은 부분이 있다면 용서를 청하는 마음이며, 언제 어디에서든지 참된 목자로서의 삶을 영위하시고 주님이 부르시는 그 날까지 건강하시기를 기도드립니다.

완섭이 동생

모처럼 핸드폰 번호나 찍어 볼까나?

띠띠뿐뿐띠띠…. 수화기 드는 소리와 함께 목소리가 들려옵니다. "여보세요?" 말을 안 하고 가만히 있으려니 계속하여 "여보세요? 여보세요?" 하고 있습니다.

"나여, '희망이 집' 형님이여!"

"아, 예. 형님. 오랜만이에요."

"무슨 오랜만이야? 전화한 지 10일도 안 되었구먼."

"아, 그래요. 나 어떻게 시간 가는 줄 모르겠네요. 식사 하셨어요?"

"그럼. 밥 먹었지. 이 형님이 전화를 해야 하는가? 동생이 가끔 형에게 문안인사 전화라도 해야지. 안 되겠구먼?"

"아, 형님. 죄송합니다. 다음에는 제가 먼저 전화할게요. 꼭 약속 지키겠습니다."

실상 전화 내용은 가장 단순한 안부 전화입니다.

이 형제를 처음 만난 것은 동사무소 관할 아래 복지 만두레 봉사단체를 통해서입니다. 그 때는 저도 산소통을 들고 바깥으로 활동을 다니지는 않았을 때입니다. 호흡은 가쁘게 되어 숨은 찼지만 어려운 이웃을 위해 여기저기 다

넜습니다. 완섭이 동생 집에 들어가 보니 동생이 엎드려 있었습니다. 또 한 가지 궁금한 것은 엉덩이와 허벅지 위에 이불을 덮어놓지 않고 비닐하우스를 쳐 놓은 것처럼 살갖에 이불이 닿지 않게 하고 있었습니다. 상체는 아예 이불이 덮여있지 않기에 어찌 보면 옷을 하나도 걸치지 않은 상태입니다. 하루 24시간을 엎드려서 지내고 있는 상태입니다.

'아! 이렇게 지내는 환자도 있구나.'하면서 마음속으로 저는 감사했습니다. 두 다리가 있어 걸어 다닐 수 있으니 말입니다. 얼굴은 환자라기보다 밝은 표정이었으며 목소리도 카랑카랑 괜찮았습니다. 가족은 노모 한 분이 계시고, 조카가 세 명 있었습니다. 삼촌이 이렇게 아픈데 조카 세 명이 그것도 한창 공부할 나이에 먹기도 잘 먹어야 하고, 교육비도 엄청 들어갈 텐데…. 또 저는 거기에 앉아서 이런저런 생각을 해봅니다.

노모로부터 물 한 잔 얻어 마시면서 노모와 손을 마주하였을 때, 노모의 손은 까칠까칠하였으며 굳은살도 잡히는 것 같았습니다. 지금이야 알고 있지만 고물을 주으러 다닌다고 그토록 손이 험하게 되었습니다.

처음으로 간 날 완섭이 동생의 손을 잡고 기도했습니다. 가난한 사람이 가난한 사람의 마음을 알아보는 것일까요? 아픈 사람이 아픈 사람의 마음을 알아보는 것일까요? 저 또한 현재의 여기까지 오도록 숱한 고생과 건강의 나약함으로 힘들게 살아온 것이 주마등처럼 스쳐지나가며 기도하는 순간에 둘이서 많이 울었습니다. 이토록 둘이서 첫 만남에 손을 잡고 기도하면서 울었으니 참으로 보통 인연은 아닌가봅니다. 동생 집을 나오면서 완섭이 동생과 꼭 한 가지 약속한 것이 있습니다. 몇 년이 지났지만 그 약속을 지금까지 잘 지킬 수 있어 다행입니다. 완섭이 동생이 살아 있고, 제가 죽을 때까지 이 약속을 꼭 지키고 싶습니다. 저희 집사람과 딸들에게까지 이야기 하여 약속을 꼭 지키고 싶습니다. 오늘도 전화해서 목소리 한 번 들어보고 건강하라고 말하고 싶습니다. ✝

행운회

　사람은 응애응애 울면서 이 땅에 태어나 엄마 젖을 물면서 먹을 것을 체험합니다. 어릴 때는 온갖 재롱을 피우다 학생이 되어 공부, 성인이 되어 부모에 대한 효를 실천합니다. 직업을 가지고 열심히 일하다 인생의 반려자인 짝을 만나 가정을 이룹니다. 또 다시 자녀를 낳고 기르며 기쁨, 슬픔, 고통, 행복을 순간순간 느끼며 삶을 지향하며 살아갑니다. 이렇듯 한 세상을 살다보면 어느덧 하얀 백발 노년으로 접어듭니다.

　이때쯤이면 마음으로는 청춘인데 몸은 말을 듣지 않아 여기저기 쑤시고 아프기 시작합니다. 텔레비전에서 어떤 박사님이 말씀하시길 나이 25세 이상이면 벌써 피부와 몸의 장기에 노화 현상이 찾아오고 있다고 했습니다. 70세 이상이 되시는 보통의 할머니들은 집에서 소일하시고, 경로당 가서서 지내다 오시고, 아니면 손자손녀들을 돌보는 분들도 계시지만 신앙을 가지고 성당에 다니시는 할머니 분들은 미사 침례도 하시고, 묵주 기도도 하시고, 그 외 여러 행사(장례식, 성지순례…)에 참여하느라 바쁘십니다.

　우리 '희망의 집'의 70세 이상 되시는 할머니들의 모임인 '행운회' 분들께서는 봉사활동을 오시기 위하여 시장에 가서서 장을 봐서 음식을 맛깔나게 해주십니다. 특히 음식을 만들기 위해서 나물을 다듬고, 마늘을 까고, 감자를

셨다 한 할머니께서 무슨 이야기 하나 툭 던지시면 그 이야기를 주제 삼아 한 마디씩 하시면서 배꼽을 잡고 웃으십니다. 주방에 발 붙여 들어가는 그 순간부터 설거지 마무리를 하는 모든 일정을 마칠 때까지 3~4시간 정도 걸리는데 그때까지 계속하여 박장대소하십니다.

그 속에서 저도 그 이야기에 빠져 한데 어울려 같이 웃으며 즐거워합니다. 나이 어린 저는 막둥이로 회원이 아닌 준회원이라며 예속되기를 바랐습니다. 우여곡절 끝에 아홉째 막내 동생이라고 불리게 되자 모두 다들 박수치며 환영해 주셨습니다.

할머니 분들 중에서는 오십대 분이 계십니다. 다른 할머니들을 수발하기 위해서이기도 합니다. 준회원이 된 저는 할머니들에게 할머니라고 부르지 않고 큰형, 작은형, 막내형이라고 부르며 재롱 피우는 재미가 쏠쏠합니다.

나이 드신 분들이 음식을 장만하면 짜고, 맵고, 맛이 떨어지려니 하지만 저희 '희망의 집'에 봉사활동 오시는 분들은 연로하시지만 정말 음식을 정갈하고 맛있게 하시며 입에 감칠맛이 있어 짝짝 붙을 만큼 맛있다는 것입니다. 우리 할아버지들께서 얼마나 맛있게 드시는지…. 평상시에도 모든 반찬, 국 등을 다 드시는 분들이지만 오늘은 다른 날보다 풍족하게 드렸음에도 모두다 깨끗이 비우셨습니다.

봄여름가을겨울 사시사철 철에 따라 동태찌개, 콩국수, 동지 팥죽, 닭볶음탕, 생선, 아욱국, 나물 종류 등 못 하시는 것이 없으십니다. 한 번은 제가 잡채를 원했었는데 잡채를 해 주셔서 정말 맛있게 먹었던 적도 있습니다. 살림을 몇 십 년씩 살아오신 노하우에서 생긴 솜씨일 것입니다. 가끔씩 할머니들과 우리 '희망의 집' 식구들과 함께 야외에 나가 웃다가 돌아올 때도 있습니다. 참으로 고마우신 분들입니다.

저는 겨우 오십 줄에 나서며 거기에다 수술까지 받아 몸이 허약하다 못해 산소 호흡기까지 달고 다니는 미약한 체질인데 비해 칠십이라는 이 연세에 집에서 편히 쉬고 하시는 것보다 저와 저희 식구들을 위해 이렇게 애정을 갖고 챙겨주시는 분들이 계셔서 한 세상 힘 있게 살아볼 가치가 있다는 것입니다. 저에게 어머님 같으신 우리 할머니 분들. 건강하게 오래오래 사셔서 더 많은 가난한 이들에게 위로와 힘이 되어주소서! ✝

노숙자 베드로 아저씨

밤늦은 시간입니다. 초에 불을 켭니다. 영미씨와 함께 두 손을 모아 기도 드립니다. 넓은 마음으로 가난한 이들에게 다가설 수 있도록…. 끓인 뜨거운 물과 라면을 차에 싣고 역전으로 향하였습니다. 역전에 들어서면 노숙자들이 길게 줄지어 서있습니다. 한 분 한 분 옹기종기 모여 있는 할아버지들에게 라면을 건네 드립니다. 삼삼오오 모여 앉아 추위를 피하고 있다가 라면 왔다는 소리에 차로 몰려와 라면을 받아 호호 불며 드십니다. 어떤 분은 추위에 얼마나 떨었는지 나무젓가락을 드신 손을 부들부들 떨고 계십니다.

"천천히 드시고 나면 라면 한 개를 더 드릴 테니까 걱정하지 마십시오."

추우면 추울수록 몸이 더 움츠러들고 배가 더 고플 것입니다. 힘이 들어 걸어오지 못하시는 분들에게는 제가 직접 가져다 드립니다. 얼어붙은 손으로 제 손을 꼭 잡으시고 눈시울을 붉히는 이 분들이야말로 진정으로 배고픈 사람들임을 잘 알고 있습니다. 저도 한 때는 이들처럼 춥고 배고픈 시련이 있었기 때문입니다.

언제부터인가 검정색 가방을 들고 다니는 아저씨 한 분이 눈에 띄었습니다. 그 아저씨는 저에게 접근해오며 당신, 즉 나에 대하여 잘 알고 있다고 했습니다. 역전에 라면을 가져다주기 전의 생활을 어디서, 무엇을, 어떻게 살았는지 소상히 알고 계셨습니다. 어떻게 그렇게 잘 알고 있느냐고 물었더니 누구로부터 들었다고 하면서 얼버무렸습니다. 그리고는 저희 집에 와서 살고 싶다고 하길래 모셔왔습니다. 꾀죄죄하던 몸에 묵은 때를 깨끗이 목욕하고 입었던 헌 옷가지를 버리고 새 옷으로 갈아입혀 드렸습니다.

따뜻한 밥을 지어 국과 반찬으로 식사를 마쳤습니다. 얼었던 몸을 온기가 있는 방으로 안내하여 잠을 청할 수 있도록 배려하고 우리 부부는 새벽녘이 되어 잠들었습니다. 아저씨는 긴장하지도 않고 서먹서먹하지도 않은 채 적응을 잘 하셨습니다. 반가운 것은 '베드로'라는 세례명을 가지고 계셨기에 우리 식구들이 기도할 때 함께 묵주기도를 드릴 수 있었습니다. 아저씨가 항상 끼고 사는 검정 가방 안에 들어 있는 물건들은 수세미, 때수건, 양말, 장갑 등…. 여러 가지 참 많은 물건들이 들어 있었습니다. 이 모든 물건을 팔아 수입을 올려 하루 먹고 사시는 아저씨였습니다.

베드로 아저씨는 저희 집에서 한 며칠 장사를 하시며 잘 지내셨습니다. 하루는 술을 거나하게 드시고 들어오시더니 괜시리 나와 식구들에게 시비를 건네시기에 잘 달래어 주무실 수 있도록 하였습니다. 한밤중 고함소리에 할아버지 방문을 열어보았더니 방안이 온통 아수라장이었습니다. 이유인즉, 같은 방에 있는 식구들에게 폭행을 하고, 욕설을 하고, 온 방의 사물을 다 뒤집어놓았던 것입니다. 이런 경우를 당해보지 않았던 저로서는 화가 치밀어 오르는 것을 참으며 거실로 데리고 나와 말을 건넸습니다.

"야! 임마! 니가 수사면 수사지 왜 그렇게 잘난 체 해!" 하며 고래고래 고함을 지르셨습니다. '아니! 이 아저씨는 나의 과거를 어디까지 알고 있지?' 마음속으로 되내었습니다. 시끄러우면 옆집에 사는 이들에게도 피해를 주니 될 수 있으면 조용히 시키려 안간힘을 쓰는데 이러면 이럴수록 널뛰는 망아지처럼 이 아저씨는 더 심하게 소리쳐 아우성이었습니다. 이러는 와중에 돈 삼백만 원을 달라고 졸라대었습니다. 돈 삼백만 원을 어디에 쓸려고 그러느냐고 물어도 묻지 말고 막무가내로 반협박적으로 달라고 계속 말을 하셨습니다.

떼쓰는 아저씨를 보며 영미씨는 못 참고 "안 되겠어요. 아저씨. 경찰서에 신고할 거예요." 하고 말하니 "그래, 신고하라고!" 하며 큰소리치더니 말로는 큰소리치면서도 행동으로는 주섬주섬 가방을 챙기더니 밖으로 나가려고 하셨습니다. 잘 곳이 없는 것을 아는 나로서는 어디 가시려고 하냐며 붙잡는 나를 술 먹은 힘으로 세차게 뿌리치고 나가버리셨습니다. 아수라장이 된 방을 치우고 할아버지들을 달래고 못다한 잠을 청하려 하였지만 쉽사리 잠이 오지 않았습니다.

역전 활동을 하다가 모셔온 분들은 쉽게 적응을 하지 못하는 것 같습니다. 술 때문에 적응을 못 하시는 분, 이 환경에 적응을 못 하시는 분, '희망의 집' 나름대로의 규칙 생활에 적응을 못하시는 분. 많은 분들을 추운 겨울 날 모셔 와서 생활해 보지만 한결같이 이삼일 후면 떠나가셨습니다. 오신 그 다음날은 계속해서 주무시고, 그 다음날은 먹고 주무시고, 먹고 주무시고 하시다가 내 집인 양 옷가지며, 신발, 돈 등을 챙겨서 사라져버리십니다. 오죽했으면 기존에 계신 민 할아버지께서 정을 붙일만 하면 사라져버리시니까 앞으로 그런 사람 데려오지 말라고 말하실까요.

집을 나간 모든 분들은 역전에서 또다시 만납니다. 또 만나면 씩 웃으시는 분, 아니면 피하시는 분, 아니면 미안하다고 하시는 분…. 여러 모습으로 저에게 다가옵니다. 며칠이고 저를 피하시던 베드로 아저씨는 슬며시 다가오시더니 전날 내가 너무 시끄럽게 해서 미안했다고 하면서 컵라면 하나 달라고 하시기에 하나 드리며 "다 드시고 저하고 이야기 좀 해요."라는 말을 건넸습니다.

노숙자 분들에게 컵라면을 다 드리고 떠나오기 전 짐을 챙긴 후 베드로 아저씨에게 그 날 왜 그렇게 시끄럽게 하셨는지 이유를 알고 싶어 여쭤보았습니다. 집사람도 딸도 아픈데 치료비가 없어 괴로워서 그랬다고 아저씨는 말

씁하셨습니다. 안타까운 현실입니다. 일이십만 원도 아니고 삼백만 원이 있어야 된다고 하니…. 이야기 하는 아저씨나 이야기를 듣는 저나 가슴이 답답한 것은 똑같이 느껴지는 것 같습니다. 다른 노숙자들에게 컵라면을 드리고 올 때면 마음이 조금은 가벼웠는데 그 날은 현실에 닥친 아픈 사연 때문에 마음이 무겁기만 합니다. 오늘 밤도 일찍 자기는 틀렸는가 봅니다. ✝

빈민촌 활동

오늘은 어제보다 날씨가 많이 풀렸습니다. 어제 하지 못한 활동을 오늘은 해야지 하면서 몸과 마음을 무장하였습니다. 쌀이며, 과일, 배추에다 생필품을 준비하여 김 마티아 아저씨, 내가 제일 좋아하는 요셉 형, 안드레아 형과 함께 빈민촌으로 떠났습니다.

김씨 아저씨가 쌀 20kg 1포대를 들고, 나는 과일을 들고, 두 형들은 배추를 연신 나르고 땀을 흘리며 고물을 주워 생계를 연명하고 계시는 할머니 댁으로 들어갔습니다. 반가워하시는 할머니의 찬 손을 만지면서 새해 인사를 나누었습니다. 언제나처럼 수줍어하시고 겸손해하시는 할머니의 모습을 보면서 나 또한 할머니처럼 겸손한 사람이 되어야겠다고 할머니를 대할 때마다 느낍니다. 고마워하시는 할머니를 뒤로 한 채 차에 시동을 켜고 다음 행선지로 출발하였습니다.

다음 도착지는 쌍둥이네와 함께 사는 할머니 댁입니다. 쌍둥이는 보이지 않고 할머니만 계시기에 새해 인사를 꾸벅하고 손과 손으로 악수하며 사랑을 나눕니다. 무릎 관절로 고생하시는 할머니는 반가운 표정에 항상 음료수를 사주십니다. 안 먹으면 할머니의 자존심이 상할까 항상 먹습니다.

앞집에 어려운 할머니는 요즘 들어 제가 안 보여 얼마나 기다렸는지 모른다며 아파서 못 오는지 걱정을 많이 하셨다고 했습니다. 쌀 20kg 1포대, 과일, 생필품이 문제가 아니라 이렇게 사람과 사람 사이의 정이 얼마나 따뜻한지 모르겠습니다. 쌀 한 가마니보다 더 반가운 저를 보았으니 이제는 더 부러울 것이 없다고 말씀하셨습니다. 아쉬운 작별을 하고 내려오면서 하느님께 얼마나 고마워했는지 모릅니다.

"하느님. 아무 짝에도 쓸모없는 저를 그래도 귀엽게 보시고 사랑을 느끼며 살 수 있도록 아름다우신 천사 할머니들을 보내주셔서… 할머니 세 분 건강하게 오래 살 수 있도록 은총을 베풀어 주소서! 주님."

이런 기도를 하면서 용운동 산 중턱에 있는 맹인촌으로 향하였습니다. 아들과 딸은 앞이 보이는데 두 부부는 앞이 보이지 않습니다. 그렇지만 두 부부는 앞이 안 보여도 제 목소리만 듣고도 금세 알아차립니다.

"상원이 아버지, 상원이 어머니!" 하고 큰 소리로 부르면 "네, 아이구. 목사님!" 하고 반가운 듯이 문을 활짝 열어젖히곤 합니다. 날씨가 차가워 "손이 차가운데요." 하면 "차가우면 어때요? 우리가 어제 오늘 아는 사이인가요. 괜찮아요." 하시며 따뜻한 손으로 차가운 제 손을 만져주십니다. 이런 온기와 사람과 사람의 정이 살맛나게 합니다. 가져온 쌀이며, 과일이며, 물품을 내려다 놓으면 "아이구, 거기도 식구가 많아서 먹고 살기도 힘들 텐데 이렇게 가져오시나.", "몸도 약한 양반이 여기까지 가지고 온다고…. 아이구, 감사합니다." 연신 머리를 꾸벅이십니다.

"아유, 맨날 말로만 감사하다고 하시지 집에서 먹던 물도 한 잔 안 주시면서…" 하고 말하면 "아참!" 하면서 집에서 먹던 요구르트를 꺼내주시며 목을 축이라고 야단이십니다. 저희는 요구르트로 목을 축이며 "저희들은 예수님이 주셔서 그냥 심부름만 해요. 우리 모두 다함께 나누어 먹읍시다. 주님께 감사드리고요." 하고 말했습니다. 맹인 두 분이서 똑같은 말로 "아따, 목사님. 말도 어떻게 고렇고롬 잘 하신다요?" 하는 소리에 우리 모두 배꼽을 잡고 웃었습니다.

이밖에 저희들은 앞을 못 보시는 나이 드신 할아버지 한 분을 챙겨드립니다. 호흡은 가쁘지만 저는 그래도 앞을 볼 수 있어 이 분들과 함께 주님의 사랑을 느낍니다. 제가 살아가는 또 하나의 이유는 저보다 못한 사람을 위해 조금이나마 도움이 되었으면 하는 바람입니다. 맹인 부부와 나이 드신 할아버지의 두 손을 꼭 잡고 기도드렸습니다.

현세의 삶은 앞이 보이지 않아 힘들고 어렵지만 이것을 잘 참고 주님을 잘 믿으면 나중에 저 하늘나라에서 영원한 행복을 누릴 것이라고 힘과 용기를 주고 떠나 나옵니다. 조금은 찬바람에 호흡이 차지만 차에 올라 탄 제 눈의 눈시울이 붉어져 옵니다. 이럴 즈음에 함께 봉사활동 가신 형님 한 분이 말씀하십니다.

"야! 나는 안 프란치스코가 제일 부럽다."

'희망의 집'에 들어온 채소(배추), 과일, 쌀, 음료수, 생필품을 어려운 분들에게 가져다주니 감사하고, 고맙다고 손도 만져주고, 음료수도 주고, 함께 손잡고 기도하니 이 얼마나 행복한 생활이란 말이냐며 푸념 아닌 부러운 소리를 하니 같이 동행하시던 형님 한 분이 "야, 너도 복지시설 하면 되지 않겠느냐?" 하시니 "아이구, 형님. 말 마요. 복지시설도 아무나 하나요. 저 영미(데레사) 씨나 프란치스코 정도 되니까 하지요. 야, 프란치스코. 빨리 운전해." 하는 말에 저희는 다함께 웃었습니다.

이어 도착한 조그마한 방 안에는 모친과 아들이 살고 있었습니다.

아들이 어릴 때는 자꾸 바깥으로 나와 사고를 쳐서 어머니가 직장에서 일을 마치기도 전에 병원으로, 경찰서로 불려 다니기 일쑤였습니다. 그래서 아들이 밖으로 못 나오게 자물쇠통을 바깥에서 채우고 직장을 다녔습니다. 점심을 차려드리기 위하여 봉사자들이 바깥에 열쇠 둔 곳을 찾아내어 점심을 차려주기도 하고, 방 청소를 해 주기도 하고, 세수도 해 주고, 대소변을 받아

주기도 했습니다. 2~30대에는 젊은 봉사자들이 많이 있어 사람들이 붐비고 그랬는데 지금은 얼굴은 젊어 보이는데 연세가 들어 49세입니다.

그 때 찾아줬던 봉사자들은 다 결혼하거나 멀리 가기도 하여 영 찾아오지 않고 가까이 대전에 있어도 결혼하여 찾아뵙기도 힘듭니다. 전에는 젊은 총각들이나 처녀(아가씨)들이 많이 오시는데다가 수녀님들까지 많이 찾아주셔서 집안 자체에 화광이 비춰 기도하는 집이라 성령의 영이 넓게 비춰 굉장히 환한 집이었는데 지금은 찾아오는 이 드물고, 어머니나 아드님이나 연세가 드셔서 방 안 전체가 어두컴컴합니다. 저도 3~40대에는 자주 갔었는데 요 근래에는 자주 못 갔었습니다. 대소변, 식사, 세면 등 어느 것 하나 손이 안 가는 곳이 없습니다. 그래도 어머님이 얼마나 깔끔하게 예쁘게 아들을 닦이시는지…. 어머님도 이제는 무릎 관절이 안 좋아지셔서 관절약을 드십니다. 제가 걱정한들 무슨 소용이 있겠습니까?

지난번에 한 번은 어머님이 본인이 죽으면 아들을 어떻게 돌보나싶어 논산에 있는 장애인 시설에 가서 생활을 했었는데, 자식이 엄마와 생전에 떨어져 지내고 싶지 않다고 하여 다시 어머님과 생활하고 있습니다. 또 한 번은 아들에게 프란치스코 형에게 가서 생활하려냐고 물어보았습니다. 그러나 형은 괜찮다고 대답하더랍니다. 그래서 어머님이 "나는 김성인(스테파노)이가 너(안 프란치스코)한테 가면 생활할 수 있겠다고 하는데 너는 받아줄 수 있니?" 하고 갑자기 말씀을 하시는 바람에 얼떨결에 "아, 예. 그럼요. 성인이도 제 옆에 있으면 저도 좋죠." 하고 자신있게 대답했습니다. 그런데 어머니께서는 성인이에게 방을 따로 하나 구해주었으면 하고 간곡히 부탁하셨습니다. 집에 와서 곰곰이 생각한 후 영미씨에게 말했습니다. 영미씨는 스테파노 씨가 여기에서 생활하는 것은 괜찮은데 논산 장애인 복지시설도 좋은데 여기와서 불편하게 생활하는 것이 힘들 것이라며 머리를 갸우뚱하게 저었습니다.

"어머님과 성인이를 다시 만나 성인이가 우리 '희망의 집'에 와서 생활하든 다른 복지시설에 가서 생활하든 그것은 어머님께서 하늘나라에 가시고 난 후의 일이니 나중에 생각하고, 성인이가 오겠다고 하면 제가 잘 데리고 생활할테니 염려하지 마시고 살아생전에 잘 드시고 행복하게 사셔야지요. 또 혹시 모르죠. 저보다 더 좋은 시설, 더 좋은 분 만나서 그리로 가게 될 지도 모르니 말입니다."

이런 말들을 대충 구두로 하고 이 집에 활동을 다니고 있습니다. 몸이 안 좋은데도 저는 이 성인이 동생의 집에, 특히 겨울에 가면 이불 속으로 파고들어 재잘거리며 놀다 옵니다. 저만 떠드는데도 어머님과 동생 성인이는 좋다고 난리입니다. 동생에게는 후원금, 물품이 중요한 것이 아니라 얼마나 얼굴을 자주 보고 전화를 자주 하느냐가 중요합니다. 이것이 바로 우리 둘이서 마음과 몸으로 느끼는 사랑입니다.

성인이는 말도 제대로 못하지만 저는 전화상으로 알아들을 수 있으니까 말입니다. 큰 소리로 전화기에 대고 외쳐봅니다.

"성인아! 사랑해!"라고 말입니다. ✝

눈물의 보신탕

멍 멍 멍.

한 집에서 개가 짖으면 또 다른 옆집에서도 같이 덩달아 짖어댑니다. 전염병처럼 옆집으로 계속 번져 나가며 짖기 시작하면 오래 가는 것을 볼 수 있습니다. 낯이 익지 않은 사람이 오면 금방 알아차리고 짖기 시작합니다. 그러나 집주인이 대문에 들어서면 짖지도 않을뿐더러 꼬리를 사정없이 흔들어 대고 앞에 있는 두 발을 들고서 깽깽거리는 소리를 냅니다.

개 자신의 이름을 불러주며 머리를 쓰다듬어 주면 개는 주인의 사랑을 받는다는 것을 알고 어쩔 줄을 몰라 하며 꼬리를 사정없이 흔들어 대면서 오줌을 지리기도 합니다. 동물인 개와 사람은 이렇듯 친밀한 관계입니다. 그런데 사람들은 가족처럼 느끼는 사랑해주던 개를 잡아먹습니다. 단지 몸보신을 위하여…. 단지 맛있다는 이유로…. 단지 대수술을 받은 후 건강회복을 위하여….

보신탕, 영양탕, 사철탕. 여러 이름을 가진 이 음식을 많은 사람들이 즐기지만 이 음식을 혐오하는 사람들도 있습니다. 이 음식을 처음에 어떻게 먹게 되었는지 모르지만 저도 보신탕을 참 좋아합니다. 배부른 포만감도 있을뿐더러 들깨를 갈아 넣은 고추장에 고기 한 점을 찍어 입 안에 넣어 잘근잘근

씹을 때에 느끼는 그 감촉과 시원한 국물 맛. 하루 삼시 세끼를 줘도 저는 마다하지 않습니다. 소화도 잘 되어 과식하지 않으면 참 좋은 음식입니다.

사설이 길었지만 이 음식에 대한 추억을 이야기 하고자 합니다.

혈기왕성할 때 한창 잘 먹고, 뛰어다니고 해야 할 나이에 가정형편으로 어려움을 겪게 되면서 어쩔 수 없이 직업전선에 뛰어들게 되었습니다. 돈을 벌어 공부를 해야 한다는 욕심에 잘 못 먹고 무리해서 일하는 바람에 폐결핵이라는 진단을 받으면서 "죽을 날이 몇 달 남지 않았어."라는 보건소 소장의 말을 듣고 그동안 먹고 싶은 것 먹지 않고 입고 싶은 것 참으며 악착같이 몇 년 동안 벌어두었던 돈을 다 탕진하고 말았습니다.

결핵약을 먹지 않았기에 몸은 더욱더 망가져서 결국은 쓰러져 요양원에 입원하게 되었습니다. 의사 선생님께서 빨리 수술해야 한다고 말씀하셨습니다. 저는 완강히 거부했습니다. 수술 받으러 수술실에서 여러 사람이 수술에 실패하고 죽어나가는 사람을 여러 번 보았기 때문입니다. 아울러 수술을 성공적으로 하고 난 후라도 제 몸을 챙겨줄 보호자가 없기 때문에 저는 더욱 수술을 못한다고 하였습니다. 몇 번이고 의사는 권고하였지만 그 때마다 저는 좌절하였습니다.

요양원이 여자, 남자 같이 있던 병원인지라 저의 사정을 알고 저를 흠모해 오던 어느 여인이 만나 뵈었으면 한다고 했습니다. 저는 손해 볼 것이 없는지라 병원 매점에서 만났습니다. 만나서 대화중에 저를 너무너무 좋아한다는 것과 자신의 부모님에게 연락하여 보신탕을 해 올 수 있으니 걱정하지 말고 수술을 하라는 것이었습니다. 몇 번이고 다짐을 받은 후에 저는 수술실로 갔습니다. 그러나 수술 중에 제가 지혈이 되지 않아 죽을 몸이 되었던 것입니다.

개인 병원이야 계속 수혈을 하면 되겠지만 요양원은 한 사람당 수술 시 제공되는 혈액이 정해져 있었기 때문에 지혈이 되지 않아 피를 다 써버리면 죽을 수 있기 때문입니다. 그런데도 저는 살아났습니다. 한 간호원의 도움으로…. (이에 대한 설명은 다음에 하겠습니다.)

수술 후 병실에 나왔을 때 반겨주는 사람 하나 없이 독방에서 지냈습니다. 그 여인을 애타게 기다렸지만 오지 않았습니다. 나중에 안 사실이지만 퇴원하였다는 사실에 배신감이 치밀어 올랐지만 어쩔 수 없었습니다. 요양원의 식사시간 때는 정말 괴로웠습니다. 어릴 때 좀 부유하게 살아 입이 까다로웠던 제가 모래알 같은 밥, 김치 짠지 등의 간이 맞지 않는 반찬들, 콩나물이 몇 개 떠다니는 국이 전부였습니다. 일주일에 한 번 고기를 주는데 몇 점 되지 않았습니다.

지금 생각하면 식판을 날라다 주는 그 아주머니가 무슨 죄가 있겠습니까? 지금 이 시간을 빌어 그 아주머니께 죄송하다는 말을 꼭 전하고 싶습니다. 이름도 성도 모르지만 "잘못했습니다. 용서 바랍니다." 머리를 숙여 속죄합니다.

폐렴까지 겹쳐 독방 신세도 서러운데 이런 음식을 먹으려니 화가 치밀어 올라 식판을 몇 번이고 집어던졌습니다. 차라리 수술하다 죽었으면 이런 꼴은 당하지 않았을 텐데…. 나를 살려주었다는 그 간호원이 죽도록 미웠습니다. 살이 없어 뼈만 앙상하게 드러나고 얼굴은 광대뼈가 보입니다. 몇 발자국만 걸어도 숨은 턱까지 차오르고 죽을 날만 받아놓은 것 같은 폐인이 되어 갔습니다. 그러던 어느 날, 노크 소리와 함께 병실 문이 열리며 아주머니 한 분이 들어오셨습니다. 아주머니의 두 손에는 김이 모락모락 나는 국이 있었습니다.

"아유, 총각. 고생이 많지? 가족이 없다면서? 찾아오는 사람도 없고. 쯧쯧. 우리 아들도 수술했는데 탕을 끓이면서 좀 더 끓여 한 그릇 가져왔으니 이것 먹고 힘을 내야지." 하며 저에게 건네주셨습니다. 뚝배기의 보신탕을 건네주고 황급히 나가시는 아주머니의 뒤를 쳐다보며 "잘 먹겠습니다." 한 후 숟가락을 들어 수저로 국물을 떠 입안에 넣었습니다. 입안에서 느껴지는 부드러운 감촉, 씹히는 고기맛. 저는 이 음식을 먹으며 얼마나 울었는지 모릅니다. 나중에는 눈물콧물 범벅이 되어 눈물이 보신탕 그릇 안에까지 떨어지고 있었습니다. 정말 맛이 있었습니다. 너무너무 맛이 있었습니다. 아껴두고 두고두고 먹고 싶었습니다. 이 보신탕 한 그릇이 병원에서의 제 삶을 완전히 탈바꿈시켰습니다.

그릇을 깨끗이 씻어 아주머니께 건네며 "참으로 맛있게 잘 먹었습니다. 이 은혜는 평생 잊지 않겠습니다. 아주머니께 못 갚으면 다른 불쌍한 사람들에게 꼭 갚겠습니다." 하고 말했습니다. 아주머니는 제 손을 꼭 잡으시며 "그럼, 그럼. 실망하지 말고 건강을 되찾아. 꼭 그렇게 되기를 바란다."며 용기와 힘을 북돋아 주셨습니다.

저는 밤마다 이불을 뒤집어쓰고 울면서 기도하였습니다. 기도를 잘 모르는 저 자신으로서는 기도보다 독백, 내 삶의 한탄, 슬픔, 고통을 울부짖고 있었습니다. '지금보다 조금만 더 건강을 주시면 저보다 약한 사람을 위하여 돌보며 한평생 살겠습니다'라고.

30여 년 전이지만 보신탕을 건네주신 그 아주머니를 생각하며 기도합니다. 수술할 당시 피를 사서 제 생명을 살려주신 그 간호원을 생각하며 기도합니다. 감사하며 고마웠다고….

보신탕 한 그릇의 힘은 위대하여라. ✝

소외감 속에서의 또 다른 행복

신부님께서 대학생, 청년들보다 학부형으로 교사를 뽑으셨다. 저와 몇 명의 형제들(아버지들), 그리고 여러 명의 자매님들(어머님들)이 사제관에 꽉 차게 앉았습니다. 대학생과 청년, 아가씨들이 했던 주일학교 교사들을 그만 두게 하고 한 해의 첫 시작이니 아버지, 어머니를 뽑아 주일학교 교사로 뽑아 자녀들을 가르치는 마음으로 교육을 했으면 하였습니다. 그것도 따로따로 혼자 개인이 아니라 부부 교사로 뽑을 것이라고 하셨습니다. 신부님이 말씀하시자마자 주위를 둘러보니 진짜로 부부들이 앉아 있었습니다. 저도 영미 씨가 사무장으로 근무하니 혼자였으며, 또 한 자매님도 혼자였지만 나머지는 다 부부였습니다.

주일학교 어린이들을 가르치는 것은 인내심을 요구하는 것임을 저는 잘 알고 있기에 몸이 약하다는 핑계로 안 하려고 하자 한 형제가 기어코 같이 하자는 바람에 신부님께서도 반신반의하셨지만 교사로 임명해주셨습니다. 주일학교 행사를 하면서 어머니 교사들은 자녀들 교육처럼 열심히 하셨습니다. 저도 열심히 한다고 했지만 그들의 마음에는 썩 내키지 않았습니다.

그러던 주일학교 노엘축제 연습할 때였습니다. 할아버지, 아저씨의 저녁 식사를 챙겨드리고 밥도 먹지 못한 채 성당으로 차를 몰았습니다. 학생들은 반가이 맞이해 주었지만 저는 나름대로 미안했습니다. 어머님들은 시간을 내어 어린이들에게 춤이며, 노래며 가르치느라 정신없는데 저는 왔다갔다 하느라 정신이 없었기 때문입니다. 저도 어린이들을 가르친다 싶으면 '희망의 집'에 손님이 와서 상담하고, 손님을 접대하다보면 시간만 흘러가고 저에게 주어진 일을 못하고 있었기 때문입니다. 저녁 8~9시쯤 주일학교 여 선생님이 바퀴달린 시장바구니에 밥이며, 반찬이며 만들어 지하 강당으로 가는 것이 보였습니다.

저도 부르겠지 하며 부푼 기대에 차있었습니다. 야고보 선생님, 하람이만 찾더니 주일학교 여 선생님은 지하 강당으로 내려갔습니다. 그 여 선생님의 뒷모습을 바라보는 저의 뱃속에서는 꼬르륵 꼬르륵 반주 소리가 났습니다. 늦게나마 노엘축제 연습을 마친 후 용운동에 있는 여학생과 수화 선생님을 바래다주니 10시가 다 되어 차 한 잔을 하며 다시 점검해보자는 선생님들께 양해를 구하고 역전의 노숙자들에게 차를 몰았습니다.

라면과 삶은 감자를 맛있게 드시는 아저씨들의 모습을 보면서 마음으로는 흐뭇했지만 뱃속은 또다시 요동쳤습니다. 역전에서의 활동을 마치고 성당에 부리나케 도착하였습니다만, 다들 바쁘게 가는 통에 인사도 제대로 드리지 못해 왠지 노엘축제 연습을 하면서 죄인이 된 기분이었습니다. 11시간이 지나도록 남녀 선생님으로부터 "식사하셨어요?" 하는 소리와 밥 한 끼 못 얻어 먹었지만 꼬꼬치킨센터 신창수(안드레아) 형과 말지나 형수로부터 치킨으로 대접받았습니다. 언제든지 아무 조건 없이 베풀어주시는 두 분의 미소와 친절에 늘 감사드립니다. ✝

역전 활동 I

  실업자들과 노숙자들을 위하여 기도는 하지만 마음으로 늘 미안한 마음이 었습니다. 여름에는 날씨가 더워 역전에서 지내기가 조금 수월하겠지만, 겨울에는 날씨가 추워 하루 긴 밤 지낼 때 상당히 어려움을 겪으리라 생각합니다. 그나마 몇 푼 동냥한 사람은 역전 앞 쪽방에서 몇 천원을 주고 하루 밤을 지낼 수 있지만, 동냥한 돈으로 술을 한 병 사서 마셔버리면 추운 겨울날 바깥에서 하루를 꼬박 새어야 합니다.

  우리들도 하루를 지내며 밤 11시쯤이면 배고픕니다. 그러기에 영미씨와 저는 노숙자들을 위하여 라면을 끓여 주면 좋겠다고 생각했습니다. 집에서 밤 11시쯤에 석유버너, 컵라면, 물, 겨울잠바, 두꺼운 겨울 옷가지들을 봉고차에 싣고 대전역으로 향하였습니다.

  역전에 도착한 우리로서는 처음에는 서먹하였으나 이십여 년 전에 노숙자들을 자주 접한 저는 대합실과 역전 광장에 쓰러져 있는 노숙자들에게 다가가서 "컵라면과 겨울 옷가지들을 가져왔으니, 라면 드시고 옷가지 좀 챙겨가세요."라고 말하자마자, 차 있는 쪽으로 쏜살같이 뛰어가셨습니다.

  노숙자들이 많아 겨울잠바 및 옷가지들이 부족하여 송구스러운 마음이었는데, 날씨가 춥고 바람이 불어서인지 석유 버너의 물이 빨리 끓지 않았습니다. 라면을 드시려고 아저씨들이 길게 늘어서 계시는데 물이 빨리 끓지 않아 미안한 마음이었는데, 늘어선 노숙자들의 모습을 본 역무원은 제 곁에서 와서 "지금 여기서 뭐하시는 겁니까? 빨리 불 끄세요." 하며 역 광장에서 불을 피우면 어떻게 하냐고 꾸지람을 된통 들었습니다. 할 수 없이 빵이며 우유를 사서 그분들에게 드릴 수 있었습니다.

처음 하는 일이라 시행착오를 겪었습니다. 그래도 빵하고 우유를 사서 그분들에게 드릴 수 있어 흐뭇했습니다. 겨울 옷가지들을 풍족하게 거둬 그분들께 드려야겠습니다.

영미씨와 집에 오기 전에 길가에서 먹는 어묵 맛은 왜 그렇게 맛있는지…. 호호 내 입에서 나오는 사랑의 입김을 내 사랑하는 여인에게 날려 보냅니다. 호, 호, 호…. ✝

역전활동 II

　역전활동을 가기 위하여 집에서 물을 끓이고자 가스버너에 불을 켜두고, 기도하기 위하여 촛불을 켭니다.

　"하늘에 계신 우리 아버지… 아멘."

　기도를 마친 후 옷맵시를 단단히 한 후 그동안 받아두었던 겨울 스웨터, 겨울 점퍼, 양말, 내복을 차 뒤에 싣고 라면과 따뜻한 물, 소량의 김치, 단무지를 가지고 역전으로 떠났습니다. 이제는 우리 부부가 무슨 요일, 몇 시에 오는지 다 알고 계신 노숙자 분들이 역전으로 차가 들어서면 20여 명 정도 미리 줄지어 서 계십니다. 추우신데 라면을 드시기 위하여 줄을 서 계셔서 미안한 마음인지라 빠른 동작으로 한 분 한 분에게 라면을 건네주었습니다.

　"라면 드시고 배고프시면 말씀하세요. 더 드릴게요."

　"아, 예. 고맙습니다."라는 노숙자 분들의 말 한 마디에 힘과 용기가 생깁니다. 봉사자들과 영미씨가 라면을 주고 있을 때 나는 역 광장 안을 두루 살펴보며 잘 못 걸으시는 분들은 오지 못하시므로 가져다 드리고, 때로는 차가 왔는데도 몰라서 그냥 계시는 분들에게 "라면 드리는 차가 왔으니 가서서 라면 드세요."라고 알려드리기도 합니다. 라면 드리는 봉사활동이 다 끝날 무렵 30대도 안 되어 보이는 여자 분이 컵라면을 역 광장에 던져 버렸습니다.

순간 성질이 나서 머리가 쭈뼛거렸습니다. 그 자리에 한참을 서 있은 후 그 여자와 눈을 마주쳤습니다. '참아야 하느니라. 참아야 하느니라.' 하고 속을 다스린 후 바닥에 떨어진 라면을 손으로 일일이 주워 담았습니다.

"당신한테는 컵라면 500원 짜리가 아무 것도 아닌 것처럼 보일지라도 나는 500원을 벌기 위하여 무던히 노력합니다. 이것 보십시오. 물을 끓여야지요. 라면 뜯어야지요. 봉사자들도 추운데 와서 함께 하지 않습니까? 무슨 일 때문에 그러는지는 모르겠지만 앞으로 한 번만 더 이러면 저도 가만히 있지 않겠습니다. 당신이 여기서 문제를 일으키고 소란을 피우면 다른 노숙자들이 여기에서 역무원들에게 쫓겨나 라면을 먹지 못하는 것 아닙니까?"

자동차 뒷문을 열어 겨울 점퍼, 스웨터, 내복, 양말을 내어 드리고 인사를 한 후, 역전을 떠나 집으로 돌아오는 중 봉사자 한 분께서 "라면을 주지 않아도 되는 사람들이 라면을 먹고 그러더라고요. 그런 사람들은 매몰차게 라면을 주면 안 될 것 같아요." 하고 말씀하셨습니다. 저는 그렇게 말하는 봉사자와 다른 분들도 들었으면 하는 바람으로 말하였습니다.

"3~40명이 되는 노숙자들 중에서 진정 한 사람이라도 진정 끼니(라면)를 먹고 고맙다라는 말을 하면 그것으로 만족해야 합니다. 진정 주님께서도 그것을 원하실 것입니다."

다음에 역 광장에 들어서니 노숙자들이 줄지어 서 있는 그곳에 라면을 길바닥에 던졌던 그 아가씨가 반갑게 웃으면서 다가와 "오늘은 제가 도와드릴게요." 하며 다른 봉사자들이 하는 자리에 자신이 서고서는 "아저씨들, 빨리 오세요." 하면서 뜨거운 라면을 노숙자들에게 건네주었습니다. 잠시 그 일을 하는 듯 하다가 역전 안으로 뛰어가서 다른 노숙자들을 데리고 와서 "라면 주세요." 하고 라면을 건네는 것이었습니다.

"아저씨. 라면 두 개만 주세요. 저 안에 두 분 계시니 갖다 드려야 돼요." 여기저기 동서남북으로 뛰어다니던 그 여인의 이마에 땀방울이 맺혔습니다.

나보고 "아저씨, 저도 이제 라면 한 개 주세요." 하며 의자에 앉아 라면을 먹고 있을 때 "오늘 정말 고마웠어요. 다음에 오면 또 오늘처럼 도와줘요. 무슨 일이 있어 이곳에 있는지는 몰라도 하루 속히 집으로 가세요."라는 말을 건네며 차에 올라탔습니다. 차에 올라탈 때 그 여자 분이 "라면 참 맛있네요." 하며 씨익 웃었습니다. 지나가는 노숙자들과 악수를 청하며 "안녕히 계세요." 하고 떠나올 때 "아저씨. 잘 가요. 오늘 수고했어요." 하고 소리치며 손 흔드는 그 여자 분을 뒤로 하며 나 또한 손 흔들어 주고는 역전을 빠져나왔습니다. ✞

역전활동 Ⅲ

영미씨와 함께 학원을 운영할 때였습니다.

수의 덧셈, 뺄셈, 사회, 도덕, 그리기, 노래 부르기, 율동…. 조그마한 학원을 운영하면서 영미씨는 모르는 것 하나 없이 처음부터 끝까지 가르치곤 했으며, 나는 그 때마다 시간 나는 대로 학생들을 집에 데려다 주고 또 공부할 학생들을 집에서 학원으로 데려오곤 하였습니다. 시간시간마다 공부하는 학생들 나이가 다른 학년인 관계로 시간에 맞춰 운영을 해야 하기 때문에 운전하는 시간에 쫓기곤 하였습니다.

저와 마찬가지로 영미씨도 하루 온종일 말을 해야 하는 직업(선생)인지라 가만히 있을 수가 없었습니다. 선생님이 몇 분 계셔도 학생들이 많으니 선생님들도 쉴 시간이 없이 바쁘게 움직이고 있습니다. 우리 부부는 공부도 중요하지만 예절 교육에 치중을 많이 두었습니다. 우리 학원에 다니면서 공부도 곧잘 한다는 소리와 함께 인사 하나만큼은 착실히 하자라는 모토를 두고 열심히 가르쳤습니다.

이렇듯, 시간이 지나자 학생들이 변화하니 각 가정의 학부형님들께서 고맙다는 말을 해 주셔서 우리 부부는 참 기뻤습니다. 이 기쁨에 4~6학년 학생들 대상으로 용돈에 대하여 설명한 후, "지금 너희들의 용돈을 삼분의 일, 아니면 절반씩 저금하자."고 말했습니다.

　"저금한 돈은 원장님께 맡기면 안 되겠니?" 아니면 너희들이 개인적으로 모아두고 있든지. 너희들이 나를 믿고 따라와 준다면 착한 일을 하는데, 좋은 경험을 하게 해주겠노라고 했습니다. 용돈이 어느 정도 모아졌을 때, 학생들이 협조할 수 있게 도와 주서서 감사하다고 학부형님들에게 말씀드렸습니다. 학생들이 모은 돈은 역전에 있는 노숙자들에게 빵과 우유를 사서 끼니를 때우시기 위해서였다고 다시 한 번 말씀 드렸습니다. 역전에 학생들이 한꺼번에 많이 나가면 통제도 안 될 것 같고, 그 분들한테 자존심을 건드리는 것 같아 3명씩만 데리고 가기로 하였습니다.

　역전에 나가는 날, 3명의 학생 학부형들께 전화를 드려 밤늦은 시간에 자녀를 보내주심을 감사드리고, 봉사활동 마치고 집까지 잘 바래다주겠다고 말씀드렸습니다. 학생들 본인들이 모은 용돈인만큼, 어떤 학생은 4,900원, 또 어떤 학생은 8,200원…. 자신들이 모은 만큼 빵과 우유를 사서 역전의 노숙자분들에게 다가갔습니다만, 건네 드리기가 쑥스러운 듯 하였습니다. 제가 다시 한 번 시범을 보이면서 할아버지들, 아저씨들, 아주머니들에게 잘 나눠 줬습니다. 한쪽 벽에 움츠리고 있는 분, 때로는 술에 취해 쓰러져 계신 분, 박스를 짊어지고 잠 잘 곳을 찾으시는 분, 박스를 깔고 신문지를 덮어 쪼그리고 주무시는 분들, 때로는 이 분들에게 다가가기가 겁나지만 용기를 내어 다가서고, 주무시는 분들 옆에 빵과 우유를 놔두기도 하면서 많은 노숙자들을 접하였습니다.

　여학생 두 명은 눈물을 흘리고 있었으며, 남학생은 생각지도 못한 충격을 받은 듯합니다. 학생들의 눈물을 닦아주고, 손을 꼭 부여잡고 오늘 이렇게 본 것을 잊지 말고 앞으로는 부모님께 효도하고 공부 열심히 하여 훌륭한 사람이 되자면서 기도 드렸습니다.

　"주님! 이 학생들이 이 나라의 새로운 일꾼들이오니 좋으신 길로 인도하소서."

역전에만 다녀오면 참 좋습니다. 왜냐고요? 역전 활동 마치면 따끈한 어묵을 먹으니까요. 어묵은 학생들에게 많이 먹이고 싶습니다. 우리 딸들도 이 학생들처럼 착하게 커야 할 텐데, 하며 여학생의 머리를 쓰다듬어 봅니다.

다음날! 학원 교실이 떠들썩합니다.

"야! 너희들 어제 어디 갔다 왔니. 누구, 누구랑 같이 갔다 왔어?"

"무슨 일 했는데? 빨리 말 좀 해 봐!"

"있잖아. 빵과 우유를 사서, 노숙자 분들께….."

"그만! 다 이야기하면 2차로 나가는 학생들에게 도움이 안 된단다. 알았지? 자! 오늘은 현정이, 이유미, 강대호 세 명이 봉사활동 나갈 것이니 부모님께 말씀 잘 드리고 밤 10시 30분까지 학원 앞으로 올 것. 이상!" ✝

택시기사 사도회

저는 대전에 1988년도에 왔습니다. 그때부터 대전에 정이 들어 계속 살고 있었습니다. 88년도이니깐 한 20여 년 전입니다. 20여 년 전에도 차량들과 택시가 많이 없어서인지 장애자들을 차에 태우기 위해 길에 서 있으면 택시가 서고 기사님이 내려서 차 트렁크에 휠체어를 손수 실어 주셨습니다.

운전하시면서 여러 가지로 상냥스럽게 저희들을 기쁘게 해주시고 목적지까지 안전하게 바래다주셨습니다.

1994년 정도 되자 대전 시내에 차량들이 많아지면서 택시 기사님들이 갑자기 몸과 마음이 바빠지기 시작했습니다.

공동체에서 장애자들과 생활을 하는 저로서는 장애자들과 병원을 자주 가곤 했는데 위에서 말한 바와 같이 예전에는 상냥하기까지 하던 기사님들이 차량 수가 많아지면서 너그러운 마음, 즉 여유가 많이 사라진 느낌이었습니다. 그래도 마음씨 좋은 기사님은 저의 친구이며, 아버지 같은 분도 계신 것 같아 흐뭇할 때도 많습니다.

현재 2009년도는 차량의 홍수시대입니다.

전철까지 생겨나서 차도가 조금 한가해지긴 했지만 그래도 출퇴근 시간에는 차량들이 차도를 꽉 메우고 있습니다. 몸이 아픈 환자로서 밖에 외출을 잘

하지 않는 저이지만 가끔 외출을 할 수밖에 없는 연고로 외출을 해보면 차량들이 여전히 많으며, 무섭게 매연을 내뿜으며 달리고 있습니다. 왕복 4차선에서 수많은 차량들 속에서 택시 기사들을 쳐다보기도 하며 그 중에서도 저희 '희망의 집'을 찾아오시는 '택시기사 사도회' 기사님의 얼굴을 찾아보기도 합니다.

"원장님, 안녕하세요?"

수수한 옷차림과 얼굴에 미소를 떠우며 반갑게 제 손을 잡아주시는 분이 계십니다. 머리는 희끗희끗하시며 눈언저리에서 안경이 살짝 떨어진 채 바라보시며 말씀하시는 그 때를 상상하면 영락없이 이웃집에 사시는 어르신의 모습입니다.

택시 운전을 직접 하시며 '택시기사 사도회' 회원이시자 총무직을 맡고 계신 분이십니다. 회원 되시는 기사님들이 마음을 같이 하여 불우이웃을 돕기 위한 모금을 하고 계십니다. 모금된 돈을 불우이웃돕기를 위해 저희 '희망의 집'과 그 외의 몇 군데 들리신다고 하셨습니다.

예전에는 술을 조금 마신 아가씨들이 택시 안에 있는 모금에 많이 협조해 주시고 밤늦게 귀가하시는 남자 분들도 한 마음, 두 마음 보태어 "우리 도와줍시다." 하시며 모금함 통에 정성을 넣어주셨는데 지금은 경제적으로 힘들어서인지 택시를 타도 사람들이 협조를 안 해 주신다고 하였습니다.

궁여지책으로 택시 기사님들이 담배 값, 술 값 아껴가며 모금함에 돈을 보태기도 하신답니다. 이러한 기사님의 말씀을 전해들은 저는 물질의 소중함을 또 한 번 알았습니다. 그래서 저는 딸들에게 '택시기사 사도회' 기사님들의 이야기를 비롯하여 여러 가지 비유를 들면서 이야기를 하면 아이들은 "쳇, 아빠는 또 그 이야기를 하시는 군요. 됐어요, 됐어." 하며 사라집니다.

기사님들의 쪼들리는 살림에 자신들의 일부를 보태는 이 분들에게 미안하면서도 참으로 고마운 마음입니다. 저희 '희망의 집'이 잊혀지지 않고 계속하여 좋은 만남을 유지했으면 하는 바람이 간절합니다. '택시기사 사도회' 회원 되시는 모든 분들이 신앙생활을 하면서 안전운전 하시며 열심히 사시듯 늘 평화스러운 날들이 되소서! ✝

어느 노할아버지의 죽음

비바람이 세차게 불고 있습니다. 손이 시렵고 귓불이 따가웠습니다. 밤늦은 시각 역전에서 활동을 하노라면 여러 형태의 노숙자들과 부딪히며 노숙자들의 큰 소리를 듣기도 합니다. 어떤 때는 그 분들의 이야기에 빠져들어 한참을 듣기도 합니다. 역전에서 활동 하노라면 키가 작으시며 옷을 두껍게 입고 계신 연로하신 할아버지 한 분이 눈에 띄었습니다.

자그마한 체구, 평상시 운동한 작은 신체인 듯 하지만 실제로 추워 옷을 많이 껴입으셔서 그렇지 체구에 비해 몸이 허약해 보였습니다. 제게로 조용히 다가와 눈인사를 나누고 할아버지 자신의 할 일을 마치신 후 떠나가십니다.

저는 그 할아버지에게 몇 번씩 접근하여 "이렇게 추운데 고생하지 마시고 따뜻한 곳에서 지내시지요?" 하며 말을 건네면 할아버지께서는 굉장히 경계하는 모습이 역력했습니다. 그 주변에 계시는 분들의 말씀에 의하면 할아버지 본인이 구걸하신 돈을 쓰지도 않았고, 모아두면 힘 있는 다른 노숙자들에게 하도 많이 빼앗겨서 모르는 사람이 접근하면 경계하며 도망쳐 버린다고 말씀하셨습니다.

어느 눈보라가 심하게 치는 날 영하 10도가 되는 날 쯤에 말이 그렇지 피부로 느끼기에는 20도 가량 되는 추운 날씨였습니다. 사람들의 어깨가 움츠러들고 주머니에서 손을 빼기가 싫을 정도였습니다. "할아버지, 오늘은 정말이지 날씨가 추우니 따뜻한 곳에 가서 주무시죠." 하고 말을 건넸습니다. 다른 날 그토록 경계를 하시던 할아버지께서 거짓말처럼 믿어지지 않게 제게로 다가와 두 손을 꼭 잡고 같이 가겠노라고 순순히 따라와 주셨습니다.

집에 와서 노숙자들이 내는 특유한 냄새를 맡으며 옷을 벗기려하자 미안해서인지 할아버지께서는 손수 벗겠노라고 하시며 한 겹 한 겹 옷을 벗었습니다.

옷가지를 벗을 때마다 주머니 속에서 돈이 나왔습니다. 백 원짜리, 천 원짜리, 오백 원, 오천 원, 만 원짜리. 수표만 없을 뿐이지 돈이란 돈은 거기에 다 들어 있었습니다. 하도 잔돈과 지폐가 많이 나오기에 바가지에 돈을 주워 담기 시작하였습니다. 돈을 주워 담기 시작한 저는 놀라지 않을 수 없었습니다. 돈이 한 바가지 가득이었습니다.

옷은 속옷부터 양말, 점퍼와 바지까지 합하여 쓰레기봉지에 담으니 몇 봉지는 되었습니다. 옷을 벗은 할아버지의 몸은 참으로 왜소하였습니다.

목욕탕에서 목욕을 시키며 또 한 번 놀랐습니다. 웬만한 노숙자는 그래도 몇 번 머리와 몸을 닦으면 조금은 풀리는데 할아버지의 머리와 몸은 굳을 대로 굳어져 있어 쉽지만은 않았습니다. 비누와 샴푸질로 몇 번이고 때를 닦고 머리를 감아드렸습니다. 발은 아무리 닦아도 굳어 있어 힘들어 보이는 듯하니 할아버지께서도 무안하신 듯 고개를 떨구었습니다. 새 옷을 입혀드리니 완전 다른 사람처럼 보여 참으로 기분이 좋았습니다.

따뜻한 국에 밥을 말아 드신 할아버지는 많이 피곤해 보였습니다. 밥상을 물리고 바가지 돈을 씻어오려 하자 손을 탁 치며 손을 못 대게 하셨습니다.

"돈에서 냄새가 나니 씻어 올게요, 할아버지."

말을 하여도 할아버지께서는 막무가내였습니다. 한 마디로 '나의 돈에 손 대지 마라.'였습니다. 저는 이해합니다. 다른 사람들에게 폭행을 당하고 돈을 너무나 많이 자주 빼앗겼기 때문에 경계를 하신 듯합니다. 그 후로 할아버지께서는 방에서 식사를 하시고 주무셨습니다. 몇 날 며칠을 그리 하셨습니다. 5일이 지나자 조금씩 일어나 앉으셔서 텔레비전도 시청하시고 창문도 가끔 열어 바람도 쐬시고 태양도 바라보곤 하셨습니다.

일주일이 되는 어느 날 저녁식사를 마친 후 저를 부르셨습니다. 그토록 내어놓지 않은 바가지의 돈을 나한테로 들이밀었습니다.

"할아버지, 왜 그러세요? 이 돈 가지고 계셨다가 제게 맛있는 것 사주세요."라고 말을 건넸으나 할아버지께서는 막무가내로 바가지의 돈을 저에게로 내밀었습니다.

돈을 발치에 두고 할아버지의 방에서 "잘 주무세요." 인사하고 나왔습니다. 잠자리에 누웠지만 바가지의 돈을 내밀던 할아버지의 얼굴이 떠올랐습니다. 역전에서 처음 보았던 얼굴과 지금의 얼굴은 너무나 달라져 있었기 때문입니다.

다음 날 아침 일찍 할아버지를 깨우고 인사를 드리러 그 방에 들어섰습니다. 조용히 누워 계시는 할아버지를 깨우며 손을 만졌는데 차갑게 느껴졌습니다. 순간 느낌이 달라 맥박을 짚었지만 뛰지 않았습니다.

"할아버지, 할아버지!"

어깨를 흔들자 스르륵 흘러내리는 손을 보며 운명하셨다는 것을 느꼈습니다. 저 자신이 할아버지의 죽음에 당황하였지만 할아버지의 얼굴을 보면 참 평온하게 하늘나라에 가신듯 하였습니다.

장례를 치르며 저는 생각했습니다. 사람이 이 세상에 태어나는 것도 중요하지만, 죽는 것도 어디서 어떻게 잘 죽어야 하는지도 중요하다는 것을….

할아버지의 생명줄 같았던 돈을 어려운 이들에게, 나에게 물리셨을 때 나는 왜 그것을 깨닫지 못했을까? 뒤늦게 후회해 보며 마음 깊이 할아버지께서 좋은 곳으로 가시도록 기도해 봅니다. ✝

10분간의 외출과 중요성

우리집은 방문을 열면 저 골목에서 불어오는 바람이 대문을 지나 마당에서 한바탕 춤을 추고 세차게 들어옵니다. 더욱 세차게 들어오는 이유는 대문과 현관문을 항상 열어놓기 때문입니다. 아랫도리에 내복을 입지 않은 나로서는 다리가 제일 시렵습니다.

작은 딸 혜린이는 밤 9시에 학원 수업을 마치고 들어옵니다. 큰 딸 예린이는 밤 10시 40분경에 그림 수업을 끝내고 집에 옵니다. 작은 애는 추워도 옷을 편안하고 간단하게 입고 다니지만 큰 애는 조금만 추워도 옷을 얼마나 껴입는지 목은 목도리로 칭칭 감싸고 두꺼운 의복으로 온 몸을 감싸고 모자로 머리까지 덮어씌운 채 겨울을 지내고 있습니다.

큰 애는 추위를 얼마나 싫어하는지 밖이 추운지 안 추운지 알아보기 위하여 자신의 몸은 방 안에 가만히 있은 채 창문을 조금 열어 손을 밖으로 내밀어 한 3분 정도 있는 것으로 추운지 안 추운지 결정합니다. 올 겨울에 눈이 그렇게 많이 내리더니 지금 밖에 비가 하염없이 내리고 있습니다. 저는 비만 내리면 마음이 하염없이 울적해지며 센치해집니다.

할아버지를 비롯한 식구들이 다 자는 시간에 그래도 날씨가 그다지 춥지 않고 따뜻하기에 잠시 산소 호흡기를 떼고 마당으로 잠시 나갔습니다. 빗방울이 조금 굵었지만 머리에 맞는 것은 그리 싫지 않았습니다. 긴 호흡과 더불어 양팔을 펼쳐봅니다.

'얼마 만에 밟아보는 마당의 촉감인가. 참 좋다.'

머리에서부터 뺨으로 흘러내리는 빗방울의 촉감도 참 좋습니다. 그동안 날씨가 너무 추워 완전 두문불출하고 집안에만 있었습니다. 10분도 안 되었건만 호흡이 조금 가빠오는 것을 느꼈습니다. 산소 수치가 조금 떨어지겠지만 '죽기야 하겠는가?' 하는 이런 생각으로 버티다가 빗방울이 굵어지는 바람에 할 수 없이 방 안으로 들어왔습니다.

산소 호흡기에서 다시 흘러나오는 산소를 흡입하였지만 아직까지 제 몸 안의 산소가 충분하지 않은지 숨이 너무나 차서 호흡하기가 너무 고통스러웠습니다. 한참 후에 숨쉬기가 원활해서야 마음이 편안해졌습니다. 짧은 시간이었지만 비도 맞아보고, 마당의 잔디도 밟아보고, 맑은 공기도 제 폐부 깊은 곳까지 넣어볼 수 있어서 참으로 기뻤습니다. 제가 이렇게 마당에 나갈 수 있었던 것은 영미씨가 지금 집에 없기 때문입니다. 영미씨가 집에 있으면 어림도 없는 일입니다. 영미씨가 눈 뜨고 있는 상태로서는 제가 산소를 떼고 돌아다니는 것을 절대로 허락하지 않기 때문입니다.

산소 호흡기를 떼고 10분간 자유스러움 속에 좋은 느낌을 느꼈듯이 이 10분이 참 소중함을 느꼈습니다. 예전부터 시간의 중요성을 알고 시간을 잘 활용하여 중요하게 사용하고 자녀들에게도 그렇게 교육시키곤 했었는데 그동안 또 살아가며 망각하였는가 봅니다. 그리고 10분, 30분, 1시간. 이 시간들을 좋은 곳에, 이 시간들을 중요하게 사용했으면 10분을 사용해도 1시간처럼 느껴졌을 텐데 그저 스포츠 채널이나 오락 프로그램 채널에 텔레비전을 틀어놓고 그것에 빠져 시간의 중요성을 잊은 채로 또 살아왔으니 참으로 창피한 노릇입니다.

영미씨와 자녀들과 함께 늦은 밤 기도하면서 대화를 통하여 시간의 중요성을 말하고 시간을 잘 활용하여 최선을 다해 성실하게 살아가자고 다짐을 해야겠습니다. 각자가 일하는 곳에서의 10분이 중요하듯 나에게서의 10분은 멍 때리고 텔레비전을 보는 10분보다 촛불 켜놓고 아픈 환자를 위하여 가난한 이들을 위하여 사제와 수도자를 위하여 묵주기도를 드리는 10분이 더 주님께서 기뻐하시리라 믿어보며 당장 주머니에서 묵주를 꺼내 묵주기도를 드려야겠습니다. ✝

아침의 고통+오후의 고통

매트리스 위에서 눈을 떴습니다.

'지금 일어나면 머리가 아프지 않을까?' 생각하면서 손으로 얼굴을 만져봅니다. 감촉이 좋으면서도 오늘도 변함없이 손바닥 안으로 넓게 잡히는 것이 눈으로 보지 않았지만 얼굴이 통통 부어 있을 것이라는 짐작을 해 봅니다.

매트리스에서 등짝을 떼어 양반다리를 하고 앉았습니다. 오늘은 왠지 머리가 아프지 않아 기분이 좋아질 것 같습니다. 침대에서 내려오려니 방 안으로 찬바람이 조금 들어오면서 머리가 지끈거리며 아파오기 시작했습니다. 매일 겪는 일이지만 정말이지 고통스럽습니다. 찬바람을 밤에 많이 쐬어서 그런지 아니면 산소가 너무 많이 흡입되어서인지 아니면 정반대로 산소 흡입이 보충되지 않아서인지 두통약을 먹을까 하면서도 끝까지 참아봅니다.

다행스러운 것은 이렇게 저를 아프게 하는 머리의 통증도 세수하고 머리를 감고나면 조금 덜 아프다는 것입니다. 제가 생각해도 참으로 신기한 일입니다. 오전 중에 식사(끼니)를 챙겨 먹기보다는 과일을 조금 섭취하면서 물을 위주로 많이 먹습니다. 오전에는 이렇게 머리 아픈 것으로 시작하여 반나절을 보냅니다. 오후에도 식사 후 산소를 하고 있는데도 눈꺼풀이 눈동자를 덮어 씌워버리곤 합니다. 깜박 졸았다고 처음에는 생각했습니다.

이런 일이 한 번. 두 번. 이제는 졸았다기보다는 다시 살아나곤 하는 느낌입니다. 이유인즉, 짧게는 1분 길게는 10~20분씩 있다가 눈을 뜨니 말입니다. 어떤 때는 정말이지 믿기지 않을 때도 있습니다.

성당에서 미사를 드릴 때 온 마음으로 드려야 함에도 불구하고 잠깐씩 꾸벅꾸벅 잠들 때가 있습니다. 텔레비전을 볼 때도, 책을 볼 때도, 물주기를 할 때도. 이 외 여러 가지 행동할 때도 잠깐 졸 때가 있습니다. 가령 고스톱 화투를 칠 때나 먹을 때에는 졸지 않는다는 것입니다. 자고 나서 머리 아플 때나 점심 식사 후 깜박 깜박 졸음이 오면 머리를 감곤 합니다. 머리를 감고 난 후에는 머리도 안 아프고 잠이 안 오니 우선 몇 시간은 감사합니다. ✝

카레 맛이여 영원하라!

'희망의 집' 초창기 때부터 법동 성당 교우 분들이 봉사(점심) 활동을 해주셨습니다. 이 크리스티나 자매님, 문 아네스 자매님. 이 두 분이서 점심을 해주시러 오셔서 구수한 된장찌개를 끓이시고 반찬은 싱겁게 먹어야 한다면서 반찬 몇 가지를 만드시고 냉장고와 주방바닥, 싱크대까지 싹싹 깨끗이 닦아 주셨습니다.

12시가 되면 햇빛이 주방 유리창을 지나가는데 깔끔하게 청소해 주신 주방이 반짝반짝 빛이 날 정도입니다. 저는 아무리 힘들게 닦아도 자매님들처럼 빛이 나지 않는 것 같고, 시간만 많이 지체되고 별로 많이 하지도 못한 채 힘만 드는데 두 분이 한 주마다 오셔서 요리면 요리, 청소면 청소 등 정말 다음 사람이 주방을 사용하기에 너무나 편하게 해놓고 가십니다.

이 분들은 특히 기도회(레지오마리애)에서 1년에 한 번씩 우리 '희망의 집' 식구들과 우리 할아버지 소풍(야유회)도 데려가 주십니다. 맛있는 음식, 소주, 과자, 음료수 등 없는 것 없이 베풀어 주시고 거기에 노래까지 불러 주시는 데다가 올 때 선물까지 챙겨 주십니다. 참으로 고마우신 분들이며 이 시간을 통하여 다시금 감사드립니다. 이제 이 분들은 연로하셔서 못 오시고, 현재는 다른 교우 분들에 인수인계해 주셨습니다. 지금은 30~40대 교우 분들이 오십니다. 전에 해주셨던 분들과 마찬가지로 음식을 맛있게, 청소는 삐까삐까할 정도로 깨끗하고 말끔하게 해주십니다.

항상 느끼는 것이지만 학생들이 하는 것과 제가 해 놓은 것에 비하면 여자분들(어머님)이 한 것은 확실히 차이가 납니다. 특히 손이 안 가는 곳까지 해주셔서 고맙기까지 합니다. 오이무침, 생선조림, 조갯국. 처음에는 이렇듯 여러 가지 반찬을 하였으나 카레가 사람에게 좋다는 소리를 듣고 또 텔레비전에서 의사들이 하는 소리를 듣고 해서 한 달에 두 번 오는 이 팀에게 자원봉사 오실 때마다 카레를 해 주십사 하고 부탁을 드렸습니다. 그랬더니 흔쾌히 승낙하시고 카레에 들어갈 고기며, 야채 일부를 전부 준비해 오셔서 맛있게 그리고 푸짐하게 해주십니다.

카레 음식을 먹는 날이면 밥을 조금 더 먹어서 그런지 배가 불러 포만감이 꽉 차 오는 것을 느낍니다. 처음부터 조금만 먹어야지(사실은 조금만 먹어야 됩니다.) 하면서도 먹다보면 배가 부릅니다. 우리 할아버지들도 다른 반찬, 국 먹을 때도 빈 그릇으로 나오지만 카레 음식을 먹는 날이면 김치와 다른 반찬 두세 가지를 주는 데도 정말이지 너무 깨끗하게 그릇을 비웁니다. 어떤 때는 밥 위에 카레를 얹어 줘서 그런지 그 얄팍한 그릇을 숟가락으로 얼마나 긁어대는지…. 밥그릇을 박박 긁으면 안 좋다고 어릴 때 어르신들에게 들은 바 있어 할아버지들에게 말씀하시면 귀가 잘 안 들린다는 것 하나만으로 못 들은 척 연신 밥그릇을 박박 긁어대고 있습니다. 체념하며 먹던 카레 밥이나 먹어야겠습니다. 오실 때 곶감도 가져다주시고 떡이며, 밤, 과일까지 챙겨주시는 자매님들에게 늘 감사드리고 고마운 마음입니다. 늘 건강하시기를 기도드리며 "사랑합니다."

P.S : 한 교우 분이 등 뒤에 한 어린 아기가 업은 채 "이 집에 평화를 빕니다." 하며 언제나처럼 씩씩하게 들어오십니다. 등에 업혀 있던 어린이는 야

릇한 눈동자로 저를 쳐다보고 있습니다. 어린 아이 눈으로 볼때 코에다가 산소를 꽂고 있으니 안 그렇겠습니까? 어린 아이에게는 과자가 제일인데…. 주섬주섬 과자를 찾아 손에 들고 있지만 우리 딸들에게도 과자를 잘 안 먹이기 때문에 4살 밖에 안 된 어린이에게 과자를 먹이기가 왠지 꺼림칙했습니다.

그래서 주방에 있는 요구르트를 주니 얼굴에 화색이 돌며 달려왔습니다. 이때부터 아이는 저의 친구가 되었습니다. 말도 곧잘 알아듣기에 같이 장난도 치면서 도망 다니기도 했습니다. 벽에 달려있는 농구대에 농구공으로 골인도 시키고, 박수도 치고 같이 웃으며 빠른 시간에 정을 나누게 되었습니다. 참 붙임성이 있으며 귀여운 어린이었습니다. '희망의 집'에 봉사활동 오시는 세실리아 자매님의 조카라고 하였습니다.

성당에서 미사 때나 기도회가 있으면 이모를 따라 어디든 잘 따라 다닌다고 했습니다. 참으로 복 받은 어린아이입니다. 일찍부터 신앙과 믿음, 주님의 집을 드나들었으니 은총과 평화, 사랑이 충만한 아이로 성장할 것입니다. 영미씨는 예전부터 어린이들과 함께 복지시설을 하고 싶다고 했습니다. 왜 그런 마음을 언제부터 가지게 되었는지 정확하게는 모르겠지만 저는 어릴 때부터 꿈이 고아원을 운영하는 것이었습니다. '희망의 집'에 와서 저렇게 맑게 웃으며 뛰노는 '민재'라는 이름을 가진 이 어린이의 해맑은 모습을 보면서 우리 부부는 어린아이들과 함께 생활할 수 있기를 기원하며 기도했습니다. 주님, 저희들의 생각과 계획이 주님의 뜻에 들게 하소서. 아멘. ✝

집사님의 선물

"안녕하세요?"라는 말에 언뜻 대답을 하지 못했습니다. 몸이 무겁고 머리가 지끈거려 누워 있었기 때문입니다. 또 한 번 현관문이 길게 열리며 "안녕하세요. 아무도 없어요?"라는 소리에 옷매무새를 고치는 동시에 "예. 누구세요?" 하고 대답하며 방문을 열었습니다.

제 눈에 비치는 분은 키가 작고 왜소한 분이셨습니다.

서로 간에 "안녕하세요. 반갑습니다." 하고 인사를 건네며 손을 맞잡았습니다. 따뜻했습니다. 온기가 전해져 옴을 느꼈습니다. 좀 누워 있었던 터라 얼떨떨했지만 얼굴 모습과 행동과 마음가짐, 즉 품성이 온유하신 분 같았습니다.

"이런 일 하기가 힘드실 텐데…. 제가 보니 형제님도 몸이 안 좋은 것 같은데…."

저에게 이렇게 말씀하시는데 조금은 부끄러웠습니다. 제 몸 상태가 좋지 않아 제대로 말대꾸를 하지 못했습니다. 차를 한 잔 드리며 "어떻게 저희 집을 아셨습니까?" 하고 조용히 물었습니다. 그러자 동구청에 문의하니 '희망의 집' 사람들이 참 착하게 살고 있다면서 연락처와 위치까지 가르쳐줘서 찾아오게 되었다고 말을 해 주었습니다. 저희 부부를 예쁘게 봐 주신 동구청 직원님들과 이렇게 방문해 주신 형제님께 감사의 마음이 들었습니다.

저보고 형제님이라고 말씀하시는 것을 보고 혹시 성당에 다니시냐고 묻자 "아, 저는 교회에 다닙니다."라고 대답하셨습니다. "아, 그럼 집사님이시겠군요." 하니 맞다고 고개를 끄덕이셨습니다. 집사님께서는 "저 기계는 무엇입니까?" 하고 물으셨습니다. "아, 저 기계는 산소 발생기입니다." 하고 답해드렸습니다. 집사님께서 여쭈어 보신 것은 병원에 가면 몸이 안 좋으신 환자 분들이 하는 산소 호흡기였습니다.

"그것을 왜 하고 있습니까?"

"환자마다 다르지만 폐가 제 기능을 다 못하고 있는 환자들이 합니다." 하고 답해드리며 여기에다 한 마디 덧붙였습니다.

"이 산소 발생기가 없으면 죽은 목숨입니다. 지금 금방은 안 죽지만, 점차로 몸에 장기가 훼손되면서 폐의 활동과 더불어 심장 박동에도 무리가 와서 심장 훼손에까지 무리가 되어 나중에는 죽게 됩니다."

집사님은 긴장하며 들으시다 "아, 그렇게 되는군요."라고 말씀하셨습니다.

"저 같은 경우에도 이 산소 발생기가 없었더라면 벌써 죽은 목숨이나 마찬가지이지요. 요양원에도 있어보았지만 이런 산소가 비치되어 있지 않아서 결핵 환자들이 엄청 많이 죽었습니다. 지금 현재 이 산소 발생기가 있음에 감사드리고, 조금 여유가 되어 이 기계를 다시 사서 산소 흡입을 할 수 있음에도 감사드리고 있습니다."

"아, 그렇군요. 그럼 줄은 왜 그렇게 길게 해 놓고 사용하고 계시나요?"

'우리 집사님은 궁금한 게 많으신 것 같습니다'라고 마음속으로 생각하며 웃으면서 말했습니다.

"본래 산소 발생기를 사용하시는 사람들은 짧게는 한 달, 때로는 석 달 이렇게 생을 마감하는 사람들이 산소 줄을 짧게 하여 머리맡에서 사용하게 되는데, 저 같은 경우에는 할 일이 많이 있으니 줄을 길게 사용하고 있습니다."

"할 일이 뭐 있지요?"라는 집사님의 물음에 저는 또다시 말씀드렸습니다.

"어르신을 모시고 살고 있으니 식사 챙겨 드리기, 목욕, 간식, 면도, 나름대로 청소까지. 단순하지만 시간 맞춰서 해드리고자 움직여야 되니 산소 줄을 좀 길게 사용하고 있습니다. 산소 발생기를 판매하는 사람들도 저같이 산소줄을 길게 사용하는 환자는 처음 보았다고 말하곤 했습니다. 초창기에는 제가 목욕 시키곤 했습니다만, 지금은 목욕 봉사자들이 와서 해줍니다. 아침, 점심은 제 집사람(영미)이 챙겨줍니다. 저녁은 집사람이 성당에 근무하고 있기 때문에 제가 손수 할아버지를 챙겨드립니다."

그 날 집사님과 저는 따뜻하게 햇빛이 거실까지 비치는 날에 많은 대화를 나눴습니다. 그 덕분에 저도 정신이 더 맑아졌습니다.

이토록 저도 사람을 만나 대화를 해야 정신이 맑아지는데….

집사님께서 또 "그럼 나중에 코에 꽂고 있는 산소 줄을 벗겨낼 수 있나요?" 하는 말씀에 "그럼요. 떼어 내야지요."라고 당당하게 말을 못하고 머뭇거렸습니다. 집사님은 지나가는 말로 "○○의료기 아시나요?" 하고 물어보셨습니다. "글쎄요. 말은 많이 들어 보았습니다. 그러나 직접 보지는 못하였습니다." 하고 말씀드리자 집사님께서 설명해 주셨습니다.

"본인도 처음에 얼굴색이 새까맣고 몸은 비실비실 밥맛도 없고 얼굴에 핏기가 하나도 없었습니다. 그런데 누군가 ○○의료기 하는데 가보라고 하여 따라가서 그 기계에 누워 있다가 왔습니다. 그 뒤로 매일매일 무료로 그 기계에 누워 있다가 오곤 했습니다."

집사님께서는 한 3개월 무료로 다니자 얼굴색이 발그렇게 변하게 되고 밥맛도 많이 좋아지게 되셨다고 합니다. 이럴 즈음에 판매원이 슬며시 가까이 와서 너스레를 떨었지만 집사님은 꿋꿋이 3개월을 더 다니고 난 후 6개월이 되어서야 그 기계가 좋다는 것을 느끼고 나서 그 기계를 한 대 구입하여 지금은 무료로 다니지 않고 집에서 사용하고 계신다고 합니다.

집사님은 "아, 원장님 뵈니까 이런 일 하시면서 건강하셔야 할 터인데 몸이 허약하셔서 그 기계를 사용하시면 좋을 텐데" 하고 말씀하셨습니다. 이에 "저는 괜찮습니다."라고 말하자 "그 기계 한 대 생길 수 있도록 기도하세요." 하고 집사님은 단호하게 말씀하셨습니다.

교회 다니는 다른 집사님 하고는 달리 찾아오신 우리 이기섭 집사님은 짧고도 강한 기도로 저희와 우리 '희망의 집' 식구들에게 사랑의 기도를 해주고 일어나셨습니다. 그리고 그 기계도 생길 수 있도록 기도하시구요. 이렇듯 그 기계에 대한 여운을 남기시고 저희 집 대문을 나섰습니다.

장모님 댁에 있는 그 기계가 미건 의료기 그 기계인 것 같다는 생각을 했습니다. 아유, 그 기계…. 허리가 끊어질 것 같은 그 기계. 생각만 해도 아찔할 것 같습니다. 그러나 영미씨는 좋아했습니다. "우리 할아버지들도 가끔씩 누워보면 괜찮으시겠지." 저는 그 기계가 당장 있어야 되는 것이 아니기에 깊은 기도를 하지 않았지만 묵주기도 할 때 지향을 두고 잠깐 잠깐 기도를 했습니다. 어느 날, 전화 벨이 울려 저녁상을 차리다 말고 전화 수화기를 들었습니다.

"네. 희망의 집입니다."

"아, 원장님. 이기섭 집사예요."

"아, 예예예. 그 의료기 한 대 있었으면 하셨던 집사님이시네요." 하며 대답을 했습니다.

"짧게 말할게요. 그 의료기가 희망의 집으로 가고 있으니 설치할 수 있도록 방을 좀 치워놓으세요."

"네. 알았습니다." 하고 말하며 저는 깜짝 놀라면서도 "아유, 집사님 감사합니다."라고 덧붙였습니다.

"주님께 감사하십시오. 원장님을 주님께서 많이많이 사랑하시는가 봐요. 그 의료기를 많이많이 사용하셔서 몸이 좋아지시기를 바랍니다. 아멘."

요리를 하다 접고 방을 정리하고 있을 무렵 또 전화벨이 울렸다.

"네. 희망의 집입니다."

"나 이 집사입니다. 그 의료기의 방바닥에 깔 수 있는 매트까지 보낼 테니 매트자리까지 치워놓으세요." 하고 전화를 끊으셨습니다.

급하게 김 씨 아저씨의 도움을 받아 방을 치우고 있을 즈음 기계가 도착하여 기사님들 하고 같이 정리·정돈하였습니다. 정리하는 중에 '이 기계가 그리 좋다는 말인가?' 하는 생각이 들었습니다. 집사님의 마음과 사랑을 가격으로 따지는 것은 아니지만 기사님들에게 그 의료기에 대하여 대충 가격을 물어보니 현재 한 삼백만 원 정도는 한다는 소리를 들었습니다. 집사님은 저보고 열심히 하여 건강을 회복하라고 하였지만 저는 겁이 납니다.

첫째는 올라가서 누우면 옥들이 올라갔다 내려갔다 하면서 허리를 너무 아프게 한 것이고, 둘째는 옥이 오르내리는 것을 참으며 의료기에 몸을 맡기면 잠이 들어 깰 때 정신이 너무 안 차려진다는 것이었습니다.

시간을 맞춰 매일매일 하면 건강 회복에 많이 도움이 될 것 같다는 생각입니다. 허리가 좀 아플 때나 몸이 피곤할 때 하고 나면 아프고 힘이 그 당시는 없지만 정신 차려 움직이고 할 때는 몸이 한결 가벼운 것을 저 자신도 느끼곤 합니다. 집사님이 사주셨으니 시간 날 때마다 올라가 이 의료기를 잘 사용하겠습니다. 우리 집사람은 이 의료기를 너무 좋아합니다. 시간만 있으면 올라가 금세 잠이 듭니다. 가끔 코를 골 때도 있지만 벌떡 일어나서 움직이는 것을 보면 저보다는 집사람만 건강한 것 같습니다.

할아버지들은 가끔씩 하시고 나이 많으신 민 할아버지는 아예 안 하십니다. 지금은 이 기계를 봉사자들도 몸이 피곤하여 올라가서 이 기계를 사용하고 이후 참 좋다고 말을 합니다.

"원장님! 감사합니다." 하면 저도 집사님께서 말씀하신 것처럼 "주님께 감사하십시오." 합니다. 주님께서 사랑하시는 이 집사님을 통하여 '희망의 집'

식구들 건강 챙기고 또 다른 많은 이들이 그 기계를 통하여 기쁨을 누릴 수 있으니 얼마나 좋은 일입니까? 집사님께 고맙고 감사합니다. 주님께도 감사합니다.

첫 만남을 통하여 지금까지 후원해 주시는 집사님과 몸은 떨어져 있지만 마음을 가득 담은 기도로써 서로 만나 뵙게 되기를 기원합니다. 건강하세요. ✝

모임

태양은 변함없이 뜹니다.

어린 아기부터 시작하여 남자, 여자 할 것 없이 사람들은 만나기 시작합니다.

아기들은 먼저 엄마를 만나고, 학생들은 친구와 선생님을 만나고, 회사원들은 직장 동료를 만나고, 환자들은 간호원들과 의사 선생님을 만나듯 이 땅에 사는 모든 이들은 상대를 만납니다.

이것은 비단 사람뿐 아니라 동물, 식물, 흐르는 물까지도 마찬가지입니다. 이렇게 만나고 접하면서 또다시 그 중에서 단체나 모임을 만듭니다. 뜻을 같이 하고, 생각을 같이 하고, 마음을 같이 하는 사람들, 운동을 같이 하는 사람들, 여행을 목적으로 같이 하는 사람들…. 사회생활을 하는 사람들 치고는 모임을 한두 개는 다 가지고 있다고 생각합니다.

저희 '희망의 집'에 일주일에 한 번씩 오셔서 할아버지들 목욕을 시켜 주시는 분은 열세 개의 모임을 가지고 있었다고 합니다. 그러나 지금 이 분은 신앙생활과 봉사 활동을 위하여 많은 모임을 정리하고 두세 군데만 모임을 참여하신다고 합니다. 지금도 다시 그 모임에 나오라고 아우성이지만 단호히 거절하신다고 합니다. 이렇듯 사람들은 모임을 만들고, 참석하고, 그만두는

데에는 다 이유가 있습니다. 스트레스를 풀기 위하여, 인생을 즐겁게 살기 위하여, 나머지 인생 노후 대책을 좀 더 보람 있게 살기 위해서 나름대로 이유도 있고 목적도 있는 듯합니다.

사설이 길었습니다만 저도 모임이 몇 개나 있었습니다. 환경이 다른 사람들, 성격이 다른 사람들, 학벌이 다른 사람들과의 만남에서 함께 어울려 술잔을 부딪치기란 결코 쉽지 않습니다. 자신이 스포트라이트, 즉 목소리가 크지 못하면 자연스레 묻혀 가게 마련인데, 그것이 지속될 때는 그 만남, 그 모임을 자동적으로 함께 하기가 싫어집니다. 저는 이러한 열등감은 없었지만 담배를 많이 피워대고 있다는 기분, 그리고 자꾸만 믿음의 생활에 도움이 되지 않는 사건들 때문에 마음에 평화를 못 가졌기에 위에서 설명하신 분처럼 모임을 정리했습니다. 지금은 어려운 이웃을 돕기 위한 하나의 모임에 참석하고 있습니다. 회비를 걷는 사람, 모임 날짜를 정하여 전화나 서신을 띄우는 사람, 즉 모임의 총무직을 하고 있습니다.

부지런떨며 열심히 하는 가운데 몸이 약한 이유로 또다시 구급차에 실려 응급실을 거쳐 중환자실에 입원하게 되었습니다. 다른 때는 10일~15일쯤 되면 퇴원을 하였지만 이번에는 장기간 중환자실에 오래 입원해 있으면서 고생하다가 결국에는 기관지 절개 수술을 하게 되어 모임에 나가지 못하고 있습니다.

좋은 취지, 뜻 있는 목적을 가지고 모임에 참석하며 나름대로 행복과 기쁨을 누렸지만 잠시 집에서 투병 생활 중입니다. 도움을 베풀며 참된 삶을 살아야 하건만 도리어 그 모임에서 도움을 받았습니다. 미안하면서 고마운 마음입니다.

저희 모임에서는 1년 동안 회비를 모았다가 연말에 불우한 이웃을 돕기 위하여 쓰이고 있습니다. 금액으로 따지면 그다지 큰 액수는 안 되지만 근검절약하는 사람들이 모임에서 조금씩 모은 돈이기 때문에 정성이 들어있습니다.

저는 생각합니다. 모임 자체는 달마다 만나서 술 한 잔 하자는 생각으로 밑도 끝도 없이 스트레스를 풀기 위해서 만나지 말고 구체적으로 달마다 어떤 내용, 안건을 가지고 만나야 되지 않을까 싶습니다. 이 땅의 많은 단체, 모임들이 자신의 행복만 추구하지 말고 주변을 돌아보면서 말입니다. ✝

다시 한 번 생명이 주어진다면

'저에게 다시 한 번 생명이 주어진다면 다시는 이렇게 살지 않겠습니다. 저로 인하여 마음에 깊은 상처를 받은 가족들에게 진심으로 용서를 청합니다.' 어느 한 사형수가 사형을 받기 전에 교도관들과 신부(사제)에게 마지막으로 한 말이었습니다.

눈물을 하염없이 흘리며 '어머니, 죄송합니다!', '어머니, 보고 싶습니다.', '감히 사랑합니다.'라는 말은 못하지만 그동안 이 세상을 살아오면서 자신의 어머니에게 하지 못할 몹쓸 짓을 하면서 속을 태웠던 자식이었습니다. 자신의 처지를 한탄하며 부모님을 원망하고 세상을 증오하며 살다 끝끝내 살인을 하게 되어 교도소에서 수감 생활을 하다 때가 되어 사형을 당하게 되면서 마지막으로 한 외마디 외침이었습니다.

모처럼 주일 날 성당에서 신부로부터 카랑카랑한 목소리로 내 마음에 와 닿는 강론을 들었습니다. 다른 날은 두 눈을 감고 조용히 묵상 중에 강론을 들곤 합니다만 유달리 이 날은 두 눈을 뜨고 처음부터 끝까지 강론을 다 듣게 되었습니다. 세상을 힘들게 살았던 그 젊은이와 지금 현재 다람쥐 쳇바퀴 돌아가는 삶의 연속에서 나태해지려는 순간, 좋은 말씀을 들으니 정신이 번뜩 들면서 가슴 깊이 아련히 쓰려 옴을 느꼈습니다.

밤늦게 야식을 먹은 후 소화시키고 자야한다며 늦게까지 안 자고, 아침 늦게 일어나고, 하루 밥 세끼 꼬박꼬박 축내고, 기도도 하는 둥 마는 둥 영적독서나 신문을 읽을 때도 있고, 읽지 않을 때도 있고, 텔레비전도 보고, 컴퓨터 오락도 하고 하루 온종일 춥다고 방 안에서 지냅니다. 저녁이면 할아버지 식사를 차려드려야 한다는 핑계로, 산소를 20시간 해야 한다는 핑계로 방 안에서 꼼짝 않고 수도자처럼 은둔생활을 하고 있는 것입니다.

예전에는 산소도 꽂지 않고 빈민촌 활동, 성당에도 일주일에 평일 미사도 몇 번씩 다니고 그 외 차를 타고 여러 곳을 왕래하였습니다. 조금 숨이 차서 힘들었지만 움직이는 보람이 있었기에 밖으로 나돌았습니다. 내 몸안에 산소 수치가 떨어진 줄도 모르고 말입니다. 그러나 의식을 잃고 쓰러져 몇 번이나 병원에 입원을 하기도 하였습니다. 의사의 지극한 권고로 사랑하는 마음으로 상세하게 제 몸 상태를 일러주신 덕분으로 정신을 차리게 되었습니다.

사실 의사선생님이 저의 몸이 중증이라고 했어도 저는 조금만 움직일 수 있으면, 걸어다닐 수만 있었으면 차를 타고 어디든지 다녔으니 말입니다. 숨이 턱까지 차다가도 시간이 지나면 고른 호흡을 할 수 있으니 또 움직이고, 또 활동을 했기 때문입니다. 몇 번이고 응급실에 갔다가 중환자실에 고생하면서 '기관지 절개수술'을 하고 난 후 정신 차리고 집안에서만 머물게 되었습니다. 바보상자인 텔레비전을 껴안고 살아왔던 저로서는 주일 날 신부로부터 '사형수의 고백'이라는 강론이 신선한 충격으로 다가왔습니다.

사형수의 말대로 '나에게 다시 한 번 생명이 주어진다면'이라는 주제를 놓고 생각해 볼 수 있는 좋은 시간이었습니다. 영미씨와 두 딸과 함께 이 주제를 놓고 대화를 한 번 해 봐야겠습니다. 저로서는 영미씨와 결혼하고 두 딸과 함께 행복하게 살고 싶을 것입니다. 저에게 생명이 주어진다면 이렇게 사는 것이 제 바람입니다. 영미씨와 두 딸은 어떤 생각인지 모르겠습니다. 두 딸을 결혼시키고 공기 좋은 시골에 들어가 새로운 공동체를 만들어 마지막 여

생을 보내고 싶다고 합의한 것입니다. 과연 영미씨가 OK 사인을 할지는 그때 가봐야 알겠지만…. 제 말을 항상 들어주는 영미씨니까 좋은 의견이면 동의해 줄 것이라 믿어봅니다.

오늘 아침부터 기분이 참 좋습니다. 행복합니다. 성가도 크게 불러봅니다.

"주 찬미하라. 모든 백성들아…."

시원시원하게 말입니다. 집에 도착하여 대문에 들어서니 아! 된장찌개의 냄새가 코에 진동합니다. 주방에서 봉사자들의 수다 떠는 소리와 함께 찌개 냄새, 반찬 냄새가 제 코를 자극합니다.

"안녕하세요!"

"깜짝이야!"

이렇게 제 생명은 하루가 연장되어 갑니다. ✝

제2부

산타클로스의 사랑

'희망의 집' 개원식

1999년 11월 15일.

저의 생일입니다. 지금으로부터 10년 전의 일입니다.

신부님에게 말씀을 드렸으나 별 반응이 없었습니다. 성당 신자들에게는 어쩐지 말을 하기가 쑥스러웠습니다. 부담을 주기 싫었을 뿐입니다. 어느 누구 한 사람의 관심도 받지 못한 채 '희망의 집' 현판을 걸었습니다. 데레사(영미)씨와 함께 하늘에 계신 우리 아버지께 기도하면서 눈물을 삼키며 두 손을 꼭 잡고 다짐하였습니다. 세상에 약하고 보잘 것 없는 사람들, 정신적·육체적으로 고통 받는 사람들. 혼자의 힘으로 도저히 이 세상을 살아갈 수 없는 가난하고도 지극히 가난한 사람들과 함께 생활하자고. 조용히 살아가자고 마음을 비웠으니 크게 실망할 것도 없었습니다.

며칠이 지나면서 우리의 생각들은 여지없이 무너지고 말았습니다. 사람들의 입을 통하여 동사무소, 구청, 시청까지 알게 되어 좋은 점도 있지만 결국은 귀찮아지는 것도 많아졌습니다. 이럴 즈음 사람들도 '희망의 집'을 알게 되어 봉사활동을 오시는 분들이 많아졌습니다. 무신론자들, 교회에 다니는 이웃들, 학생들, 천주교 교회에 다니는 신자들. 특히 제가 몸담고 있는 가양 성당 형제자매들의 관심도 자꾸만 늘어가고 있었습니다.

매주 금요일은 가양동 성당 자매님들이 돌아가면서 계속 봉사활동을 해주셨습니다. 몇 달 동안 잘 오시더니 한 팀 한 팀 줄어들기 시작하였습니다. 날수가 지날수록 9~10명 정도 오시더니 5~6명이 오시고, 2~3명이 오시더니 끝끝내는 소리 없이 모든 팀들이 그만두게 되었습니다. 모든 이들이 시간이 안맞아서 봉사하러 오기가 힘들다고 말하는 이들에게 "아, 그래요? 그동안 수고하셨어요. 감사했습니다. 건강하세요."라고 인사말을 건네면서 혹시라도 내가 그동안 생활을 잘못했나 뉘우쳐 보기도 합니다.

요즘 같이 힘든 세상 집에서 살림만 하는 주부들은 몇 사람 있을까만은 다들 바쁘게 집안 경제 살림에 도움이 될까 하는 생각에 자녀들 교육 자금을 벌기 위하여 맞벌이를 나가십니다. 저는 이해합니다. 봉사활동이라는 것이 시작이 있으면 끝도 있는 것이라고….

오죽했으면 좋아하시던 봉사활동을 그만 두시겠습니까? 그동안, 몇 해 동안 수고해 주신 분들 한 분 한 분에게 이 지면을 통하여 진심으로 감사드리는 마음입니다.

자매님(여러분)들이 떠나간 그 자리에 다른 분들, 그리고 형제들이 채워주시고 계십니다. 이것이 하느님께서, 성모님께서 가난한 이들에게 베푸시는 사랑의 방식입니다. 하느님은 가난한 이들을 결코 외면하지 않으시기에 언제 어디서든 떠나간 그 자리 빈 공간을 채워주십니다. 지금도 그 빈자리를 채워주셨던 분들이 아름답고 예쁘게 해 주시고 계십니다.

아름다운 그 일 안에서 저와 우리 할아버지들은 미소를 머금으며 행복을 느끼고 있습니다. 우리들의 행복이 봉사활동 하시는 분들에게 사랑으로 다가가고, 보람을 느끼고, 힘이 되었으면 하는 바람입니다. ✝

산타클로스의 사랑

　금요일. 미사를 드리고 난 후 파견 성가를 부를 때였습니다. 신부님께서 제 옆을 지나가시다 "프란치스코. 나를 따라오너라." 하고 명령하셨습니다. '네. 기꺼이 따르겠나이다.' 하고 속으로는 이런 말을 하였지만, 겉으로는 단답형으로 "네. 신부님." 하고 대답한 후 신부님 가시는 뒤를 따라 발걸음을 재촉하였습니다.

　목적지는 사제관이었습니다. 앉으라는 말씀에 자리 잡고 조용히 기다렸습니다. 다른 신자들은 사제관에 들어가기가 어렵다고들 하지만 저는 조용한 사제관의 분위기가 너무 좋습니다. 단지 조심스러울 뿐입니다. 저의 조심스러움은 사제에 대한 저의 존경심이고, 주님의 종에 대한 애정의 표현이라 생각합니다.

　잠시 후, 신부님은 보따리와 큰 종이봉투를 가지고 왔습니다. 신부님의 말씀인즉, 사제님 당신이 입으시던 옷가지, 양말, 모자 등이라고 했습니다. 그 다음 말씀이 제 마음에 와 닿았습니다. 집에 계신 할아버지, 아저씨들 참 재미있는 분 같다고 하시며 그 분들에게 필요한 것 같다고 했습니다. 색이 조금 바랬지만 입을 수 있는 것이라고 했습니다. 신부님께서 세심한 분이라는 것은 일찍부터 알고 있었지만, 할아버지에 대한 관심의 애정표현이 저에게 전해져 오는 것을 느낄 수 있었습니다.

"고기도 요리를 잘하여 '희망의 집' 식구들 잘 먹겠습니다."라는 말을 남기며 꾸벅 절하고 사제관을 나왔습니다. 제 마음은 콩닥콩닥 어쩔 줄을 모르는 것 같습니다. 머리에서 발끝까지 춤을 추는 것 같습니다. 집까지 차를 타고 오는데 눈물이 날 것만 같아 몸둘바를 몰랐습니다.

다음 날, 촛불 행렬 가기 전 저녁을 일찍 해 먹었습니다.

"자, '희망의 집' 식구들 다 모이세요." 하고는 신부님께서 주신 보따리를 풀어봅니다. 신으시던 양말 열 켤레, 겨울 외투, 실로 짠 검은 외투, 모자, 바지 등…. 양말은 치수가 작아 영미씨와 할아버지가 신어도 될 것 같았습니다.

그리고 실로 짠 검은 외투는 영미씨가 챙겼습니다. 민 스테파노 할아버지는 바지 두 벌을 챙겼습니다. 김 씨 아저씨는 모자, 개량한복 윗도리를 챙겼습니다. 동호는 이것저것 입어보지만 어울리지 않아 고민에 빠진 것 같습니다. 고만고만하다고 작은 것이 커지는 것도 아닌데 말입니다. 저는 모자와 점퍼 한 벌을 챙겼습니다. 나머지는 전부 나눠입었습니다. 우리 모두는 작은 것에 대하여 웃을 수 있으며, 모두 신나고 행복했습니다.

신부님께서 입으셨던, 신으셨던, 아끼셨던 것을 주신 것에 대하여 감사와 기도를 드리며, 이번 '희망의 집'에 오신 산타클로스는 신부님이 아니었는가 생각합니다. 비단 신부님뿐이겠습니까? 알게 모르게 '희망의 집'을 도와주시는 천사님(은인)들을 위하여 이 성탄에 더욱더 열심히 기도해야 함을 다짐합니다. 아끼고 사랑했던 자신의 물건을 사람들에게 베푸셨던 신부님처럼 한 푼 두 푼 안 쓰고 아껴서 불쌍한 할아버지들 고기 사주시는 은인들처럼, 자신들의 시간을 바쁜 중에 쪼개어 힘없는 이들에게 맛있는 음식을 해주시는 봉사자들처럼 이들 모두가 하느님이 보내시는 천사님들이시기에 영미씨와 저도 애정을 합하여 현재 이 생활에서 나태하지 않고 저희보다 더 힘들고 어려운 이들을 돌보고 찾아가려 합니다. ✝

작은 기적

저녁식사 후 수박 1통을 쫙 갈랐다. 칼끝이 수박을 가를 때마다 수박 물이 철철 흘러내렸습니다. 접시에 예쁘게 담아 방 안에 넓게 펴놓고 온 식구가 둘러앉았습니다.

"기도합시다. 주님, 은혜로이 내려주신 이 음식과 우리 모두에게 강복하소서. 우리 주예수 그리스도의 이름으로 비나이다. 아멘."

저도 여름철 과일 중에 수박을 무척 좋아하지만 수박은 우리 식구들 전부 좋아합니다. 민 할아버지와 영미씨는 화장실에 자주 가야 한다면서 꼭 하나씩만 먹습니다. 다른 식구들은 수박씨를 연신 뱉어내고 수박 물을 흘러내리면서 잘 드십니다. 작은 딸이 "아빠, 수박 더 없어?" 하고 묻습니다. "더 먹으려고? 너 많이 먹었잖아." 하면 "그래도 더 먹고 싶단 말이야." 하고 조금 짜증 섞인 말을 합니다. "다 썰어서 할아버지와 아저씨들 다 드렸잖아. 내일 또 줄게. 밤에 많이 먹으면 이불에 쉬야 한다. 오늘 밤에는 그만 먹자!" 하며 타일렀습니다. 수박 잘 먹고 감사 기도를 드린 후 아이들은 자러 보냈습니다.

수박이라는 과일은 먹기는 맛있게 먹는데 쓰레기로 나가는 양이 너무 많이 뒤처리가 문제입니다. 뒤처리 후 잠시 쉬는 중에 "프란치스코!" 하고 부르는 소리에 나가보니 형제자매 부부가 찾아왔습니다. "이 집에 평화를 빕니다." 하시며 거실로 찾아 들어오셨습니다. 신앙생활 열심히 하시는 부부인지라 우리 부부는 본받고자 노력하고 있습니다. 수박 2통을 건네시면서 더운데 할아버지들과 시원하게 해서 같이 드시라고 말씀하셨습니다. 차 한 잔 하시면서 신앙적인 이야기, 자녀들 교육문제, 기타 등등…. 그리고 시간이 늦었다고 하시며 사랑의 기도를 해주시고 가셨습니다.

다음 날 작은 딸이 "아빠. 어제 수박을 다 먹고 잤었는데 2통이 또 생겼어" 하며 신기하듯 말하길래 "마음씨 착한 천사 두 분이 '희망의 집' 식구들인 할아버지, 혜린이 모두 다 수박을 너무 잘 드시니깐 또 2통을 보내주셨어. 그럼 혜린이(티나)는 어떻게 해야 되겠어?." 하고 말했습니다. 그러자 혜린이는 "고맙지." 하고 말했습니다. "그렇지. 감사합니다. 잘 먹겠습니다 하고 먹으면 되는 거야. 알았지?" 하고 이야기 해주었습니다.

이런 일들이 어디 수박뿐이겠습니까? 떡이면 떡, 과일이면 과일, 고기면 고기, 쌀이면 쌀 등등…. 이런 감사한 일들이 자꾸 생기니깐 "야, '희망의 집' 은 기적이 매일매일 생기는 구나." 하고 말하였습니다. 믿음이 크지는 않지만 저런 생각을 가지고 말하는 것에 저 또한 주님께 감사드립니다.

"혜린아. 우리 집에 계신 할아버지, 아저씨들이 가난한 예수님이시란다. 어르신께 예의를 가지고 말씀을 잘 들으면 우리 예수님이 혜린이에게 잘 했다고 칭찬하실 거야. 잘 해야 돼. 알았지?"

혜린이는 "예." 하고 대답하였습니다. (이 때 혜린이의 나이는 일곱 살이었습니다.)

p.s : 작은 딸 혜린이가 여섯 살 때의 일이었습니다. 비가 주룩주룩 오는 날이었습니다. 현관 앞에서 우산을 펴들고 우산 안에서 우리 집에서 나이 제일 많은 할아버지와 혜린이가 소꿉장난을 하고 있었습니다. 웃음소리도 나고 안 된다는 소리도 들리고 대체적으로 할아버지는 아가의 소리에 하자는

대로 따라하고 계셨습니다. 할아버지의 정신 감정 의뢰를 받기 위하여 병원에서 검사를 받았습니다. 할아버지는 모든 것을 대충대충 의사의 물음에 대답하고 고집만 부리시던 분이셨습니다. 그래서 제가 "지금 할아버지 정신 연령이 어느 정도 되시나요?" 하고 물으니 "나이로 따지면 한 여섯 살 정도 됩니다." 하고 말씀하시기에 "아, 그래서 우리 집 혜린이와 사이좋게 지낼 수 있었구나." 하는 생각을 할 수 있었습니다. 또 초등학교 다닐 때 할아버지 글씨 좀 가르쳐 주라고 말했습니다. 할아버지는 처음에는 열심히 하셨으나 끈기와 인내심이 부족하여 안 한다고 떼를 쓰시기에 혜린이는 울면서 그만 두었습니다. 이렇게 한 집에서 같이 산 지가 벌써 10년이 되었습니다.

할아버지는 아직 정신 연령이 그대로인데 혜린이는 중학교 2학년이 되었습니다. 이제는 수준 차이가 나서 같이 놀려고 안합니다. 단지 예의는 잊어버리면 안 된다고 가르치고 그렇게 행동합니다. 이제는 토요일 저녁 밥상은 혜린이가 예쁘게 차려서 할아버지 밥상 위에 올려놓습니다. "야, 오늘은 우리 작은 아가가 밥상을 차렸구나." 하며 민 할아버지는 박수를 치십니다. 그러면 우리 작은 딸은 식사 기도를 한 후 "맛있게 드세요." 하며 힘차게 외칩니다. ✝

고해성사

1999년 12월 21일 의식을 완전히 잃고 병원에 후송되었습니다.

며칠 전부터 자꾸만 눈이 감기고 힘이 죽 빠지는 듯 먹는 것 자체가 짜증나고 힘이 들었습니다. '희망의 집'을 하기 위하여 혼자 현판을 걸고 집을 고치고 수리하고 청소하느라 힘이 들었던 것 같습니다. 감기에 걸리면 감기에 몸살까지 겹쳐 너무나 힘이 들었습니다. 더군다나 저는 감기에 걸리면 기관지가 좋지 않아서 다른 사람에 비해 가래가 많이 끓어 고통을 더 수반하게 되어 힘든 것이 두 배로 많습니다. 이 와중에 '고백성사표'가 눈에 띄었습니다. 전부터 마음으로 준비는 하면서도 몸이 말을 듣지 않아 움직이지 못하고 있었습니다.

"고백성사를 봐야지"라는 말을 들은 데레사(영미)씨는 "무슨 소리를 하냐?"고 "그 몸으로 무슨 성사를 보냐?"고 나무랐지만 저는 고백성사를 꼭 보고 싶었습니다.

20일 저녁 밤중에 다음 달 성사를 보기 위해 저의 죄에 대한 성찰을 하기 위해 눈을 감고 묵상에 들어갔습니다. 영미씨에 대하여 고집을 피운 것부터 시작하여 저의 이기심, 신앙생활, 기도생활 등 여러분에 대한 저의 죄와 허물이 쏟아져 나왔습니다. 뉘우치면서 하얀 종이에 빽빽이 그것들을 적으면서 다음부터는 이런 죄와 허물을 짓지 않기로 굳게 다짐하며 내일은 오늘보다 몸이 좀 가벼울 수 있도록 기도하며 잠들었습니다.

다음 날 참으로 신기하게도 몸이 너무너무 가벼워 목욕재개를 할 수 있었습니다. 그렇게 그 전날까지 아팠었는데 성사를 보는 오늘 이렇게 몸이 가벼워질 수 있다니 이것이 기적입니다. 창수 형의 자가용에 미약한 몸을 실어 성당에 갔으나 형제자매들이 성사를 보기 위하여 길게 줄지어 서 있었습니다.

'아, 언제까지 기다리지?' 하고 생각할 즈음에 형은 아픈 환자가 있으니 고백성사를 먼저 봤으면 한다고 양해를 구하여 성사를 먼저 볼 수 있었습니다. 저의 죄에 대한 고백 후 사제에 의한 보속을 끝내고 아래층으로 내려왔는데, 마음이 한결 가벼워지며 저 하늘의 태양 아래서 내리쬐는 햇살을 밟으며 '나는 이제 죽어도 여한이 없다.'고 생각했습니다. 저는 형 앞에서 눈물을 흘렸습니다. 저는 형 앞에서 외쳤습니다. 내 마음 안에 평화가 흘러 넘쳐 너무 기뻤습니다. 그 때 그 심정, 십년이 지난 지금 어찌 다 말로 표현할 수 있겠습니까?

이 평화와 기쁨도 잠시 잠깐. 결국은 오후에 의식을 잃었기 때문입니다. 응급실과 중환자실에서 고통은 있었지만 잘 참아 넘기고 병실로 왔습니다. 주치의 의사가 내진할 때마다 저는 단호하게 말하였습니다. '2000년도는 집에서 맞이할 수 있도록 퇴원을 시켜주십시오.' 하고 말입니다. 의사는 지금 퇴원하면 안 된다고 하였으나 퇴원 안 시켜주면 임의로 계속 퇴원하겠다고 협박 아닌 협박을 의사에게 하고 있었습니다.

옆에서 지켜보고 있던 영미씨는 몸 둘 바를 몰라 어찌할 수 없이 쳐다보다가 "예린이 아빠. 예린이 아빠 왜 그래요. 제발 좀 참아요." 하며 내 입을 가리려고 하였습니다.

"성탄절이라고 두 딸이 빨간 점퍼를 입고 왔었는데 마음속으로 얼마나 울었는지 모릅니다. 선물도 못해준 아버지의 심정을 보아서라도 이해해 주시고 새해 설날에는 두 딸과 우리 할아버지들과 함께 지낼 수 있도록 도와주십시오. 의사 선생님."

협박도 하고, 사정도 하고, 부탁을 한 결과 퇴원 명령을 받아내었습니다. 퇴원할 즈음에 의사 선생님의 "집에 가시면 산소 발생기를 구입하여야 합니다. 최소한 하루에 20시간은 하셔야 합니다."라는 말에 큰 충격을 받았습니다. 이것이 집에서 산소 호흡기를 하게 된 시발점이 되었습니다.

어쩔 수 없는 운명 앞에 무릎을 꿇을 수밖에 없었습니다. 이유인즉 산소 발생기를 안 쓰면 빨리 죽는다고 하였기 때문입니다. 죽는다는 말, 사람들은 두려울지 모르나 나는 전혀 두렵지 않습니다. 많은 이들의 임종을 지켜봐왔고 손수 염까지 해봤으니 말입니다.

단지 솔직히 말하자면 조금 더 살고 싶기 때문입니다. 얼마나 더 살지 모르지만 살고 싶기 때문입니다. 죽음이 두렵지 않다고 하면서 더 살고 싶다는 것은 말이 안 되는 것 같지만 솔직히 좀 더 살고 싶은 것이 제 마음입니다. 죄와 허물 속에 빠져 있던 저를 고백성사를 통해 기쁨과 평화를 주시고 또 육신의 몸을 살려 주신 것은 주님이 제게 향한 뜻이 있으리라 믿으며 좀 더 살고 가렵니다. 저를 살려주신 주님. 감사합니다. ✝

야외 나들이

만두레 회장님과 동사무소 사무장님께서 방문하셨습니다. 생활이 어려우신 할아버지, 할머니들을 모시고 야외 나들이를 가려고 하니 '희망의 집' 식구들도 함께 갔으면 하는 바람으로 찾아오셨습니다. 저는 지난번에도 몸이 안 좋아 참석하지 못한 것이 미안하여 이번에도 빠지면 곤란할 것 같아 동행하겠다고 말씀드리니 소풍 가는 날 사회를 보라고 하시기에 깜짝 놀랐습니다.

"제가 어찌…."

"원장님, 잘 하시잖아요. 예전에 학원도 하셨으니 잘 하실 것이에요."

저는 또 "야, 이거 큰일 났네." 하며 당황스러웠지만 얼떨결에 "알았습니다." 하고 승낙을 하였습니다. 할머니, 할아버지 분들이신데 어떤 방식으로 레크리에이션을 해야 어르신들이 기뻐하고 즐거우실까 갑자기 고민하게 되었습니다.

며칠 후 퇴근하고 돌아오는 영미씨의 손에 큰 종이가방이 들려있었습니다. 종이가방을 들려고 하니 할아버지 방으로 가자고 하길래 할아버지 방에 들어서서 종이가방을 내려놓으니 "와~!" 하는 함성과 함께 "좋네!" 하며 다들 좋아하셨습니다. 종이가방 안에는 세련되고 멋있어 보이는 운동화들이 있었습니다.

소풍가는 날, 아침 일찍 면도(수염 깎기)부터 시작하여 목욕재개를 하고, 때때옷을 입고, 얼굴에 로션으로 치장하고 개성 있는 모자를 하나씩 눌러 쓰고 마지막으로 새로 산 세련된 운동화를 신은 할아버지들께서 마당 산책을 하고 계셨습니다.

그 즈음 저는 큰 소리로 먼저 "김 씨 아저씨. 검은 비닐봉지에 오줌통 2개 챙기세요." 하고 말하였습니다. 아저씨께서는 "예, 알았어요." 하고 대답하셨습니다. 김 씨 아저씨는 집에 계시지만 나들이(소풍)를 갈 때면 항상 부지런하고 바쁘게 움직이시는 우리 '희망의 집' 천사이십니다.

할아버지들은 준비가 끝났지만 저는 지금부터 바쁩니다. 야외 산소통 4개 챙기랴, 할머니와 할아버지들 장기자랑 상품을 챙기랴, 집 문 단속하랴…. 뭐 잃어버린 것은 없는지, 주방의 가스레인지는 잠갔는지, 전기코드는 잘 뽑았는지…. 딸들은 학교 가고 영미씨는 출근하고 없어 일일이 챙기려니 바쁘기만 합니다.

저는 몸이 바쁘면 갑자기 숨까지 차며 맥박이 120까지 뜁니다. 이럴 때는 다시 소파에 걸터앉아 긴 한숨을 내 쉬어야 합니다. 긴 숨을 내쉬며 오늘 하루 일과를 곰곰이 생각해 봅니다.

민 할아버지는 음주 절제, 김명현 아저씨는 음식(과식) 절제, 김 씨 아저씨는 이곳저곳 돌아다니는 것 절제 시키는 것(챙기는 것)만 잘하면 되겠지, 라는 생각과 오늘 사회를 보라고 하여 준비는 했는데 잘 되겠지, 하면서도 긴장이 됩니다.

몇 해 전 지금보다 몸이 조금 덜 아플 때에는 성당에서나 야외에서나 사회를 볼 때 나름대로 성황리에 잘 마쳤는데, 지금은 어려운 것이 일반 사회인 어르신들이셔서 잘 할 수 있을지 걱정이 됩니다. 더불어 기관지 절개 수술을 하여 플라스틱 관이 목에 꼽혀 있어 그 쪽으로 가래가 나오면 가래가 끓으면서 그곳을 막아버리면 산소가 링거 줄을 통하여 들어가는 것까지 막히게 되어 숨을 제대로 쉴 수 없게 됩니다. 그래서 빨리 가래를 빼줘야 하는데 집에서는 석션기가 있어 금방금방 치료(가래 빼기)를 할 수 있는데, 야외에 나가면 전기가 없어 가래를 못 빼낼 경우에는 고통스러운 상황을 당하게 되는 것입니다. 그러나 다행히도 전기를 끌어다 준다고 하기에 안심하고 떠날 수 있었습니다.

정오쯤 도착하여 간단하게 점심식사를 하며 술 한 잔씩 건네며 맛있게 먹을 수 있었습니다. 디저트 음식을 먹고 커피를 마실 즈음에 많은 할머니들이 정답게 저에게로 다가오셨습니다.

"고생 많이 했지? 많이 아팠다면서? 쯧쯧쯧." 두 손을 꼭 잡은 채 안타까워 하십니다. 또 어떤 할머니께서는 "이렇게 아픈 지도 모르고 찾아가지도 못하고, 전화도 못해서 미안해." 하며 어쩔 줄을 몰라 하십니다. "이렇게 몸이 이파서 지난번에 소풍갈 때는 못 나왔구만." 할머니들께서는 잡았던 손을 통 놓지 않으십니다. 저 또한 "많이 건강해졌습니다. 할머님들께서도 건강하셔요." 하고 답례를 해봅니다. 나이는 어르신들보다 더 어린데 신체 나이는 더 늙어 있으니 실제 마음 속 생각으로 뇌까려봅니다.

잠시 음악을 틀고 어르신들의 춤과 노래로 시간을 보내는 동안 나는 사회를 볼 만반의 준비를 마쳤습니다. 가진 것 없고, 배운 것 없고, 몸이 건강하지 않아도 지금 이 시간만큼은 제가 왕입니다.

"사회자는 왕입니다요! 한 번 따라 해보세요."

어르신들께 말하니 나지막한 목소리로 "사회자는 왕입니다요!" 하시길래 "조금 큰소리로 해주세요. 그래야 제가 신이 나서 열심히 하죠. 목소리도 크게 하시고 박수도 크게 치셔야 몸이 건강합니다. 자, 다시 한 번 사회자는 왕입니다요!" 하니 큰소리로 어르신들이 호응해 주십니다. "이렇게 저를 잘 따라주시니 저 또한 어르신들을 위하여 이 한 몸 부서질 때까지 열심히 해 보겠습니다. 박수!" 하니 "와!" 하며 크게 박수를 쳐 주십니다. 이렇게 자신을 소개한 후 준비한 게임을 펼쳐나가기 시작하였습니다.

그 중에서 한두 가지만 소개할까 합니다.

연로하신 어르신들이라 부담 주는 큰 활동을 못하시기에 많이 안 움직이는 활동으로 게임을 이끌어 나갔습니다. 어르신들이 언제 큰소리나 쳐보겠습니까? 며느리가 있어도, 자식들이 있어도, 손자손녀들이 있어도, 연로하신 두 어르신들이 살아도, 아니면 한 쪽 할머니나 할아버지께서 돌아가셔서 혼자 계셔도 옛 어르신들은 큰 소리를 치며 살았어도 지금 어르신들은 큰소리를 칠 수 없는 세상입니다. 이렇게 야외 나왔는데 지금 소리 한 번 안 질러보면 언제 큰소리를 해 보겠습니까?

찰떡, 개떡, 쑥떡, 호떡 4개 조로 나눠 "(다함께) 찰떡 나왔다.", 하면 그 팀 조장 한 사람이 "호떡 나와라!" 하면 호떡 팀은 다함께 "호떡 나왔다." 하면서 팀 조장 한 사람이 "개떡 나와라!" 하며 외치는 게임입니다.

이렇게 큰소리로 말하다보면 스트레스도 풀리고 소화도 잘 되고 여자 분들한테 꼭 맞는 게임입니다. 어르신들이 처음에는 조용조용 하시길래 "'희망의 집' 원장인 제가 책임지고 잘하는 팀은 상품 줄 겁니다." 하고 말하자마자 목소리가 배로 커지며 열심히 해 주셨습니다. 쩌렁쩌렁 산에서 메아리가 되어 되돌아왔습니다.

이번에는 풍선 터트리기 게임입니다. 팀원들이 풍선을 불어주면 두 사람은 풍선을 묶어 또 다른 두 사람인 자기 팀원들에게 줍니다. 풍선을 건네받은 두 사람은 껴안으면서 풍선을 터트리는 게임인데, 어느 팀이 풍선을 많이 터트렸는가에 따라 승자가 결정되며, 여기서 특별히 할아버지, 할머니께서 꼭 껴안고 터트리면 2개로 인정해 주는 것입니다.

어르신들인데도 할머니들은 할아버지를 껴안고 풍선을 터트리는 것을 외면하십니다. 봉사자들이 40여 분 되는 할아버지, 할머니들 몇 분을 고르셔서 풍선 터트리기 게임을 또다시 시작했는데 키가 맞지 않아 폭소를 자아내는가 하면, 또 다른 팀은 풍선을 너무 작게 불어 몸을 비틀어가며 풍선을 터트리려고 하였으나 풍선이 터지지 않아 배꼽을 잡고 웃었습니다.

또 다른 게임은 풍선을 열다섯 개씩 각 팀마다 나누어 주고, 받은 풍선을 누가 빨리 크게 잘 불었는지 하는 게임입니다. 이것은 할머니, 할아버지들의 폐활량을 키우기 위해서입니다. 저도 집에서 가끔 이렇게 불 때도 있습니다. 풍선을 열다섯 개 받은 팀들마다 열심히 입으로 불기 시작하였습니다. 할머니, 할아버지께서 입에 풍선을 하나씩 넣어 불고 있는 모습이 참으로 가관이었습니다. 이런 말 하면 안 되겠지만 천진난만한 어린 아기들 같습니다.

어느 팀에서는 할머니께서 할아버지를 보시고 "그만 불고 묶으라고!" 하고 외치고 계시는데 할아버지께서 그 말씀을 안 들으시더니 '빵!' 하고 풍선이 터져버렸습니다. 할머니께서는 "저 영감탱이 내 말 안 듣더니 결국은 풍선 하나 터트렸구만. 저 영감탱이 마누라가 누군지는 모르겠지만 속깨나 썩었겠구만."하고 말하자 전부 다들 웃으시면서 할머니 한 분이 "저 할아버지 할망구 벌써 죽었어." 하고 말씀하셨습니다. 그러자 아까 소리치던 할머니께서 "잘 죽었구먼. 이때까지 살았으면 얼마나 속 썩었겠어." 하고 말씀하시자 할아버지께서는 멋쩍으신 듯 씩 웃으시며 "알았어. 이번에는 할망구 말 잘 들을게." 하며 또다시 풍선 하나를 집어 들고 입으로 가져가셨습니다. 팀들마다 불어 모아둔 풍선이 모이기 시작했습니다.

여기저기 빵빵 터지는 풍선이 있었지만 그래도 풍선이 모아졌습니다. 그러나 그 날은 바람이 살랑살랑 불고 있었습니다. 풍선을 일일이 손으로 잡고 있지 않은지라 불어둔 풍선들이 바람결에 따라 날아가기 시작했습니다. 어르신들이 날아가는 풍선을 잡으려고 막 뛰어가고 있습니다. 빨간 풍선, 하얀 풍선, 노란 풍선, 파란 풍선, 주황색 풍선들이 여기저기 굴러다니고 날아다니고 있었습니다. 도망가는 풍선을 쫓아가는 할머니, 할아버지들의 그 모습이 너무 좋아 말을 바꾸었습니다.

"누가 많이 풍선을 잡아 터트리는가 개인 경기를 하겠습니다."

그랬더니 여기저기서 풍선들이 빵빵빵빵빵 터졌습니다. 생각해 보십시오. 60개가 넘는 풍선들이 여기저기서 색깔별로 터지고 있으니….

동사무소 사무장, 만두레 회장, 봉사자들. 저도 그 모습을 보고 너무나 행복하고 즐거웠습니다. 그 순간 저는 개인적으로 '오늘 나오기를 참 잘하였구나.' 하고 생각하고 있었습니다. 연로하신 분들이 어려운 세상을 살면서 언제 이렇게 웃으시겠는가? 하는 생각이 들었습니다. 자식걱정, 남편걱정, 몸이 아파 걱정, 친했던 친구의 죽음에 충격 받고…. 다 이렇지는 않지만 대부분의 어르신들이 근심과 걱정에 살고 계십니다.

"할머니, 할아버지. 빵빵 터지니까 시원하시죠? 네, 스트레스가 확 풀리시죠?"

처음의 모기 같은 목소리는 완전히 사라지고 풍선을 터트리고 난 후로는 기차 화통 같은 소리들로 사회자에게 협조를 잘 해주셨습니다.

두 손을 뒤로 묶어 밀가루 속에 묻혀 있는 사탕을 입으로 먹는 게임에서 입으로 먹기 위해 얼굴이 밀가루 속에 파묻혀 사탕을 입에 넣고 고개를 들면 온통 얼굴에 밀가루가 묻어 있는 어르신들의 모습에 모두가 배꼽을 잡고 웃으셨습니다. 웃으시는 모습을 지켜보면서 매일매일 저렇게 해맑게 웃으시며 살아가시기를 기원해 봅니다.

집에서 딸들과 함께 준비한 쌀, 화장지, 양말, 런닝셔츠, 비누 같은 상품을 드리면서 좋아하시는 어르신들의 모습을 보며 또 한 번 행복을 느꼈습니다. 오늘 하루 어르신들의 시중을 들어주셨던 만두레 회원님들(봉사자들), 오고 가며 저와 우리 식구들을 챙겨주신 만두레 회원님들, 맛있는 음식이며 과일, 음료수까지 맛있고 배부르게 해주셨던 만두레 회원님들, 거기에다가 예쁜 수건까지 주신 만두레 회원님들….

자신들의 바쁜 시간까지 쪼개 이렇게 어르신들을 잘 보살펴 주신 만두레 회장, 총무, 회원님들께 감사드립니다. 수고하신 동장님, 사무장님, 사회과, 봉사해 주신 동부소방서 직원님들 오늘 하루 수고하셨습니다. 집에 도착하니 긴장이 풀어져서인지 피곤함이 찾아드는 듯합니다. 아, 옛날이여. 옛날에는 펄펄 날았는데⋯. ✝

형제들과의 여행

119 구급차를 탈 때만 해도 정신이 있었는데 깨어나 보니 중환자실이었습니다. 폐렴 때문에 가래가 너무 끓어 호흡하기가 힘들었습니다. 입 안에는 기관지로 통하는 플라스틱 관을 꽂아 넣어 침 흘리는 가운데 말도 못한 채 고통스러웠습니다. 긴 시간의 고통과 아픔을 '기관지 절개 수술'을 통하여 고통에서 조금 회복되었습니다. 가래가 끓고 그것을 그대로 방치해두면 몸에 열이 나고 호흡하기가 힘드니 아침저녁으로 가래를 빼내어야 하며 청소를 해야 합니다.

퇴원하여 두문불출하고 집에서 지내고 있었습니다. 안 그래도 야윈 몸에 몸무게가 12kg이나 감량하였으니 팔과 다리를 움직이는 것도 힘들었습니다. 거기에다 조금씩 걷고 움직이며 고개를 밑으로 숙였다 일으키면 숨은 왜 그렇게 가빠오는지 모르겠습니다. 영미씨의 따뜻한 보살핌 속에 장모님의 맛있는 음식 섭취에 따라 하루하루 안정을 되찾고 몸이 회복되기 시작하였습니다. 돋보기안경 같은 것을 구입하여 책을 보아도 이상하리만치 오래 보지 못하는 것이 안타까웠습니다. 텔레비전을 오래 보고 있어도 소파에 잠시 기대어 책을 보고 있어도 오래 지속해 보지 못한 채 침 흘리며 자고 있는 저 자신의 모습입니다. 길게는 자지 않지만 깜박깜박 조는 할아버지들처럼 말입니다.

차를 타고 멀리 다녀오고 싶어도 혼자라서 그렇게 하지 못하고 집을 비우고 할아버지를 모시고 저 멀리 바람 쐬고 오고 싶어도 도저히 엄두도 나지 않습니다. 바깥바람을 쐬면 집에서 졸지 않아 좋고, 햇빛을 보니 건강에도 좋을 것 같아 늘 생각만 하지 행동에 옮기지 못하고 있었습니다. 여름에 영미씨 휴가 얻으면 할아버지들 모시고 물가에라도 다녀와야지 하며 영미씨와 약속하였습니다. 지금보다 몸이 조금 건강하였을 때는 일 년에 두세 번 다녀왔는데 할아버지들과 영미씨, 두 딸들에게 미안합니다.

하루 빨리 그 날이 오기를 기다리는 중에 성당에 같이 다니는 저의 형에게서 전화가 왔습니다. "야! 너 우리 형제계 모임 있는 것 알지? 야유회 갈 때 같이 너의 차를 가지고 갈 수 있니?" 하며 전화가 왔습니다. 아! 그럼요. 기꺼이 가야겠지요. 이런 날을 얼마나 기다렸는지 모릅니다. 저를 찾아주는 사람이 없어서 못 나갔을 뿐이지…. 저를 찾아주는데 왜 못 나가겠습니까? 역시 저를 생각해 주는 것은 형님입니다. 형수님도 같이 가신다고 하니 벌써부터 기쁘기 한량없습니다. 함께 저를 생각하여 불러준 형과 성당의 형제계 모임의 형님들에게도 감사드립니다.

사실 전에는 불러줘도 못 나갔던 것은 산소통이 없어 밖으로 나돌아 다닐 수가 없었습니다. 지금은 산소통을 몇 개 다 준비하였기 때문에 이번에 물가로 같이 있을 수 있었습니다. 저는 이토록 기쁜데 영미씨와 두 딸 자녀들에게 미안했습니다. 그리고 할아버지, 아저씨들에게도 죄송스러웠습니다. 더운 여름 날, 저는 강가에 시원하게 발 담그러 가는데 무더운 여름날 집에서 고생하는 가족들에게 미안했습니다. 이런 저의 마음을 저희 하느님은 아셨는지, 우체국 직원이신 채 선생님의 모임에서 전화가 왔습니다. 일요일 날(주일) 제가 모임을 하고 있는 회원들과 '희망의 집' 가족들과 함께 시원한 계곡으로 여행을 가자고 전화가 왔습니다.

"아, 예. 너무 좋죠. 이렇게 관심 가지고 신경 써 주셔서 감사합니다. 고맙습니다.”

　음식과 차량, 일체 모든 것을 채 선생님의 모임에서 준비할 테니 '희망의 집' 식구들은 몸만 가면 된다고 하니 얼마나 감사한지 몸둘 바를 몰랐습니다. 몇 번이고 고맙다는 말을 전화로 말씀드리고 히딩크 감독이 우리나라 축구 선수들이 골을 넣으면 하는 세레머니처럼 주먹을 불끈 쥐고 어퍼컷 세레머니를 “와후!” 하며 손을 하늘 높이 올렸습니다. 주님. 감사합니다. 이 죄인이 무엇이건데 이렇게까지 사랑해 주십니까? 고맙습니다. 사랑합니다.

　계곡에 가려 하니 또 마음 한 편으로 부담감을 느끼는 것이 있습니다. 비가 많이 와서 산사태가 나고, 죽는 사람이 생기고, 물에 떠내려가는 사람, 홍수가 나서 집이 물에 잠긴 가족들, 텔레비전을 통해 시청하면서 마음 한 쪽이 아팠습니다. 그런데 이렇게 기분 좋게 야유회를 가야 하는 생각을 하면서도 몸과는 달리 행동은 결코 정반대로 움직이고 있었습니다.

　성당에서 미사를 드리고 야유회에 갈 형님들을 기다렸습니다. 모처럼 만난 형수님과 인사하는 중 “아니, 산소 꼽고 그렇게 운전하며 갈 수 있느냐?”고 걱정 어린 눈으로 쳐다보며 말했습니다. “아유, 형수님. 걱정하지 마세요. 운전 하루 이틀 하나요?” 하며 큰소리를 땅땅 쳤습니다. 차는 출발하자마자 에어컨을 틀라고 야단법석입니다.

　“조금만 기다리세요. 좋은 길 나오면 틀어드릴게요.”

　고속도로 길을 쫙 달리니 시원한 바람이 차에 탄 형님들 얼굴을 스쳐가니 시원한가 봅니다. 에어컨 안 틀어도 된다고 이번에는 이구동성으로 야단입니다. 저는 형수님과 웃었습니다. 저의 작전에 말려들었습니다. 저는 호흡기 환자라서 히터에서 나오는 발암물질, 에어컨에서 나오는 먼지가 제일 안 좋다고 의사 선생님께서 말씀하셨기 때문입니다. 그래서 웬만하면 에어컨이나 히터를 틀지 않습니다.

　모처럼 쫙 뚫린 도로를 운전하니 너무너무 기분이 좋았습니다. 예전에 눈이 오는데도 과속 운행하다 큰 사고는 아니지만 조그마한 자차 사고가 있어 그 후로는 거의 고속도로에서 운행속도 80~90km로만 달립니다. 가끔 새로 산 이스타나 차량이어서 100km 이상 과속하여 달릴 때도 있습니다.

눈으로는 아름다움이 저를 매혹시키고, 고속도로에서의 바람이 저의 얼굴에 키스하고, 차 안에서는 형님, 형수님들의 담소가 하하호호 즐거웁고, 오늘 하루는 아침부터 즐거움의 연속이었습니다. 야유회 떠나는 아침 시간부터 마칠 때까지 산소환자라는 핑계로 사랑하는 모든 형님들, 형수님들에게서 왕 대접을 받았습니다. 휴게소에 들르면 가만히 있어도 커피도 주시고, 시원한 생수도 주시고, 한 번 만에 주차시키니 '베스트 드라이브'라고 하늘 높이 치켜 세워 주시고, 조금 무거운 산소통을 계곡까지 들어다 주시고, 시원한 바닥에 앉자마자 제가 좋아하는 음식이 개고기 수육을 잘 손질하여 맛있게 썰어주시니 어느 것 하나 불편함 없이 챙겨주셔서 몸둘 바를 몰랐습니다.

기분좋게 즐거운 마음으로 단지 산소를 꼽고 운전만 했을 뿐인데 덤으로 수고했다고 박수까지 쳐 주시니 이 모든 것이 주님의 사랑이라 생각하며 그 분을 찬미합니다. 계곡물에 발 담그고 맛있는 수박을 먹고 해서 배가 참으로 불렀습니다. 한숨 잘 수 있는 분위기는 아닌지라 잠시 앉았는데 형들이 바쁜지 빨리 가자며 짐을 차로 옮기고 있었습니다. 저도 목에 꽂혀있는 산소통만 들고 하산하기 시작했습니다. 집으로 돌아오는 중 휴게소에 들러 잠시 휴식을 취하였다가 고속도로에서 같이 갔던 트럭을 앞질러 신나게 달리는 중 '펑!' 하는 소리에 놀랐으나 '타이어에 펑크났구나!' 생각하면서도 처음에는 제 차가 아닌 줄 알았습니다.

그런데 차가 가는 속도로 제 차인 줄 알고 브레이크를 부드럽게 연속으로 두세 번 밟으며 속도를 줄이면서 갓길에 대려 하는 그 와중에 어떤 형이 너무 안쪽으로 가까이 대면 작업하기가 힘이 드니 조금 여유를 보고 주차시키라고 큰소리로 말하였습니다. 주차시키자마자 일사분란하게 형님들 두 분은 저 멀리 가서 수신호하시고, 두 분은 창문을 열어 쟈키와 연장도구를 꺼내 타이어를 갈아 끼우기 시작하였습니다. 시간은 조금 걸렸지만 스페어 타이어가 탄탄한 결과로 무사히 갈아 끼우고 목적지인 집에 도착할 수 있었습니다.

앞에서 말한 바와 같이 고속도로에서 속력을 잘 안 내는데 속력을 내면서 트럭을 앞지르려 한 것과, 차 좋다고 잘 나간다고 자랑한 점에 대하여 까불고 교만하게 굴다 이런 불상사를 가지고 오게 된 것 같다는 깨달음을 얻었습니다. 아울러 참으로 감사한 것은 자동차 펑크 사고가 났는데도 한 사람도 부상을 당하지 않았다는 것입니다. 하느님께 감사드리고, 또 열심히 기도하셨다는 분에게도 형님에게도 감사드립니다. 타이어 펑크사고 시, 차 뒤로 멀리 뛰어가서 수신호 해 주신 형님들, 차 밑에 들어가서 수작업하며 바깥에 나와 타이어를 갈아 끼워 주신 형님들, 모든 분께 이 시간을 빌어 감사드립니다.

오늘 하루를 지내며 순간순간 일어난 일들을 생각하며 저는 참 행복한 사람임을 느낍니다. 저의 이 행복을 많은 사람들과 나누겠습니다. 주모경 기도한 후 부모님을 위한 기도, 자녀들을 위한 기도, 강복으로 하루 일과의 일과 기도로 마치기로 했습니다. 저의 기도는 핵심적으로 감사드리는 기도, 발표에 있었습니다. 가족끼리 앉아 성서를 읽고 난 후 감사기도 드릴 때 저는 가장 낮은 부분, 즉 사람들이 평상시 잃어버릴 수 있는 부분을 기도했습니다.

즉, 오늘도 생명을 주셔서 감사합니다. 일용할 양식을 주셔서 감사합니다. 추운 겨울날 춥지 않게 옷 입혀 주셔서 감사합니다. 추운 겨울날 춥지 않게 제 몸을 씻을 수 있게 따뜻한 물을 주셔서 감사합니다. 호흡기 환자인데 산소를 흡입할 수 있도록 해 주셔서 감사합니다. 우리 할아버지와 드시라고 쌀과 과일을 주신 은인 분께 감사드립니다. 오늘 하루 대자연의 맑은 공기를 주시고 맛있는 음식 주시고, 형님 형제님들과 웃을 수 있는 시간을 주심과 타이어 펑크가 났는데도 아무도 부상당하지 않게 해 주심에 감사드립니다. 이렇게 감사드리며 기도하노라면 어느 새 사랑하는 두 딸들도 "부모님들께서 제 옆에 계셔서 건강하게 키워 주심에 감사합니다. 부모님들께서 제 옆에 계셔서 그림을 그릴 수 있도록 교육비를 주서서 감사드립니다. 예전보다는 좋은 환경을 주서서 감사합니다. 좋은 친구를 사귈 수 있도록 도와주서서 감사합니다. 성당에서 미사드릴 때 반주를 잘 할 수 있도록 도와주서서 감사합니다." 하고 이렇듯 감사기도 드리는 두 딸을 보며 저는 마음속으로 기뻤습니다. 불평불만하기 보다는 작은 것에서부터 감사드릴 줄 아는 마음을 지니며 살아가는 사람들이 되었으면 합니다. ✟

장용산 나들이

긴 장마가 끝났습니다.

대전 둔산동 GS마트 직원들이 한달 전 저희 "희망의 집"을 방문했습니다. 이런 저런 얘기를 하던 중에 할아버지들께서 집에 계시기만 하면 무료하니 바깥나들이를 한번 가는 것이 어떻겠느냐고 의견이 나와 나들이를 가는 것으로 결론 지었습니다.

날짜를 정하였지만 계속하여 비가 오기 시작하여 연기를 하던 중에 내가 날짜를 좀 확 늦추어 7월 19일 날짜를 여쭙자 그러하자고 합의하여 그 날짜로 야유회를 가기로 하였습니다.

저는 당일날 다른 날보다 일찍 일어나 "할아버지, 기상입니다. 일어나세요. 자, 오늘 소풍갑니다."하고 말하고 싶었지만 소풍간다는 소리를 하면 우리 민 할아버지께서 야단법석을 떠는 버릇이 계시기에 마음으로 꾹 참고 일어나도록 하시고는 한분, 한분 면도를 시작하였습니다.

그러고는 목욕을 할 준비를 하였습니다. 저는 마음이 바쁘면 이상하게시리 호흡이 가빠져오며 맥박이 쉴 새 없이 빨리 뜁니다.

심호흡을 크게 하고는 "자, 한분씩 옷 벗고 빨리 목욕탕으로 들어오세요."

언제나 그렇듯이 우리 김씨 아저씨가 제일 먼저 들어오셔서 씻기 시작하여 나머지 분들도 다 씻겨드렸습니다.

옷은 본인들이 챙겨 입을 수 있기에 나도 머리 감고 목욕재개 하였습니다. 저는 목욕하는 것보다 목욕 후 기관지 절개수술한 곳에 "노블라이저" 즉, (가습효과)와 석션기(가래 뽑아 내는 것)을 하는 것이 시간이 더 걸리고 고통스럽기만 합니다.

가끔 이 일을 죽을 때까지 해야 한다고 생각하면 끔찍하지만 건강을 위해서 해야 한다면 어쩌겠는가. 이것이 나에게 주어진 십자가라 생각하고 묵묵히 할 뿐입니다.

아침 식사를 마친 후 잠시 기도를 한 후, 할아버지들에게 오늘 있을 일에 대하여 설명을 하였습니다.

"오늘 나들이를 갑니다. 기분이 좋으시죠?"

환갑이 다 되어가는 두 분 아저씨는 좋다고 하시며 밝은 얼굴로 "예."하고 응답을 해 주시고 또 한 분 아저씨는(별명 : 전두환 대통령) 멀뚱멀뚱 제 눈만 쳐다볼 뿐입니다.(말을 못하십니다)

그런데 칠십, 팔십이 넘은 두 할아버지들께서는 제가 무슨 말을 하는지 아저씨들이 왜 좋아하는지 고개만 갸우뚱 갸우뚱 할 뿐입니다.

이유인 즉, 두 분 다 귀가 열려있지 않은 탓입니다.

제가 조금 더 큰 소리로 할아버지 가까이 가서 "오늘 소풍갑니다."하고 말하자 "그래, 오예,"하고 나이 제일 많으신 민 할아버지께서는 손뼉을 탁 치십니다. 이 모습을 본 다른 할아버지는 "조용히 해."하며 씩 웃으십니다.

오늘 소풍간다는 이 말을 마치자 아니나 다를까 나이 제일 많으신 우리 민 할아버지께서는 김씨 아저씨에게 "오줌통을 챙겨라, 윷놀이 판을 챙겨라, 신을 신어라, 양말을 신어라, 모자를 써라." 처음부터 끝까지 챙기며 부산을 떨기 시작합니다.

그래서 저는 이 할아버지께서 이렇게 야단을 치는 통에 정신이 없는 바람에 어디를 가든 바깥에 나갈 일이 있으면 차에 올라타기 전까지는 말을 안 합니다.

그런데 오늘은 시간이 많이 남아있기에 말을 했더니 아니나 다를까 이렇게 야단법석입니다. 다행인 것은 오늘 영미씨가 쉬는 날인지라 제가 차를 타고 나가는 것에 대하여 많이 챙겨줬습니다. 오줌통, 의약품, 여유 있는 산소통 2개, 화장지, 휠체어, 이런 것들을 일일이 봉고차 뒤에 실어주었기에 얼마나 손쉬웠는지 모릅니다.

함께 갔으면 좋겠지만 집에서 조용히 쉬는 것이 영미씨에게는 도움이 되는 것이고 오후에 찾아오신다는 방문자(손님)가 계시기에 집에서 휴식을 취하기로 하였습니다.

조금은 더운 여름날 오전 10시까지 만반의 준비를 하고 집앞에서 기다렸습니다.

10시 25분, 차 안에 있기가 따분했습니다.

"참, 충청도 양반들은 약속시간을 잘 안 지키지."

농담 반, 진담 반 영미씨 앞에서 한마디 툭 내던졌습니다.

저는 경상도 사람이고 영미씨는 충청도 사람인지라 듣고 있는 영미씨는 내 말의 의미를 잘 알고 있는 듯 픽하고 웃기만 하였습니다. 그로부터 한참 후 장용산 휴양림에 함께 갈 GS마트 직원들이 오셨기에 인사를 나눈 후 출발하자고 하였습니다만 목적지 장용산이 어디로 가는지 아는 사람이 없다고 하였습니다.

그분들이 목적지를 정하시기에 나는 잘 알고 계시리라 믿었었는데 출발부터 험난한 여행이 될 듯 하였습니다.

다행히 제가 몇 년 전 딸들과 한 번 가고 할아버지들 데리고 한 번 다녀온 적이 있어 기억을 더듬어 더듬어 차를 운행하였습니다. 그다지 똑똑하지 않은 저였지만 기억을 더듬어 무사히 목적지에 도착하였습니다.

도시의 무더위, 집안에 가만히 앉아 있어도 이마와 온 몸에 땀이 뒤범벅인데 거짓말 하나도 안 보태고 평상에 올라앉았는데 시원한 바람이 쉴새없이 불기 시작하였습니다.

GS마트 직원들과 우리 희망의집 모든 식구들은 "야, 시원하다."하며 큰소리로 외쳤습니다. 큰 나무들의 나뭇잎들이 흔들리며 "솨, 솨." 소리를 내며 저희들의 이마에 속옷 안에 흐르는 땀방울을 씻어주었습니다.

저 하늘의 구름은 왜 그리 오붓하고 아름답게만 보이는지….

저 높은 곳에서 흘러내리는 개천의 물은 왜 그리 깨끗하고 맑은지….

당장이라도 내려가서 물덤벙을 치고 싶은 강한 욕구를 느끼지만 지금 현재 그리하지 못하는 자신의 처지가 안타깝기만 합니다.

그래도 시원하게 불어오는 바람을 친구삼아 T셔츠의 단추구멍을 열어봅니다. 평일날인지라 사람들도 별로 보이지 않고, 장용산을 우리가 차지한 것 같았습니다. 그런데다 시원한 바람이 저 멀리서 계속 불어왔습니다.

또 다시금 모든 일행들이 감탄했습니다. 와, 너무너무 시원하다.

요즘말로 정말 대박이었습니다.

아유, 영미씨도 데리고 올걸. 집에서 덥게 있을텐데. 같이 이 시원한 바람을 함께 누리지 못한 것에 대한 미안함과 안타까움이 물밀듯이 밀려왔습니다. 김밥과 더불어 치킨, 음료수, 과일, 물, 술 푸짐한 음식을 내놓고 맘껏 먹었습니다.

저는 항상 나들이만 가면 신경이 쓰입니다.

우리 집에 연세 많으신 할아버지께서는 식사를 잘 하지 않으시고, 술하고 음료수만 드시려 하시고, 또 두 아저씨들은 집에서도 양껏 배불리 드시는데, 바깥나들이 때도 너무 많이 먹으려 하시기에 항상 신경이 쓰입니다.

음식을 두고 못 드시게 할 수도 없고, 거기에다 음식을 준비하신 분들은 할아버지들에게 많이 드시라고 자꾸 음식을 내놓으시니 참 감당하기 어려울 때도 많습니다.

그래도 어찌합니까? 자주 이런 날을 맞이하는 것은 아니니깐 드실만큼 드세요 하고 말을 합니다.

술에 취하면 더 안 드실테고, 배가 부르면 더 안 드실테지….

지난번처럼 음식과 술을 많이 드셔서 구토도 하시고 옷에 쉬하시고 또 옷에 대변을 보지는 않으시겠지… 하고 마음으로 생각합니다.

음식을 맛있게 먹은 후 자연을 벗삼아 저희들은 윷놀이를 하였습니다.

빙 둘러 앉아 "도요, 모요, 윷이요, 아싸 잡고 한번 더. 아유 또 잡혔네."

가만, 가만 있어요, 도, 개, 걸, 윷, 모, 한모하고 개하면 저것 잡을 수 있네요. 자, 던집니다. 아싸, 한모, 와아 걸이면 잡아요.

자 던집니다. 또요. 아우 저걸 못 잡았네. 왁자지껄 부산스럽게 박수치며 난리법석입니다. 결국은 우리 희망의 집 팀이 이겼습니다.

언제든지 시작은 상대팀이 이길 것 같지만 마지막에는 우리 희망의집 식구들이 이깁니다. 제가 잘 못하면 다른 아저씨가 윷, 모를 하며 잘 하시고 아저씨께서 잘 못하시면 이번에는 할아버지께서 상대편 말을 잡아가면서 잘 하시기에 꼭 게임 때마다 잘 하시는 분이 나타나셔서 상대방 팀을 완전히 초토화 시킵니다.

오늘도 우리 희망의 집 팀은 상대방 팀을 슬슬 봐주면서까지 했어도 저희들이 이겼습니다.

상대방 팀들은 혀를 내두르시며 "아니, 할아버지들은 밥만 먹고 윷놀이만 하세요."하시며 너스레를 떱니다.

좌우지간 우리 희망의집 윷놀이 팀은 열 번 싸우면 한두 번 지고는 다 이깁니다. 대단해요.

다들 신나게 놀고 한숨 자면 참 좋겠다고 생각하는 차에 GS마트 직원들이 "원장님, 죄송스럽게도 저희들이 다시 직장에 가서 나머지 일을 해야 되거든요. 죄송해요."

아니, 이곳에 도착한 지 넉넉잡아 한두 시간밖에 안 지난 것 같은데 그리고 지금 가장 뜨거운 이 대낮(2시~3시)에 완전히 열받은 봉고차를 타고 집에 가야한다니….

순간, 당신들 먼저 가서요. 할아버지들과 저희들은 여기 더 있다가 갈께요.

이 말이 목구멍까지 맴돌았지만 어떻게 하겠는가?

내 생각을 접고 "그래요. 빨리 가야겠네요."

청명한 하늘, 하얀 구름, 가슴 저 언저리까지 시원하게 불어오는 바람을 장령산에 남겨둔 채 못내 아쉬운 마음으로 "자, 아저씨들 빨리 차에 타세요."

차에서 흘러나오는 노랫소리를 들으며 아저씨들과 함께 크게 부르며 시원한 바람을 친구삼아 지나가는 자동차를 살짝살짝 엿보며 기쁜 마음으로 집에 도착했습니다.

정겨운 우리 집 마당이지만 더운 열기가 대지 땅에서부터 후끈후끈 달아오르는 것 같습니다.

가난한 우리 식구들에게 오늘 하루 많은 사랑을 주시고 생계를 위하여 지하실 매장에서 일하고 계시는 그분들에게 감사하는 마음이며 아쉬운 작별인사를 나눴습니다.

좋지 않은 환경 속에서 일하시는 그분들의 건강을 위하여 기도합니다.

고맙습니다. ✝

가난한 사람에 대한 병덕이 형의 사랑

성남동 성당에서 가양동 성당으로 교적을 옮겨 다니기 시작하였다.

많은 교우분들이 오고 가고 하지만 조금 내성적인 성격인지라 유대관계가 그리 원만하지는 않았다. 예전에도 그랬고 지금도 그렇지만 교회에서는 새로운 사람이 얼굴이 보일라치면 그렇게 반갑게 맞이하고 아는체를 하지만 군이 천주교회에서는 새로운 사람, 평소에 안 보이던 사람이 나타나도 맞아주지도 않을뿐더러 찔끔 눈인사 할 정도이며 어떨 때는 눈길조차 주지 않는다는 것이다. 이 말에 모든 천주교 신자들은 이구동성으로 고개를 끄떡일 것이다.

정식적으로 가양동 성당 다니기 전에 기도회와 성령 세미나에 참석한 경우가 몇 번 되어 몇몇 신자들과는 안면이 있었다.

그 중에 한 분을 알게 되었다.

그분과의 첫 만남은 정식적으로 직접 만나뵙게 된 것은 아니었다.

소문으로 귀 동냥을 하게 된 것이다.

다름이 아니라 본인이 희망의 집을 운영하기 위하여 부지런을 떨고 있을 때 성당의 한 단체장이 저를 빗대어 "자기 몸도 약하여 빌빌대면서 무슨 봉사를 한다고 희망의 집을 하는지 모르겠다."하며 사람들이 많이 있는 곳에서 이야기를 했을 때 이 이야기를 듣고 있던 한 사람이 "아니, 몸이 약한 사람이 오갈 데 없는 불쌍한 사람들을 모시고 살려는데 도와주지는 못할망정 무슨 그런 소리를 하느냐."고 그 사람에게 핀잔을 주고 큰 소리 쳤다는 것이다.

타인을 통해서 이러한 말을 듣고 그렇게 말한 사람이 누구일까? 굉장히 궁금했다.

며칠 지나서 그분을 만날 수 있었다.

첫 만남을 가진 자리에서 악수를 청하고 앉은 자리에서 몇 마디 나누면서 신앙적으로나 인간적으로나 가난하고 불쌍한 사람들을 긍휼이 여긴다는 것을 느낄 수 있었다. 그런 마음들이 생각들이 몸에 배어있는 분 같았다.

더군다나 미약한 저를 위해 그렇게 담대하게 응원, 옹호해 주었다는 것에 대하여 나는 홀딱 반해있었다.

이 일을 하는데 처음으로 큰 응원군을 얻어 너무나 기뻤다.

나보다 한 살 많은 관계로 형이라고 부르게 되었다.

나중에 안 일이지만 내가 형이라고 불러주자 그렇게 기분이 좋을 수 없었다고 옆에 있는 사람들에게 이야기 했다고 한다.

이것이 계기가 되어 희망의 집을 하기 위해 구경한 허름한 단독 주택을 손보는데 처음부터 끝까지 이 형이(윤병덕 : 요셉) 도와주었다.

수도 언 것, 보일러 수리, 전기공사, 이층에 어린 아기들이 따뜻하게 지낼 수 있도록 대폭 대대적인 공사를 해 주신 점에 몸둘바를 몰랐다.

정말이지 꼼꼼하게 웃으시며 때로는 땀을 흠뻑 흘리며 말끔하게 수리해 주셨다.

집 전체 구석구석 이 형의 손길이 안 거친 곳이 없었다.

살면서도 어느 한 곳이라도 고장이 나서 형에게 전화 한 통이면 쏜살같이 달려오셨다. 본인 생업이 바쁜 중에라도 밤늦게까지라도 찾아와 주셔서 손 봐주셨다.

이 형과 이렇게 인연을 맺게 되어 많은 도움을 받는 중에 형이 말하기를

나는 새벽에라도 부자들이 보일러 터졌다고 전화오면 나중에 가더라도 가난한 사람들 특히 안영열(프란치스코) 니가 보일러 고장 났다고 전화하면 제일 먼저 달려와서 고쳐주겠다고 단호하게 말하시는 것을 들으며 얼마나 행복했는지 몰랐다.

그리고 이 형의 형수님은 반찬 솜씨가 일품이다.

우리 희망의 집 일 할 때면 꼭 따라오셔서 형 일하는 것 옆에서 도와주고 간식과 점심, 저녁밥까지 만들어 주신다.

반찬 솜씨가 어찌나 좋은지 우리 할아버지들과 함께 참 맛있게 먹을 수 있었다.

요즈음은 형수님이 몸이 불편하여 자주 뵙지는 못해 늘 아쉬운 마음이다.

그래도 명절 때면 정성을 다하여 전을 부쳐서 꼭 보내주신다.

본인 몸도 불편하신데 이렇게 꼭꼭 챙기시는 이 마음 씀씀이를 어떻게 갚아야 할지….

나는 이 형에게 미안한 것이 있다.

처음 희망의 집 할 때 허름하고 작은 집을 구입했는데 처음부터 끝까지 형의 손길이 닿았는데 정들었던 그 집을 팔고 바로 안집 좀 큰 집으로 이사하게 되었다.

이 큰 집으로 이사와서도 손볼 때가 있으면 서슴없이 다 손봐주셨다.

할아버지들 춥게 지내시면 안 된다고 본인 전매특허인 보일러 손질과 더불어 겨울에 얼지 말라고 보온처리와 문짝까지 달아주셨다.

말하지 않아도 집안 여기저기 둘러보고 고장난 곳 고쳐주시고 손 봐 주셨다.

요즘은 이전보다 뜸하게 만나지만 우리 할아버지들과 기도하면서 마음속으로 만난다.

한해, 두해 지나면서 가끔씩 형과 함께 추운 겨울날 빈민촌에 배추며 쌀이며 생필품을 가져다 줄 때와 시원한 물가로 함께 놀러갔을 때가 그립다.

장애자들이 타고 다니는 전동차를 타고 성당에 다니면서 대문에 걸어놓은 '희망의 집' 이라는 나무로 만든 현판이 걸려있는 것을 본다.

까칠 까칠 껍질이 벗겨져 햇빛과 비를 맞아 색이 많이 바랬다.

새로 만들까 하다가도 요셉형이 다른 신자들과 함께 걸어준 것이다. 형들을 오래도록 생각하기 위해여 그대로 둘 것이다.

현판이 햇빛과 비와 눈을 맞아 색이 변해가더라고 형과 형수, 우리 부부 마음은 변치 않기를 바라는 마음이다.

형, 고맙고 감사해요. 그리고 사랑해요. ✝

환자 봉성체

오늘 '희망의 집'에 신부님과 수녀님 두 분과 연령회 회장님께서 오셨습니다. 연로하신 민승팔(스테파노) 할아버지와 김동호(원선시오) 환자 봉성체 때문입니다. 환자 봉성체는 성당 다니는 영세받은 신자가 몸이 아파서 성당에 가지 못하는 경우에 신부님이 한 달에 한 번 각 가정에 가서서 영성체를 치르는 예식입니다.

반갑다고 야단이신 할아버지를 진정시키고 고요함 속에 신부님의 경본 읽는 소리에 우리는 "아멘."으로 응답하였습니다. 민 할아버지는 10년이 넘도록 영성체를 못하시다가 이번에 환자 봉성체를 통하여 예수님을 모셨습니다. 감격에 겨워 어찌할 바를 모르는 표정이었습니다. 민 할아버지는 근 십 년 동안 행려환자 시설에 잡혀 가서 고생만 하셨습니다. 제가 '희망의 집'을 하면서 민 할아버지를 찾아서 모셔왔습니다.

동호는 혼자 지내면서 끼니도 제대로 챙겨 먹지 못하고 있는 것도 있지만, 여러 가지 이유, 특히 신앙생활을 제대로 못하고 있기에 다시 신앙심을 심어주고자 함께 살게 되었습니다. 고백성사를 통하여 이번에 저희 집에 신부님이 오시게 되었으며, 민 할아버지와 동호는 예수님을 모시게 된 모습을 밤늦은 시간에 다시 한 번 상기하며 주님께 고마움을 표현합니다. 주님! 감사합니다. 지금보다 더 행복하게 잘 살게요.

고마운 마음은 또 한 가지 있습니다. 다른 신자 집에서 신부님 드시라고 주신 것을 신부님은 영미씨를 부르더니 김이며, 화장지며, 차에 실려 있는 모든 것을 다 주셨습니다. 참나 신부님은 저를 부르시지 왜 데레사를 부르시는지…. 제가 빈약해 뵈니 힘을 못 쓸까봐 그러셨나 봅니다. 하긴, 지금 산소 줄이 목에 걸려 있으니 뭐 들고 다니고 싶어도 그렇게 하지 못합니다. 신부님, 수녀님들, 단체장님들. 영미씨를 챙겨주시고 이해하시며 예쁘게 봐 주셔서 감사합니다. 사랑 베푸시는 그 마음에 집에서 이 프란치스코는 열심히 기도하겠습니다.

'희망의 집' 식구들이 모두 잠들어 있습니다.

세상 사람들이 식구들에 대해 무슨 말을 해도 나에게 소중한 그 무엇과도 바꿀 수 없는 끈끈한 정으로 맺어진 가족입니다. 감히 늘 사랑한다는 말은 못하지만 정말이지 좋아합니다. 이 시대에 이 땅에서 태어나 이렇게 만난 것도 인연이라 생각합니다. 잠시 묵상한 후 영미씨를 꼭 껴안고 잠을 자렵니다. ✚

안드레아 형, 함께 가요

눈을 뜨니 중환자실인 듯한데 나를 측은하게 보는 한 얼굴이 보였습니다. 침대의 양 쪽 끝을 잡고 얼굴을 가까이 대고 "이제는 괜찮냐?"고 묻고 계십니다. 고개를 끄덕이기보다는 내 눈에 비치는 그 얼굴이 너무나 반가워 눈시울이 붉어졌습니다. 한 손으로는 눈물을 닦아주고 눈물을 닦아준 손으로 늘어져 있는 제 손을 만져주었습니다. 긴 세월을 외톨이라 살아온 저로서는 참으로 의지가 많이 되었습니다. 저보다 두 살이 많은 그로서는 중환자실에 처음으로 면회를 와 줄 정도로 나를 사랑하고 챙겨주는 사람이었습니다.

1999년도 12월 22일 이렇듯 중환자실 면회 시간에 처음으로 찾아와 측은하게 사랑하는 마음으로 지켜보고 있을 때, 그 때 마침 눈을 뜨고 의식에서 깨어났으니….

저는 눈시울을 붉히며 저의 과거를 조금 이야기 하면서 형으로 부르고 싶다고 말했습니다. 한 마디의 거절 없이 "알았다."고 대답하며 두 손을 꼭 잡아 주었습니다. 시간 날 때마다 몇 번이고 면회 와 준 형이 나의 친 형이 되었습니다. "고마워, 형." 겉으로는 이렇게 말하면서도 마음으로는 의지할 곳이 없던 저로서는 천군만마를 얻은 듯 기뻤습니다.

이렇게 이 형을 처음 만난 것은 성당의 기도회를 마치고 어느 한 형제가 집으로 초대하여 그 집으로 갔는데 먼저 와서 앉아 있었던 사람이 나의 친 형이 된 그 분입니다. 문을 열고 들어섰을 때 먼저 앉아 있었으며 어죽을 끓여 먹고자 하고 있었습니다. 열 평정도 조금 넘는 방에 들어서니 형제들이 꽉 찼습니다. 주거나 받거니 하면서 술잔을 마주치면서 인사를 주고받았습니다. 먼저 와 있던 형제가 인사말을 건넸습니다.

신창수 형은 안드레아라는 세례명을 가지고 있었습니다. 이 때 처음 나는 뵈었는데, 이 형제는 나를 잘 알고 있었습니다. 궁금했지만 지금 따져 묻지는 않았습니다. 나는 술을 잘 못하여 채워준 단 한 잔만을 먹고 또 한 잔을 먹은 듯합니다. 안드레아 형은 윗옷을 벗고 조끼 런닝을 입고 있던 터라 체격이 튼실해 보였습니다. 비실비실한 나로서는 남자의 체격 같아 부러운 몸매였습니다. 그토록 안드레아 형제는 술을 술잔에 붓기가 무섭게 금방금방 잔을 비웠습니다.

"저를 어떻게 아시나요?" 물으니 "예전부터 제가 좀 알고 있었습니다." 하고 대답하셨습니다. 술을 그토록 많이 먹었으면 혀가 조금 꼬부라져 헛소리를 할만도 한데 말짱하였습니다. "우리 가양동 성당에 교구 장례 버스를 운전하는 어르신이 계시는데 그 분이 형제님을 잘 알고 계십니다."하고 안드레아 형제는 말했습니다. "그 분은 누구시죠?" 하고 따져 묻고 싶었지만 가양동 성당에 나온 지 얼마 되지 않아 더 이상 묻지 않았습니다.

그 날 그 자리에서 중요한 것은 안드레아 형제가 "내가 봉사단체(공동체)에 있었다는 것을 알고 있었기에 가난한 사람들을 위해 선교·봉사활동에 힘을 보태어 열심히 합시다."라는 약속을 굳게 하였다는 것입니다. 저는 술을 한두 잔밖에 안 먹은 지라 술 취한 형제를 한 사람 한 사람 집에 데려다 주고 집에 왔습니다.

이렇듯 처음 만남을 계기로 성당에서 자꾸 접하게 되었고 '희망의 집' 현판을 걸고 어르신들을 한두 분 모시고 생활하다 의식을 잃고 쓰러진 것입니다.

한 성당에서 한 교우끼리 열심히 기도 생활을 하다 의식을 잃고 쓰러지고 말았습니다. 이렇게 하여 중환자실에서 만나 형으로 모시게 된 것입니다. 몇 번이고 병원에 입원하면 놀란 가슴으로 달려와 손목 잡고 괜찮느냐고 되물으시고는 눈을 껌벅껌벅하며 웃으셔서 그때서야 안도의 한숨을 내쉬었습니다.

환자 아닌 환자가 된 나는 어디를 가든 일일이 챙겨 주셨던 형님이십니다. 야유회를 가도 성지를 가도 챙겨 주었고 명절날이 되면 저의 두 딸의 용돈을 꼬박꼬박 챙겨주셨으며 역전 활동을 밤늦게 하다가 들르면 닭을 따로 놓아두었다가 튀겨서 먹게 해주시는 형님과 형수님. 무엇 하나 있으면 사소한 것이라도 못 챙겨줘서 안달입니다.

저를 만나기 전에는 뷔페사업가 사장으로서 한때 잘 나가셨는데 경제사정상 그 사업을 접으시고 한국도로공사에 취업하시어 잘 근무하고 계십니다. 형에 비해 동생인 저희들은 형을 잘 챙겨드리지 못해 죄송스러운 마음입니다. 그런데 이 형님에 대한 염려가 있습니다. 오늘 내일 미루지만 언젠가는 형도 제 마음의 뜻을 알고 안쓰러워하는데 마음에 평화스러운 꽃을 심어주실 것이라고 믿습니다. 이번 성탄절에 아기 예수님의 은총이 형님 집안에도 충만히 임하기를 기도합니다. ✝

故 김동식(베네딕또) 아저씨의 아름다운 사랑

따르릉, 따르릉 전화벨 소리에 저녁밥을 차리다 말고 전화기를 들었습니다.

"네, 희망의 집입니다." 하였더니 상대방에서 흘러나오는 꾀꼬리 목소리.

"여기는 충남대학병원 사랑의 봉사회입니다."

호흡기 환자 한 사람이 있으니 거기 시설에서 같이 생활할 수 있겠느냐는 문의 전화였습니다. 사랑의 봉사회에서 문의할 정도면 여기저기 오갈 데 없는 형편의 어려운 환자임을 알고는 저희 집에서 같이 살게 되었습니다.

산소 발생기에 의지하여 나처럼 24시간 산소를 흡입하며 가쁜 숨을 쉬고 계셨습니다. 아저씨는 천식까지 겹쳐 숨을 쉬는데 더 힘들어 보였습니다. 이렇게 힘들다가도 괜찮을 때는 또 한참 편안해 보였습니다.

저도 산소를 하고 있는 환자인지라 산소 발생기가 이 방 저 방에서 시끄럽게 돌아가고 있었습니다. 모터가 돌아가니 시끄럽기도 시끄러웠으며, 여름에는 열이 새어 나와 엄청나게 덥게 하였습니다. 한 여름에는 그냥 있어도 더운데 두 대가 계속해서 돌아가니 정말이지 더웠습니다.

저 혼자 산소발생기 한 대 돌릴 때만 해도 전기세가 8만~9만 정도 나왔는데 두 대가 함께 사용하니 전기세에 누진세가 붙어 이십 몇 만원씩 나왔습니다. 야! 이 것 큰 돈인데 어떡하지 고민 중에 세대주 여섯 분을 한전에 신고하면 할인이 된다는 소리에 동사무소에 신고 한 후, 전기세 용지를 받아드니 십일만 이라는 아라비아 숫자가 적혀 있었습니다.

참, 감사한 일입니다. 한국 전력과 이렇게 알려주신 분께 진심으로 감사드립니다.

호흡기 환자 아저씨는 세면을 하러 들어가면 한참 후에 나옵니다. 세면 후 나올 때 보면 입술이 새파래져 있고, 숨이 턱 밑에까지 차서 호흡을 겨우 겨우 하는 모습을 보고 세면하러 들어갈 때도 코에 산소를 하고 들어가라고 종용했습니다.

아저씨를 보면서 나도 나중에 저렇게 되겠지 하며 가끔 불안할 때도 있습니다. 저렇게 되기 전에 죽어야 할 텐데…. 제가 이렇게 생각을 하는 이유는 성당에 가면 2층까지 올라가야 하는데 2층 올라가서 자리에 앉으면 숨이 턱 밑에 까지 차서 호흡하기가 힘들 정도입니다. 그런데 어떤 할아버지 한 분은 계단 한 계단 올라가는 데에도 숨이 차서 헉헉 거리고 계시는 모습을 보면서 '아, 진정, 저 모습이 남의 일이 아니구나. 나도 언젠가는 저렇게 되겠지.' 하는 생각을 할 때도 많이 있었습니다.

산소에 의지하는 나로서는 이런 생각을 많이 했었습니다. 둘 다 코에 산소를 꽂고 앉아서 장기도 두고, 오목도 같이 하고, 지난 날의 삶도 같이 나누며 생활한 지 6개월 정도 되었을 무렵, 어느 날 갑자기 아침기도를 마친 후 병원에 가고 싶다고 하였습니다.

"왜 그러냐?"고 물으니 입원 치료를 받고 싶다고 했습니다. 한 번 입원하면 한 달씩 입원했습니다. 예전에도 저희 집에 오기 전에도 바깥에서 5개월 정도 지내다가 또 병원에 입원하고 이런 식으로 지내 왔다고 말하였습니다. 병원에서 퇴원하고, 집에 있다가, 또 입원하고 속옷과 먹을 것을 챙겨 병원에 가서 기도하고 대화를 나누고 집에 돌아오곤 하였습니다.

몇 번 병문안 갔을 때 아저씨가 집에 놔두고 온 장기 기증서를 가져다 달라고 하였습니다. 그것은 다름 아닌 아저씨가 저희 집에서 생활할 때 한마음 운동본부에 나는 죽을 때 장기 기증할 것이라고 하였더니 본인도 "서류 하나 주세요." 라고 해서 가져다 준 적이 있었습니다. 그런데 아저씨가 장기 계약서를 찾고 있습니다. (나는 속으로 아! 하느님의 능력이여, 사랑이여. 했습니다.) 장기 기증 계약서에 사인을 하고 난 후 아저씨의 얼굴을 살펴보니 편안해 보이면서도 한편으로는 건강이 전보다 더 안 좋아 보이기에 의사와 상담을 하였습니다.

"지금 산소 흡입량을 5까지 사용하고 있고, 몸 안에 많은 장기들이 훼손되어 있습니다. 이 상태로 계속 간다면 일주일, 빠르면 오늘 내일입니다."라고 말씀하셨습니다. 병원에서 산소통을 휠체어에 실은 채 바람을 좀 쐬러 밖으로 나왔습니다.

의자에 앉아 이런, 저런 가벼운 이야기를 하다 아저씨가 이 날 이태껏 살아온 이야기를 들으며 '참으로 고생을 많이 하였구나.' 하는 생각이 들며 두 손을 잡고 기도하였습니다. 둘 다 울었습니다. 내 눈물이, 아저씨의 눈물이 꽉 잡은 우리 두 사람의 손에 한 방울, 두 방울 떨어지고 있었습니다. 서로 눈물을 닦으며 한참 말없이 태양을 바라보고 있었습니다.

먼저 아저씨가 입을 열었습니다.

"나 자신의 몸까지 기증하고 싶다. 나도 왜 그런지 모르겠다."

"아저씨, 저도 그렇게 하려고 생각하고 있었는데, 잘 됐습니다. 우리 같이 해요."

손잡고 약속한 후, 의사와 상담하여 아저씨는 산소 흡입량 7까지 올린 후 일주일을 더 살다 돌아가셨습니다. 의사의 빠른 손놀림으로 다른 환자(맹인)에게 주기 위하여 안구는 가져가시고 서울에서 한마음운동본부 응급차가 시신을 인양받기 위하여 대기 중이었습니다.

시신은 기증하였지만 직계 가족 사인이나 허락 없이는 시신을 인양 받아 가져갈 수 없다고 워낙 단호하게 말씀하시는 바람에 수소문 끝에 아저씨의 형수님과 누나를 찾아낼 수 있었습니다. 워낙 갑작스럽게 운명하신 거라 신자들이 방문하여 기도도 많이 못해 드렸는데, 시신을 기증하는 바람에 집으로 모시지도 못하고 안타까운 마음이었습니다.

병원 안치실에서 시신을 꺼내 구급차 안에 시신을 올려놓고 아저씨의 손을 잡고 기도하였습니다. 신부님들도 안 계시고 수녀님, 신자 분들도 안 계시고, 또 다시 혼자 아저씨의 손을 잡고 기도하는데 눈물과 콧물이 범벅이 되어 오열하고 있었습니다. 근래 들어 이렇게까지 울어 보기는 처음이었습니다.

왜일까? 같은 처지에 고생하였던 지난 삶. 한 집에서 산소호흡기 틀고, 같이 호흡하였던 식구였기 때문에? 아니면 남은 반 평생을 가쁜 숨을 몰아쉬며, 기침과 호흡에 허덕였기 때문일까? 아니면 남들 다 가는 결혼도 하지 못한 채, 노총각으로 죽음을 맞이하였기 때문일까? 아니면 연로하신 노모께 효도를 제대로 해 드리지 못하고 결국 일찍 운명하였기 때문일까? 아니면 죽으면서까지 시신기증을 한 아저씨의 아름다운 마음씨 때문일까? 아저씨의 시신을 실은 차가 병원 안치실에서 떠나가는 모습을 바라보며 멍하니 서 있었습니다.

주님! 故 김동식(베네딕또) 아저씨에게 영원한 행복을 베푸소서. 아멘.

이 아저씨의 노모(93)는 아직 살아 계십니다. 충격 받으실까 말씀도 못 드리고 계시는데, 노모는 연신 말씀 하십니다.

"우리 아들 동식이 지금도 잘 있지요?"

"네, 할머니. 밥 잘 먹고, 건강히 잘 있습니다."

이 아저씨의 형은 얼마 전에 간암으로 세상을 떠나셨습니다. 그리고 이 아저씨의 형수께서 노모와 함께 살고 계십니다. 초라한 집에서⋯. ✝

행복한 민 할아버지

민 할아버지는 새벽 다섯 시면 한 방에서 같이 자고 계시던 아저씨들을 다 깨웁니다. 다른 아저씨들은 일어나기 싫어도 민 할아버지의 성화에 못 이겨 일어나야 합니다. 다른 할아버지, 아저씨들은 잠이 덜 깨어 멍하니 벽에 기대어 앉아 있는 반면, 민 할아버지는 팔짱을 끼고 시계를 연신 쳐다보며 세수할 시간만을 기다리면서 여차하면 방문을 열어젖힐 태세입니다.

"민 할아버지. 아저씨들 잠 좀 더 재워주세요." 하고 조용한 말로 타일러도 한 이틀 정도 따르시다가 언제 그랬냐며 전과 마찬가지로 다섯 시면 기상하여 깨웁니다. 참으로 고집불통 할아버지입니다. 이렇게 잠을 깨워 놓고서는 아침상을 물린 뒤 본인은 한숨 자고 있습니다. 이건 또 무슨 경우인지… 완전히 독불장군입니다.

이래서 예전부터 내무반장이라는 감투가 씌어 있습니다. 누군가 빵 부스러기나 과자를 먹다가 흘리면 "에이씨, 그게 뭐여?" 하며 그것을 손수 손으로 박박 닦아내야 직성이 풀리는 민 할아버지이십니다. 방문자들이 민망해 하고 이야기를 하고 있으면 어느 틈엔가 그 대화에 끼어들어 팔씨름 한 판 하자고 조르시는 민 할아버지이십니다. 팔씨름해서 이기면 덩실덩실 춤을 추며 좋아하시면서 진 사람에게 한 마디 던집니다.

"아니, 어떻게 그렇게 힘을 못 써?" 하면서 핀잔을 주시던 민 할아버지.

식사 때마다, 뭐 음식을 먹을 때마다 기도를 하시는데 방문자들은 무슨 기도, 무슨 말을 하시는지 못 알아들어도 본인은 심각하게 기도를 하시는 민 할아버지.

목소리가 얼마나 카랑카랑하신지 앞으로 백 년은 더 사실 민 할아버지.

노래 한 번 불러 줄라시면 이 때다 싶어 숟가락이든 마이크든 부여잡으시고 앵두나무로부터 가사를 시작했는데 옆길로 빠져, 어디 삼천포로 빠져 이별의 부산 정거장으로 마치는 민 할아버지.

이렇듯 사람들만 방문하면 기가 살아 웃음꽃을 피우시며 행복해 하시는 민 할아버지 덕분에 저와 많은 사람들이 기뻐하고 즐거워합니다. 사람들이 방문의 목적을 마치고 집에 갈 때면 손목을 잡고 놓아주지 않으려 애써 헤어지기가 아쉬우면서도 꽉 잡은 손목을 풀고 가시는 분들의 뒷모습을 쳐다보며 큰 소리로 "빠빠이!" 힘차게 손 흔들어주시는 민 할아버지의 삶 속에서 저는 많은 것을 배웁니다.

첫째는 행복은 누가 만들어 주는 것이 아니라 자기 자신이 만들어 가는 것이라고….

둘째는 궂은일은 사람들이 하기 싫어하지만 몸소 자신이 실천해야 하는 것이라고….

셋째는 건강을 위하여 맛있는 음식과 많은 것을 먹어야 하지만 자신을 위하여 음식을 절제하여 소식을 해야 한다는 것을….

예전에 저 자신이 봉사단체에 있을 때부터 시작하여 지금 이 시간까지 헤아려본다면 근 20년은 저와 함께 한 식구로서 같이 살아오신 민 할아버지. 미운 정 고운 정 다 든 민 할아버지가 참 좋습니다.

한 번은 제 자신이 병원에 입원하여 치료를 받고 있을 때, 식사 할 때 다른 아저씨들은 밥을 먹고 계시는데 민 할아버지는 "성(형)은 병원에 입원하여 먹지도 못하고 있는데 음식이 목구멍으로 넘어가느냐."고 한 방에 있는 식구들을 나무랐다고 하십니다. (민 할아버지한테 저는 성(형)이고, 영미씨는 누나로 불리고 있습니다.) 남을 먼저 생각하고 아픈 가족을 먼저 생각하는 이 아름다운 마음씨를 본받고 싶습니다. 그러나 제 자신은 할아버지의 마음과 행동가짐에 비해 너무나 초라합니다.

같이 장난도 치고, 농담도 하고, 권투 글러브를 끼고 같이 치거니 받거니 하며 웃어주는 행복한 나날, 행복한 시간을 보내기도 합니다. 또 한 가지 못내 아쉬운 것은 몇 십 년 동안 피워오시던 담배를 못 피게 하여 마음고생 시키는 것은 아닌지…. 그래도 또 좋아하는 사이다, 포도 주스, 단팥빵 등 단 음식을 좋아하는 것으로 대체하고 식사 때마다 가끔씩 반주로 술을 드리면 좋아하십니다.

애교 100단인 할아버지. "잉잉잉~ 조금만 더 줘잉~."

칠순 잔치 때 장모님이 사주신 한복 입고 기뻐하시던 민 할아버지의 모습을 생각하며 묵주기도도 같이 하고, 가끔씩 라면도 끓여먹고, 가끔씩 더운 여름날 냇가에 발도 담그고, 수박도 썰어 먹고 닭다리도 뜯으며 행복하게 오래오래 할아버지와 살겠습니다. ✝

김씨 아저씨와 두 분의 아저씨

　일 년 열두 달 비가 오나 눈이 오나 추우나 더우나 아침에 아저씨들 방문이 열리면 꽉 찬 오줌통 세 개를 들고 나오시는 분이 계십니다. 그 분은 바로 김용봉(마티아) 아저씨입니다. 밤새 식구들이 쉬 해놓은 소변을 들고 나오셔서 버리고 난 후 깨끗이 씻은 오줌통을 양지바른 곳에 세워 두십니다. 씻는다고 하시지만 조금씩 오줌독이 통에 묻어 점차로 통이 변색되어 가고 있는 중입니다.

　영미씨가 우리 집 대들보라고 하면, 우리 김씨 아저씨는 건설부 장관(일꾼)이십니다. 굳은일부터 시작하여 사소한 것까지 다 하십니다. 제가 힘에 부치는 일을 할 때면 김 씨 아저씨가 도와주십니다. 제가 부엌 속에서 음식을 만들려고 하다 간장이 떨어져 "간장을 사 주십시오."하고 간청하면 아저씨가 기꺼이 도와주십니다. 식사를 할 때면 수저통 나르기부터 시작하여 반찬, 국, 밥까지 차례로 나르시며 기도하고 맛있게 드십니다.

　제가 집에서 산소를 흡입하는 환자인지라 힘쓰는 일부터 큰 일, 작은 일, 사소한 일, 심부름까지 김씨 아저씨가 도와주십니다. 아저씨가 계셔서 저는 참 행복합니다. 정신적으로 조금 부족하시지만 웃으면서 "아저씨, 화이팅!" 하며 외치면 밝은 미소로 후후 웃으면서 기뻐하십니다. 저 웃음에 큰 행복이 많이 자리 잡았으면 합니다.

저는 오래도록 이 아저씨와 살고 있습니다. 남동생이 있어도 여기 온 지 10년이 지났는데도 김씨 아저씨에게 찾아오기는커녕, 전화 한 통화도 없습니다. 피는 물보다 진하다고들 하는데 어디에서 그런 말들이 나왔는지 김 씨 아저씨를 보면 도무지 이해가 되지 않습니다.

저는 가끔 김씨 아저씨에게 "아저씨, 갑동 갈래요?" 그러면 안 간다고 하시는데, 농담으로 "가요, 그래도." 하면 절대로 안 간다고 하며 여기서 살 것이라고 단호하게 말하십니다. 그런 아저씨를 보며 아저씨와 저는 참 행복함을 느낍니다. 김씨 아저씨 노모께서 암으로 돌아가셨는데 그것도 모른 채 지금 방 안에서 큰 수박을 맛있게 드시고 계십니다. 환하게 웃으면서….

우리 집에는 또 다른 김씨가 있습니다. 아저씨 한 분이 저에게 "아저씨, 똥이 안 나와요. 아침밥도 안 먹었어요." 하며 울상이십니다. 전 마음속으로 '또 시작이시네.' 하며 아저씨께 "아저씨, 똥이 안 나오면 점심 먹고 또 약 먹고 대변보시면 되잖아요." 하고 말을 건넵니다. 그러면 "알았어요." 하고 대답하시고 방으로 들어오십니다. 방에 들어와서는 대변이 안 나왔다고 계속 욕설을 하며 다른 아저씨들께 불평불만을 털어놓기 시작하십니다.

다른 시설에서도 수녀님들과 아저씨들에게 욕설과 폭행을 하시다 저희 집에 오셨지만 여기에는 남자가 관리하고 있어서 함부로 못하고 저렇게 저 모르게 욕하고 폭행하셨습니다.

처음에는 저한테도 욕하고 하셨습니다만, 저의 폐 수술을 크게 한 자국을 보고 나서는 저의 말이라면 그래도 수그러드십니다. 한 마디로 제가 쥐 잡는 고양이 신세가 되었다는 것입니다. 아침에도 대변, 점심과 저녁에도 대변, 하루에 세 번씩 대변을 봐야 기분 좋은 얼굴이시니 기분 좋은 얼굴, 웃으시는 얼굴을 보자면 하늘에 별따기인지라 이렇듯 이 아저씨 이해하기가 쉽지만은 않습니다.

어떤 때는 이런 적도 있었습니다. 아침 식사를 하시고 11시 30분까지 화장실에 계셨던 적도 있습니다. 그 추운 날 어떻게 바깥 화장실에 계셨는지…. 참으로 이해하기 힘든 아저씨이지만 바깥에 계시다가 방 안으로 들어오실 때에는 항상 신발 정리를 하십니다. 신발 정리를 하시는 그 모습이 참 보기 좋습니다. 나란히 정리정돈을 한 신발도 참 예쁩니다. 그리고 가끔 텔레비전을 시청하시다가 웃으실 때가 있습니다. 그 때의 그 얼굴은 해맑은 아기들의 웃음같이 보여 참 보기 좋습니다. 이 보기 좋은 얼굴의 웃음을 매일매일 보여주시면 얼마나 좋을까? 머리를 다쳐 약을 복용하고 계시지만 이 아저씨의 머리는 무엇을 생각하고 계실까? 하는 생각이 듭니다. 이 아저씨의 마음에 무엇을 담고 계시는지…. 몇 해 동안 함께 살면서 아직도 자신이 깨우치지 못하고 있는 제 자신 또한 불쌍한 것 같습니다.

다만 저희 '희망에 집'에 오실 때에는 엉덩이로 기어 다니셨지만 운동을 계속하여 조금씩 조금씩 걸음걸이를 하고 있을 수 있어 다행이며, 좀 더 밝은 얼굴을 보여주셨으면 합니다.

그리고 각하. 전두한 대통령. 저희 집에는 대통령 한 분이 계십니다. 아저씨 한 분이 풍채, 외모, 머리 스타일이 닮아 붙여진 별명입니다. 단, 이 분은 말을 전혀 안 하시는지, 못 하시는지 전혀 말을 안 합니다. 가끔 한 마디 하시기도 합니다.

이 분은 그늘보다 햇볕을 좋아하셔서서 한 여름에도 무더운 곳에 앉아서 햇볕을 즐기십니다. 이 분은 옷 벗는 것을 겨우 하시고 옷 입는 것도 겨우 하십니다. 그리고 대변 뒤처리를 하지 못하여 다른 분이 따라가서 해 줘야 합니다. 또한 미식가여서 두 번 올라오는 밥과 반찬, 밥통의 밥은 먹지 않고, 반찬은 새로 한 것부터 먹고 나중에 아침에 먹었던 반찬을 먹습니다. 이 분은 알고 그러시는지, 그냥 그러시는지 시샘을 즐기십니다. 안 보는 것 같아도 다 보고 계시고, 안 듣는 것 같아도 다 듣고 계시고, 자동차 소리에 굉장히 민감하게 반응하십니다. 몇 해 동안 같이 살면서 알 것 같으면서도 모르겠고, 어딘지 저 아저씨에 대하여 다 알 것 같은 느낌이 들기도 합니다. 때로는 영리하고 지혜로운 전두환 대통령이라는 별명을 가진 아저씨, 아저씨와 함께 살고 있으니 여기가 청와대 같습니다. ✞

안재필 할아버지

동사무소 사회과 여직원님이 오셨습니다. 연세가 느긋하신 할아버지 한 분을 모시고 오셨습니다. 한발 한발 겨우 걸음걸이를 디디고 다니시는 할아버지이십니다. 옷맵시도 그렇고 야릇한 냄새가 코끝을 자극했습니다. 방(거실)에 앉으면서 모자를 벗으면 좋으련만 모자를 굳이 벗지 않으시려 하셨습니다. 사회과 여직원님들이 안재필 할아버지라고 말씀하셨습니다. 이름 석 자를 들으면서 "아, 이 분. 가양동 시장 위에 살고 계신 분 아니세요?" 하고 말을 건네니 사회과 직원이 "어떻게 아세요?" 하고 되물으셨습니다.

"아, 이 분 이삼 년 전에 다른 사회과 직원이 우리 집에 살 수 있도록 모시고 온 적이 있었어요." 하고 말씀드렸습니다. 그 때 당시 우리 집에 사시겠다고 말하고 전에 있던 곳에서 짐을 가지고 오겠다고 해 놓고서 다시는 얼굴도 비치지 않으시고 오지 않으셨습니다. 그 후로 할아버지에 대한 기억을 잊었었는데 이렇게 다시 만났습니다.

저희 '희망의 집'에 오기 전 그 집에서 불편하게(조금 안 좋게, 생활하기가 힘들게) 지냈던 것 같아 동사무소 직원들의 세심한 보살핌으로 그 집에서 나오시게 해야겠다는 판단 하에 저희 집으로 모셔왔다고 하였습니다.

20년 동안 어려운 환경 속에서 지내시느라 몸과 마음이 상당히 지쳐보였습니다. 갈아입지 않은 때 묻은 옷을 벗기고 따뜻한 물로 목욕시켰습니다. 어디서부터 시켜야 할 지 엄두가 나지 않았지만 차근차근 김 씨 아저씨와 함께 머리를 감기고 양어깨와 배, 등, 양팔, 양다리 사이사이를 비누칠 했습니다. 따뜻한 물로 씻겨 내려가는 것을 보며 "할아버지, 시원해요?" 하고 말을 했지만 묵묵부답이셔서 좀 더 큰 소리로 "할아버지, 시원해요? 몸이 따뜻해요?" 하고 되묻자 "응. 따뜻해. 시원해." 하고 말씀하셨습니다. 할아버지는 귀도 조금 잘 안 들리는 것 같았습니다.

새 옷을 갈아입힌 후 면도까지 하니 완전히 딴 사람이 되었습니다. 본 나이는 68세이신데 한 5년은 젊어진 것 같습니다. 로션을 얼굴에 바르니 더욱 깔끔해지셨습니다. 확실히 사람은 얼굴에 물이 가야 깨끗해진다는 것을 또 느낍니다. 그래서 사람은 물을 등지고서는 살 수 없는가 봅니다. 먹는 물, 씻는 물, 밥 물, 반찬 만들 때 물 없이는 안 되는 것입니다. 물 없이는 하루도 못 살 것입니다. 물에 대하여 잠시나마 고마움을 느낍니다.

하룻밤을 지내고 자꾸만 밖을 쳐다보는 할아버지에게 살아오신 일과 무슨 일을 하셨는지 여쭈어 보았습니다. 일사후퇴 때 남한으로 내려오셔서 결혼도 안 하고 이때껏 혼자 지내시며 고물을 주워 생활하셨다고 했습니다. 사회과 직원이 다음날 온다고 하였습니다만 오면 또 따라 나설 것 같은 할아버지이시기에 오지 말라고 전화를 걸고 무슨 일이 있으면 전화한다고 했습니다. 하루, 이틀, 사흘. 하루하루 지나면서 조용히 잘 계십니다.

가끔 웃으시면서 말을 건네기도 하시고 본인이 하고 싶은 이야기도 하십니다. 옷장을 정리할 때 옆에 와서 도와주기도 합니다. 끼니를 드려도 남기는 일 없이 잘 드십니다. 성격이 원만하신 할아버지이시니 예쁘시기도 합니다. 그 모습이 참 보기 좋습니다. 귀가 조금 잘 안 들리시는 할아버지 곁에 앉아 "할아버지, 서로서로 잘 챙겨주고 오래도록 건강하게 사세요." 하면 대답은 끙끙 앓는 소리로 대답하시며, 안 그러면 두 눈만 껌벅껌벅거리십니다. 계속해서 우리 집에 계실지, 또다시 전에 데리고 있던 사람이 와서 막무가내로 여기에 있는 것을 알고 데리고 갈지 모르겠지만 여기에 있을 때만큼은 몸과 마음이 따뜻하게 지내실 수 있도록 해드리고 싶습니다.

그 사람과 함께 있으며 (고생한 것을 적을 수 없음) 이만큼이나 고생했는데 또다시 그곳으로 들어간다면 한 인생이 얼마나 불쌍하겠습니까? 우리 집에 기거하지 못하신다면 사회과 직원한테 말을 해 다른 좋은 시설에라도 보내드려야 한다고 말씀드리고 싶었습니다. 사회과 직원이 그 정도는 알고 있으리라 믿습니다. 좌우지간 먹고 자고 하는 것도 중요하겠지만 마음으로 편안하게 우리 집에서 지냈으면 하는 것이 솔직한 제 바람입니다. 우리 딸들도 집사람(영미)도 이 마음은 똑같으리라 생각합니다.

주님! 안재필 할아버지께서 남은 인생을 편안하고 행복하게 오래 살 수 있으시도록 은총을 베풀어 주소서!

P.S : 굴러온 돌이 박힌 돌 빼낸다고 하듯이 새로 오신 안재필 할아버지께서 요즘은 기존에 계신 민 할아버지의 구역을 침범하고 있습니다. 또 방문자들과 손 오래 잡는 것도 그렇게 하면 안 된다고 나무랍니다. 그래도 우리 할아버지는 꿋꿋이 두 손 꼭 잡고 행복해합니다. ✝

주일날의 천사

회망의 집을 십년 넘게 운영하면서 많은 분들이 다녀가셨습니다.

그리고 지금까지도 계속 찾아와 주고 계신 분들도 계십니다.

조용히 오셔서 기도해주고 가시는 분.

자신의 생활비에서 조금씩 아껴 할아버님들 먹거리며 생필품을 사주시는 분.

명절 때마다 과일과 고기를 주시는 분.

생활이 너무 힘들고 괴로워 마음을 위로받고자 상담하러 오시는 분.

비가 오나 눈이 오나 바람이 부나 추우나 더우나 1년 12개월 묵묵히 목욕봉사 해 주신 분들과 점심봉사 해주신 분들.

많은 분들은 아니지만 큰돈은 아니지만 바쁘셔서 들리지는 못하지만 생활비를 절약하여 통장 온라인으로 보내주시는 분들도 계십니다.

한분 한분 생각할 때마다 마음 깊이 감사드립니다.

내일 지구가 멸망할지라도 한 그루의 사과나무를 심겠다고 말한 스피노자처럼 부지런히 성실히 힘써 도움주신 모든 분들께 이 지면을 통하여 다시금 감사드립니다.

저희 집은 은인들 중에 대부분 주중에 찾아뵙는 경우가 많은데 유독 이분은 주일(일요일)날 저희 집을 찾아주십니다. 그것도 십년이 다 되도록 말입니다.

주중에는 일선(충청하나은행지점장(정상봉))에서 열심히 일하시고 본인이 집에서 조용히 쉬어야 하는데도 불구하고 희생하는 마음으로 저희 집을 찾아 주십니다.

때로는 사모님과 때로는 다른 회원님들과 함께….

할아버지들 생각하셔서 돼지고기, 쇠고기를 간장에 잘 절여서 통에 담고 과일이며 또 다른 먹거리까지 꼭꼭 챙겨가져 오십니다.

오실 때마다 싱긋이 웃으시는 모습은 저로 하여금 참 평온을 느끼게 해줍니다.

본 심성이 고우심을 알 수 있을 듯 합니다.

한 가정의 가장으로서 한 직장의 책임자로서 많음 업무와 스트레스가 있을 법 한데 조금 피곤한 기색은 보인지라도 만나는 사람이 어떠한 처지에 있든 편안하게 해주는 카리스마가 있는 듯 합니다.

옷깃만 스쳐도 인연이라는데 이 분을 만나뵙게 된 것이 저한테는 참 행복이며 행운이라 생각하며 앞으로도 계속하여 이 관계가 유지되었으면 하는 바램입니다.

조심스럽게 말 한마디 꺼낼라치면 스스럼없이 오케이 사인을 내시며 그 물건을 꼭꼭 채워주시는 이분께 머리 숙입니다. 있는 그 모습 그대로 가난한 사람들 편에 서서 도와주려는 그 마음 씀씀이에 하느님께서 큰 축복을 내려주십사 두 손 모아 기도드립니다. 직장에서 정년퇴직할 때가 다 되어가신다는데 퇴직하면 자꾸 만나뵙지 못하는 건 아닌가 걱정됩니다. 좋은 사람들은 제 옆에다 두고자 하는 마음이 욕심은 아닐런지 깊이깊이 되새겨 봅니다.

"원장님, 계셔요."하며 거실 방문에 기대어 서서 얼굴을 내민 분이 계셨다.

"들어오셔요." 하며 반갑게 맞이하였다.

체격은 자그마한 하지만 강단이 있어 보이시는 분이시다.

깔끔한 양복차림에 예절이 몸에 베인 분이시다.

환한 미소를 띤 그 얼굴은 몇 해 전만 해도 자주 뵙던 얼굴이었다.

효성태권도 학원 관장님이시다.

악수를 청하며 차 한 잔을 건네고 그동안의 일들을 서로 이야기 하였다.

짧은 날들이었던 것 같은데 벌써 많은 시간들이 지나갔음을 느꼈다.

사회복지 일을 한다는 소리를 들었는데 일찍 찾아뵙지 못하여 죄송스럽다는 말씀에 괜시리 쑥스러웠다.

대화중에 태권도 관장님은 오래전부터 좋은 일을 많이 해 오신 분이셨음을 느낄 수 있었다.

다음에 우리 회원들 모시고 한 번 들를께요 하며 거실 문을 나서시려고 하실 때 우리 민 할아버지께서 밝으신 얼굴로 손을 잡으며 흔들어 대었다.

관장님도 그리 싫지는 않으신 모양이다.

그로부터 한 달이 채 안 되었는데 관장님은 많은 여자분들을 모시고 저희 집에 찾아와 주셨다. 모두 다들 너무나 밝은 얼굴 모습이셔서 나 또한 기분이 굉장히 좋았다. 우리 집 거실은 조금 큰 편인데 모두들 들어서자 거실이 꽉 차 보였다. 그중에 한 분은 얼굴을 보자마자 금방 알아볼 수 있었다.

십년 전 우리 부부가 학원을 운영할 때 자녀를 우리 학원에 등록시킨 학부형이셨다. 다솔이 어머니셨다.

"원장님, 안녕하셔요." 맑고 경쾌한 목소리와 더불어 두 손을 꼭 잡아 주셨다.

"아유, 우리 원장님, 참 잘생겼지요."하며 다른 분들한테 막 자랑을 해대니 몸둘바를 몰랐지만 왠지 싫지는 않았다.

가만히 있으면 진짜 잘생겼다고 착각 같이 겸손하게 너스레를 떤다.

"잘 생기지는 않았지만 봐줄만은 한 것 같애요."하며 머리를 긁적거린다.

이 만남이 회원님들이 처음으로 희망의 집에 발을 들여놓은 순간이었다.

희망의 집 처음 오실 때부터 지금까지(고기, 과일, 생선, 생필품 등) 많은 먹거리들을 가지고 오십니다.

이와 더불어 할아버지 계신 방 청소, 거실청소, 마당정리, 창문닦기 등 어느 한 곳 손이 안 닿는 곳 없이 깨끗하고 윤이나게 쓸고 닦아주셨다.

먼지가 쌓이고 찌든때가 얼룩져 있는 곳에 손이 닿자마자 깔끔해졌다.

군부대의 여전사들처럼 일사분란하게 움직이고 마무리 짓는 모습을 보며 우리 희망의 집은 처음이지만 많은 봉사활동을 하신 분들 같았다.

각자 나름대로 누가 시키지 않았는데도 자신들의 할 일이 정해진 것처럼 손과 발이 척척 맞게 움직이셨다.

화장실 청소하시는 향자씨, 냉장고 청소하시는 다솔이 어머님, 청소기 돌리는 태권도 관장님, 음식 요리하시는 조혜누님, 쓸고 닦는 명아씨, 여기저기 이일, 저일 하며 뒷정리하고 부지런히 쫓아다니는 명옥씨, 씩씩하게 큰 목소리로 일하시는 선영씨, 자꾸 참석 못해 봉사활동이 미비하다고 미안해하시면서 족발 선물하시는 은심씨 그 외 많은 분들이 함께 하신다.

시간이 날 때마다 남편분들도 오셔서 묵묵하게 걸레질, 빗자루질, 쓸고 닦고 평소에 하지 못한 힘든 일들을 해주시며 챙기신다.

무엇보다 중요한 것은 모두 한 사람도 싫은 내색 않고 인상쓰지 않고 웃으면서 즐겁게 행동하며 행복해 하는 얼굴들이 나로 하여금 큰 기쁨과 평안을 느끼게 했다.

한분 한분이 남을 자신보다 낮게 여기고 이해하면서 상대방들을 기분 좋게 배려한다는 것이다.

우리 할아버지들에게도 너무나 잘 대해주시지만 미약한 저 자신에게도 다솔이 어머니부터 모든 분들이 기분 좋게 해주신다. 몸둘바를 모를 지경이다.

이처럼 힘든 요즘시대에 누가 나에게 이렇게 기쁨과 행복감을 느낄 수 있게 해줄 수 있겠는가? 어디 이뿐이겠는가?

함께 가진 못했지만 우리 할아버지들 모시고 2박 3일 제주도 여행, 저도 함께 대전에 있는 동물원, 식물원 구경, 둔산동에 있는 한밭수목원 봄나들이 등등 여러 곳곳을 구경시켜 주시고 과일, 음료수를 그때마다 맛있는 점심을 대접해 주시니 행복하고 여기에다 늘상 친절하시며 웃음을 보여주시니 어느 누가 기쁘지 않겠는가.

가난한 사람에게 해준 것이 예수님에게 해주신 것이라는 성서말씀이 있듯 이 이분들은 신앙이 없이도 이렇듯 몸소 자선을 베풀고 봉사활동을 실천하고 계시니 한 시대를 살고 있는 우리 신앙인들은 머리 숙여 경의를 표해야 할 듯 하다.

착한 일, 좋은 일 해야지 백번 생각하는 것보다 이분들처럼 바로 행동 실천 하는 것이 중요하다고 생각했다.

다람쥐 쳇바퀴 돌아가는 삶속에서 이분들의 행위를 보며 깊이 뉘우치고 반성해본다. 언제부터인지 큰 나무든 작은 나무든 꽃이 되는 모습이 너무나 아름답게 느껴졌다. 들판의 작은 꽃들 또한 앙증스러워 이쁘게만 보였다.

우리 집 마당에는 이 회원님들이 심어놓은 연산홍과 철쭉꽃이 있다.

이 꽃들이 피는 모습을 보며 호수로 이 꽃들에게 물을 주며 참 행복을 느낀 다. 감나무 앞에 태권도 관장님이 소나무 한 그루를 심어 놓았다.

빨리 자라지는 않지만 그 자리 그곳에서 묵묵하게 마당의 꽃들을 지키고 있는 듯 하다.

연산홍, 철쭉꽃에 물을 주며 이 꽃은 다솔이 어머니 꽃, 이 꽃은 향자씨 꽃, 이 꽃은 조혜누님 꽃, 이 꽃은 명옥씨 꽃, 이 꽃은 태권도 단장님 꽃, 이 꽃은 영아씨 꽃, 이 꽃은 선영씨 꽃, 이 꽃은 은심씨 꽃 그 외 많은 남편 꽃들이 있 습니다.

얼굴을 기리며 정말이지 행복하고 건강하게 잘 살도록 기도해 본다.
아울러 뜻하시는 일 모두 이루시기를….
고맙고 감사합니다. 그리고 사랑합니다. ♰

자동이체(온라인)의 천사님들

이 땅에 많은 복지시설이 있습니다. 매일마다 그 속에서 생활하시는 분들에게 같은 애정을 가지고 임해준 직원님들과 복지시설이 있는가 하면, 그렇지 못하고 시설에서 생활하시는 어르신을 비롯한 원생들에게 불편함과 도움, 사랑을 제대로 주지 못한 채 방관하는 직원들, 시설들이 많이 있습니다.

환경을 방관하여 원생들이 추위에 떨고, 때로는 화재가 나서 불에 타 죽을 때도 있습니다. 하물며 욕심을 너무나도 부려 잘못하여 텔레비전, 라디오 등의 매스컴을 타며 조사를 받는 경우도 생겼습니다. 이 때문에 올바르게 참된 정성으로 운영해 나가는 단체, 복지시설들이 뜻하지 않게 피해를 입는 경우가 많이 있습니다. 그리고 여러 시설들이 도움을 베풀어 주세요, 하며 시설을 알리는 책자나 명함에 계좌번호를 몇 개씩 찍어 알리는 경우를 보아 왔습니다. 나름대로 장단점이 있겠지만 선행을 베풀고자 하는 사람들은 어떠한 연고를 통해서라도 도움을 베풀고 계십니다.

저도 처음에는 사람들의 권유로 명함에 계좌번호를 몇 개 적었다가 이건 아니다 라는 생각으로 고친 뒤 다 찢어 폐기처분 하였습니다. 저희들이 현재 먹고 입고 편안히 쉴 수 있는 안식처가 있어 행복한데 굳이 "도움을 베풀어 주세요." 하며 명함에 계좌번호를 파 상대방에게 주는 것은 상대에게 부담이요, 개인적으로는 제 욕심인 것 같았습니다.

위에서 말했듯이 선행을 베풀고자 하는 사람들은 어떻게 하든 도움을 베풀십니다. 솔직 담백하게 문의하여 온라인으로 보내주시는 분들도 계시고, 또 어떤 분들은 일회성으로 채워주시며, 또 어떤 분들은 아예 자동이체 시켜주시고, 꾸준하게 애정과 관심을 베풀어 주고 계십니다.

'희망의 집' 시작하면서부터 지금까지 근 10년 동안 자동이체 하셔서 사랑을 베풀어 주고 계시는 분이 계시는가 하면, 사실은 제가 도움을 베풀어 드려야 하는 분이신데 굳이 그분은 사양하시고 지금까지 정성을 다하여 작은 돈이라고 하시며 수줍게 웃으시는 어르신이 계십니다. 그런가 하면 동구청의 도움을 받아 저희 집에 건강기구까지 선물해 주시며 지금까지 꾸준하게 자동이체하여 선행을 해 주시는 분들도 계십니다.

한 달을 살아가며 게을러지고자 하면 자동이체 해주시는 분들의 고마움에 자신의 마음을 채찍질하고 있습니다. 남궁옥분이라는 가수가 부른 노래가 생각납니다.

"세상 사람들이 모두가 천사라면 얼마나 재미있을까? 이 땅에는 천사가 필히 존재하리라 생각합니다."

얼굴을 진정 모르는 천사, 이름을 진정 모르는 천사님들 말입니다. 이런 분들이 살아 계시는 이 땅의 이 생활… 이 생활은 진정 살아 볼만한 삶입니다. 체험하여 보지 못한 분들은 모르겠지만 피부로 느끼며 살아가는 저로서는 진정 행복한 사람입니다. 나를 비롯한 우리 식구들이 행복하게 살아갈 수 있도록 사랑을 베푸시는 얼굴 없는 온라인 자동이체 천사님들께도 진심으로 감사드립니다. ✝

은인들, 봉사자들과의 윷놀이

"안녕하세요. 여기 할아버지들 드시라고 떡 좀 가져왔어요. 조금 적지만 맛있게 드세요."

"네, 맛있게 먹겠습니다." 하고 대답을 건네면 총총한 걸음걸이로 대문을 나서는 분도 계십니다.

"안녕하세요. 여기 할아버지들 드시라고 수박을 좀 가져왔습니다. 여름철이라 냉장고에서 금방 꺼낸 것이니 시원하게 드십시오. 저는 바빠서 이만." 악수를 청하는 그 손길에 "우리 식구들이 맛있게 잘 먹겠습니다. 감사합니다.", "더운 여름에 쉬엄쉬엄 쉬었다 하십시오." 인사로 말하며 배웅합니다.

때로는 "평화를 빕니다." 하며 조용히 성모상 앞에서 기도하신 후 밝은 얼굴로 손을 맞잡게 됩니다. "그동안 잘 계셨어요? 자주 찾아온다고 하면서 자주 못 찾아 뵈서 죄송합니다." "아유, 바쁘신 줄 제가 잘 알고 있는데 이렇게 방문해 주셔서 감사합니다." 하고 차를 한 잔 마시면서 세상사는 이야기며, 자녀들에 대한 이야기, 신앙적인 이야기들로 웃다가 가끔은 숙연해 지기도 합니다. 가실 때쯤이면 "여기…." 하며 하얀 봉투를 꺼내 주십니다. "작지만 쓰고 싶은데 사용해 주십시오.", "잘됐습니다. 추운 겨울인지라 기름보일러인데 잘 됐습니다. 보일러 기름을 넣어야겠습니다. 감사합니다." 하는 대화가 오갑니다.

　이렇듯 찾아주시는 한 분 한 분이 우리 '희망의 집' 식구들에게는 천사이시며 은인이십니다. 그 감사한 마음에 늘 기도드립니다. 이렇듯 위에서 말한 바와 같이 이런 모습으로 찾아 주시는 분들이 계신가 하면, 시간과 정성을 드려 맛있는 음식, 물 빨래질, 주방 청소, 거실 청소까지 깨끗이 봉사활동 해 주시는 분들도 계십니다. 처음 '희망의 집' 했을 때는 지금보다 작은 집에서 오순도순 조금 불편하더라도 재미나게 살고 있었습니다.

　지금 현재 넓은 집으로 이사 오면서 이제는 안 도와줘도 잘 살 것 같은지 많은 봉사자 분들이 떨어져 나갔습니다. 지금은 봉사자 팀들이 몇 팀 안 되지만 이 봉사자 팀들은 초창기 때부터 지금까지 계속 해 주신 분들이라 더더욱 고마우신 분들이십니다. 이런 분들과 함께 점심식사 후 과일과 커피 한 잔을 마시며 대화의 꽃을 피웁니다. 지극히 단순한 이야기에 웃음이 터져 배꼽을 잡습니다. 그러다가도 대화중에 "○○○가 암에 걸렸대.", "어머, 그 사람이 누구지?", "언제부터?" 이런 이야기를 나누면 지병이 있는 나와 또 다른 봉사자들은 조금씩 움츠러듭니다. 아픈 환자이기 때문입니다. 아픈 환자라기보다는 다른 건강한 사람보다 활동하고 움직이는데 조금 부족하기 때문입니다.

　실상은 건강하다는 건강 자체가 우리 생활에 차지하는 비중은 굉장히 큰 것은 사실입니다. 그래도 암에는 안 걸렸으니 감사하는 마음입니다. 이런 대화를 나누는 중에 우리 할아버지께서 "윷놀이 한 판 더! 잉~." 하며 온갖 아양을 다 떨어대십니다. 자매님들이 시간이 없으시면 윷놀이를 못 하시는데, 시간이 남으면 "좋아요." 하며 그때부터 윷놀이가 시작이 됩니다.

　우리 '희망의 집' 윷놀이 판은 기존의 윷놀이 판 하고는 조금 다릅니다. 윷놀이 판 길을 따라 가다 연옥이 나오고, 잉태가 나오고, 뽀뽀도 나오고, 지옥도 나옵니다. 그리고 맨 나중에 정상이 나옵니다. 연옥에 걸리면 상대팀이 두 번 하게 됩니다. 잉태에 걸리면 자기 팀이 가지고 있는 말을 하나 더 얹어

가게 됩니다. 뽀뽀에 걸리면 자기가 뽀뽀하고 싶은 사람과 뽀뽀하면 됩니다. 지옥에 걸리면 말이 하나이든, 세 개이든 처음부터 새로 시작해야 합니다. 그러나 최고의 정상에 걸리면 개가 나와도, 모가 나와도 빠져나올 수 없으며 오로지 도만 나와야 말이 빠져나올 수 있다는 것입니다. 정상에 걸려서 곤욕을 치루는 경우가 많습니다. 내내 이기고 있다가 정상에 걸려 도가 나오지 않아 지고 있던 상대팀에게 역전을 당하게 될 때가 많이 있습니다.

담요를 깔아놓고 윷놀이가 시작됩니다. 우리 '희망의 집' 윷놀이 팀들은 낙을 할 때가 굉장히 많습니다. 그러다가도 또 한 번 시작하면 세 모도 하고, 세 윷도 합니다. 그만큼 기복이 심합니다. 정신을 모아 윷가락을 던지면 낙을 하지 않을 텐데, 그냥 높이 들고 윷가락을 던져대니 낙을 안 할 수 없습니다. 또 우리 민 할아버지는 우리 팀이 모가 나와도 박수치고 좋아하시며 또 상대 팀이 윷이 나와도 박수 치고 좋아하시며, 방문자들과 함께 윷놀이를 한다는 자체만으로도 즐거워하십니다.

상대팀이 낙 했다고 웃고, 윷이나 모가 나와도, 상대팀이 우리 말을 잡아먹고 한 번 더 던져도 좋아합니다. 이렇게 윷놀이를 하다보면 시간 가는 줄 모릅니다. 사람이 살면서 이렇게 즐겁고 행복하다면 얼마나 큰 은총입니까? 주님! 감사하고 고맙습니다! ✝

대동 천주교회

― 바다의 별 쁘레시디움 ―

"안녕하세요. 이 집에 평화를 빕니다."라는 상냥스러운 인사와 함께 웃으시며 들어오시는 분들이 계십니다. 대동 천주교회에 다니시는 자매님들이십니다. 손에 보따리며, 비닐봉지며, 종이가방이며 손에 가득 들고 들어오십니다. "아멘." 하고 나도 응답하노라면 우리 할아버지께서는 방에서 언제 나오셨는지 거실에 나오셔서 오시는 한 분 한 분 손목을 잡으며 악수를 청하십니다. "오래간만이네요."가 아니라 "오래간만."으로 줄여서 말하십니다. 저희 집이 웃음으로 가득합니다.

봉사자들이 오는 날이면 항상 이렇게 와자지껄하며, 여기저기 큰소리로 떠들며 웃음보따리가 터집니다. 이 분들은 반찬을 각각 개인이 집에서 만들어 오시기 때문에 반찬 보따리를 풀어 그릇에 담아 밥상 위에 올려놓으니 국과 밥 다 합쳐서 열두 가지가 되었습니다. 작은 상 위에 반찬을 올려놓으면 꽉 차 보입니다. 임금님 수랏상이 부럽지 않습니다.

이 분들은 십년이 넘도록 일 년 열두 달 한 번도 안 빠지고 제일 마지막 주 화요일에 정확하게 점심 봉사를 해주시기 위해 오십니다. 반찬은 각 개인이 만들어 오시며, 여기 '희망의 집'에 와서는 찌개든 국이든 맛있게 끓여 점심을 먹습니다. 반찬을 해오시기 때문에 시간적 여유가 남아 함께 기도도 합니다.

점심때가 되어 밥상 위에 반찬을 내려놓습니다. 없는 것 빼고 있을 것은 다 있습니다. 도라지나물, 시금치나물, 김치 부침개, 고등어찌개, 된장국, 감자조림…. 총천연색 밥상 위에 무지개가 떴습니다.

어느 것부터 먹어야 하나 망설이며, 한 가지씩 맛을 음미하며 입 속에서 씹어봅니다. 음식들 각각 다 냄새도 좋고 달고 하지만, 감칠맛 나는 음식들이 저의 입맛을 돋우어 주었습니다. 각 음식들의 영양분이 가득하다 생각하고 내 몸이 부쩍부쩍 건강해짐을 느낍니다. 음식의 맛보다는 이 분들의 진한 애정이 담겨져 있음을 왜 모르겠습니까? 우리 할아버지를 비롯한 아저씨들은 매일 서너 가지 반찬을 드시다가 오늘 이렇게 많은 맛있는 반찬을 드시니 얼마나 좋아하시겠습니까?

하루 저부터 시장을 봐 와서 음식을 만들어 준비한 이분들의 정성이 얼마나 고마우십니까? 사랑과 정성을 먹고 사는 저와 저희 가족들은 참으로 행복합니다. 하루의 일과 봉사활동을 마치고 돌아서는 분들과 아쉬운 작별의 악수를 청하며 진한 감동을 느끼면서 "고맙고 감사합니다. 오늘 점심 잘 먹었습니다."라고 예의를 갖췄습니다. 대문을 나서는 그 분들에게 또 한 번 큰소리로

"사랑합니다. 행복하세요."라고 외쳐봅니다. ✝

자원봉사자

─ 성모병원 봉사 1팀 ─

　아저씨들과 함께 아침 묵주기도를 하고 있으면 조용히 문을 열고 들어오시는 여자분(자매님)이 계십니다. 이 분은 문창동에 살면서 천주교회에 다니는 교우분이십니다. 참으로 유머가 풍부하시고 손힘이 좋으셔서 저와 영미씨와 같이 봉사활동을 많이 하시는 분들은 어깨를 만져줘야 한다면서 어깨를 비롯하여 여러 군데를 안마해 주시고 주물러 주십니다. 이 교우분의 손이 가는 곳마다 억억 소리가 납니다. 억억 소리를 낸 뒤에는 굉장히 편하고 기분이 좋은 것을 느낍니다.

　그리고 조금 있다가 10시가 조금 지나면 항상 두 분이 같이 들어오시는 교우분이 계십니다. 이 분들은 시장에 가서서 반찬거리를 사오십니다. 한 분은 송촌동에 사시며, 한 분은 신탄진에 살고 계십니다. 한 분은 메인 주방장, 즉 음식을 하는데 주로 도맡아 하십니다. 한 분은 주방 냉장고 여기저기를 뒤적이며 쓸 데 없는 것들을 버리고 먹을 것은 먹여가면서 깨끗하게 청소해 주십니다. 10시 40분 쯤 되면 까만 안경에 멋있는 모자를 쓰고 평상시 보지 못하는 패션 옷을 입고 들어오는 분이 계십니다. 야리야리한 몸매에 말씀하실 때마다 상대방에게 이해가 되게끔 해주십니다. 사는 곳은 저 멀리 있는 신도안이라고 합니다. 지금은 이사를 하셨다고 합니다. 또 한 분이 계셨는데 시간이 잘 안 맞아 잘 못 오십니다.

　이 네 분이서 주방에서 하하하 호호호 와자지껄 떠들면서 주방 일을 하시는 와중에 신탄진에서 오시는 자매님은 요즘 몸 상태가 워낙 안 좋아 집에 있는 미건의료기 기계 위에 올라 누워 쉬고 계십니다. 12시 20분쯤 되면 밥상이 차려지고 영미씨의 낭랑한 기도 소리가 이어집니다.

　"아멘" 소리와 함께 "잘 먹겠습니다." 하는 소리가 울립니다.

　반찬은 그리 많지는 않지만 항상 찌개를 끓이는 팀이라 동태찌개에서 김이 모락모락 올라오는 것이 제 입의 군침을 돌게 합니다. 동태찌개를 한 수저 떠 입 안에 넣으면 어떻게 이 맛을 내는지 신기하기만 합니다. 항상 입에 찰싹 달라붙는 것이…. 한상 가득히 차려지지는 않았지만 국과 밥, 반찬, 찌개를 보며 행복해 합니다. 맛있는 것을 먹을 때마다 딸자식들이 생각나는 것은 왜일지? 고물을 주워 팔아가며 살고 계시는 할머니의 손자가 생각나는 것은 왜일지? 에라, 모르겠다. 고개를 저으며 수저와 젓가락질을 연신 해댑니다.

　이렇게 봉사자들이 오셔서 해주셔야 영미씨도 쉴 수 있고 저와 우리 할아버지들도 맛있는 음식을 많이 드시고 참 좋습니다. 행복합니다. 먹는 즐거움, 먹을 때의 행복감. 우리 식구들에게 이런 행복감을 주신 하느님과 이 분들에게 감사드립니다.

　매달 마지막 월요일 찾아오시는 이 분들(성모병원 1기 봉사자 모임 회원님들).

　이 분들이야말로 진정 참된 사랑을 베푸는 것은 아닐까 생각합니다. 몇 해 동안 끊어지지 않고 오신 이 분들을 보며 실생활에서 나 자신도 의지를 가지고 어느 한 부분이라도 꾸준하게 인내심을 가지고 행해야지 다짐해 봅니다. ✟

요엘 수목원의 형

　수표를 저는 좋아합니다. 십만 원권 수표보다 백만 원권 수표를 저는 좋아합니다. 현찰도 좋아하며 빳빳한 현찰을 더 좋아합니다. 달리 말해 저는 한마디로 돈을 좋아한다는 것입니다. 나 말고 돈을 싫어하는 사람이 있겠습니까? 황금보기를 돌 같이 하라고 말했다고들 하지만 여전히 저는 돈을 좋아합니다. 몸이 아프기 전까지는 통장에 돈을 모으는 재미로 살았습니다. 먹고 싶은 것 안 먹고, 다른 사람들 놀 때 악착같이 안 먹고, 안 쓰고 하면서 통장에 돈을 모았습니다만 몸이 아프면서 돈을 헛되이 쓰기 시작하여 끝내는 다 탕진하게 되었습니다. 누구를 탓하겠습니까? 몸이 몇 개월 밖에 살지 못한다는데….

　진실로 그 때는 보건소 소장이 그렇게 말했습니다. 시간과 세월이 흘러 '희망의 집'을 하고 나서는 정반대입니다. 돈을 한 푼 두 푼 정성스레 모으다가도 의미 있는데 한 번 목돈을 사용했을 때의 그 기쁨, 그 보람은 짜릿하기까지 합니다.

　햇빛이 비치고, 바람이 불고, 눈도 오고, 비도 오고 나면 일 년이 지나갑니다. 이 일 년이 지나가는 동안 나무를 열심히 키워 그 정성으로 모은 이익금으로 수표를 넣어 주는 분이 계십니다. 이 분은 '희망의 집' 시작할 때부터 수표를 주셨습니다. 일 년 동안 나무를 열심히 키워 팔아서 그 돈에서 일부를 떼어 저희들, 즉 할아버지들에게 고기를 사주시라고 주셨습니다. 자식 같은 나무를 잘 키워 시집보내듯 정성으로, 사랑하는 마음으로 저희들에게 선행을 베푸십니다. 아름답게 사시는 그 분들의 모습을 보며 나 또한 그렇게 살려 합니다. 아름답게 살려는 사람들이 많을수록 이 사회는 더 밝게 빛날 것이라고 생각합니다. 요엘 형님, 매년 관심과 사랑을 베풀어주셔서 감사합니다.

p.s : 저희 집 마당에는 형님께서 주신 대추나무, 앵두나무, 살구나무, 매실이 예쁘게 열매 맺고 있습니다. 아울러 올 때는 볼품없었던 느티나무 작은 것이 내년에는 잘 자라서 그림자를 드리울런지…. 과일 나무들이 결실을 맺어 사람들이 마음을 기쁘게 하듯, 느티나무들이 잘 자라서 사람들에게 그늘을 줘서 시원하게 만들 듯. 과일 나무들과 느티나무처럼, 제 주변의 가난한 이웃들에게 이 나무들처럼, 요엘 형님처럼 조금이나마 도움이 되었으면 합니다. ✝

학생들 봉사활동

 따뜻한 봄날 아니면 가을 낙엽이 우수수 떨어질 때면 전화벨이 연신 울어댑니다. 이때가 학생들 한 학기 초나 한 학기 말입니다. 전화 수화기를 손에 들고 "네, '희망의 집'입니다." 하고 말하면 "거기 봉사활동 할 수 있나요?" 하며 자신이 누구인지, 거기가 어디인지 막무가내로 봉사활동을 할 수 있는지만 물어봅니다. 된다고 하면 지금 당장 쳐들어올 기세입니다. 이렇게 학생들의 전화도 무시 못 하지만 학부모들이 더 많은 전화를 하는 것은 왜일까요? 학교에서 지시한 학년 말까지 하기로 되어 있는 봉사활동 20시간을 채우기 위해서입니다.

 평상시 30분씩, 1시간씩만 하면 "언제 다했지?" 하며 한 학기동안 하면 20시간은 훨씬 넘을 텐데 말입니다. 한 학기동안 봉사활동을 많이 하면 학교에서 상품을 주신다고들 하는데 말입니다. 학생들 학교 다니랴, 학원 다니랴, 공부도 하고 컴퓨터도 해야 되니 놀 시간도 모자란 채 수선 떨다가 아차! 봉사활동을 끝마쳐야 할 시점이 얼마 남지 않았으니 발등에 불이 떨어진 것입니다. 그래서 자녀들이 어쩔 줄을 몰라 하니 학생들과 함께 어머니들까지 나서서 시설에 전화하고 난리가 났습니다.

 작은 시설이라고 하지만 이 일을 하는 저로서 황당한 것은 "지금 당장 봉사활동을 가도 되느냐?"라는 전화 음성의 말입니다. 이때는 학생이고 학부모고 따로 없습니다. 그래도 학부형으로부터 걸려온 전화는 공손하게 답변합니다.

"오늘 지금 당장은 힘들고, 몇 월 몇 일 몇 시까지 보내주시면 되겠습니다." 라고 말을 건넵니다. 봉사활동 약속 날짜를 정해놓고도 오지 않는 학생이 있는가 하면 약속 날짜를 정해놓고 와도 어느 학생이 약속 날짜를 정했는지 모릅니다. 학생들이 봉사활동을 오면 먼저 '희망의 집'에 대하여 설명을 하고 기도합니다. (봉사활동을 잘 할 수 있도록, 기쁜 마음으로 잘 할 수 있도록, 최선을 다 해 할 수 있도록…) 기도를 끝마친 후 저는 또 한마디 합니다. 이왕 봉사활동 왔으니 최선을 다하여 열심히 하되, 성의가 없이 장난을 하는 등 하면 그 학생은 집으로 돌려보낼 것이라고 조금 엄하게 말합니다. 이쯤 되면 학생들은 긴장하기 시작합니다.

이때쯤 되면 "양말을 벗자. 팔은 걷어붙이고, 각자 청소 구역에 가서 열심히 하자." 하면 "예, 열심히 하겠습니다." 하고 대답합니다. 그럼 저는 학생들이 청소를 열심히 잘 할 수 있도록 옆에서 도와주면 됩니다. 봉사활동 오는 학생들 수가 3명, 4명, 5명 이렇습니다. 이렇게 오는 학생들 중에 한 명씩은 대충대충 건성으로 하는 학생이 끼어있습니다. 이런 학생들은 두세 번까지 경고 아닌 웃으면서 잘 할 수 있도록 말을 전하나, 그것을 이해 못하는지 저 자신(산소 호흡기 환자)을 가벼이 보아서인지 눈빛마저 달리 보는 학생이 다른 학생들까지 어수선하게 분위기를 흩트리기만 할 때도 있습니다.

어느 날인가 또 한 명의 학생이 눈에 거슬렸습니다.

다른 학생들은 땀을 흘리며 청소하고 있는데 걸레를 빙빙 돌리며 걸레를 빨지 않은 채 닦고 있기에 '참아야 하느니라, 참아야 하느니라.' 속으로 되뇌었습니다. 학교에서 하라는 봉사활동 시간 채우기 위해서 왔든, 그래도 친구하고 좋은 마음으로 봉사활동 하려고 왔는데, 하면서 말입니다. 그러나 결국

사고를 치고 말았습니다. 의자 다리 하나를 부러뜨리고 말았습니다. 새로 산 의자이기에 화가 치밀어 올랐지만 애써 참으며 학생을 불러 말하였습니다.

내가 볼 때는 학생은 봉사하려고 하는 마음가짐이 부족한 것 같으니 집에 가서 잘 생각하고 다시 오든지, 아니면 학생 맞는 곳에 가서 봉사활동 하는 것이 낫겠다고 말했습니다. 쭈볏쭈볏 망설이는 학생의 어깨를 두드리며 대문 밖까지 배웅하였습니다. 힘있게 장난치던 학생의 모습은 온데간데없고 축 늘어진 뒷모습이 안쓰럽게 느껴졌지만 주사위는 이미 던져지고 말았습니다. 이런 점들을 계기로 경험삼아 일찍이 마음가짐이 되어 있지 않은 학생들은 싹을 자를 것입니다.

진심으로 정성을 다하여 봉사하려는 학생에게 도움이 되지 않으니 말입니다. 자기 자신에게 하는 것이 아니라, 타인을 위하여 더군다나 몸이 불편한 분들에게 하는 것이라면 더더욱 마음가짐과 희생정신이 남달라야 한다는 것입니다. 그러기 위해서 시작하기 전 저는 학생들과 함께 기도로 시작하고 기도로 끝마칩니다. 기도로서 학생들에게 희생정신의 마음가짐이 전해질 수 있을 테니까 말입니다. ✝

사랑의 완성

— 세 부부의 행복 —

차디찬 겨울 날 세찬 바람을 맞으며 새벽마다 기도(미사)하기 위하여 다닐 때 기침을 수없이 해대었다.

돈을 사용할 수 없는 상황이기도 하지만 두껍고 따뜻한 겨울잠바를 입을 수 있는 여건이 되지 못해 늘 얇은 잠바를 걸치고 다녔다. 거기에다 몸을 보호할 수 있는 겨울 내복조차도 걸치지 못하게 되어 있었다.

겨울이라는 계절 자체가 지긋지긋하고 싫었던 것이다.

왜냐하면 영하의 날씨와 세찬 바람이 불년 기관지가 약하고 폐가 한짝이 없는 나로서는 숨을 제대로 쉴 수 있는 상태가 못 되기에 그토록 힘이 들었다.

여기에다 한 술 더 뜨는 것은 코로 찬바람이 들어와 콧물이 흐를 때 세게 코를 풀면 코피가 터지기 때문이다.

지금부터 한 20여년 전 이렇듯 약한 모습으로 한 공동체에서 살아가고 있을 때 너무나 애처로워 보이는 저의 모습에 한 부부(강성식 : 프란치스코, 이해자 : 크리스티나)가 오리털 파카 잠바를 사주셨다.

그 당시 오리털 잠바는 유행이었으며 꽤 비싼 옷이었다. "돈이 좋구나."하는 말을 그때 처음으로 실감하던 때이기도 했다. 참으로 고마우신 이 부부가 그때 인연이 되어 제가 결혼할 때 성당에서 혼인할 때 증인이 되어주시기도 했다.

잠시 헤어졌으나 이 희망의 집을 시작하면서 다시 만나게 되어 지금까지 우리 할아버지들 목욕봉사를 해주고 계신다. 본인도 연로하신 가운데 일주일에 한번씩 꼭 들르셔서 땀을 흘리며 한분 한분 정성을 다해 씻기신다.

이렇게 씻기시는 모습을 보면 우리 할아버지들은 참으로 복받은 분들이라 생각하였다. 누가 이렇게 알뜰살뜰 꼼꼼히 따뜻한 물로 씻겨 주겠는가?

친 자식도 이렇게 하는 것이 쉽지 않을 터, 피 한방울 섞이지 않은 사람인데 그리스도의 사랑이 아니면 절대 있을 수 없는 일이라 생각한다.

십년 넘게 희망의 집을 운영하면서 맺은 첫 부부의 인연이며 둘째 부부도 또한 소개하고자 한다.

지금 저와 함께 살고 있는 영미씨와 인연을 맺어 신혼살림집으로 슈퍼(가게)를 운영하게 되었다. 이때 이기환(요셉), 정순영(베로니카) 부부와 인연을 맺게 됐다.

나는 조그마한 슈퍼(가게)를 운영하고 있었으나 이 부부의 가게는 큰 슈퍼는 아니지만 장사가 너무나 잘 되어 하루 매상 매출이 우리 가게 10배나 더 되었다. 한 마디로 아침에 눈 뜨면 손님이 들이닥쳐 저녁 가게 문 닫을 때까지 손님들이 있다는 것이다. 한가지 예를 들어 신라면 10Box, 음료수 10Box를 한달에 걸쳐 판매한다면 이 부부는 한달에 200Box씩 팔았다고 생각하면 된다. 그토록 장사가 잘 되었다는 것이다.

우리 부부가 슈퍼(가게)를 관두고 학원을 운영하게 되면서 이 부부와 잠시 헤어졌다. 그러나 희망의 집을 시작하게 되면서 다시 만나게 되었다.

이 부부는 자매님은 할아버지들 점심식사 준비 형제님은 할아버지들을 목욕시켜 주셨다. 이 부부 또한 슈퍼(가게)하시며 많은 돈을 벌어서 장어구이

식당을 운영하고 계셨다. 우리 할아버지들에게 참 많이 맛있는 장어를 대접해 주셨다.

우리 식구뿐 아니라 가난하고 아픈 사람들에게 이토록 잘하는 부부도 드물 것이다. 나와 또다시 만났을 때는 슈퍼 해서 큰 돈을 벌어 식당 영업을 지나치게 확장했다가 실패하고 난 후 조그마하게 식당을 운영하던 중이었는지라 본인들도 힘들었을텐데 지극정성으로 잘해 주신다.

내가 몸이 너무 아파 이산화탄소 후유증으로 몇번씩 병원을 입원, 퇴원 반복하고 있던 차에 이 형제가 식당을 관두고 때마침 간 클리닉 센타를 하고 있었다. 그래서 내 몸안에 있는 노폐물(나쁜독소)를 빼내주시고 효소물을 먹게 해주시고 예전에 즐겨먹던 과자, 음료수, 치킨, 피자, 빵, 아이스크림을 거의 배제하고 밤에 먹던 밤참까지 끊게 하는데 도움을 주셔서 건강을 회복하는데 많은 도움이 되었다. 몸무게도 정상으로 돌아오고 얼굴 혈색도 많이 좋아졌다.

매일 나를 그렇게 괴롭히던 간에 있는 이산화탄소 수치가 많이 정상으로 돌아왔다는 것이다.

음식을 절제하는 것이 꽤 힘들었지만 건강을 찾는데 여러모로 도움을 준 이 부부를 생각하며 기도하는 마음으로 인내하고 있다.

이 부부는 착한 마음으로 선행하고 봉사하며 많은 가난한 이들에게 희생하며 살아가고 있지만 지금 현재는 경제적으로 많이 힘든 상태다. 그러나 나는 굳게 믿는다. 지금의 이 시련을 잘 견디어 나가면 이 부부도 때가 되면 안정을 되찾고 주님 안에서 더욱 행복한 삶이 보장되어 있으리라 믿는다.

이제 세번째 부부를 소개하고자 한다.

남편 정승래(바오로) 형제님은 순한 양 같으며 부인 주신주(그라시아) 자매님은 목소리가 괄괄하여 사내처럼 드세게 보이지만 결코 그렇지 않으며 항상 남편을 잘 받들고 시부모 잘 모시는 현모양처입니다. 1남 1녀를 자녀로 잘 키우고 있는 행복한 부부입니다.

티격태격하며 말다툼을 하는 것 같아 보일 수도 있지만 항상 예의를 잘 갖추는 남편 때문에 언제나 순명하며 남편을 잘 섬기는 자매입니다.

이 부부와 인연을 맺게 된 것은 몇 해 전이었습니다. 같은 성당을 다니면서 인사를 하며 관계를 유지해 오던 중에 제가 폐 이식수술 문제로 서울에 있는 병원 검진 받으러 갈 때 본인 승용차로 직접 운행해 주시고 진찰 받은 후 집에 오면서 경치 좋은 곳 구경시켜 주기도 합니다.

이날 하루는 본인들의 생업을 옆에 두고 오로지 이 한몸을 위해 희생하십니다. 어디 이뿐입니까? 제가 겨울이면 찬바람을 쐬면 안 되는 몸인지라 겨울 지나 따뜻한 봄이 돌아오면 호흡하는 것도 원활해져 몸을 움직일 수 있어 승용차에 태워 공기 좋은 곳, 아름다운 꽃이 핀 곳, 제 건강을 위해 조금씩 산책할 수 있는 곳에 데려가서 마음을 편하게 하고 행복을 느끼게 해줍니다. 폐가 한 쪽밖에 없는 저로서는 집에서도 산소호흡기에 의지하고 있고 바깥에 나오면 산소통을 끌고 다니며 살고 있는지라 대도시의 혼탁한 공기(산소)와는 달리 산속이나 시골의 깨끗한 공기를 흡입하면 그만큼 몸과 폐가 좋아지는 것을 느낄 수 있기에 더 더욱 그러합니다.

또 꽃이 아름답게 핀 곳에 가면 예전 젊은 시절에 느끼지 못했던 꽃의 아름다움을 접하면서 제 마음도 점차로 문득 이뻐하는 마음으로 바뀌었습니다.

예전에 느껴보지 못한 들판의 꽃들도 새롭게 보게 되었습니다. 그래서 요즘은 꽃에 대하여 참으로 관심이 많아졌습니다. 승용차로 다니면서 가끔은 개울물이 흐르는 냇가에 발을 담그기도 하고 시골길 같은 곳을 한걸음 한걸음 내디딜 때 숨은 차지만 그래도 두 발로 움직일 수 있어서 너무나 행복합니다.

금강산도 식후경이라고, 이 형제는 전국 방방곡곡 모르는 곳이 없을 정도로 식당을 참 많이 알고 있었습니다. 물론 네비게이션이 있지만 그 전부터 참 많은 곳을 알고 있었습니다.

좋은 명소, 기도할 수 있는 성지, 어느 곳을 가더라고 구경하고 산책하고 기도하고 난 후 그 지방의 맛있는 식당으로 인도하여 음식을 섭취하게 해주십니다.

제 몸이 움직일 수 있고 조금이라도 숨 쉬기가 원활하면 이 부부가 부르면 기꺼이 응답할 것입니다. 기도할 수 있는 천주교 성지로 데려간다면, 맑고 깨끗한 개울가 아름다운 경치가 있는 곳으로 데려간다면, 마음까지 확 트이게 해주는 바닷가로 데려간다면 언제든지 따라갈 것입니다.

우리 부부가 행복하듯이 이 부부도 늘 건강하고 행복했으면 하는 바람입니다.

이 외에도 순간순간 도와주시고 긴 여정의 시간 동안 사랑을 베풀어 주시는 모든 은인들과 봉사자들에게 진심으로 감사드립니다. ✝

친구같은 동생

선을 베풀 때는 은밀하게 아무도 모르게 하라는 예수님의 말씀대로 우리 부부는 조용히 은밀히 희망의 집을 시작하게 되었습니다.

할아버지를 한 분 두 분 모시게 되면서 동거인으로서 일반 개인 세대주로서 전입신고를 하게 됨에 따라 동사무소 사회과 직원 및 일반인들이 알게 되고 우리 부부가 신앙 안에서 신자 생활을 하다보니 다른 교우들이 한 분 한 분 알게 되었습니다.

그래서 가양동에 희망의 집이 있다는 것이 점차로 알려지게 되었습니다.

증폭되는 관심과 세심한 사랑에 참으로 고마웠습니다. 그 중에서 우리 교우분들의 관심이 마음에 와 닿기 시작했습니다. 한 분 두 분 때로는 모임과 단체들의 다가오는 모습들이 참으로 다양했습니다.

사람들 얼굴이 틀리고, 환경이 다르듯 가난한 사람들에게 다가와서 향하는 사랑하는 방법들이 각양각색으로 이채로웠습니다. 좋은 부분도 참 많이 있지만 가장 괴로웠던 것은 본인들의 사랑, 사고방식을 우리들에게 주입시키는 것입니다.

할아버지들을 위하여 그리고 우리 부부 얼굴을 보고 찾아주신 점에 대해서는 정말 말할 수 없이 감사한 일이지만 저희들이 잘못 생활하는 부분에 대하여 사소한 것일지라도 거침없이 말할 때 참 힘들었습니다.

그 중 가장 많이 혼나는 것이 주방 냉장고, 제일 밑에 있는 야채가 짓물러진 것입니다. 조심한다고 하면서도 미처 정리하지 못해서 항상 혼이 나곤 하였습니다. 봉사활동 오시는 분들이 다 그렇게 하지는 않습니다만 개중에 한두 분이 그랬습니다. 지금은 그렇게 말하는 분들이 한분도 안 계셔서 마음이 얼마나 편한지 모르겠습니다.

이상하리만치 큰소리치고 불평하던 봉사자들은 오래 가지 못하고 봉사활동을 그만두는 모습을 보면서 이 또한 신비스럽게 느껴집니다.

이 일을 하면서 제 나름대로 이런 체험을 하게 되었습니다. 이제 저희집 봉사자들은 한두 달 일이 년 봉사자들은 다 그만두시고 보통 십여 년 정도 계속 봉사하신 분들이 지속적으로 찾아와 주고 계십니다. 목욕봉사자들로부터 점심준비 봉사자들까지 거의 대부분이 십여 년째입니다. 그다지 많은 봉사자 팀은 아니지만 두세 팀이 꾸준히 사랑을 베풀어 주시니 진정 감사할 따름입니다. 이 시간을 빌어 희망의 집을 거쳐 간 봉사자 분들께 감사하는 마음입니다. 늘 건강하시기를 빕니다.

점심 준비를 하는 봉사자들 대부분이 여성(자매)분들입니다만 희망의 집 유일한 남성(형제)분들이 있습니다. 물론 처음에는 성당에 기도모임에서 시작하였습니다만 지금은 개인적으로 오고 있습니다. 박준호(프란치스코)라는 이름을 가진 멋진 사람입니다.

그가 매달 메뉴를 정하여 볶음밥, 만두국, 칼국수, 콩국수 등등 한 달에 한 번, 한 번도 빠짐없이 꼬박꼬박 챙겨주고 있습니다. 한 가정의 가장으로서 직장 생활을 하느라 피곤한 몸을 이끌고서라도 웃으면서 즐겁고 행복하게 맛있는 음식을 대접해 주고 있습니다. 단지 가끔씩 혼자 왔을 때는 쓸쓸해 보입니다. 토마스 형제, 이냐시오 형제, 야고보 형제, 두루두루 매달 함께 했으면 합니다. 희망의 집 유일한 남성 점심 봉사자들입니다.

중간에 그만 두는 일 없이 지속된 만남 사랑의 결실을 거두었으면 하는 바램, 간절합니다.

나와 같은 본명을 가진 박준호(프란치스코), 나보다 나이는 어리지만 때로는 어른스러운 박준호. 네가 있어 난 참 행복하다.

나의 행복이 우리 할아버지들의 행복이고, 우리 모두의 행복이 프란치스코의 가정으로 연결되어 지기를 바라며 매일 기도할께!

"고마워, 사랑해."라는 말로 외쳐대면 "에이, 형님 왜 그래요." 쑥쓰러워 하면서도 "그래요, 형님. 사랑해요." 응답하는 네가 좋다. 진정 좋다. 자랑스럽다. ✝

영두 형의 살아가는 방식

'따르릉 따르릉' 전화벨이 연신 울린다.

주방 일을 하다 빠른 걸음으로 달려가 손에 묻은 물을 앞치마로 닦고 수화기를 들었다.

"네. 희망의 집입니다." 크지도 작지도 않은 나지막한 목소리로 응답했다.

"아, 안 원장 나야." 하며 큰소리로 저쪽에서 말해왔다.

나한테 이렇게 말하는 사람은 딱 한 사람이었다. 다름 아닌 '한일상회' 유통업에 종사하는 형님이시다.

"아유, 형님 반갑습니다."

"뭐여?"

"아, 예. 점심 준비하고 있습니다."

"그래, 빨리 해놓고 이리 와."

"어디로요?"

"오리집 고기 식당." 하며 위치를 가르쳐 주곤 빨리 오라는 한 마디 던지고서는 사정없이 전화를 끊는다.

그럼 난 점심 준비 해놓고 영미씨에게 자초지종 설명한 후 약속 장소로 출발한다. 식당 안에 들어서면 벌써부터 한 잔 하셨는지 조금은 상기된 얼굴로

어서 오라고 손짓하신다. 넙죽 절하고 악수를 청하려 하니

"됐어. 어서 와 앉아. 고생 많이 하지."하며 젓가락을 내민다.

고기 한 점 먹기 전에 먼저 잔부터 받으라고 야단이시다. 술을 잘 못하는 나인지라 잔을 받고, 살짝 입만 축이고 잔을 내려놓는다.

나 또한 형님들에게 술 한 잔씩 올린다. 전화 받고 달려간 그 자리에는 두 분의 형님이 계신다. 한 분은 20여 년 전부터 도와주셨던 유통업 사장 김영두 형님이시고 또 한 분은 희망의 집 시작하면서 도와주신 공업사 사장 이상열 형님이시다. 이 두 분은 절친한 사이시며 한 계원이시다. 특히 영두 형님은 우리 부부가 결혼하여 처음 슈퍼 할 때 어려움을 겪고 있던 우리 부부에게 물심양면으로 도와주셨던 분이다.

슈퍼는 어떻게 영업해야 하며 어떤 물건을 팔아야 이익이 많이 남는다고 말하시며 평상시든 명절 때든 이익이 나는 물건들을 잡아두셨다가 나에게 넘겨주셨다.

그럴 때마다 돈이 부족한데도 팔아서 달라고 하시며 많은 물건을 내주셨다.

처음 가게를 운영하며 아무것도 몰랐던 우리 부부에게 영두 형님은 큰 존재로 다가왔다. 이 형님 덕분에 우리 부부는 한푼 두푼 차곡차곡 저축을 할 수 있었고 지금 이렇게 희망의 집을 하는데 많은 밑거름이 되었다.

20여 년 전에 인연이 되어 만났던 형님이 지금까지 물심양면으로 도와주신다. 생필품(비누, 샴푸, 주방세제, 치약, 락스 등등)이 필요하여 손을 내밀면 언제든 웃으면서 아낌없이 내어주셨다.

지금도 가끔 안부 전화를 하면

"야, 요즘은 필요한 것 없냐? 필요한 것 있으면 언제든지 가져가라. 내가 바쁘니깐 언제든지 와서 챙겨 가져가라, 잉." 하고 큰소리 치신다.

이런 목소리를 들을 때면 얼마나 든든한지 모른다.

이렇게 영두 형님과 버금갈 정도로 우리를 도와주는 상열 형님이 계신다. 집에 보수공사 하는 일이며 창고를 뜯었다 다시 지었다 하는 등 대문을 고쳐주시고 그 외 여러 가지로 손을 봐주시고 전화 한 통 드리면 찾아와서 한 마디 말하면 척척 알아듣고 고쳐주신다.

김 사장님, 이 사장님 이렇게 부르기보다는 형님이라고 말하는 것이 참 친근하게 느껴진다. 형님들 친목계 모임에서도 매달 도와주셔서 고마운 점도 있지만 이 형님들을 알게 되어 참 기쁘다.

기쁨이 있으면 슬픔이 있고, 건강함이 있으면 나약함도 있기 마련이다. 난 건강의 소중함을 잘 알고 있다. 그리하여 지난날 영두 형님이 아팠을 때 마음이 너무 아팠다. 부족한 나 자신은 그저 형의 건강을 위해 기도할 뿐이다. 영두 형이 건강하게 살아있는 그 존재를 많은 이들이 느끼고, 가난하고 불쌍한 사람들에게 선을 베풀어 마음에 기쁨과 평화를 누리며 살았으면 하는 것이 솔직한 내 심정이다. ✝

두 부부의 하모니

　해가 서산 중턱에서 막 사라지려 할 때는 겨울이고, 해가 아직 중천에서 뜨거운 열을 뿜으며 춤추고 있을 때는 여름이다. 오후 4시 30분~5시 사이에 검정봉지에 부식(김치, 대파, 당근, 고기, 양파 등등)을 챙겨들고 들어오는 부부가 있다.

　이종섭(요셉), 심정희(베레나) 부부, 양승진(실비노) 성기숙(야네스) 부부들이다. 주말 오후 좋은 시간을 반납하고 매달 한번 희망의 집에 오셔서 저녁 준비와 함께 식사를 함께 한다.

　그런데 이 두 부부의 특징은 음식을 주로 만드는 것은 자매님들이 하는 것 같은데 칼을 잡고 부식 재료를 썰어 나가는 것은 형제들이다.

　두 형제들은 다 얼마나 섬세한지 호박, 양파, 당근, 감자, 대파 등등 무엇을 썰든 기계가 한 것처럼 꼼꼼하게 한다는 것이다.

　나도 한 꼼꼼 하는데 이 형제들은 내가 볼 때 더 꼼꼼해 보였다. 자매님들은 둘 다 남편들이 칼질을 하는 것에 포기한 듯 하였다. 자매님들은 주방 바닥에 앉아 담소를 나누고 있다. 남편들이 야채를 써는 모습을 보기도 하고 두 분이 서로 얘기를 나눌 때 나도 가끔 거들기도 하고 이때 형제들도 참견하며 한 마디씩 툭툭 내뱉는다. 그때마다 자매님들은 '허허'하며 웃어 재낀다.

행복한 오후 시간이다. 음식 재료가 익어가는 냄새가 코끝을 자극하기에 더욱 그렇다. 부부들의 메뉴 합작품들은 푸짐하면서도 단출해 보이기도 하지만 먹을 때 연신 숟가락이 가게 만드는 묘한 매력이 있다.

그나마 민 할아버지는 음식을 절제한 양 조금만 드신다. 그러나 음식보다 술 욕심만큼은 절대 남한테 뒤지지 않는다. 어떤 때는 본인의 잔에 따라준 술을 홀짝 마시고 다른 사람의 잔에 있는 술까지 마신다. 좌우지간 음식이 상 위에 올라오고 맛있게 먹어본다.

이 부부들의 특징은 또 하나 있다. 만들어 놓은 음식 위주로 먹고 밥은 완전 조금 먹는다. 즉 한 마디로 반찬 위주로 식사를 한다는 것이다. 다들 맛있게 먹지만 특히 요셉 형제는 참 맛있게 먹는다. 그 모습을 보노라면 절로 내입과 더불어 혀 안에서 음식이 함께 뭉쳐서 춤추고 있다.

싱거우면 싱거운 대로 짜면 살짝 짠맛대로 오후의 저녁 시간이 행복하다. 이 부부들은 마음이 잘 맞는다. 여행도 잘 다닌다. 때로는 자녀들을 집에 남겨두고 부부들만 호젓한 곳에서 여행을 즐기고 온다는 것이다.

부러웠다. 우리 부부는 언제쯤 저런 시간을 가져볼 수 있을까? 단지 희망사항이다.

내 몸이 이럴진데 어찌 욕심을 내겠는가. 모임에서 하루 부부 야유회를 다녀와도 부부모임이 있어도 같이 못하여 영미씨한테 미안할 때가 한두 번 아니었다. 그래서 그만 두었는데 이 부부들의 여행 이야기에 순간이나마 욕심을 낸 자신이 문득문득 못 움직이는 사람들에게 미안하게만 느껴진다.

이 부부들이 베푸는 애정 어린 관심에 늘 감사드리며 모쪼록 오래도록 변함없이 우리 희망의 집 마당을 밟아주기를 바란다. 식사 때마다 우리 할아버지를 쳐다보며 할아버지 행동 하나 하나에 손으로 입을 가리며 웃으시는 자매님의 제스처에 번갈아 나도 흥에 겨워진다.

이분들의 행동, 이 웃음, 이 사랑에 주님의 은총이 충만히 깃들기를 기원한다.

새색시 같은 승진(실비노). 마당의 잡초를 뽑을 때 선머슴 같으면서도 충직해 보이는 종섭(요셉) 이 둘은 참으로 잘 어울리는 한 쌍의 바퀴벌레 같다. 겨울이면 집을 나설 때 어둑어둑해지고 여름이면 아직까지 해가 서산 노을에 걸쳐져 있고 봉사활동을 마치고 "안녕히 계세요"하며 총총 걸음으로 내딛는 그들의 행복이 보이며 나 또한 진한 행복을 느낀다. ✝

작은 미소의 사랑

— 베풂 —

날씨가 매우 쌀쌀하다. 거실을 벗어나 바깥 계단 난간에 섰다. 두 팔을 벌려 긴 기지개를 켜며 크게 숨을 쉬어본다. 폐 깊숙이 맑은 공기가 쑥 들어오는 느낌이 든다. 한 번 두 번 숨쉬기를 계속 해본다. 폐가 하나밖에 없어서인지 숨을 크게 들이마시지 못하지만 밖으로 내뱉는 숨을 최대한 길게 내 뱉을 수 있었다. 참 좋다. 난 맑은 해가 좋다. 있는 그대로 좋다. 살짝 겨울 문턱에 들어선 바람이 내 귓불을 간질이지만 이렇듯 살아 맑은 공기를 마실 수 있다는 것에 감사하는 마음이나. 비록 산소호흡기를 하고 있어도….

저 끝 골목길을 따라 한분의 남자와 2분의 여자 분이 함께 걸어오고 있다. 대문에 들어설 때 즈음 비로소 얼굴이 확연히 드러났다. "안녕하세요?" 머리를 숙이며 다함께 인사말을 건넨다. "할아버지들은 다 잘 계시죠?" "네, 모두 잘 있습니다." 남자분과 악수를 하자 따뜻한 체온이 전해져 온다. 뒤따라온 여자분들과 악수를 청하려 하지만 나도, 그들도 쑥스러워 망설일 뿐 아직까지 악수를 한 번도 해보지 못했다. 이분들은 우리동네 의사선생님과 간호사들이다. 연세의원 이영래 원장선생님이시다. 몇 해 동안 매년 겨울이면 독감 예방 주사를 우리 할아버지들에게 손수 왕래하셔서 사랑하는 마음으로 놓아 주신다. 그래서 우리 할아버지들은 겨울에 감기에 걸리지 않고 건강하게 잘 지내고 계신다. 난 몸이 허약해서인지 찬바람만 세게 불면 숨이 차고 콧물을 하염없이 흘린다. 조금만 부주의하게 몸을 다스리면 기침 감기에 잘 걸린다. 매년 나또한 독감예방주사를 맞아보지만 꼭 한번은 감기에 걸린다. 몸이 굉장히 힘들면 종합병원에 입원하겠지만 어느 정도 참을 수 있으면 이 원장선생님을 찾아 나선다. 싱긋이 웃으시면서 또박또박 좋은 말씀 전해주시며 주사를 놓으신다. 엉덩이에 한 대 맞고 나올 때쯤이면 어느 정도 감기가 나은 느낌이다. 이 세상에는 많은 의사선생님들이 계시지만 이분만큼 해주시면 좋을듯하다. 물론 세상의 한 외진 곳에서 묵묵히 사랑을 펼치시는 분들도 많이 계시리라 믿으며 다함께 좋은 분들과 함께 아름다운 세상을 만들었으면 한다. 의술로 사랑을 펼치시고 춥디추운 겨울날 할아버지들 춥지 않게 지내시라고 모임에서 보일러 기름까지 채워주시니 몸둘 바를 모르겠다. 거기에다 많은 보탬이 안 된다고 죄송하다며 겸연쩍어하시는 모습에 저 또한 저렇게 겸손한 사람이 되어야겠다는 생각을 해본다.

식사초대까지 받아 우리 할아버지들과 함께 참으로 행복했었던 그날들을 생각하며 감사하는 마음으로 우리 식구들도 기도한다. 고맙습니다. ✝

십년이 넘은 사랑

한겨울의 세찬 바람과 눈이 많이 오는 때에는 성당에 가고 싶어도 못 간다. 때로는 자신이 성당에 가려고 몸부림쳐도 아내가 못 가게 한다. 예전에 말 안 듣고 우기다가 몇 번씩 119구급차타고 응급실에 간 경험이 있기에 내 몸의 건강에 관해서는 아내의 말을 들으려 한다. 봄부터 가을까지는 전동차를 타고 성당에 갈 수 있다. 내일이 성당에 가는 날이면 전날부터 목욕을 하고 준비한다. 평상시 일곱 시에 일어나면 주일날에는 한 시간 일찍 일어난다. 모든 준비를 마치고 성당으로 출발하려하면 얼굴에 미소를 띠며 "찬미예수님, 안녕하세요" 인사말을 건네며 두 분의 자매님이 들어오신다. 이분들은 월평동 성당 교우분들이다. 한 달에 두 번 주일이면 우리 할아버지들 옷 세탁을 해주시러 오신다. 삶을 빨래는 삶고, 세탁기까지 돌려놓고 주방 싱크대까지 깨끗이 닦아 주신다. 거기에 가스렌지는 반짝 반짝 빛이 나도록 말끔하게 해 주신다. 모든 사람으로 하여금 절로 그곳에서 요리하고 싶은 충동을 느낀다. 거실청소, 방청소 발이 닿는 곳이면 눈에 보이는 대로 손으로 깨끗이 닦아 주신다. 평소에 우리들의 손이 안 가는 곳까지 쓸고 닦아주신다. 청소한 곳을 보는 사람으로 하여금 기분이 절로 좋아진다는 것이다. 성당에서 미사를 드리고 집으로 오면 가시고 안 계실 때도 있고 때로는 다녀올 때까지 계신다.

이분들의 마음가짐에 고마움을 느낀다. 남들은 모두 다 집에서 편히 쉬는 그 시간에 기꺼이 저의 집으로 오시는 이분들의 모습에 절로 경의를 표한다. 비가 오나 눈이 오나 추우나, 더우나 한 달에 두 번 십년이 넘도록 한결같은 마음으로 사랑을 베푸시고 희생하시는 분들이라 더욱 마음이 간다. 그것도 집에서 계신 분들이 아니라 주중에는 열심히 직장에서 일하시고 오시느라 얼마나 피곤하시겠는가? 이 자매님들은 못지않게 같은 성당을 다니시는 형제님들이 또 한 달에 두 번 우리 할아버지들을 목욕시켜 주신다. 이분들 또한 십년이 넘게 오셨다. 처음에 오실 때에는 40대인 분들도 계셨는데 지금은 70세가 넘으신 어르신들께서 오신다는 것이다. 겨울에는 추워서 걱정이고 여름에는 더워서 목욕시켜 주시고 나면 온 몸이 땀을 흠뻑 젖어 계신 모습에 안쓰러운 마음이다. 온 몸에 땀으로 흠뻑 젖고 이마에 땀이 송글송글 맺혀있다 할지라도 "다음 할아버지 들어오세요"하며 힘차게 말씀하시는 그 소리가 젊은이 못지않은 패기가 넘친다. 목욕시켜 주시고 난 후 준비한 시원한 매실차 한 잔 드시며 "카, 맛 좋네" 하시는 그 모습이 꼭 어릴 때 저의 할아버지를 뵌 듯하다. 이 어르신들이 앞으로 언제까지 오시게 될 줄은 모르겠지만 항상 건강했으면 하는 마음이다. 우리 가족들은 아침, 저녁으로 기도드린다. "십년이 넘도록 옷 세탁, 목욕시켜 주신 이분들에게 건강주시고 가정에는 평화를 허락하소서. 아멘." 아멘을 합창하는 우리들의 목소리가 온 거실에서 마당으로 퍼져 나간다. ✝

제3부

저는 베짱이입니다

산소 호흡기

저는 호흡기 환자입니다. 하루 20시간 이상, 아니 이제는 24시간 산소를 흡입해야 하는 만성질환자입니다. 산소 흡입창 수치 3을 해야 제 몸 산소 분포도, 즉 산소 수치량의 수치가 97~98이 나옵니다. 어떤 때는 95 정도 나올 때도 있습니다. 정상인들은 전부 다 98이 나옵니다.

저희 식구들은 전부 다들 정상입니다. 저희 두 딸은 가끔 99~100이 나올 때도 있습니다. 그만큼 폐나 폐활량은 건강하다는 뜻입니다. 저는 코에 꽂은 산소 호흡기로 흡입하면서 움직이지 않고 가만히 앉아 있어야 산소 수치가 98이 나옵니다. 산소 수치 90만 넘으면 제 몸에 뇌(머리), 모든 장기에 무리가 가지 않는다고 의사 선생님께서 말씀하셨습니다. 산소 수치가 90 밑으로 내려가 장기간 그 상태로 있으면 신체의 모든 장기가 훼손된다고 하였습니다.

이런 줄도 모르고 산소를 하루에 20시간 흡입하라고 하였건만 의사 선생님의 말씀을 건성으로 듣고 산소 호흡기를 뗀 채 성당을 오가며 여기저기 봉사활동 등의 생활을 해왔습니다. 이러다가 또 다시금 의식을 잃고 쓰러져서 구급차를 타고 응급실에 실려가 몇 번이고 병원에 입원을 하게 되었습니다.

의사 선생님한테 된통 혼나고 나서 될 수 있으면 집에서 꼼짝을 못하도록 성당의 모든 직책을 영미씨가 임의로 거두어 버렸고, 역전 봉사활동, 빈민가의 활동까지 못하게 하며 산소 호흡기를 하고 있으라고 영미씨가 일침을 가하였습니다. 집에서 계속하여 산소를 흡입하는 것도 안심한 것은 아니었습니다. 산소 흡입량을 3으로 올려놓고 사용하면 제 자신이 직접 호흡을 안 하여 이산화탄소가 많이 제 안에 저장되어 또 다시금 의식을 잃을 때도 있었습니다.

맛있는 음식을 많이 먹고 싶은데 먹지도 못하니 그 또한 고역입니다. 왜냐하면 움직이면 숨이 차서 안 움직이다 보니 소화를 시키지 못하니 말입니다. 밤늦게 간식으로 먹는 것이 절대 도움이 되지 않음을 알면서도 수시로 간식을 먹기 위해 몸이 상하기 일쑤입니다. 밤늦게 목욕을 한 후 잘 안 닦고 잠을 청해서 그런지 감기에 폐렴까지 겹쳐 입원을 하게 되었습니다. 중환자실에 있을 때 너무나 고생하여 도저히 살아서는 중환자실을 빠져나오지 못할 것 같아 기관지 수술을 하였습니다.

수술을 하고 난 후, 몸이 호전되어 지금까지 입원을 하지 않고서도 건강하게 잘 살고 있습니다. 미관상 사람들이 쳐다보기에는 좋지 않은 모습입니다. 지금은 기관지 수술을 한 구멍으로 산소 줄을 넣어 호흡하고 있습니다. 코로 산소를 흡입할 때보다 지금 컨디션이 더 좋습니다. 얼굴 혈색도 발그레 하게 보기 좋으며, 예전에는 입술도 거무스레했는데 지금은 선홍색으로 보기 좋으며, 손가락의 손톱 색깔도 보라색이었는데 지금은 산소가 잘 들어가는지 핑크색으로 보기가 좋습니다. 머리를 감고 목욕을 할 때면 숨쉬기가 많이 힘들었는데 지금은 호흡하기가 그리 불편하지 않다는 것입니다.

의사는 3개월~6개월 있다가 기관지 수술한 플라스틱 관을 빼내자고 말씀하셨지만 저로서는 지금의 몸 상태가 좋은 관계로 플라스틱 관을 빼고 싶지 않다고 말하였습니다. 지금 미관상 보기에는 안 좋지만 코로 산소를 흡입했던 전보다 지금이 모든 면에 있어서 좋은 몸 상태이기에 이대로 생활하고 싶다고 의사에게 말을 건넸습니다. 한 달에 한 번씩 정기검진을 받을 시에 관을 교체하기로 협의하였습니다.

전에는 산소 흡입량을 3으로 했지만 지금은 산소 흡입량을 2.5에 해놓고도 산소 수치가 97이 나옵니다. 이만큼 몸이 좋아진 것입니다. 몸이 좋아지니 마음도 한결 가벼워 보람된 생활을 하고 조금 더 건강을 위해 방문 입구에 샌드백을 달아 한 주먹 두 주먹 쳐보기도 합니다. 아령을 들었다 내렸다 하며 숨쉬기 운동, 즉 유산소 운동도 하고 있습니다.

저의 건강이 우리 가족 모두의 건강입니다. 특히 영미씨에게는 웃을 수 있는 여유를 줄 수도 있고, 행복을 심어줄 수 있는 계기가 되었습니다. 가끔 점심 때 된장찌개를 맛있게 끓여 놓으면 "와, 우리 남편이 된장찌개를 끓였네. 착한 우리 남편!" 하면서 엉덩이를 때릴 때 싫지만은 않습니다. ✝

저는 베짱이입니다

저는 베짱이 같은 게으름뱅이입니다.

이솝 우화에 나오는 개미들은 열심히 일하고 있습니다. 추운 겨울을 지내기 위하여 그 무더운 여름에 땀을 뻘뻘 흘리며 수고로이 일합니다. 반면 베짱이는 시원한 나무 그늘에 붙어 앉아 딩가딩가 노래를 부르며 하루를 보냅니다. 시간가는 줄 모르고 쾌락에 빠져 있습니다. 베짱이에게는 내일은 찾아오지 않는 것처럼 오늘 하루에 즐겁게 취하여 있습니다. 어쩌면 현 시대를 살아가는 모든 사람들에게 개미와 베짱이처럼 살아가고 있습니다. 한 가정의 책임자로서 남자들은 해야 할 일이 참으로 많습니다. 부모님을 봉양해야 하며, 자녀 교육에 힘써야 하며, 아내를 보살펴야 합니다.

이렇듯 개미처럼 직장에서 열심히 일하고 있는 반면, 어려운 일은 하기 싫어하며 공장이나 회사에 다녀도 적은 임금이라며 일을 그만두고 대책 없이 시간을 죽이며 쾌락과 유흥에만 쫓아다니는 베짱이들이 많습니다. 영미씨는 아침 일찍 일어나 할아버지들 식사 대접과 더불어 설거지, 두 딸을 깨워 아침 먹이고 챙겨서 학교 보내고 자신도 씻고 바쁘게 성당으로 출근하는 것을 시작으로 하여금 늦은 저녁까지 성당 사무일을 보는 개미 같은 사람입니다.

이에 반해 저는 산소 호흡기 환자라는 핑계로 또 저녁과 더불어 야식 먹은 것 소화시키고 자야 한다는 이유만으로 밤늦게 자고 아침에 늦게 일어나는 베짱이입니다.

매일 느끼는 것이지만 천근만근 같은 몸을 일으켜 멍하니 앉아 있다가 성호경을 긋고 조금씩 스트레칭을 하며 기지개를 켜면 조금씩 정신이 맑아져 오는 것을 느낍니다. 세면을 하고 먹을 것을 찾아다니는 하이에나처럼 주방을 어슬렁거리다 눈에 띄는 음식을 조금 먹는 것으로 아침 끼니를 때웁니다.

성가 음악을 틀어놓고 몸과 마음을 완화시킨 다음 매일 하는 성무일도 기도와 묵주신공을 합니다. 영미씨에게 전화를 걸어 대화를 나눈 다음 "사랑해요."라는 멘트를 날려 보내노라면 전화상으로 들려오는 "저도 사랑해요."라는 영미씨의 낭랑한 목소리에 마음 한편으로 흡족하며 기쁜 것이 오전의 일과입니다.

비가 오나, 눈이 오나, 바람이 부나, 햇볕이 쨍쨍 더운 날이나 일 년 열두 달 성당 출근하는 날이면 점심은 집에 와서 먹습니다. 아저씨들은 식탁을 따로 차려 식사를 하십니다. 점심을 같이 하는 이 시간이 늘 그리워지며 참 좋습니다.

성당에서 일이 생겨 부득이 못 올 때가 있으면 마음이 얼마나 섭섭한지 모릅니다. 혼자 수많은 시간동안 음식을 먹어봤던지라 진수성찬이 상에 차려져 있어도 혼자 먹으면 밥맛이 없을 때가 수없이 많습니다. 그리하여 영미씨와 둘이 상에 앉아 반찬이 없어도, 상추에 밥을 올려 쌈장을 싸서 먹어도 맛이 있기에 행복함을 느낍니다.

점심 때 이렇게 단 둘이 마주 앉아 식사를 같이 하는 부부도 많이 있을 것이라 생각하기에 이 시간이 즐거우며 행복합니다. 커피와 과일 한 쪽을 먹으며 마음으로 더듬어 다짐해 봅니다. '이 행복이 오래도록 지속되었으면…'

오후에는 신문과 책도 잠시 접하지만 컴퓨터 오락 게임도 즐깁니다. 테트리스와 고스톱 게임을 즐기지만 테트리스 게임이 지겨워지면서 고스톱 게임에 열을 올립니다. 이 게임을 하면서 두 가지 깨달은 것이 있습니다.

첫째는 욕심을 부리면 안 된다는 것이고, 둘째로는 절제할 줄 모르는 사람은 절대 게임을 하면 안 된다는 것입니다. 고스톱 게임 시 돈을 주고받는 것이라 물론 현찰은 아니지만 돈에 대해 욕심을 부리면 화를 미친다는 것을 말입니다. 못 먹어도 좋다 고고고 하고 욕심을 부리다가 결국은 화를 당하는 것을 몇 번이고 겪었기 때문입니다.

실생활에서는 지금 제가 처해 있는 이 상황에 대만족합니다. 제가 죽을 때까지 하고 싶은 일을 지금 하고 있고, 같이 사는 할아버지들을 비롯한 영미씨와 두 딸, 즉 사랑하는 가족들이 있고, 장모님을 비롯한 처제, 처남, 동서들이 있고, '희망의 집'을 도와주시는 은인들과 봉사자들이 계시고….

이렇듯 많은 행복과 사랑을 받으며 살고 있기에 저는 참 행복합니다. 우리 주님은 참으로 보잘 것 없는 저를 이렇게 행복하게 살게 해 주었습니다. 주님. 감사합니다. 고맙습니다.

가끔 자고 일어나면 머리가 쥐어짜듯이 아플 때가 있으며, 어떤 때는 호흡이 차서 죽도록 고통스러울 때가 있어 주어진 제 삶에, 제 욕심에 원망을 해봅니다. 폭풍이 지나가면 잔잔한 바다가 펼쳐지듯이 머리의 두통과 호흡이 정상화되면 제가 언제 짜증내고 원망했던가? 하며 마음으로 뉘우칩니다. 호흡이 원만하여 숨이 가쁘지 않으면 좋으련만, 하는 생각 자체가 제게는 욕심이라 생각합니다. 산소를 마시지 못하면 벌써 죽은 인생이었을텐데….

늦은 오후 시간 작은 딸이 "다녀왔습니다." 하고 인사를 주고받은 후, 손을 씻게 한 다음 간식을 챙겨주면 알아서 공부하다 학원에 갑니다. 큰 딸은 밤늦게 집안에 들어올 때면 피곤한 얼굴입니다. 좋아하는 아이스크림을 입에 물고 대화하며 사랑의 세레머니로 기뻐하고 잠자리로 올려 보내면 저의 하루일과가 거의 끝납니다. 영미씨는 가정을 위하여, 딸들은 학생으로서 학업을 위하여 열심히 하루를 보냈습니다. 제 나이의 많은 남자들은 가정의 행복을 위하여 열심히 일합니다. 저는 집안에 있는 우물 안 개구리인 동시에 게으름뱅이로 생활하는 행복한 베짱이입니다.

일하는 개미. 일하는 벗처럼 되기 위하여 요즈음은 설거지도 하고, 청소기도 돌리고, 거실바닥과 우리 방도 정리합니다. 숨이 턱 밑에까지 차지만 이마에 송글송글 맺히는 땀방울이 진정 싫지만은 않습니다. ✝

눈물의 기도

책을 조금씩 읽으며 작가의 글귀가 너무나 제 마음에 와 닿아 눈물을 글썽입니다. 텔레비전 시청을 하며 절정에 와 닿는 연기자들의 몸부림과 입에서 독백이 하염없이 쏟아져 나오는 말들이 내용과 맞물려 전개될 때 눈물을 글썽입니다. 때로는 너무나 인간적으로 살아가는 많은 이들의 마음의 상처와 아픔, 시련 이런 것들 안에서 이겨나가는 인간 승리의 모습을 보면서도 눈물을 글썽입니다.

저의 큰 딸은 훈계를 하면 머리 숙여 가만히 있는 스타일이지만, 작은 딸은 훈계를 하면 눈물을 하염없이 흘리는 바람에 저도 몰래 눈물을 글썽이며 함께 울기도 합니다. 이제 자녀들도 중고등학생인지라 학교 가고, 영미씨는 일 나가고, 점심 식후여서 할아버지, 아저씨들도 식곤증인지라 한숨씩 주무시고 계셔서 이럴 때 가끔 순간순간 혼자 있다는 생각으로 삶을 되돌아보며 울기도 합니다.

식구가 다 잠든 새벽에 촛불을 켜놓고 기도하다 감정에 북받쳐 울 때도 있습니다. 지난 몇 년간은 영미씨가 참 많이 울었습니다. 텔레비전을 보면서 조금만 슬픈 장면(연기자들이 울면)을 보면 훌쩍거리며 두 손으로 눈물을 닦아 내리기 일쑤입니다. 뒤에 앉아 자세히 보고 있다 이상하다 싶어 앞으로 가

보면 여지없이 울고 있어 "또또또 울고 있구만, 하여간."하고 놀려댑니다. "아니야. 안 울어." 하지만 벌써 목소리까지 촉촉이 젖어있는 듯합니다. 그래서 저는 영미씨에게 별명을 지어주었습니다. '울보 영미'라고….

　신혼 초에 잠시나마 자신이 방황하며 갈등을 겪을 때 가끔 심하게 목소리를 높이면 여지없이 한 쪽에서 훌쩍이며 울곤 했습니다. 후회하며 미안하다고 하면 영미씨는 점점 더 크게 울었습니다. 두 손을 꼬옥 잡으면 그때서야 울음소리가 약해지며 한 마디 툭 던졌습니다. 자신이 울고 있을 때는 말이 필요 없고, 뒤에서 꼭 껴안아주면 모든 것이 다 풀린다고 했습니다. 지금은 거의 말다툼을 안 하며 행복하게 살아가고 있지만 시간이 지난다고 제 성격이 어디 갑니까? 자신이 잘못하여 영미씨를 울려놓고서는 뒷감당을 못하고 있을 때 전에 했던 말이 기억나 뒤에 가서 꼭 껴안아주니 거짓말인 듯 신기하게도 영미씨는 울음소리가 작아지며 제 품 속으로 파고들었습니다.

　큰딸 예린이가 이 세상에 태어난 후 안 좋았던 저의 버릇은 말끔히 씻어졌겠습니까만 예전에 공동체의 삶을 생각하며 현세에서의 삶이 너무나 고달파서 짜증을 내고 투정을 부리며 영미씨를 마음 아프게 했던 자신에게 한 생명이 잉태하고 그 고통을 겪으며 탄생시켜 준 영미씨가 너무나 고마웠습니다. 아기를 보면서 이렇게 살아서는 안 되겠구나 마음을 고쳐먹은 것도 이때쯤인 것 같습니다. 공동체 생활 시에는 의식주가 해결되어 걱정은 안 했는데 결혼한 후 의식주 걱정을 하며 단돈 1,000원에 벌벌 떨면서 돈 사용하는 것을 아까워하여 괜한 영미씨에게 화풀이 했으나 정말이지 영미씨에게 미안하고 자신이 한 행동이 후회스럽기만 했습니다.

　그 후로 후회할 시간도 투정과 짜증을 부릴 시간도 없이 열심히 일했습니다. 영미씨는 따로 일하고 저는 봉고차로 학생들 등하교, 유치원 스쿨버스, 임시학원 운전 등 하루 온종일 운전하며 벌었던 돈을 다 저금하며 미래의 일을 계획했습니다. 잠시 이야기가 빗나갔습니다.

영미씨는 본래 눈물이 많았다고 장모님이 말씀하셨습니다. 그런데 요즈음 영미씨는 뜨개질을 한다고 텔레비전 시청을 줄였으며 책도 많이 안 읽으니 눈물을 흘릴 시간이 별로 없는 듯합니다. 제 자신도 지난 십여 년 동안은 눈물을 많이 흘려본 적이 없는 듯합니다. 먹고 살아야 한다는 생각에 눈물이 너무 메말라 인간이 인간 같지 않을 때도 있습니다. 그냥 덤덤할 때가 너무 많습니다.

가끔 책을 읽어도, 가끔 CD 음악을 들어도, 텔레비전 시청을 하여도 그냥 덤덤합니다. 눈물은 하느님의 귀중한 선물이라고 생각하며 살아왔는데 말입니다. 병원을 몇 번씩 다녀와서 그런지 아니면 혼자 있는 시간이 많아서인지 요즈음 수시로 눈물을 흘리고 있습니다. 고마워해야 할지, 덜 떨어진 인간이 되어가는 것은 아닐지, 아니면 신세한탄 식으로 약해져가는 인간이 되지는 않는지 걱정을 하면서도 다행스럽게 눈물을 흘리고 난 후 마음이 개운해지며 생활에 활력소가 된다는 것입니다.

전보다 더 이해하려는 마음.

전보다 더 사랑하려는 마음.

전보다 더 칭찬해주고 싶은 마음, 유머스러운 마음이 생기고 실천하려는 것을 느끼고 그렇게 행하고 있다는 것입니다. 의미 없는 눈물이 어디 있겠습니까마는 제 삶의 눈물은 참 소중합니다. 눈물을 보물처럼 잘 간직하며 많은 이들에게 도움이 되었으면 합니다. 하느님 아버지, 저를 사랑해 주시고 눈물을 주셔서 감사합니다. 제 눈물의 기도가 아픈 사람들에게, 가난한 사람들에게 힘이 되게 하소서, 아멘. ✞

밤 사이의 고통과 아침으로의 희망

모든 식구들이 잠들었습니다. 할아버지와 아저씨들 방에서는 신음소리와 더불어 코고는 소리가 들립니다. 짧게도 들리고 길게도 들립니다. 조용하였다가 또 다시 "드르릉, 드르릉" 소리도 나며, 잠시 침묵을 깨고 "푸우"하는 소리도 들립니다. 참 잘 주무십니다. 내 옆에 누워있는 영미씨도 잠 잘 자는 것만큼은 남한테 뒤지지 않을 것입니다.

이렇듯 모든 분들(할아버지, 아저씨들, 영미씨, 큰딸, 작은 딸)께서 꿈나라에 계시는데, 밤늦게까지 저 혼자 잠 못 이루고 하염없이 기침을 하며 고통스러워하고 있습니다. 앉아서 콜록콜록 기침을 하다 지쳐서 몸을 잠시 눕힐라치면 가래가 끓어오르면서 기침을 하지 않으려 애를 써도 막무가내로 기침이 납니다. 이 와중에 기도를 해보지만 정말이지 고통스럽습니다. 기침도 기침이지만 이제는 호흡하기가 힘들 지경입니다.

숨이 턱까지 차오르는 기침, 가래…. 아! 언제까지 이렇게 기침을 하며 고통을 참아야 하나? 새벽녘이지만 도저히 참을 수 없어 예전에 복용했던 감기약을 집어 삼켰습니다. 다소 누그러진 기침에 좋아라하며 땀을 흘리기 위해 두꺼운 이불을 뒤집어 쓴 채 잠을 청하였습니다. 정신이 몽롱해지며 온 몸이 나른해지는 것을 느꼈습니다.

잠이 들면 좋으련만 잠은 들지 않은 채 기침을 많이 해서인지 온 몸이 무거워지며, 파김치가 되는 듯합니다. 땀이 나서인지 신체 부위 전체가 끈적끈적한 것을 느낍니다. 이불을 들쳐 내고 좀 있었더니, 몸이 또 다시 으스스하며 머리가 터질 것 같이 아파오기 시작합니다. 한 마디로 미칠 지경입니다. 약을 많이 먹으면 좋지 않다는 것을 알면서도 너무 괴롭고 고통스러워 진통제 한 알을 먹었습니다. 감기약과 진통제를 먹어서인지 잠이 들랑말랑 하면서도 다행스럽게 머리는 개운하고 맑아졌으며 제 몸을 떨게 했던 기침과 가래도 조금은 수그러들었습니다. 단지 기관지에 가래가 끓는다는 것은 제가 살아가는 데 하나의 적입니다. 가래를 배출(빼내는 것)하기 위해 기침을 하면 가래가 잘 나오지 않아 고통스럽고, 얼굴은 홍당무처럼 빨개지고, 숨이 차면서 저를 지치게 만들기 때문입니다.

어느덧 아침 해가 밝아오고 영미씨는 제 어깨를 토닥거리며 "씻고 밥 먹으세요." 하고 웃는 얼굴로 말합니다. 간밤에 기침과 가래, 두통과 졸음, 호흡곤란과 전쟁을 하는 통에 몸은 천근만근입니다. 아침을 먹을 것인가? 안 먹을 것인가? 이것이 문제입니다. 오전에 영미씨도 없을 텐데 말입니다. 영미씨는 몇 번이고 종용합니다.

"일어나서 진지 드세요."라고….

저 말이 사랑으로 들려야 할 텐데 굉장히 거추장스러운 말로 들리니 더 짜증납니다. 그러나 이런 생각도 길게 하지는 못합니다. 영미씨가 밥을 물에 말아 먹으면서 어깨를 들썩거리고 있으니깐 말입니다. 내 사랑 영미는 울보거든요. 중요한 순간에 내가 영미씨 말을 안 들으면 어깨가 들썩거리며 눈에서 눈물이 흐르거든요.

지친 몸이지만 조용히 세수하고 밥상에 앉았습니다. 내 얼굴 닦았던 수건으로 영미씨 눈에서 흘러내리려고 하는 눈물을 닦아내며 "밥 먹을게요."하고 수저를 들었습니다. 전 어차피 수저를 들어야 하고 밥을 먹어야 한다는 것을 잘 알고 있으니 말입니다. 조금씩이라도 먹어야 힘을 얻고, 조금씩이라고 먹어야 산다는 것을 잘 알기 때문입니다. 저는 지난 십수년간 병마와 싸우면서 터득하고 있었던 것입니다.

한입, 두입 밥이 맛이 없고 달지는 않지만, 살기 위해서 먹고, 먹을 것이 없어서 못 먹는 사람들이 있다는 것을 생각하며 수저를 오르락내리락 부지런히 움직였습니다. 새벽녘에 먹은 감기약 때문일까? 졸음이 쏟아져 옵니다. 그래도 참았습니다.

잠시 후면 영미씨가 대문 밖을 나서는데 밝은 미소라도 보여주기 위해서입니다. 가족들이 생계를 위해서 나서는데 부족한 나의 따뜻한 말 한마디, 살며시 지어주는 미소가 데레사에게는 그 어떤 것보다 힘이 되고 삶의 활력소가 된다는 것을 알기 때문입니다. 사랑한다는 말을 하루에 몇 번씩 해도 그때마다 영미씨는 고마워합니다. 제일 좋아하는 것은 뒤에서나, 앞에서나 꼭 껴안아 주는 것입니다.

영미씨는 기쁘면 기쁜 대로, 슬프면 슬픈 대로, 행복하면 행복한대로, 울고 있으면 울고 있는 대로 꼭 껴안아주면 백 마디 말보다 더 좋아합니다. 껴안는 것이 사랑이라는 것을 영미씨를 통하여 알았습니다. ✝

중환자실

간밤에 늦게 잤지만 오늘은 날이 날인만큼 다른 날보다 일찍 일어났습니다. 목욕재개하고, 식사하기 전에 할아버지들과 어르신들께 먼저 인사드렸습니다.

"할아버지, 새해 복 많이 받으시고 건강하세요." 넓죽 큰 절을 드렸습니다.

"아니, 오늘 구정 설날이야?" 할아버지의 물으심에 "구정이 아니고 오늘 1월 1일 신정이에요." 하고 설명을 드렸습니다. "잉~." 고개를 끄덕이며 알아들은 듯 제스추어를 취하십니다. 영미씨와 두 딸에게도 새해 복을 빌어 주었습니다.

"건강해야지. 열심히 살아야지. 감사드리며 최선을 다하자고." 가족끼리 다짐하며 우리 모두 다 함께 기도 드렸습니다. 그런데 오후 점심 식후부터 몸이 좋지 않은 징조를 보였습니다. 또 다시 온 몸에 힘이 쫙 빠져나가고 머리가 흔들거리며 아파오기 시작하였습니다. 앉아 있기가 힘들어 누웠습니다. 옆으로 누운 시간이 얼마 되지 않았습니다만 입에서 침을 흘리기 시작하였습니다. 어느새 베개에 침이 가득히 고였습니다.

머리를 이리저리 뒤척일 때마다 침 자국이 여러 군데로 보였습니다. 머리를 눕힐 곳도 마땅하지 않아 베개를 뒤로 돌려 누웠습니다. 머리는 망치에 얻어맞은 듯 아프고 지끈거리기 시작하였습니다. 마침내 베개를 던져버리고 맨땅에 머리를 처박았습니다. 잠시잠깐 누웠던 것 같은데 시간은 하염없이 지나가고 있었습니다. 할아버지들 끼니가 걱정은 되었지만 이 몸 상태로는 어림없는 일이었습니다. 그러나 이 시점에 있어 저 자신이 움직이지 않으면 할아버지들 식사를 하지 못하시기에 머리도 아프고, 호흡도 가빠오고, 몸이 말을 듣지 않았지만 일어날 수밖에 없었습니다.

멍하니 앉아 기도 드렸습니다. "주님, 제게 조금이라도 움직일 수 있는 힘을 주십시오. 할아버지들 식사를 차릴 수 있게만 도와주십시오." 기도의 힘은 얼마나 위대한지 알기에 잠시 묵상하며 기다렸습니다. 조용히 눈을 뜨노라니, 방안의 온 사물이 또렷하게 보이며 그 아프던 머리는 차츰 누그러지기 시작하였습니다. "감사합니다, 주님." 고백한 후, 산소발생기 산소량을 제일 높은 곳에 올려놓고, 겨우 몸을 움직이면서 할아버지들 밥상을 차릴 수 있었습니다.

할아버지의 식사 전 기도소리를 들으며 저는 또 힘없이 픽 쓰러졌습니다.

지금의 제 몸 상태로 보아 병원에 입원을 또 해야 할 것 같습니다. 예전 같으면 지금보다 더 상태가 안 좋아도 병원에 입원 안 한다고 고집을 피우며 영미씨의 마음에 상처를 주곤 했었습니다. 예전에 내가 입원하고 있을 당시, 영미씨가 병원(병실) 보호자 침대에서 새벽 3시에 언뜻 잠깨어 자는 모습을 보면서 이젠 절대로 입원하면 안 되겠구나 생각했었습니다.

병원에 입원 안 하면 나도 좋고, 영미씨도 좋으련만.

제 몸 상태가 좋지 않아 예전처럼 영미씨 마음에 상처를 주지 않기 위해서라도 제가 먼저 입을 열었습니다. "영미씨, 병원에 입원해야 할 것 같으니 119 구급차 좀 불러주세요."

이 한마디에 남편이 입원한다는데도 기쁜 얼굴로 119구급차를 불렀습니다. 나는 속으로 '참내, 남편 병원에 입원한다는데 저렇게 좋아할 수가!'

하긴, 병원에 가자고, 가자고 조르고 협박하고 온갖 수단 방법을 다 써도 안 가는 사람이 자진해서 병원에 입원하자고 하니 어찌 아니 기쁘겠습니까? 병원 가자는 말 한마디에 저렇게 들떠서 좋아하건만, 전에는 왜 병원 가는 문제로 고집을 피워 마음고생 시켰는지, 정말이지 미안하기만 했습니다.

119구급차 소리가 집 앞에서 멈추는 소리를 들으며 슬리퍼를 신고 한 발짝, 한 발짝 내딛으며 대문을 나섰습니다. 코에서 산소를 갑자기 떼어서 그런지 걸어 나가기가 숨도 차고 호흡하기가 힘들었습니다. 영미씨는 집에서 그냥 기다리라고 했지만, 나는 또 내 고집대로 '구급대원들 고생하시는데 내가 조금이라도 힘을 덜어 드려야지,' 하면서 걸어 나갔습니다.

119구급대원님들이 골목에 들어서면서 "환자가 어디 있어요?" 하면서 환자를 찾았으나 "제가 환자예요." 하며 대꾸하였습니다. 제가 힘이 없고 곧 쓰러질 것 같이 아픈 사람처럼은 보이지만 걸어 다니는 것이 믿어지지 않는지 고개를 갸우뚱거리고 있을 때 영미씨가 뒤따라 나오며 "그 사람이 환자가 맞아요." 하자 빨리 차에 타라고 종용하였습니다.

차에 타자마자 누워 산소를 코에 꽂고 혈압을 체크하기 시작하였습니다.

산소수치를 체크하면서 이해가 안 되는 듯, 제 얼굴을 빤히 쳐다보시며 몇 마디 말을 시키시기에 저는 몇 번 대답을 한 후 정신 줄을 놓았습니다. 즉 의식을 잃어버렸습니다. 구급대원님들이 영미씨에게 산소수치가 이렇게 낮은데 말도 안 하고 집에서 여기까지 걸어 나왔다는 것이 믿어지지 않는다고 말입니다. 영미씨는 구급대원들에게 "이 사람은 이런 일이 한두 번이 아닙니다." 하고 말했답니다.

제가 눈을 떠보니 중환자실이었습니다. 몸이 안 좋아 중환자실을 자주 와서인지 조금만 정신을 차리면 여기가 병원인지, 중환자실인지 금방 알아차릴 수 있습니다. 중환자실에서 좀 오래 근무하신 간호사님들은 저의 얼굴을 알아채고 "안영열 씨, 어쩌다 또 오셨어요?" 하며 웃으면서 반가이 맞아 주시지만, 저로서는 참 쑥스러울 때가 한두 번이 아닙니다.

죽을 먹으면서 있어야 되고, 잠을 자고 싶어도 잠을 안 재워주는 중환자실에서 고충을 겪습니다. 까딱까딱, 잠깐잠깐 잠을 잘 수는 있지만, 깊이 잠들면 산소 수치 떨어진다고 잠을 안 재워줍니다. 잠시잠깐 눈을 감을라치면 담당 간호사님이 와서 "안영열 씨, 빨리 불어야지요." 하면서 인정사정없이 호통치십니다. 진짜로 나를 위해서 하는 말이지만, 그 간호원이 그렇게 얄밉고 미울 수가 없습니다.

그리고 링거 병에다가 물을 부어 놓고, 링거 줄을 입에 물고 풍선 불듯이 계속 불어 병속에서 물이 뽀글뽀글 소리가 나게 계속 불라고 하는 의사의 지시 하에 간호원들의 경계대상 1호로 뽑혀 몸과 마음이 괴롭기 그지없습니다.

'나는 살아야 한다, 정말이지 살아야한다.' 생각하고, 열심히 불어댑니다. 거짓말 같지만 링거 줄을 입안에 물고 힘 있게 한 십 분만 불면 입도 아프지요, 머리가 띵하게 아프지요, 힘이 쫙 빠지면서 나도 모르게 스르르 눈을 감게 됩니다.

"탁, 탁" 하는 소리에 놀라 깨면 간호원이 잠자고 있다고, 불지 않는다고 호통을 칩니다. "이때까지 열심히 불었어요." 말을 하면 간호원이 어떤 때는 "못 봤어요." 하고, 어떤 때는 "그래요, 잘 불고 있으니 계속 불어야지요. 그래야 빨리 병실로 가죠." 합니다. "병실로 가야죠." 라는 간호원의 말에 힘을 내어 열심히 불어봅니다.

제 몸에 산소 수치가 90 이상이 되어야 합니다. 열심히 불면 95 이상 나오지만 힘이 들어 안 불고 있으면 90 밑으로 떨어집니다. 89, 88, 87 이렇게 떨어지고 있으면 간호원은 여지없이 큰소리로 빨리 불어요. 산소 수치 떨어지잖아요.

처음에는 대수롭지 않게 생각했습니다. 산소수치 조금 떨어지는 게 무슨 대수냐고 말입니다. 입원을 몇 번 하면서 산소 수치가 떨어지면 머리 뇌에서부터 내 몸에 있는 장기 기능이 떨어지고, 제 기능을 못한다는 것을 알고 열심히 불려고 노력합니다. 불다 지쳐서 잠시 쉬노라면, 잠도 안 재우고 불게만 시키는 간호원들을 쳐다보며 '어휴, 내가 장가만 일찍 갔으면 딸 같은 애들(간호사)인데, 쟤네들한테 이렇게 구박받으면서 이 중환자실에서 고생하나.' 하고 생각하니 나 자신이 한스럽고 초라할 때도 많습니다. 그래도 하루에 두 번 면회시간에 영미씨를 보는 것이 얼마나 행복하고 기쁜 일인지 모릅니다.

입안에 기관지로 통하는 관을 꼽아놓고 침을 흘리며 말은 못하지만 손을 쓸 수 있어 연필로 연습장에 글을 쓰면 영미씨는 읽고 대답해줍니다. 두 손을 꼭 잡아주기도 하고, 깨끗한 작은 수건으로 제 얼굴을 닦아주기도 합니다.

"기도 해주고 가요." 하면 쑥스러운지 "기도는 집에서 할게요." 하면서 살짝 웃어줍니다. 저 얼굴에 미소가 참 좋습니다. "면회시간 끝났습니다. 보호자들은 나가주세요." 하는 간호사들의 외침소리에도 우리 부부는 조금이라도 더 같이 있기 위하여 두 손을 꼬옥 잡습니다. 면회시간 10분이 이토록 소중한지 병원 중환자실에서 깨달았습니다. 하루에 10분만이라도, 영미씨를 위하여 안마해주면 굉장히 좋아하리라 생각합니다.

이런 생각을 할 즈음, 조금 전까지만 해도 미소 짓던 얼굴이 면회시간 끝났다는 소리를 듣고 꼬옥 잡았던 손을 놓으면서부터 눈시울이 붉어지는 영미씨의 눈동자를 보았습니다. 중환자실을 벗어나는 영미씨의 뒷모습을 보며 나는 막 소리 내며 울고 싶습니다만 꾹 참아봅니다.

"그래, 빨리 이곳(중환자실)을 벗어나자."는 생각으로 긴 호흡을 하며, 내 몸속에 있는 나쁜 이산화탄소를 빼내기 위하여 열심히, 열심히 링거 줄을 입에 물고 불어봅니다. 링거 병에서 뽀글뽀글거리는 소리가 크면 클수록 내 몸에 힘이 솟아나는 것을 느낍니다. 길게 불면 불수록 내 폐활량이 조금이나마 늘어날려나⋯. ✝

기침 감기의 고통

기침과 가래가 끓어 또 다시금 나를 괴롭힙니다. 며칠 전 창문을 열고 밤 공기를 마시면서 운전을 했기 때문일까? 몸에 열은 없는데…. 가래가 수없이 끓어오릅니다. 집에 비축되어 있는 석션기를 통하여 가래를 뽑아내고 돌아서면, 또 다시금 가래가 끓고 있습니다. 또 다시금 석션을 하면서 잠시 생각에 잠겨봅니다. 만일 이 많은 가래를 뽑아 내지 못 했을 경우, 몸에 열이 나서 또 다시금 병원에 입원 했을지도 모를 것이라고 생각하니 기관지 수술은 참으로 잘했고, 석션기가 집에 있어 참으로 다행이라고 생각했습니다. 가까운 병원에 가서 엉덩이 주사를 맞고 약을 타 와서 먹었지만 기침과 가래는 멈출 줄을 몰랐습니다. 가래를 원활하게 하기 위하여 네블라이저를 오래도록 해 봅니다.

다시 석션기를 틀어 긴 고무줄 호스로 플라스틱(기관지 관) 구멍에 넣자마자 차르륵, 차르륵, 칙, 칙 가래가 고무호스를 통해 빨려 나오고 있었습니다. 이 소리가 진정 싫지만은 않았습니다. 이유는 가래가 시원하게 빨려져 나오고 있기 때문이며, 가래가 모두 빠져 나와야만 숨도 덜 차고 기관지 플라스틱 관이 깨끗해지기 때문입니다. 배에 힘을 주어 바람소리를 내어보니 가래가 시원하게 빠져 나가자 기분이 좋아졌습니다. 이제는 제발 가래야 멀리 도망

가거라. 멀리, 멀리, 날아가거라.

　낮에는 조금 덜하다 싶다가도 밤에는 계속하여 기침을 해 댑니다. 참다못한 영미씨는 병원에 가자고 며칠 전부터 졸라 대었으나, 나는 병원에 가는 것을 유보하고자 떼를 썼습니다. 사람이 아프고 고통스러우면 병원에 가야하는 것이 당연하지만, 병원 응급실 가는 것이 저로서는 정말 싫기 때문에 고집을 피웁니다. 또 말 안 듣는다고 영미씨가 큰소리를 내었습니다. 그 큰소리를 마음으로 꾹꾹 눌러 참으며 잠을 청하려 하였지만 생각과는 달리, 뜬눈으로 밤을 지새웠습니다. 예수님의 고통도 생각하고 묵주기도 하면서 코를 휴지로 풀고 기침을 하면서 자는 둥 마는 둥 하다보면 방 창살에 환하게 빛이 비치기 시작합니다. 이때 잠시 잠들 수 있는 은총이 저에게 주어졌습니다. 편안하게 잠들지는 못하고 새우잠을 자고 있다가 영미씨가 출근할 때에 깨어날 때도 있고 아니면 봉사자들 올 때 깨어날 때도 있습니다.

　이러기를 며칠째, 고집에 고집을 부려 병원 진료 가는 날이 되었습니다.

　집에 있는 산소통을 모두 챙겨 산소 충전하는 가게로 가서 충전하고 기관지 관에다 산소를 꽂은 채 병원에서 진료를 받았습니다. 감기약을 미리 조금 받고, 주사는 맞지 않고 약만 처방받아 응급실에 가서 기관지 플라스틱 관을 교체했습니다. 응급실에서 잠시 있는 중에 사고를 당한 환자가 부랴부랴 들 것에 실려 119 구급대원들과 함께 들이 닥쳤습니다. 여자 분이었습니다. 헝클어진 머리칼, 찢어진 옷가지를 보니 몸부림 친 것이 역력해 보였습니다. 이유인 즉, 길 가다가 갑자기 쓰러진 채 자신의 몸을 학대하고 머리를 쥐어짜고 옷을 찢기까지 했다고 합니다. 갑자기 쓰러졌다는 말에 가슴이 철렁했습니다. 나도 쓰러진 것이 한두 번인가? 다소나마 내 몸이 떨리는 것 같은 기분이었습니다. 나는 쓰러지면 의식이 완전히 없는데, 이 아주머니는 머리를 쥐어짤 수 있는 힘이 있다는 것에 이 아주머니는 나보다 낫다고 여겨지는 이 기분은 무엇일까요?

집에서 기침 가래약을 먹으며 조용히 안정을 취하고 있습니다. 진정 사그라져 가는 몸이지만 자신의 몸을 잘 보호해야겠다는 생각을 했습니다. 내 몸이 내 것 같지만 결코 내 것이 아니라는 것을, 영미씨와 사랑하는 두 딸의 것이라는 것을, 가난하신 우리 할아버지들의 것이라는 것을, 우리 주님의 것이라는 것을…. ✝

자살

　사람들은 인생을 두고 '빈손으로 왔다가 빈손으로 돌아간다.'고 말합니다. 공수래공수거란 말이겠지요. 나는 빈손으로 왔다가 빈손으로 돌아갑니다라는 이 말을 참 좋아합니다. 이 말이 가슴이 꽉 와 닿습니다. 사람들은 많은 것을 움켜지고 생존 경쟁에서 이기려고 욕심을 부립니다. 심지어 살인까지 서슴없이 합니다.

　그리고 많은 것을 움켜쥐고 빼앗기지 않으려고 몸부림을 치며 상대방을 향하여 좋지 않은 행동을 취하기도 합니다. 연예인들의 자살이 매스컴에 자주 오를 즈음, 또 다시금 이른 아침에 최 모 연예인 자살이라는 소식으로 각 방송국을 비롯하여 신문, 라디오, 텔레비전에서 온 세상이 떠들썩합니다. 그것도 화장실에서 목메어 죽었다고 합니다. 이 연예인과 같이 한 시대를 살아가는 나로서도 어처구니가 없어 힘든 부분이 많습니다.

　얼마나 괴로웠으면, 얼마나 힘들었으면, 얼마나 죽고 싶었으면 하고 한편으로는 이해합니다. 저도 한때 잠깐 우울증 비슷한 것에 걸려 죽고 싶다는 생각을 잠시 잠깐 한 적이 있었습니다. 긴 산소 줄을 코에 꽂은 채 호흡하면서 조금만 움직여도 호흡이 가빠오고, 화장실에서 세면을 하고 나와도 숨이 차서 화장실 문 앞에서 한참 쉬어야만 했습니다. 얼굴은 언제나 퉁퉁 부어 있고 자고 일어나도 몸이 개운치 않고 찌뿌둥합니다.

아침 오후 저녁 때까지 시도 때도 없이 몸을 눕히고 싶고, 딸들은 딸들대로 학교, 학원 다니느라 한 상에서 같이 식사(대화) 할 시간도 별로 없고, 영미씨는 영미씨대로 피곤하여 집에 오면 잠에 취하여 이부자리로 가버리고, 혼자 기도하면서 힘을 얻으려 안간힘을 써보려 노력하지만 그것도 잠깐입니다. 저는 다시 침을 흘리며 고개를 떨구고 잠에 취하여 있었습니다.

일찍 자고 일찍 일어나면 좋으련만, 그렇지 못하여 잠에 취하여 무호흡증으로 도움도 되지 않을뿐더러 소화도 안 되고 얼굴이 호빵처럼 부어올라 좋지 않기에 잠도 일찍 청하지 못하고 밤늦게 텔레비전을 보고 있는 나 자신이 초라하여 처량하게 여겨져 죽고 싶다는 생각을 잠시 하였습니다. 얼굴이 붓고 잠에 취하는 것도 그렇지만 가장 힘든 것은 세수를 하고 머리만 감아도 입술이 파래지며 턱 밑까지 숨이 차서 화장실 변기통 뚜껑 위에 앉아 "이렇게 살아서 뭐하나." 싶어 죽고 싶을 때가 많았던 것은 사실입니다.

이렇듯 사람들은 한 세상을 살면서 죽음에 대하여 한번쯤은 생각해 볼 것이라 생각합니다. 최 모 연예인도 얼마나 힘들고 괴로웠으면 자살이란 것을 택하였을까? 20여 년 동안 연예계 생활을 하면서 최고의 자리에 오르고, 많은 사람들의 부러움을 사며 많은 사람들의 갈채와 환영 축하를 받으며 누려 왔던 그 생활을 해 왔다면 한 인간으로서 또 다른 가정생활이 있지 않았겠는가?

부모, 형제, 자매, 자식, 친구들, 동료들, 주변에 많은 사람들이 세상을 살고 있지 않는가? 이런 사람들도 시련과 아픔 고통을 겪으면서 힘차게 살고 있지 않는가? 이런 이들은 생각해보면 최 모 연예인도 세상은 진정 살아 볼 만한 가치가 있었을 텐데…. 참으로 안타깝습니다.

평소에 같이 지내왔던 동료 연예인들 중 가슴을 치는 이, 통곡하고 오열하며 쓰러지는 이, 울분을 토하는 이, 또 어떤 이는 남편을 며칠 전에 보내고서도 부축을 받으며 장례 행렬 속에 끼어 있었습니다. 어머님은 몇 번이고 기절·실신하여 쓰러지고, 동생은 얼굴이 퉁퉁 부은 채 얼굴을 들지 못하고 있었습니다.

자식들은 매스컴에 얼굴이 나타나지 않지만 많은 이들의 행렬 속에 있지 않겠습니까?

이렇게 많은 사람들이 함께 하는데 왜 죽었을까? 죽은 자는 말이 없다더니 정말 그런 것인가 봅니다. 한 사람이라도 미움을 주고받을 이가 있다면 세상에 살 가치가 있다고 했는데, 이토록 많은 이들이 자신의 주변에 있는데 왜, 왜, 왜 이 행복을 느끼지 못하는 것일까…. 사람들은 왜 이 만족스러움을 느끼지 못하는 것일까? 사람들은….

많은 이들이 최 모 연예인의 죽음에 슬퍼 울고 있습니다. 나는 죽으면 얼마나 많은 이들이 슬퍼 울까나? 자문해 봅니다. 이는 진정 모르겠지만 영미씨만큼은 슬픈 눈물을 흘려 줄 것이라고 확신합니다. 왜? 저를 많이많이 측은하고 불쌍한 이라고 생각하니까요.

저는 요즘 죽는다는 생각을 버렸습니다. 왜냐면 제가 할 일이 생겼기 때문입니다. 아침도 같이 못하지만 저녁 늦은 시간에는 식구와 함께 모여 성경을 읽고, 묵상하고 감사하기, 묵주기도와 대화하는 시간을 매일 가지기로 했기 때문입니다. 성서쓰기(구약 : 창세기부터 신약 : 요한 묵시록까지)로 말입니다. 사는 동안 이제껏 고생한 영미씨를 위해 내가 할 수 있는 것으로 보답을 해야 하기 때문입니다.

조그마한 손이 참으로 예쁘고 귀여웠는데 잠든 영미씨의 손을 잡고 주무르면서 굳은살이 여기저기 만져져 참으로 미안해져 몸둘 바를 모릅니다. 이렇게 해서라도 손이며 다리며 주무르면서 은혜를 갚고자 합니다. ✝

성서 쓰기

따스한 물이 샤워기에서 뿜어져 나옵니다. 입었던 옷을 한 겹 두 겹 벗어 놓으며 얼굴을 먼저 씻어봅니다. 물기를 닿게 하고 비누 거품으로 얼굴을 뒤 덮습니다. 면도기로 수염을 깎아 낼 때마다 깔끔한 제 얼굴이 나타납니다. 여드름 하나 없이 뽀얀 피부가 드러납니다. 항상 느끼는 것이지만 수염을 깎고 난 후 거울을 쳐다보노라면 잘생긴 얼굴은 아니지만 그렇다고 못생긴 얼굴도 아니라고 느낍니다. 오목 조목 조금은 봐줄만한 핸섬한 얼굴입니다

따스한 물이 제 얼굴과 제 몸에 닿을 때마다 짜릿함을 느끼며, 기분이 참 좋습니다. 더 기분이 좋은 것은 산소가 부족한 사람, 즉 몸 안에 산소가 부족 하면 입술이나 손끝이 파래져 있는데 따스한 물에 제 몸이 닿을 때 거울을 보 면 입술이 선홍색으로 붉어져 있는 것을 봅니다. 이때는 혈액순환이 잘되어 산소가 제 몸에 충만하여 있음을 느낍니다.

예전에는 이틀, 사흘 만에 한 번씩 목욕하였습니다만 요즈음은 매일 면도 하고 목욕재개를 합니다. 이유인즉 일주일 전부터 성서 쓰기를 시작하였습 니다. 몇 년 전에 신약성서부터 쓰기 시작하여 로마서까지 쓰다 그만두게 되 었습니다. 영미씨와 함께 매일 조금씩 아니면 이틀에 한번정도 필사를 했습 니다. 그러는 도중 제 자신이 몸에 이상이 생겨 병원에 입원하게 되어 성서쓰

기를 도중에 포기하게 되었습니다.

퇴원한 후에 다시 써야지, 다시 써야지 하면서 몇 년이 그냥 흘러갔습니다. 가족이 하루 일과를 마치고 저녁에 자기 전, 자녀들과 영미씨와 식탁에 둘러앉아 성서 읽기와 기도를 시작하며 언제 다시 한 번 성서 쓰기를 해야 할 텐데 마음으로 다짐을 하게 되었습니다.

119구급차를 타고 또다시 응급실에 갔다가 중환자실에서 눈을 뜨고 의식을 차린 후 고생, 고통, 기침의 병마와 싸우던 중에 유홍식(나자로) 주교님의 강복과 안수기도, 원목실의 백광현(요한) 신부님이 매일 찾아주셔서 안수기도 해주신 은총에 건강을 회복하게 되어 퇴원하게 되었던 것입니다. 저를 죽음에서 또다시 구원해주신 주님의 은총에 감사드리며, 11월 15일 제 생일날 가족들과 함께 미사를 드리며 성서쓰기를 시작하기로 마음을 추렸던 것입니다.

목욕재계를 한 후 기도를 올리고 펜을 꼭 잡았습니다. 이번에는 정말이지 창세기(구약)부터 요한 묵시록(성약)까지 꼭 끝까지 써야지 하면서…. 글씨도 예쁘게 잘 써야 할 텐데 생각하니 조금은 긴장 되었습니다. 펜을 꼭 잡고 힘주어 글씨 쓰는 버릇이 있어 글을 평소 안 쓰다 써서인지 어느 정도 하얀 공백에 성서를 쓰다 보니 팔꿈치가 아려오기 시작하였습니다. 그래도 저는 미련하리만큼 계속 꾸준히 써 내려갔습니다. 나중에는 무릎팍까지 저려오기 시작하였습니다.

영미씨는 첫 날부터 그렇게 하면 안 된다고 하며 조금씩 쉬어 가면서 써야지, 하면서 달래기도 하고 때로는 핀잔을 주기도 했습니다. 또 한 고집 하는 저로서는 그런 말이 귀에 들어올 리 없었습니다. 이렇다고 안 쓰고, 저렇다고 그만두고, 팔 아프다고 여기서 또 그만두면 핑계밖에 안 된다고 생각한 후 저의 의지를 시험하기 위해서라도 참고 견디며 써야 한다 하며 묵묵부답 펜을 잡고 있었습니다.

몇 시간을 꼼짝 않고 앉은 그 자리에서 성서를 계속 써 내려갔습니다. 오늘은 그만 써야지 하면서 마침기도 하고 자리에서 물러나자 팔의 통증과 무릎팍의 아픔이 한꺼번에 고통으로 다가왔습니다. "아, 아, 아, 아퍼." 하고 엄살을 부리고 신음소리를 내니 영미씨와 두 자녀가 텔레비전을 보다 작은 방에서 쫓아 나와 왜 그러느냐고 난리법석입니다.

결국은 영미씨가 일침을 가합니다. "자, 봐라. 너희 아버지 성서 쓰기 첫날이니 조금씩 쓰라고 했는데 고집을 부리며 미련하게 저렇게 많이 썼으니 팔다리가 안 아프겠냐!" 하고 단호히 말하였습니다.

어깨는 큰 딸이 팔꿈치는 작은 딸이 무릎팍은 영미씨가 셋이서 주무르기 시작하였습니다. 만지는 신체 부위마다 아픔은 찾아와 아, 아, 아 신음소리를 내었지만 마음 속으로 얼마나 기뻤는지 모릅니다. 세상에 부리울 것이 하나도 없었습니다. 이때만은 제가 이 한세상 살아 있음이 얼마나 행복한지 모릅니다.

성서쓰기 첫 날, 이렇게 기쁨과 고통과 행복을 경험하고 난 후 매일 매일 조금씩 사랑한다는 말과 함께…. 자기 전 침상에서 끝기도를 하면서 장모님 얼굴이 떠올랐습니다. 우리 장모님이 눈 수술을 하고 약을 많이 드셨는데도 앞이 잘 보일 때도 있고, 잘 안 보여 고생할 때도 많이 계십니다. 열심히 신앙생활 하시며 신앙서적과 성경책을 많이 읽고 싶다고 하시는데 눈이 안 좋아 보지 못하는 모습을 보는 저는 늘 안타까운 마음입니다.

우리 장모님도 눈만 잘 보이시면 성서 쓰기를 하실 분인데…. 제가 성서쓰기를 시작했다고 하니 칭찬과 격려를 아끼지 않으셨던 장모님은 의학으로도 힘든 부분이 있어 주님께 맡기며 늘 기도합니다. 주님! 어머님의 눈을 밝혀 주시어 성서를 마음껏 읽고 쓰게 하소서…. 아멘. ✝

만성 폐쇄성 폐질환

1999년경 추운 겨울에 정신을 잃고 쓰러져서 성모병원에 입원을 하게 되었습니다. 응급실, 중환자실을 거쳐 병원에 있다가 퇴원을 하게 되었습니다. 이때 당시 의사 선생님께서 하루에 집에서 산소 흡입기를 20시간 정도 하라고 하시며 집에서 할 수 있는 의료 산소기 회사의 명함을 한 장 주셨습니다.

명함을 건네시고는 하신 당부의 말씀은 "하루에 꼭 20시간 이상 산소를 하셔야 합니다."였습니다. 차를 타고 병원을 빠져 나오면서 "영미씨 하루에 20시간 산소를 하라고 하시는 것은 하루 온종일 산소를 하고 집에 있으라는 얘기인데, 어찌 그럴 수 있습니까? 도저히 그럴 수 없지요?" 하고 말했습니다. 영미씨도 고개를 갸우뚱 했습니다 그러나 의사 선생님이 산소기 회사 명함까지 주시며 20시간 산소를 하라고 말씀 하셨는데 함부로 들으면 안 될 것 같은 생각에 산소기 회사에 전화를 걸었습니다.

산소기 회사에 전화를 걸어보니 가격도 만만치 않아 새것은 구입하기 힘들고 중고라도 하나 구입하기로 했습니다. 입원했다가 퇴원하였다는 소식을 들은 성당의 교우들이 방문을 했습니다만. 코에 산소 줄을 하고 집에서 있는 모습을 보여주기가 민망해 손님이 찾아오면 코에 있는 산소 줄을 얼른 떼어내고 손님을 맞이하곤 했습니다.

코에 산소를 하고 있을 때는 숨이 찰 줄을 몰랐는데 코에서 산소 줄을 떼어 냈을 때는 호흡이 조금 가빠오는 것을 느꼈습니다. 그래도 대수롭지 않게 생각하고 성당에 제가 할 수 있는 봉사와 아픈 사람들이 계신 집과 가난한 사람들을 찾아다니며 자선 활동, 역전의 노숙자들을 보며 라면, 빵을 주는 것, 그리고 성당에 매일 미사를 드리며 보람 있고 활기차게 하루를 살고 있었습니다. 단지 움직일 때마다 힘에 붙이는 것 무거운 것을 들 때마다 호흡이 가빠온다는 것을 늘 느끼곤 했습니다.

병원에서 퇴원하여 안정하며 산소 잘 하라는 의사의 말을 따르지 않고 많이 돌아다니다보니 산소수치도 떨어지고 몸에 무리가 와서 그런지 '대상 포진'이라는 병에 걸려 제대로 잠도 자지 못해 사경을 헤맬 때도 있었습니다. 이렇게 아프다가도 기도하며 조금만 나을라치면 비깥으로 나갔습니다. 제가 하는 일이 앞에서 말한 바와 같은 것이어서 또 다시금 그 일을 하기 위해 나름대로 분주히 활동했습니다.

몇 달이 흘렀을까? 의식을 잃고 쓰러졌는데 눈을 떠보니 중환자실이었습니다. 때마침 주치의 서지원 선생님께서 계셨습니다.

"왜 내 말은 안 듣고, 안정도 하지 않고, 산소도 20시간 하지 않은 채 돌아다니는 것입니까?!" 하며 호통을 쳤습니다. 나는 죽어가는 목소리로 "제대로 한다고 했는데요."하고 말하자 "거짓말 하지 마세요. 당신 부인이 다 말했어요. 그리고 밤늦게 날씨도 차가운데 역전에는 왜 나가는데요? 라면 주고 옷 나눠 주고 봉사활동 하는 것도 중요하지만, 당신 몸도 지금 말이 아닌데 누가 누구를 돌본다고 나돌아다니는게요? 당신한테는 밤에 역전에서 불어대는 찬바람이 얼마나 안 좋은데…. 그것을 몰라요?"라고 말씀하셨습니다.

제가 밤에 역전에 나가는지는 어떻게 아셨는지 다 아시고는 의사선생님께서 큰 목소리로 호통을 쳤습니다.

"내 말 안 듣고 또 병원에 오려거든 다른 병원으로 가요."

선생님의 말씀이 다 맞기에 저도 영미씨도 무어라 대꾸할 수가 없었습니다. 의사 선생님께서 제 곁을 떠나시면서 말씀하셨습니다.

"몸 안에 있는 이산화탄소를 빨리 빼내야 되니 물이 담겨있는 통에 링거줄을 꽂아 입에 물고 열심히 불어요. 내일 아침 일찍 피검사 할 거예요."

지금에야 내 몸 안에 이산화탄소 수치를 재기 위해 피를 뽑아 가는 것이라는 것을 알았지만 처음에 입원했을 때는 수시로 피를 뽑아 가기에 웬 피를 이렇게 많이 뽑아내느냐고 짜증을 내기도 했었습니다. 링거 줄을 불다 지쳐서 잠이 들라치면 산소수치 떨어진다고 하며 중환자실의 간호사들한테 호되게 꾸중을 듣기도 하고 때로는 다정다감한 말을 들으면서 겨우 병실로 나올 수 있었습니다. 2인 병실, 3인 병실에 가면 병원비가 많이 나와서 안 된다고 굳이 6인 병실 가야된다고 하면서 고집을 피우는 나를 두고 영미씨는 피곤해하기도 하였습니다.

좌우지간 우여곡절 끝에 병실에 내려가서도 빨리 집에 가기 위하여 의사 선생님에게 온갖 애교를 부리고, 영미씨에게는 우리 딸을 보고 싶다고 보채곤 하였습니다.

영미씨는 "완전히 호전되어 집에 가야지."하면서 다 낫기 전에 집에 가면 어떻게 하냐고 말로서 제 마음에 못을 박습니다. 저도 잘 알지만 일찍 퇴원해서 몸 안 돌보고 하다 또 병원에 실려 오고 했으니 말입니다. 그리고 제 병은 완치되지 않는다는 것을 저는 잘 압니다. 죽는 그날까지 이 상태로 몸을 잘 돌보면서 생활하다 나름대로 우리 할아버지와 즐겁게 행복하게 웃으며, 가난한 이들에게 조금이나마 희생, 봉사하면서 우리 주님이 오라시면 눈을 감아야지요.

"아직 집에 가면 안 되는데 환자 본인이 그렇게 집에 가기를 원하니 퇴원시켜 줄게요. 그리고 몇 가지 당부의 말씀은, 하루의 산소량을 무조건 20시간 하시고, 역전에 밤늦게 봉사활동 다니시는 것은 그만 두세요. 당신이 아니더라도 그곳에 찾아가서 봉사활동 하는 사람은 많이 있을 거예요. 당신한테 는 겨울의 찬바람이 굉장히 안 좋은 거에요. 이 두 가지 꼭 지키세요. 약 잘 챙겨 드시고요. 알았지요?"

이렇게 당부의 말씀과 함께 의사 선생님께서는 책을 펼치셨습니다. 그래 프가 세 개가 그려져 있었습니다. 한 개는 짧게, 또 한 개는 중간쯤, 또 한 개 는 길게 그려져 있었습니다. 의사 선생님이 "이게 무슨 그래프인지 알겠느 냐?"고 물었습니다. 저는 간단명료하게 "아뇨. 잘 모르겠는데요."하고 짧게 말했습니다.

"제일 짧게 그려져 있는 그래프는 산소를 다섯 시간 흡입한 사람의 것이고, 중간쯤 그려져 있는 그래프는 산소를 열 시간 흡입한 사람의 것이고, 제일 길 게 그려져 있는 그래프는 열다섯에서 이십 시간 산소를 흡입한 사람의 것입 니다. 이 그래프를 보아서 알겠지만 다섯 시간 산소를 흡입한 사람은 빨리 죽 고, 제일 길게 그려져 있는 그래프는 열다섯 시간 이상씩 한사람의 것이니 죽 음을 맞이하는 기간이 긴 것입니다. 제 말을 안 듣고 산소 흡입을 적게 하면 빨리 죽으니 안영열씨 마음대로 하세요."하고 의사 선생님께서 말씀하셨습 니다.

갑자기 가슴이 철렁 내려앉았습니다. 처음부터 의사선생님 말씀 잘 들을 걸, 영미씨 말을 잘 들을 걸 후회막심이었습니다. 몸이 조금만 움직일 만하면 나돌아 다니려고 하니 이것이 문제입니다. 이런 생각이 들자 의사선생님에 게 물었습니다.

"선생님 저는 이렇게 병원에서 치료받고 두세 번 왔다 갔다 하면서도 바보 스럽게 제 병명이 무엇인지 몰랐습니다. 제 병명이 무엇인지 좀 가르쳐 주십 시오." 하고 여쭈었습니다. 의사 선생님은 "만성폐쇄성폐질환입니다."라고 말씀하셨습니다. 듣는 순간 기분이 괴히 좋지 않았습니다. 병명을 알려주고 병실을 나가는 의사의 뒷모습을 바라보며 어쩌면 저렇게 초연하게 말씀하실까 생각했습니다.

만성폐쇄성폐질환. 말 그대로 폐가 제 기능을 못하고 문을 닫았다는 것이 겠지요. 그래서 자신이 산소공급을 못하니 집에서 산소 흡입하라고 하셨겠 지요.

아! 탄식이 절로 흘러나옵니다.

차라리 의사 선생님에게 물어보지나 말 것을…. 애꿎게 병명을 물어보고 밤에 잠도 별로 자지 못하였습니다. 의사선생님과 간호사가 열심히 물을 불 라고 했습니다만, 불고 싶은 생각이 없었습니다.

"왜 안 불고 있냐?"고 영미씨가 말하자 본의 아니게 짜증을 내었습니다. 불 고 싶은 생각이 마음에 없는 채 이 생각 저 생각, 요즘말로 멍 때리다가 잠이 들었습니다만, 병실 안에서의 아침은 시끄럽기 짝이 없듯 갑작스럽게 켜지는 불빛에 의하여 잠도 깬다든지, 갑자기 피 뽑으러 와서 잠을 깨운다든지 좌우 지간 대책이 없습니다. 많이 불지 않아 얼굴은 조금 부은 데다가 아침에 피 뽑아 가서 결과가 나와 있듯이, 아침 회진에 의사선생님께서 "이렇게 이산화 탄소가 많으면 퇴원 못합니다. 열심히 불어야 안영열씨 마음먹은 대로 일찍 집에 갈 수 있죠."하고 말씀하셨습니다.

그래, 빨리 집에 가기 위해서라도, 영미씨가 속상해 하는 것을 줄여주기 위 해서라도, 우리 할아버지들 두 딸을 보기 위해서라도 주어지는 상황 속에서 기도하고, 밥 먹고, 열심히 링거를 입에 물고 불어야만 내일의 삶이 나에게 주어지듯 감사하는 마음으로 살아야지 하고 다짐해봅니다.

지금 전 세계적으로 환경의 공기가 안 좋아 저 같은 환자가 점차적으로 많 이 늘어난다고 합니다. 한쪽 폐가 수술되어지고 한쪽 남아있는 폐마저도 제 대로 기능을 하지 못하여 산소에 의지하여 살아가야만 하는 저 자신과 많은 '만성폐쇄성폐질환' 환자들이 있다는 사실에 대하여 안타까움을 금치 못합니 다. 그러나 예전에는 산소 발생기가 없어서 많은 환자들이 일찍 죽어 갔었는데 이제는 산소발생기가 발명되어 삶이 연장되고 있으니 이 또한 얼마나 감사한 일입니까?

죽으려고 하면 얼마든지 죽을 수 있겠지만 저는 살아서 제가 할 수 있는 일이 있음을 깨닫고 열심히 살려합니다. 저와 같은 많은 환자들 힘내세요! 힘들고 숨이 차지만 열심히 삽시다! 파이팅! 사랑해요! ✝

중환자실에서의 나날들

설날 때 응급실에 실려 가서 쉼 없이 머리가 아프게 고통을 치렀습니다. 중환자실에서 잠을 자지도 못한 채 물고 쉴 새 없이 불었습니다. 불면 불수록 입이 아프고 입술은 부르트고, 머리는 지끈지끈 뜨거워지기 시작합니다. 불다가 불다가 힘에 부쳐서 잠시 잠깐 잠들라 치면 산소 수치가 여지없이 떨어졌습니다. 산소수치가 떨어지면 간호원님들이 와서 호통을 칩니다.

"안영열씨! 빨리 불어요. 많이많이 불어야 이산화탄소가 빠져 나가고 산소가 몸에 채워져서 몸이 안정되어야 병동으로 가죠."

한 마디 한 마디 틀린 말은 없지만 깨울 때 조용조용하게 깨우면 좋으련만 큰소리로 깨우는 것은 웬일인지 짜증스럽지만 정신을 차리게끔 하기 위해서 그렇게 하겠지 이해하며, 호통을 치며 깨우고 열심히 불라고 외치는 간호원들의 언어와 행동 자체 모두는 자신보다 아픈 환자들을 위한 것이라는 것을 잘 알고 있습니다. 어떨 때는 밉게 보이지만 어떨 때는 밉게 보이는 것보다 딸처럼 사랑스러워 보입니다. 그런고로 열심히 병에 담겨 있는 물을 링거 줄로 불어 중환자실에서 나오고, 병실로 옮겼다가 병실에서도 열심히 불어 의사에게 사정하여 일주일 만에 퇴원하였습니다만 같은 해 2월 초순이 막 지나자마자 또 쓰러져서 입원을 하게 되었습니다. 저는 의식을 잃어 진짜 아무 것도 생각나지 않았습니다.

눈을 떠보니 중환자실이었습니다. 또 다시금 고통스럽게 입 안에 기관지 깊숙이 관이 꽂혀 있어 입에서 침이 사정없이 흘러 수건으로 닦기 바쁘고 감기 기운이 와서 가래가 얼마나 끓는지 미칠 지경이었습니다. 이런 고통이 있을 즈음, 중환자실 담당 주치의 의사가 왔습니다.

"안영열씨. 정신 차렸네요."

"네."하고 대답을 하려 했지만 말을 하지 못하는 관계로 고개를 끄덕이며 대답하였습니다. 의사가 또다시 말했습니다.

"아저씨 부인 대단하시던데요. 저는 아저씨 부인 때문에 죽는 줄만 알았어요."하시기에 말을 못하는 나로서는 놀란 척을 하니 의사가 말을 계속해주었습니다.

"아저씨가 한달 전에 와서 기관지에 관을 꽂은지라 기관지가 덜 아물어 관을 꽂지 못하는 실정입니다."라고 영미씨에게 말을 했더니 처음에는 부드럽게 말하더니 나중에는 큰소리로 외치면서 "우리 남편 살 수 있게끔 빨리 기관지에 관 꽂아 주세요."하고 울면서 말했다고 합니다.

한 여인이 성모병원 중환자실에서 울면서 큰소리로 대성통곡했습니다. 한 여인의 간절한 호소 속에서 하느님께서 보살펴 주셔서 기관지 관을 꽂을 수 있었습니다. 담당 주치의 의사 선생님께서 이렇게 말씀하시며 "아주머니에게 고맙다고 말해요."하셨습니다. 영미씨에게 무슨 말을 어떻게 해야 하나, 생각 중에 목에서 가래가 끓어 고통스럽지만 말을 못하는지라 숟가락 비슷한 것으로 침대를 때리면 담당간호원이 와서 석션을 통하여 가래를 빼내줍니다. 가래를 빼내 줄 때는 그렇게 시원하건만, 간호원이 다른 환자들 보러 갈 때면 또 목에서 가래가 끓어 그렁그렁 소리가 들립니다. 가래가 끓어 고통스러운데다 전에 보지 못하였던 새로운 기계를 도입하였는지라 그 비싼 기계가 저의 몸에 부착되어 있습니다. 그래서 가래가 끓을 때면 기침할 때마다 부들부들 떠는 것이 더 힘들게만 했습니다.

중환자실 간호원들이 교대하며 간호하는지라 간호원들이 한결같이 "안영열씨, 가래는 왜 그렇게 많이 나와요."하며 난리법석입니다.

전들 어떻게 알겠습니까? 아예 나중에는 가래를 하도 많이 빼달라고 한다고 불러도 못 들은 척 하는 것 같았습니다. 와달라고 사정사정해도 "잠깐만 기다리세요."하면서도 오지 않기에 볼펜으로 때리는 것은 아예 올 생각도 안하고 침대를 발로 차고 손으로 침대를 때리며 발광하면 그때서야 간호원이 왔습니다.

가래가 꽉 차서 그렁그렁거리며 숨이 막힐 것 같이 말을 못하는 처지에 놓여 있는지라 미칠 것 같았는데 간호원은 그때 와서도 "아니 왜 그렇게 난리에요? 가래 빼줄게요. 빼줄게요."하며 조금 목청을 높이며 말하는 간호원이 있는가 하면, 그래도 조금 늦게 와서는 "죄송해요. 그래도 가래를 잘 참고 계시네요. 조금 기다리세요. 가래를 시원하게 빼줄게요."하며 이렇듯 다정스러운 말로 해주는 간호원도 있습니다.

푸더덩 푸더덩 석션기계를 통하여 가래 빠져나가는 소리를 듣고 숨이 트여지는 것을 느끼며 진정 간호원에게 감사드립니다.

"자, 이제 다 나왔어요. 이제 가도 될까요? 다른 환자들도 봐야 되거든요. 또 가래 끓으면 부르세요."하는 간호원의 말에 밝은 얼굴로 머리를 끄덕이며 대꾸해 주었습니다. 몸이 조금씩 회복된다고 느끼는 것은 몇 천만 원 하는 기계를 내 몸에 부착하고 있을 때였습니다. 이 기계를 떼고 몸이 괜찮은지 한참을 두고 보자고 의사가 말하였습니다. 내내 괜찮았다가 아침이면, 아니면 밤 늦은 시간이면 몸에 열이 나서 사람으로 하여금 의식을 떨어뜨리게 만들었습니다. 의식을 잃게 될까봐, 그리하여 또 다시금 몇 천만 원 하는 기계를 부착시켰습니다. 기계를 내 몸에 부착시키면 정신이 들면서 조금씩 말짱했습니다.

정신이 말짱하다 싶으면 침대시트를 갈려고, 먼지가 끼려고 하면 시트를 갈고, 고함을 지르는 환자가 있는가 하면 이 세상을 다 살고 눈을 감아 가족들이 눈물 흘리며 오열하는 모습이 보이기도 하며, 대소변을 시트에 싸서 냄새를 풍기기도 하고, 저는 입으로 음식을 섭취하지 못하는지라 코를 통하여 죽을 먹고 있는데 간호원들은 야참으로 이것저것 꺼내 냄새를 풍기며 정말 맛들어지게 먹을 때도 있습니다. 아무리 입으로 먹지 못하는 환자인 저지만 음식에 대하여 말 한 마디 안 하고 자기들(간호원들)끼리만 먹는 간호원들이 그렇게 얄밉고, 먹는 것에 대한 고통도 있습니다.

중환자실에 하도 오래 있는지라 소변, 배변을 해야 하는데 소변보는 것은 쉽지만 상대적으로 배변을 보는 것은 정말이지 어려웠습니다. 누구 하나 닦아주는 사람 하나 없이 배변 볼 때마다 옷을 벗어야지요, 팔은 링거 줄에 꽂혀 달려 있지요, 또 냄새 안 나게 사람들 안 보이게 처리하려니 힘들기만 했습니다. 배변통에 잘 맞춰야지요. 또 마지막에 잘 닦아야지요. 이런 것들을 배변처리 하다 손에 묻히고 시트에 묻혀버려 괜히 미안하기도 했습니다. 배변 안 보려고 죽을 적게 먹어 간호원들한테 혼나기도 하고 그랬습니다. 참으로 중환자실의 하루하루가 고통의 나날입니다. 기도하는 것도 순간입니다.

어느 날 영미씨가 기관지 절개 수술을 하자고 했습니다. 그러면서 조금 불안한 것은 '기관지 절개 수술'을 하면 말을 못하게 된다고 했습니다. 몸에 좋으면 수술하는 것은 겁나지 않지만, 집에 찾아오는 방문자는 종이에 써서 보여주고 하시는 말씀들은 귀로 들으면 되니까 말입니다. 하지만 말을 못하면 전화가 걸려왔을 때 전혀 통화를 못하니 참으로 안타까운 일입니다. 단호하게 영미씨에게 거절했습니다. 젊은 담당의사도 기관지 절개 수술은 하지 말고, 열심히 나름대로 불면서 몇 천만 원짜리 기계를 잘 사용하여 보자고 말씀하셨습니다.

이렇게 며칠 기도하면서 지나자 대전의 큰 신부님인 유 나자로 주교님께서 중환자실을 방문하신다고 중환자실 팀장 간호원님들이 말씀하셨습니다. 하얀 종이에 방문하여 주심에 감사하다는 인사를 몇 마디 썼지만 부끄러워 찢어내 버리고 말았습니다. 주교님께서 중환자실에 오셔서 신자 세 사람 중 차례로 뽑힌 세 사람에게 안수하시고 저에게 오셨습니다.

비록 중환자실이었지만 주교님께서 이렇게 오셔서 마주 뵐 수 있고, 안수까지 받을 수 있다니 참으로 행복했습니다. 몇 마디 주교님께서 물어보셨으나 입 안에 기관지 관이 꽂혀 있는지라 한 마디 말도 못하고 웃으면서 고개만 끄덕이고 있으니 주교님께서도 더 이상 묻지 않으시고 안수하고 떠나셨습니다. 병실을 떠나시는 주교님의 뒷모습을 물끄러미 쳐다보며 '감사합니다. 저뿐만 아니라 많은 아픈 자들을 돌보아 주소서.' 하고 마음 깊이 기도하였습니다. 단지 '병자의 날' 오셨지만 평소 때에도 많은 가난한 이들, 병자들에게 많은 관심을 가지고 계시니 주교님의 발걸음은 힘차게 나아가실 것입니다.

주교님이 다녀가신 후 예전에 가양동 성당에서 보좌 신부님으로 계셨던 신부님께서 성모병원 원목실에 오셔서 가톨릭 신자(아픈 신자)들에게 매일매일 안수를 주고 계신지라 저에게도 찾아 주셨습니다. 병원에서 이런 모습으로 보여 신부님과의 만남은 참으로 행복했지만 부끄러웠습니다. 영미씨가 가양동 성당 사무장으로 근무했을 시, 백 신부님과 참으로 협조하여 잘 해왔는데 남편 되는 제가 병원에 입원하여 이렇게 있으니 신부님께서 마음이 안타까운지 "형제님, 몸조리 잘 좀 하십시오. 사무장님이 고생하시잖아요."하셨습니다. "네."하고 대답은 했지만 죄송스러운 마음으로 안수를 받았습니다. 다음 날도, 다음 날도 매일 밝으신 얼굴로 찾아주셔서 안수해 주시는 백 신부님을 뵈며 '기관지 절개 수술'을 하기로 마음을 굳혔습니다.

영미씨의 손을 잡고 "다녀올게." 웃으면서 말할 때 둘 다 눈시울이 붉어지는 듯 했습니다. 수술실 문을 열고 들어가면서 눈물이 병원에서의 마지막이 되었으면 하는 바람으로 들어서자 웃으면서 간호원들이 맞이하여 주었습니다. 그런데 그 중에 안면이 있는 간호원이 있었습니다. 수술실 안에서 이런 저런 이야기를 하다 "아저씨, 봉사활동 많이 하고 좋은 일도 많이 한다면서요?"하고 그 간호원이 말했습니다. "아니, 그것을 어떻게?", "편안하게 계세요. 기도할게요. 하늘에 계신 우리 아버지…. 아멘."

눈을 떠보니 중환자실 같았으며 입 안에 혀를 놀렸는데 혀가 마음껏 돌아갔습니다. 그토록 고통스럽게 하였던 입 안의 기관지 관이 사라지고 없었습니다. 얼마나 기쁘고 기쁜지 두 말 할 것도 없었습니다. 하느님 아버지 감사합니다 하고 외쳤습니다. 어디에서인가 헛바람 소리만 날 뿐 내가 뽑아내는 말은 허공을 헤매고 있었습니다. 그 순간 아차! 기관지 절개 수술을 받으면 말을 못한다고 했지 하며 순간 안타까웠습니다. 그래도 다행인 것은 고통도 사라졌고, 수술도 잘 되고, 제가 살아있다는 것에 감사할 따름이었습니다.

중환자실에서 며칠 뒤 수간호원님이 손으로 기관지 절개 수술을 한 구멍을 막으면 말을 할 수 있을 것이라고 하시기에 손으로 구멍을 막고 "아, 아, 아."해보니 말이 소리가 되어 나왔습니다. 아, 또 얼마나 기쁜지.

영미씨와 저는 두 손을 꼭 잡고 수간호원님께 감사드렸습니다. 빠른 회복을 보이며 중환자실에서 나올 때 "알렐루야! 간호사님들 수고하셨습니다. 감사합니다. 안녕히 계세요. 이제는 중환자실에 안 올게요."하니 간호사들은 "이제 두 번 다시 오지 마세요. 잘 가세요. 치료 잘 받으세요."하고 힘차게 말해주며 손을 흔들어 주셨습니다.

병실에서 자리 잡은 후, 살아나온 것 같아 묵주기도, 화살기도, 감사기도를 드렸습니다. 중환자실에서 날짜만 자주 지나가고 있을 때 진정 나는 이렇게 해서 중환자실에서 죽는 것은 아닌가, 하는 생각이 들 때도 있었으니 말입니다. 이 시간을 빌어 중환자실이나 병실에 있을 때 찾아와 주셨던 모든 분께 감사드리는 마음입니다. 퇴원한다고 집 대문 앞길에 들어서면서 다리는 후들후들거리고 그 와중에 '아! 내가 살아서 돌아왔구나.'하며 마당을 한 발 한

발 디디며 걷노라니 모든 것이 새롭게 다가왔습니다. 영미씨도 저를 잡아 부축해주면서 내심 안심하는 듯 했습니다.

"할아버지. 다녀왔습니다."하고 인사를 하니 민 할아버지께서 아프신 다리를 이끄시고 쫓아와서 "성(형), 이제 왔구나. 병원에 이제 안 가도 되는 거야?"하고 손목을 잡고 악수하며 제 손에 할아버지의 볼을 비비며 입을 맞추어 주셨습니다.

그래, 이제는 두 번 다시 병원에 실려 가는 일은 없어야 되겠구나! 하고 순간적으로 생각했습니다. 저 한 사람 때문에 영미씨를 비롯한 두 딸들, 그리고 많은 이들이 염려하고 있으니 말입니다. 성모상 앞에서 무릎을 꿇고 죽음에서 또다시 생명으로 태어나게 해 주셔서 감사하다고 고마움의 기도를 드렸습니다. 오랜만에 이른 저녁상을 물리고 제 잠자리에서 영미씨의 두 손을 꼭 잡고 편안하게 잘 잤습니다. ✝

성당 사무장

영미씨와 결혼하자마자 슈퍼마켓을 하면서 생계를 꾸려왔습니다. 지금은 과자 값이고 생필품 값이 많이 올라 물건을 판매하면 이윤이 많이 남지만 예전에는 물건을 팔아도 이윤이 적게 남아 힘들었습니다. 그런고로 생활고에 시달려 마음이 많이 아파 힘들었습니다. 그리고 부부가 같이 있다 보니 투닥거리며 말싸움도 하게 되고, 때로는 오순도순 행복하게 웃으며 먼 미래의 삶을 생각하며 힘차게 살았습니다. 이러는 중 한 푼 두 푼 모은 돈으로 봉고차를 한 대 살 수 있었습니다. 이 봉고차로 아침 일찍 일어나 고등학생 등하교 시키는 일, 유치부 어린이들을 유치원에 태워다 주는 일, 입시 학원의 학생들을 학원에 데려다주는 일, 밤늦게는 공부하는 특별반 학생들을 밤 12시에 끝나면 집까지 데려다 주는 일.

이 일이 끝나면 밤 12시 50분이며, 잠시나마 세수하고 기도하고 눈 붙이면 정확하게 새벽 1시가 됩니다. 저는 차를 타고 조심 운전 한다면서 길거리의 사람들을 보고 공기를 마시면서 운전하지만 영미씨는 하루 24시간 어린 아기와 함께 슈퍼마켓에 매달려 있으니 얼마나 갑갑하겠습니까?

어느 날 식사 도중에 영미씨가 슈퍼마켓을 그만 두고 학원을 했으면 하고 강력하게 나오기에 "학원하면 돈 못 번다고 하던데….''라고 했더니 "진정 돈을 못 벌면 다시 슈퍼마켓 할게요."하고 간절하게 말하기에 사정을 들어주게 되었습니다. 죽은 사람 소원도 들어준다는데 산 사람 소원도 못 들어주겠는가? 학원이 안 되면 다시 슈퍼마켓을 한다고 했으니…. 학원 한 번 해보자는 말이 떨어지자마자 고맙다고 가까이 와서 꺼안아주던 영미씨는 진정 어린아이 같았습니다.

슈퍼마켓 단골 아저씨, 아주머니, 어르신들과 아기들에게 조심스럽게 말을 건넨 뒤 그 동네를 떠나 학원을 운영하게 되었습니다. 그동안 슈퍼마켓을 하고 봉고차로 차량운행을 하면서 벌어온 돈으로 학원을 인수 받아 부부가 학원을 잘 운영하게 되었습니다. 학원을 인수하기까지 돈 한 푼 없었던 저희들은 은인들의 도움으로 한 푼 한 푼 물질을 빌려 조금씩 조금씩 갚게 되었습니다. 결혼 직전 슈퍼마켓을 할 수 있도록 물질로 도와주신 모든 은인들께 감사합니다. 나름대로 부부가 어린이들에게 지극정성으로 사랑해주니 학부형들이 더욱 사랑해주셔서 한별학원은 부부가 열심히 가르치는 학원이라고 하면서 입버릇처럼 자랑을 많이 해 줘서 우리 부부가 하는 학원도 번창하게 되었습니다.

그런데 학원 원장님들 모임에 참석하게 되면서 나이 연로하신 학원 원장님이 계셨는데 저는 평소에 그 원장님을 존경하여 그 분의 가르침을 늘 되새기곤 하던 중에 심장마비로 그 분이 돌아가시게 되었습니다. 참으로 안타까운 일입니다. 어린이들을 너무나 사랑하셨던 분이셨는데…. 아픈 마음으로 눈시울을 붉히며 빈소에서 나왔습니다. 원장님의 죽음이 슬퍼서인지 하늘에서 비가 부슬부슬 내리고 있었습니다. 저는 이 비를 맞으면서 터벅터벅 길을 걸으면서 두 주먹을 불끈 쥐게 되었습니다. 마음을 굳히게 되었습니다.

사람이 죽으면 무슨 소용이 있겠습니까? 아무리 좋은 뜻을 세운들 무슨 소용이 있겠습니까? 이제는 내가 하고 싶은 일을 해야 되겠다고 말입니다. 제가 하고 싶은 일은 예전에 장애자들, 아프신 분들을 모시고 살았듯이, 몸이 아프지 않았으면 그 공동체에서 나오지 않았겠지만 눈물을 머금고 그곳에서 나와 나중에 여유가 된다면 꼭 다시 이 일을 할 것이라고 생각했습니다. 영미씨와 결혼할 때도 이 이야기를 끝맺고 결혼했기에 잠들어 있는 영미씨를 깨워 비몽사몽하며 일어난 사람에게 '결혼할 때 약속한 일'을 하고 싶다고 말한 후, 두 사람이 합의 하에 결정짓고 소식지, 요즘 말하면 '교차로'라는 광고지에 내고 며칠 후 바로 학원을 내어주게 되었습니다. 학원을 그만두고 단독주택을 구해 아프신 분들 한 분, 두 분, 세 분을 모시게 된 것이 지금의 현관에 있는 '희망의 집'입니다.

'희망의 집'을 시작하면서 영미씨는 과외를 하고 있었습니다. 초등학생부터 중학생까지 공부를 가르치게 되어 적다면 적고, 많다면 다수 많은 학생들을 가르치며 적지 않은 액수를 받으며 평화롭게 살았습니다. 두 딸과 함께 손잡고 성당을 찾았으며, 딸들은 복사도 하고, 우리 부부는 성당의 전례봉사도 하며 기쁘게 살았습니다.

어느 날이었습니다. 성당의 신부님으로부터 전화가 왔습니다.

"데레사와 프란치스코 두 부부는 사제관(신부님 사무 보시는 곳)으로 좀 오게. 알았지?"

"네. 신부님. 알겠습니다."

전화를 끊고 나서 곰곰이 생각해 보았습니다. '왜지? 무엇 때문에? 잘못한 것이 있나? 그것도 아침 일찍 말이야.' 생각 중에 영미씨가 옆에서 "왜 그러는데요? 누가 전화했어요?" 하고 묻길래 "백 신부님이 자기하고 나하고 지금 빨리 오래요." 하고 말했습니다. 영미씨는 "왜 그러시지?" 하고 고개를 갸우뚱거리며 옷을 주섬주섬 챙겨 입고 저와 함께 사제관으로 갔습니다.

사제관에 앉자마자 신부님께서 대뜸 "요즘 과외한다면서? 한 달 하면 얼마나 벌어?"하고 대수롭지 않게 물었습니다. 영미씨가 놀란 눈으로 "안 따져 봤지만 한 달에 대략 2백만 원 정도 됩니다."하고 말하자 신부님은 깜짝 놀라며

"그렇게 많이 벌어?"하셨습니다. 무엇인가 곰곰이 생각에 잠기시는 듯 하셨습니다. 조금 있자 입을 열었습니다.

"성당의 사무실에 지금 있는 아가씨가 결혼한다고 그만 두게 되었어. 이 이야기는 지금 아무도 모르는 사실이야. 그래서 내가 유심히 보았는데 부부 중에 한 명이 성당 사무장을 하면 좋겠네. 사실 프란치스코를 시키면 좋겠는데 프란치스코는 몸이 약해서 조금 걱정되고, 그리고 사실은 남자보다 여자들이 일을 더 깔끔하게 잘 해."

신부님은 이어 "성당 관리 차원에서는 남자가 있어야 되지만 사무실 일 하는 데에는 여자가 나아."하시며 "지금 결정하기 힘들겠지만 부부가 집에 가서 곰곰이 생각해보고 결정을 내려 내일 다시 보자고."하면서 말을 끝내셨습니다.

사제관을 나오면서 우리 부부는 마음이 무거우면서도 웃음이 나왔습니다. '사무장'이라니. 얼토당토 않은 일이었습니다. 집에 와서 저는 "영미씨, 사무장 할 거예요?"하고 물었습니다. 영미씨는 "글쎄요."하며 고개를 갸우뚱거렸습니다. 영미씨에게 "있잖아요. 어린 아기들도 있고, 아픈 남편도 있고, 돌보시는 할아버지들도 계시니 아무래도 사무장은 좀 어렵겠습니다 하고 우리 말합시다. 그렇게 합시다."하고 결론을 지었습니다.

다음 날 아침 일찍 전화가 왔길래 받아보니 신부님 전화였습니다.

"예. 신부님. 지금이요? 예, 알았습니다."

전화하는 영미씨의 목소리를 들으니 분명 신부님 같았는데 이렇게 아침 일찍 오라고 하시다니…. (지금 생각하면 마음 변하기 전에 도장 콱 찍으려고 했던 것 같습니다. 지금은 제가 웃습니다. 신부님의 탁월한 선택이. 신부님의 놀라운 능력이 정확했습니다.)

신부님 앞에 무릎을 꿇고 앉자 편안하게 앉으라고 하셨습니다. 대화가 깊으시려나 생각하며 편하게 앉자마자 "데레사가 사무장 해. 그냥 데레사가 사무장 해. 알았지?"하고 말씀하셨습니다. 저희들은 신부님의 말씀이 지금 여기에서 어떤 의미로 말씀하시는지 저와 영미씨는 잘 알기 때문에 한 마디 덧붙임도 없이 "알았습니다. 신부님."하고 기쁜 마음으로 순명하였습니다. 그런데 "급여가 작아서 큰일이네."하면서 사회의 경력을 호봉으로 잘 따져 조금 더 챙겨 주기로 하고 점심 때 집에 가서 밥 먹는 것으로 결정을 지었습니다. 사제관을 나와 성체 조배실에서 같이 기도하면서 나지막하게 물었습니다. 성당 사무실은 그 성당의 얼굴이니, 그 성당의 꽃이니 얼굴에 인상 쓰거나 찡그리고 있다거나 꽃이 찌들어 있어서는 안 되니 항상 밝게 웃으면서 신자들을 맞이해야 된다고 했습니다. 영미씨도 잘 알았다고 대답하였습니다. 나중에 알았습니다만 신부님께서 미리 신자들에게 몰래몰래 사무장으로 이영미(데레사)가 하면 어떻겠냐고 여쭤보셨다고 합니다. 신자들도 다들 "좋죠. 괜찮죠."하고 응답하기에 영미씨가 뽑혔다고 합니다.

영미씨가 사무장으로 근무하니 여러 가지로 제가 바빠지는 것 같습니다. 점심때는 잠깐 왔다가지만 저녁은 성당에서 늦게 오니 저녁은 제가 꼭 차려야 되며, 미사 때도 항상 같이 다녔는데 1층에서 영미씨는 일하고, 저는 2층에서 미사 드리고…. 떨어져 있는 시간이 많으니 저녁에 만날 텐데도 자꾸만 그리워지곤 합니다. 영미씨가 가끔씩 "당신 자꾸 그러면 의처증이야."하고 심하게 놀려댈 때도 있지만 "야, 이 사람아. 그것을 보고 의처증이라고 말하면 이 세상에 잉꼬부부, 닭살부부는 다 죽었겠다. 알겠는가? 이 사람아."하며 큰 소리 쳐보지만 제가 너무 심하게 할 때도 있더군요. 바쁜데 전화해 가지고 대화중에 "사랑해."라고 해놓고 영미씨도 가끔씩 사람들 있을 때 "사랑해."라고 안 한다고 트집을 잡으니 말입니다.

많은 이들이 웃으면서 사무장 일을 잘 한다고 웃으면서 말씀하시니 저로서는 기분이 좋습니다. 특히 생글생글 웃으면서 인사도 잘 한다고, 똑똑하게 행동한다고 다들 귀여워하니 말입니다. 더군다나 할머니들께서는 저희 두 딸이 엄마에게 인사를 하노라면 "얘네들이 사무장 딸들이여?"하면서 용돈을 건네주실 때도 있습니다.

성당 일을 마치고 저녁에 파김치가 되어 들어올 때 때로는 껴안아주고 수고했다고도 하지만 제가 성당 사무실 일을 안 해봐서 힘든 것을 어떻게 알겠습니까? 딸들 챙기랴, 남편 챙기랴, 할아버지들 챙기랴, 가끔 친부모와 친가족들 신경쓰랴, 성당의 신부님들과 수녀님들, 신자들…. 챙길 것은 많은데 혼자 몸으로 하자니 힘든 것은 당연하리라 생각합니다. 너무 미안하여 저라도 힘이 되어주고 싶어 같이 챙겨보려 노력합니다.

영미씨는 본인의 직장 사무장 일이라 최선을 다해 노력한다지만 어떤 때는 사무장을 속 끓게 하여 큰소리치게도 하고, 냉정하게 쏘아붙이게도 하여 스트레스 쌓이게도 하지요. 나한테 다 퍼부으라고요. 가지고 있지 말고 말하라며 어깨를 두드리자 막 울었습니다. 성당의 어르신이 계신데 성당의 사무장으로 일을 이렇게 하면 어떻게 하느냐고 호된 꾸지람을 들었다는 것입니다. (여기에서 처음으로 적겠습니다.) 마누라의 눈물을 보고 어떻게 참겠습니까? 그 어르신의 자택에 전화를 드려 본인임을 밝히고 "부부가 한 몸일진대 반쪽이 눈물을 흘리는데 제가 보기에 코끝이 찡합니다. 제가 지금 직접 댁에 가서 사죄를 청하고 올 테니 만나주십시오."하고 말씀드렸습니다. 저하고는 하등의 상관이 없으니 올 필요 없다고 하시기에 내일 밝은 모습으로 사무장을 대해주시면 고맙겠습니다, 라고 정중히 말씀 드렸습니다.

사무장이 흘린 눈물의 이유는 어르신들이 일을 하고 있는 것을 신부님이 간섭하셔서 일이 잘못된 것을 사무장의 대답을 듣지 않고 꾸지람부터 하셨다는 것입니다. 언제나처럼 꼭 껴안아주고 당신 뒤에 내가 있으니 걱정하지 말라고 말하며 흐르는 눈물을 엄지손가락으로 닦아주었습니다. 이런 일이 있고나서 즐거우면 즐거운 대로 인상 쓰지 않고 냉정하게 굴지 않으려고 노력하면서 성당 신자들에게 도움이 되게끔 부지런을 떨고 있습니다. 신부님과 수녀님과 마음을 잘 맞춰 성당을 잘 꾸려갔으면 합니다.

요즈음은 각 성당 시스템이 '양업회'라는 것으로 바뀌어 각 성당의 사무장님들께서 곤욕을 치르기도 하는가 봅니다. 영미씨는 그래도 시스템 운영하는 설명을 잘 알아들어 그래도 손쉽게 운영을 잘하는가 봅니다. 다른 본당의 어르신 사무장님들은 조금 어려워서 젊은 사무장들에게 문의하기도 하고 교구청에도 전화를 몇 번이고 하는가 봅니다. 다행히 동부 지역은 사무장들끼리 모임 연결이 잘 되어 서로서로 설명하고 가르쳐 주기도 합니다. 영미씨가 잘 알아들었으니 쉽게 설명하고, 모임의 총무라는 직분을 맡아 다른 성당의 어르신을 잘 모시기도 하여 이쁨을 받기도 하는가 봅니다.

매월 한 번 있는 동부지부 사무장님들 모임 날에는 "예린이 아빠. 오늘 사무장님들 모임이에요. 갔다 올거예요."하고 웃으면서 대문을 나섭니다. 룰루랄라 룰루랄라, 양팔을 흔들며 두 다리로 껑충껑충 뛰어가는 뒷모습을 보면서 저는 혼잣말로 "저렇게 좋을까?"하는 생각입니다. 무슨 일을 하든지 행복하고 좋으면 그곳이 천국입니다. 어르신들(각 성당의 사무장님들)의 이쁨을 받고 있다는 영미씨는 그 자체가 즐거움이겠지요.

저녁시간 텔레비전도 보고 책도 잠깐, 기도도 짧게 하며 영미씨를 기다립니다. 오늘은 몇 시에나 오려나, 오늘은 소주를 몇 잔이나 마시고 오려나, 생각하며 기다려봅니다. 집에 올 때 아이스크림을 사오라고 문자나 한 번 넣어볼까 하고 생각해봅니다. ✝

한밤중의 소동

　인공호흡기에서 '삐— 삐— 삐—'하며 울리는 소리 때문에 잠을 설치며 눈을 뜹니다.

　때로는 잠결에 돌아누울 때마다 인공호흡기 줄과 제 목 기관지 절개수술한 관과 맞당겨져 빠지면서 아픔을 느끼는 동시에 '삐— 삐'울리는 소리에 눈을 뜹니다.

　그때마다 이부자리와 제가 입고 있는 런닝은 땀에 절어 있습니다.

　잠에서 깬 이상, 이 상태로는 도저히 잠을 잘 수 없습니다.

　일어나 앉아 불을 켜려다 말고 TV를 켜 조그마한 우리 방을 밝혔습니다. 방안의 불을 켜면 불빛 때문에 영미씨가 놀라 잠에서 깨어날지 몰라 방안의 밝은 불 대신 조금 어두운 TV를 켰습니다.

　사실 방안의 형광등의 밝은 불을 켜도 영미씨는 깨어나지 않을 것입니다. 원래부터 잠을 잘 자는 영미씨인지라 큰 이상이 없는 한, 흔들어 깨우지 않는 한 영미씨는 일어나지 않습니다.

　정말이지 잠 하나는 참 잘 잡니다. 때로는 얄미울 만큼 잠을 잘 잡니다. 영미씨는 잠 하나 만큼은 하늘의 큰 축복을 받은 사람입니다.

　TV를 켜고 앉아 조그마한 선풍기를 제 쪽으로 살짝 돌렸습니다. 선풍기의 시원한 바람이 땀으로 젖은 제 앞가슴과 옆구리를 시원하게 해 주었습니다. 런닝이 휘날리듯 춤을 추며, 얼굴의 땀방울이 하나, 둘 어디론지 사라져 버렸습니다. 땀에 젖어있던 런닝도 선풍기의 바람으로 인하여 조금은 말랐습니다. 이 한밤중 이토록 더운 여름날에 바람마저 불어주지 않는 이 더운 여름날에 선풍기마저 없으면 얼마나 힘들게 고생하겠는가?를 생각하며 선풍기에 대하여 새삼 고마움을 느낍니다.

선풍기를 발명한 사람과 사람들이 시원한 바람을 쐴 수 있도록 많은 선풍기를 만들어 낸 회사에도 감사한 마음입니다.

인공호흡기를 4월달부터 착용하게 되면서부터 밤중에 몇 번씩 깨어 잠을 설쳐대며 생고생하는 요즘, 특히 이토록 무더운 여름날에는 내 몸에 도움이 되는 인공호흡기이지만 다 떼어내 버리고 던지고 싶은 마음 굴뚝같습니다.

이 기계를 하기 전에는 밤에 한 번 잠들면 일찍 자나 늦게 잠자리에 들어서나 아침까지 눈을 뜨지 않고 숙면을 취하였는데(물론 무호흡증으로 고생은 하였지만) 날씨는 덥지요. 거기에다 인공호흡기 착용(부착)하고 나서부터는 두 번, 세 번은 꼭 밤중에 깨어 잠을 설치니 무더운 여름날에 짜증이 극에 달하였습니다.

또 하나 힘들고 짜증나는 것은 기관지 절개수술 한 부분을 매일같이 소독한다고 해도 여름날에 목줄기를 타고 내려오는 땀 때문에 간지러운 부분을 속 시원히 긁을 수도 없고 그렇다고 덥고 가려운 곳에 물을 뒤집어쓰며 샤워를 할 수 있는 입장이 안 되어 더 힘들기만 합니다.

그래도 아침이 되면 생명이 저에게 주어졌음에 감사드리며 시원한 물로 제 몸의 일부를 씻어냅니다.

내 몸을 씻을 수 있는 맑은 물이 저에게 주어졌음에 감사드립니다.

간밤의 고통과 더위가 저를 괴롭힐지라도 주님을 생각하며 감사하는 마음으로 여유를 가져봅니다.

신기한 것은 인공호흡기 사용하기 전에는 몇시간이고 긴 밤에 숙면을 취하고서도 아침에 눈을 뜨면 온몸이 천근, 만근 무겁기가 그지없어 내 몸 일으키기가 그리 힘들었으며 눈을 뜨려고 해도 그렇게 고통스러웠으며 거울로 내 얼굴을 쳐다보면 얼굴이 눈 주위로부터 퉁퉁 부어있어 거울을 보는 제 자신이 참으로 괴로웠었습니다.

지금은 무더운 여름날 몸이 땀에 절어 잠결에 눈을 뜨고, 인공호흡기와 기관지 절개수술한 곳이 아파서 눈을 뜨고, 기관지 절개수술한 곳의 목구멍에서 가래가 끓어 고통스러워서 눈을 뜨고, 간밤에 최소한 두세 번은 잠에서 깨어 힘들고 고통스러워도 방안으로 들어오는 아침 햇살로부터 눈을 뜨게 됩니다.

지난날 아침에 잠자리에서 일어나기가 힘들었을 때와는 달리 간밤에 잠을 설쳐 힘들었을지라도 지금은 아침햇살을 받으며 그래도 상쾌한 마음으로 잠자리에서 일어납니다.

거울을 보며 오십대라는 나이의 얼굴이 그래도 봐줄만 한 것에 기쁘며 등을 두드리는 안마기를 집어들고 열심히 어깨죽지를 때려댑니다.

"예린이 엄마 시원한 물 한 컵 주세요." "네"라는 소리를 들으면서 하루 일과가 시작됩니다. 시원한 물이 제 목줄기를 타고 내려갑니다.

꼴깍 꼴깍. ✝

가족의 기도

전에 살던 집보다 지금 이사 와서 살고 있는 집이 배로 더 큽니다. 전에 살던 집은 할아버지, 아저씨들 옷에 대변 처리하지 못하여 묻히고 다니거나 오줌을 싸서 옷에 묻히고 다니면 집안에서 냄새가 많이 났을 정도입니다. 주방도 그렇고, 거실도 그렇고, 여러모로 현재 살고 있는 집이 냄새도 잘 빠져나가고 환기도 잘 되어 저희 집을 찾아오시는 방문자들에게 그래도 덜 미안한 마음입니다.

예전에 우리 작은 딸은 마당 넓은 집에서 또 고기를 구워 먹는다고 부러워하며 나에게 와서 우리도 마당 넓은 곳으로 이사 가자고 하면 저는 늘 하는 말이 있습니다. "티나야, 기도해. 하느님께 기도 열심히 하면 저 큰 집보다 더 큰 집을 선물하실 거야. 알았지?" 하고 말하면 작은 딸은 대답을 하는 둥 마는 둥 하며 "치." 하고 달아나 버립니다.

우여곡절 끝에 작은 딸이 그렇게 부러워하는 마당 있는 집으로 이사를 하게 되었습니다. 큰돈을 좀 빌리고, 평소에 저를 아껴주시던 분의 도움으로 나중에 은혜를 갚겠다고 말씀드리고 해서 이사 왔습니다. 많은 사람들이 느끼지만 전에 살던 작은 집을 버리고 새 집으로 이사 오면 "야, 돈이 좋기는 좋구나." 하고 말입니다. 새 집에 와서 들뜬 마음으로 하루, 이틀, 일주일, 한 달이 지나갔습니다. 처음에는 좋아하는 딸들도 점차 시들어가고 있는 것 같으며, 집뿐만 아니고 다른 것, 다른 분야에서도 불평불만을 가끔씩 하는 것을 보고 고등학생이니깐 중학생이니깐 사춘기이니까 하며 혼낼 것도 그만 두고 했었는데, 그 정도가 점점 세지기에 혼내려고 하면 영미씨가 참으라고 합니다. 영미씨 본인이 2층에서 혼내야지 당신이 개입하면 일이 커진다고 했습니다.

사실 영미씨 말이 맞습니다. 제가 혼내면 했던 말 또 하면서 눈물을 쏙 빼놓거든요. 여자애들이라서 그런지 사실 무어라 혼내기도 그렇습니다. 그래서 줄곧 영미씨가 혼냅니다. 그래서 곰곰이 생각해 낸 것이 있습니다. 신앙생활의 핵심은 감사드리는 것일진대 애들에게도 감사드리는 마음이 생기게 해야겠다고 말입니다. 늦은 저녁 시간에 가족이 모인 시간에 제가 말을 꺼냈습니다.

"우리 서로 개인적으로는 기도하지만 함께 기도하는 시간은 부족하다. 가족은 네 명인데 네 명 같이 모이는 시간이 늦은 저녁 시간뿐이다. 예전에는 너희들이 어렸을 땐, 같이 할아버지들과 함께 묵주기도도 하고, 성무일도서도 기도도 같이 했었는데, 딸들이 중학교, 고등학교에서 공부하고 또 학원에서 그림 공부하고, 엄마는 성당에서 늦게 들어와 피곤해서 같이 묵주기도도 못 드린단다. 할아버지들과 묵주기도 하여도 계·응을 주고받지 못하는 불편함이 있고, 소리 내어 하다보면 지치기 일쑤이며 거기에다 앉아서 하면 자신도 모르게 졸기도 하기에 아예 일어서서 묵주기도 한단다. 그래서 하는 말인데 다함께 저녁 늦은 밤 시간에 다함께 모여서 성서를 읽고 묵주기도도 하고 하루를 살면서 체험한 것에 감사기도 드릴 것, 감사의 말 다섯 가지를 발표하기로 말이다." 나는 감사기도, 감사의 말에 강하게 말을 했다. 다음 날부터 돌아가면서 성서를 읽고 감사기도 하는데 나는 가장 사람들이 잊어버리기 쉬운 것부터 했다. 예를 들어 저에게 생명 주신 것, 저를 먹여주시고, 입혀주시고, 따뜻한 잠자리 주신 것, 추운 겨울 날 따뜻한 물로 씻을 수 있게 해 주신 것, 저에게 산소를 주신 것에 대해 진정 감사드리자. 처음에는 말을 잘 안 하던 혜린(티나)도 친구하고 싸웠는데 화해할 수 있게 해 주신 것, 부모님이 좀 더 공부할 수 있도록 학원에 보내 주신 것, 언니와 함께 친하게 지낼 수 있게 해 주신 것, 성당에서 9시 미사 때 반주할 수 있게 해 주신 것에 대하여 또 박또박 말을 하고, 또 큰 딸 예린(클라라)이는 큰 딸대로 엄마가 힘들게 돈을 벌어 그림 그릴 수 있도록 도와주신 것, 돈이 부족하지만 매일 조금씩 용돈 주신 것, 학교에서 학원에서 좋은 친구를 사귈 수 있게 해 주신 것, 끝까지 그림을 잘 마칠 수 있게 해 주신 것에 대하여 진실로 감사기도 합니다. 영미씨는 항상 그렇듯이 가족들의 건강, 하루의 행복을 위하여 기도합니다. 다함께 '희망의 집' 은인들과 봉사자들을 위하여, 병원에서 고통 받는 환자들의 쾌유를 위하여, 사제와 수도자들을 위하여, 기도하고 마침 기도, 강복 기도로 하루를 마칩니다.

두 딸이 이렇게 기도하면서 불평불만이 없어지면서 전보다 더욱 얼굴이 밝아지며 환해졌습니다. 기도의 힘이 이렇게 크다는 것을 두 딸도 체험하였으면 하고 제가 늘 딸들에게 강조하듯, 항상 감사드리는 마음으로 신앙생활 하라고 말한 것이 엊그제 같은데 딸들이 점점 스며들어 가는 것 같습니다. 감사합니다. 행복합니다.

이 행복은 지난 날 담요를 뒤집어 쓴 채 눈물의 기도를 한 것이라 생각합니다. 그 눈물의 기도가 지금 내가 있고 살아가고 있는 힘이라는 것을 잘 알고 있습니다. 게으르지 않고 늘 부지런한 자신이, 기도하는 사람이 되었으면 합니다. ✝

시험성적표

하늘 아래 이 땅을 밟고 사는 사람들은 자기 생각과는 무관하게 시험을 치러야만 하는 이들이 있습니다. 과연 누구겠습니까? 여러 자격증 시험을 치르겠습니다만 가볍든 무겁든 가방을 들고 다니는 학생들입니다. 가기 싫어도 억지로 가야만 하는 학생이 있는가 하면, 그래도 학교 선생님으로부터 칭찬받고 귀여움을 받으며 학교에 가는 것을 즐거워하는 학생들도 있습니다.

초등학교, 중학교, 고등학교의 모습이나 공부하는 내용도 비슷하고 다소 생각하는 차가 쉽고 어려움이 있는 것은 사실입니다. 예전에는 공부의 실력 차가 월등히 차이가 난다는 것은 학생마다 다르겠지만 빈부의 격차가 심할수록 오늘날에는 실력 차가 엄청나게 드러난다는 것입니다.

공부를 잘하든 못하든 일 년에 세네 번은 시험 치르느라 학생은 곤욕을 치릅니다. 공부를 잘하는 학생은 더 이상 성적이 떨어지지 않기 위하여 또 다음에 시험을 치를 때는 더 잘 치르기 위하여 밤 새워 공부하고, 공부 못하는 학생들은 해도 해도 안 되니 이해하기 어렵고 요즘 말로 스트레스를 받으니 공부하면 뭐하나 싶어 시험기간 때가 되면 고통 그 자체입니다.

아내 자랑하면 팔불출이라지만 영미씨는 장학금 받아가며 공부했다지만 저는 초등학교 때 곧잘 하다 중학교 때 집안의 가산이 기울어져 공부하기 싫어졌으며 시험 치르는 때면 머리가 아프기까지 했습니다. 이런 와중에 부모님들이 돌아가시는 바람에 공부를 접고 일찍이 세상에 뛰어들어 돈을 벌어야만 생계를 꾸려 나갈 수 있었습니다. 결국은 젊은 날에 병에 걸려 요양원 생활을 하다 수녀님의 권유로 검정고시 공부하여 자격증(졸업장)을 획득할 수 있었습니다.

무거운 가방을 메고 학교를 다니며 추우나 더우나 비가 오나 눈이 오나 학교에 가야 되고, 싫든 좋든 종이쪽지에 번호를 맞추어 적는 시험 치르는 현실의 고통에서 해방시켜 주기 위하여 저는 다짐한 것이 있었습니다.

'우리 딸들은 자유롭게 키우자.'

생각한 끝에 영미씨와 대화를 하였다. 초등교육을 마친 후 딸들 적성을 찾아주는데 심혈을 기울여 딸이 좋아하고 적성에 맞으면 그 쪽으로 교육하고 밀어주자, 단 딸이 좋아하면 인생은 걸어도 괜찮다는 것으로 말입니다.

저는 저의 의견을 내놓고 강력히 주장하였으니 영미씨는 학교에 다녀야 하고 사회성을 키우기 위해서라도 공동체 생활을 접해보아야 한다면 학교에 가는 쪽으로 강력히 희망하였습니다. 중등교육 3년, 고등교육 3년, 대학교 생활 4년. 총 10년이라는 시간동안 공부와 시험, 학교에 매어 있는데… 고등학교 3년은 한결같이 부모님들이나 학생들이나 다 죽었다 하고 잠도 못 자고 피곤에 쩔은 채 공부해야 한다는데 이 얼마나 정신적으로나 육체적으로나 피곤한가 말입니다.

제 생각을 다시 한 번 강력히 고집했으나 영미씨와 큰 딸의 눈물과 반대로 저의 의지를 접어야만 했습니다. 학생들에게 주어진 시간대로 아침부터 야단법석, 아침 대충 챙겨 먹고 학교로 출발하여 아침 공부 후 점심을 먹고 식후 저녁공부, 그리고 밤늦은 시간에 집에서 가족과 만납니다. 평일 때는 자녀들과 얼굴을 마주 대하고 대화하는 시간이 지극히 짧습니다. 주말이 되어야 같이 성당가고, 같이 식사하고, 함께 이야기도 하며 장난도 치고, 개인기와

애드리브로 웃고 떠들고 지냅니다. 저는 개인적으로 평일이 싫고 주말이 좋습니다.

영미씨도 출근하는지라 딸들이 제 옆에 있기 때문입니다. 그러나 요즘은 딸들이 커서인지 학교, 학원 다니는 시간이 많아서 같이 있는 시간이 부족합니다. 그래서 느낍니다. 학교에 다니는 우리 딸부터 학생들이 불쌍하다는 것을…. 학생들이 더 불쌍한 것은 시험을 치를 때마다 우리 부부는 자녀들에게 적당히 해라, 일찍 자고 일찍 일어나라, 밥 많이 먹고 건강해야 한다를 위주로 말합니다. 시험기간이라고 해서 특히 공부를 더 시키고 그러지 않습니다. 한 마디로 시험 때문에 스트레스를 주지 않기 위해서입니다.

시험기간인데도 "일찍 자라."는 부모님들의 이런 말들이 딸들한테는 마음 잡고 공부하려는 의지를 꺾어버리는 말들이랍니다. 다른 엄마들은 "학교에 가서 열심히 공부해.", "학원에 가서 늦게까지 열심히 공부하고 와.", "시험 쳐서 시험 성적 떨어지면 가만 안 둘 거야. 죽을 줄 알아. 알았어?" 하고 고래고래 고함을 지른다는데 우리 부모님들은 관심도 없는지 천하태평인지라 의심스러울 때도 있지만 고맙기도 하고 때론 이 자연스러움이, 이 부드러움이 본인들한테 일침을 가하는 것 같아 공부를 더 열심히 하게 만든다는 것입니다.

"더 열심히 하게 하려는 것은 아니지만 그렇게 생각한다니 다행스러운 일이구만, 허허허." 저희 부부는 하염없이 즐겁기만 합니다.

좌우지간 시험 때만 되면 나름대로 열심히 하는 것 같지만 시험 성적표만 보면 제 속에서 그 무엇이 용솟음칩니다. '참아야 하느니라. 참아야 하느니라.'

아무도 없는 곳에서 혼자 먼저 성적표를 보며 뇌까렸습니다. 성적표를 볼 때 딸이 내 앞에 있었다면 큰소리 쳤을지도 모릅니다. 밤늦은 시간에 마음으로 자제하고 영미씨와 딸 앞에서 조용히 성적표를 내밀었습니다. 영미씨는 턱을 괴고 생각 중이고, 딸은 자신의 성적표를 보는지 안 보는지 고개 숙여 기다리고 있는 듯합니다. 고요한 침묵이 실내를 무겁게 할 즈음에 "기도합시다. 성부와 성자와 성령의 이름으로 아멘. 주님 우리 딸이 시험을 치렀습니다. 열심히 최선을 다하여 공부하였습니다만 결과가 미흡합니다." 하고 입에서 뿜어져 나오는 저의 기도가 고요한 거실에 울려 퍼져나갔습니다. 어느 한 쪽에서 훌쩍이는 소리가 들렸습니다.

기도를 마친 후, 딸에게 고개를 들라고 했습니다. 눈물을 글썽이는 딸의 손을 잡고 "그래도 수학은 잘했네." 칭찬한 후 내가 봐도 네가 봐도 사회 점수는 수학과 많은 차이가 있으니 다음에는 잘해보자고 당부했습니다. 고개를 끄덕이는 딸의 모습이 안쓰럽고 가슴 한 켠이 찡해져 옵니다. 이렇게 반복하기를 몇 번이고 되풀이 하는 현실입니다.

누구를 탓하겠습니까? 공부를 잘하든 못하든 모든 것이 우리 부부 때문이 아니겠습니까? 사실 엄밀히 따지면 저 때문인 것 같아 죄스러울 때도 있습니다. 엄마를 닮아서인지 수학은 두 딸이 잘하거든요. 우리 딸들은 친구들에게 자랑스럽게 말한답니다.

"우리 부모님들은 시험을 잘 못 치러도 시험 결과 때문에 그렇게 크게 혼내지 않아 기쁘다"고 말입니다. 이미 주사위는 던져졌고, 시험 결과는 나왔는데 거기에 큰소리치며 자녀들을 혼내면 무슨 소용이 있겠습니까? 후일을 기약할 뿐이지. 시험 때문에 어려움을 겪는 것이 비단 저희 딸들뿐이겠습니까? 아! 불쌍하고 가여운 학생들이여. 언제쯤 이 시험에서 해방될런지….

학교만 졸업하면 끝나겠지 하지만 더 큰 것이, 더 큰 산이 더 큰 장애물이 남아있습니다. 실로 귀중한 취직시험. 요즘은 시험도 시험이지만 면접을 중요시 한다하여 뱃살 나온 사람은 지방을 빼기 위해 에어로빅, 헬스, 요가 등 안 하는 것이 없습니다. 또 외모가 중요하다 하여 요즈음은 성형수술이 붐을 이룹니다. 이렇게 시간과 돈을 투자하여 시험과 면접을 통과하여 합격이 되면 얼마나 좋겠습니까? 시험과 면접에 낙방. 낙방의 고비에 술을 마시며 자신의 신세를 한탄하는 젊은이들이 이 땅에 비일비재합니다. 그들은 이구동성으로 말합니다.

"이 땅에서 시험 치는 일이 없게 해달라고…."

다른 집과 마찬가지로 우리 집 큰 딸도 앞으로 일 년 후면 대학교 수능시험을 치릅니다. 당사자가 더 신경 쓰이겠지만 공부하랴, 그림 그리랴, 영어회화하랴 피곤에 젖어 늦게 들어오는 딸을 보면 안타까운 마음입니다. 그러나 한편으로는 가벼운 마음입니다. 큰 딸은 어릴 때부터 수도원에 입회한다고 했으며, 작은 딸은 아버지 뒤를 이어 '희망의 집'을 맡아 하기로 하였습니다. 주님이 베푸신 사랑과 은총으로 우리 딸들은 좋은 생각을 가지고 삶을 영위하고 있기에 고마운 마음입니다. 시험이라는 두 글자 때문에 고통을 겪고 어려움은 있지만 주일날이면 아침 9시 미사 때 반주를 치는 큰 딸의 모습을 보면서 집에서 작은 딸이 들려주는 피아노 음을 들으며 흥얼거리며 노래를 부르는 것이 참 좋습니다.

오늘도 따스한 햇살을 받으며 장애자용 오토바이(전동차)를 타고 주일 미사를 마치고 멀리 조금 멀리 여행을 떠나고 싶습니다. 한 잎 두 잎 떨어지는 낙엽 위를 달리며 마음껏 자유를 느끼고 싶습니다. 전동차 속도를 조금 빨리하노라니 "아빠. 조금 천천히 가세요."하는 두 딸의 음성이 들려옵니다.

좀 더 멀리 도망가야지. 어디 가서 숨을까? 생각도 해보지만 그다지 빨리가지 못하는 전동차이기에 결국은 두 딸에게 붙잡히고 맙니다. ✝

상처

사람들은 상처를 줬다, 상처를 받았다는 말들을 합니다. 상처를 받아 마음 아파하며 끙끙거립니다. 상처를 받아 스트레스가 쌓여 미쳐 버리겠다고도 합니다. 상처를 받아먹고 싶은 생각도 없고 죽고 싶다고도 합니다. 이러다가도 상처를 준 사람이 진심으로 용서를 청하면 언제 그랬냐는 듯이 환한 얼굴의 미소로 답하기도 합니다. 어떤 이들은 화해의 악수를 하지만 속으로는 응어리져 있습니다. 어떤 이들은 상처를 주고서도 용서를 청하지도 않은 채 떳떳하게 살아가는 이들도 있습니다. 이 때 상처 받은 사람은 이를 갈며 원수처럼 지내기도 합니다. 이처럼 상처를 주고받고, 또는 큰 상처, 작은 상처를 남기기도 합니다.

큰 상처를 받았는데도 대범한 이들은 툴툴 털어버리는가 하면 작은 상처를 받았는데도 치를 떨며 괴로워하는 이들도 있습니다. 또는 상처를 주려고 그 말을 한 것도 아닌데 그 말이 씨가 되어 뜻하지 않게 타인에게 상처를 줄 때도 있습니다. 무심코 던진 돌멩이에 개구리가 맞아 죽듯이 무심코 던진 한 마디의 말이 씨가 되어 그 상대방을 들었다, 놨다, 죽였다, 살렸다 하며 좌지우지 한다는 것입니다.

50대. 저도 이 나이를 먹도록 얼마나 많은 이들에게 상처를 주었겠습니까?

알게 모르게 말입니다. 제가 만나는 사람들, 외지의 사람들, 이웃집 사람들은 배제하고서라도 같이 살아가고 있는 가족들에 한해서라도 많은 상처를 주면서 살았습니다. 내가 기억하는 것은 큰 딸에게 예의바른 자녀로 키운답시고 어릴 때부터 말로써 억압과 상처를 많이 주고 살아왔습니다. 예의가 너무 바르다고 이웃 사람들이 다 칭찬했으니 말입니다. 그것이 당연하다고 생각했기 때문입니다.

그러나 큰 딸이 초등학교에 다니고 집사람과 함께 학원을 하면서 어린이들과 초등학생들에 대한 공부를 더 하면서 나 자신이 자녀 인성교육을 잘못하고 있다는 것을 깨달았습니다. 큰 딸을 예절바른 어린이로 키운답시고 엄한 교육과 함께 상처를 많이 준 것 같아 괴로웠는데, 초등학교 4학년 때부터 지금까지 예전에 너에게 많은 아픔과 상처를 주었는데 기억이 나느냐고 물으면 전혀 기억이 나지 않는다고 했습니다. 저는 그 순간순간을 얼마나 다행스러워하며 감사했는지 모릅니다.

이렇게 감사하면서도 걱정을 할 때가 있습니다. 하느님께서 익히 다 알고 계시겠지만, 큰 딸은 지금 어려 생각이 나지 않는다고 할지도 모릅니다. 나중에 나이 들어 제가 늙고 큰 딸이 젊을 때 그 때 생각이 났다고 하는 것은 아닐까 미리 걱정할 때가 가끔 있습니다. 그러나 이런 생각도 나의 헛된 기우에 지나지 않는다는 것을 큰 딸이 크면서 느끼고 있습니다. 단지 큰 딸이 나이를 먹으면서 가끔 자기의 생각을 거침없이 말할 때가 있습니다. 이럴 때 가끔 두려울 때가 있습니다.

작은 딸은 어려서부터 자기의 생각을 주저 없이 말해 왔기에 두려움은 없지만 큰 딸은 내성적이었기에 그렇습니다. 제가 두려운 것은 아이들에게 비쳐지는 아버지상이 있기 때문일 것입니다. 말은 하지 않지만 생각을 할 줄 아는 딸들이기에 아버지의 일상생활을 잘 아는 딸들이기에 나름대로 아버지에 대하여 생각을 가지고 있으리라 믿습니다. 두 딸에게 아버지와 어머니에 대한 생각을 해보고 말들을 해 보자고 하면 머뭇거리는 딸들에게 저는 엄마를 굉장히 부각시켜 말합니다. 엄마는 남편 봉양, 할아버지 보살핌, 성당 사무장으로서의 일, '희망의 집' 회계, 감사 준비, 할머니 안부 등 한 마디로 이 집의 기둥이자 대들보라는 것을….

저한테는 조금 함부로 해도 괜찮으나 엄마에게 함부로 하면 저는 절대 못 참는다는 것을 단단히 못 박고는 합니다. 딸들은 제 말에 수긍하면서 작은 딸부터 울고, 큰 딸도 덩달아 조금 울고 있습니다. 눈물 흘리는 딸들을 보면서 '어유, 저 착한 자식들! 저래가지고 이 험한 세상을 어찌 살아갈까나.' 하는 걱정도 되지만 이 순간만큼은 딸들이 좋고 사랑스럽습니다. 가끔 지나가는 말로 딸들이 놀리며 상처를 주는 말을 내뱉고는 합니다. 두 딸이 때로는 저에게 아픔과 실망을 주지만 아이들의 눈물이 있기에 저는 그 모든 것을 이해하고 받아들입니다. 그리고 두 딸을 사랑합니다. 변함없이…. ✝

고등학교 3학년의 내 딸

고등학교 3학년. 나이로 빠르면 18세, 정상적으로는 19세.

한창 신나고 즐겁고 행복한 시기에 무거운 가방, 졸리는 눈꺼풀을 주체치 못하여 딱딱한 책상에 앉아 머리를 끄덕이며 졸고 있습니다. 교사의 말을 들어도 제대로 듣지 못한 채 결국은 머리를 책상에 키스한 채 잠들고 말았습니다. 점수 한 점에 입에 거품을 물고 말입니다. 스트레스를 받아 머리는 헝클어져 다니는 딸자식을 보는 어미의 마음은 찢어집니다. 아들자식도 몸이 지치는지 비실비실 깨울 때마다 힘이 든다고 어머님들이 이구동성으로 말합니다. 설마 그렇게까지 할까?

한 가지 느끼는 것은 해마다 수능시험을 칠 때 그 전 날까지 날씨가 포근하다가 수능시험 치는 날만 되면 왜 그렇게 날씨가 추워지는지…. 그리고 아버님들은 안 보여도 어머님들은 학교 교정의 대문을 부여잡고 시험을 잘 치르도록 기도하고 계시는 어머님들의 모습을 보며 나도 과연 큰 딸이 고등학교 3학년이 되면 저럴까 하는 의문을 가져보곤 하였습니다.

그래서 고등학교 3학년 부모님들의 모습을 보면서 저는 영미씨와 우리 딸자식들의 시험과 공부라는 과제에 굴레를 씌우지 말고 자유로움 속에 그 아이들이 잘 할 수 있는 적성교육을 찾아 교육·투자하고 싶다고 강력히 주장하였으나 영미씨가 그렇게 하면 안 된다고 말하고 큰 딸도 학교에 가고 싶다고 말을 하기에 저의 생각을 접었습니다.

다시 아까 수능시험 치는 날로 돌아와서 어머님들이 몇 시간 동안 학교 교정의 대문을 잡고서 시험을 잘 치르기 위해 두 눈을 감고 기도하시는 모습을 보면서 장단점을 다 보는 것 같아 자신을 돌아보는 계기가 되었습니다.

성당 주일학교 교사로 봉사를 하는 중에 고등학교 3학년 학생들은 공부한답시고 성당에 거의 안 나옵니다만 신부님께서 시험 전날 안수(강복) 주신다고 하면 평소 때 안 보이던 학생들도 고등학교 3학년 학생이라고 하며 신부님께 강복 받으러 왔다고 하면서 성당 제단 앞에 무릎을 꿇고는 합니다. 학생들의 숫자를 보면 제단 앞에 꽉 차고 메울 정도입니다. 물론 공부도 중요하지만 제 마음 한 켠이 안타깝기 짝이 없었습니다.

"주님을 믿는 제 마음을 학생들과 함께 드리오니 받아주소서! 용서하소서, 아멘!"

신부님들로부터 강복을 받고 간 후에 시간 차이로 들려오는 소리가 있습니다. 누구 아들은 서울대학교에 입학했다네, 하면서 오늘 한 턱 낸다고 어느 식당으로 오라고 하던데 빨리 가자는 소리도 들리고 어느 집 아들은 그 애는 공부를 잘 했잖아, 그 애는 서울에 어느 대학교에 갔대, 아, 그 애는 성적이 좋지 않아 이번에 재수를 한 대, 아, 그래? 왜 그랬대? 걔는 공부를 곧잘 했는데 안타깝다, 하는 이런 소리도 들리고, 누구 집 애는 어떻게 됐대? 본시 한 명은 공부를 못했는데 그래도 나름대로 좋은 대학교에 갔대, 또 한 명은 나름대로 열심히 했는데 좋은 대학교에 가지 못한 학생도 있고….

입을 통하여 이런저런 소리를 안 들으려고 해도 참 많이 들립니다. 우여곡절 끝에 서울에 있는 좋은 대학교에 간 학생도 있고, 대전을 떠나 지방에 있는 대학교에 간 학생도 있습니다. 공부를 잘했건 못했건 학생들이 무슨 죄가 있습니까? 시험치는 그날 컨디션이 좋아서 공부한 것이 시험에 나와 좋은 결과가 나온 학생도 있고, 컨디션이 좋지 않아서 공부한 것이 나오지 않거나 배나 머리가 아파서 시험 결과가 좋지 않게 나온 학생들도 있을 것입니다. 그날 결과에 따라 좋은 대학교에 간 학생은 기가 살아 있고 그렇지 않은 지방에 있는 대학교에 간 학생은 무슨 잘못을 저지른 것처럼 기가 푹 죽어 있습니다.

부모님들도 마찬가지입니다. 서울에 있는 좋은 대학교에 간 자녀를 둔 부모님들은 인사받기 바쁘게 얼굴에 웃음기가 가득하며, 또 못 살아도 자녀 때문에 모든 것이 다 보상받은 것처럼 되어버립니다. 집안이 부유하여 떵떵거리며 살았어도 서울에 있는 좋은 대학교에 가지 못하고 지방에 있는 대학교를 간 자녀를 둔 부모님들은 마음속이 쓰리고 안타까워하며 자녀 때문에 다른 사람들 보기가 민망하다고 야단들입니다. 꼭 무슨 죄를 지은 것 같아 멀리 이사가고 싶다고도 합니다. 그렇게 생각하지 마시라고 위로를 해줘도 금방 마음이 가라앉지 않는다고 말을 하십니다.

이런 모습들을 텔레비전 통해서, 만나는 사람들을 통해서, 모임에 나오시는 회원님들을 통해서 자녀들을 데리고 가야한다고 하면서 일찍 자리를 떠나시는 회원님들을 보면서 나도 나중에 저렇게 할까 하였습니다만 저의 큰 딸도 이제 고등학교 3학년이 되었습니다. 집에서 가까운 대전여고나 우송고등학교나 되었으면 했는데 중구 쪽에 있는 충남여고에서 3년을 보냈습니다. 저희 집에 봉사활동을 오시는 자매님들이나 다른 분들, 대학교에 다니는 학생들, 모든 분들은 대전 시내권에서 제일 공부를 열심히 시키는 곳이 충남여고라고 하였습니다. 그 소리를 충남여고 입학할 때부터 들었습니다.

큰 딸 예린이(클라라)도 쉬는 시간에 책을 펼쳐놓고 공부하는 학생들이 있다고 말했습니다. 그래서 열심히 안 할래야 안 할 수가 없다고 말했습니다. 그런 중에 공부를 안 하는 학생도 있겠지만 정말이지 열심히 하는 학생은 눈에 불을 켜고 열심히 한다고 말하기에 "너는 어디에 속하니?" 하고 묻자 "항상 중립을 지키잖아요. 공부도 중요하지만 그림을 그리는 것도 중요하잖아요." 하고 큰 딸은 대답합니다.

저희 부모는 두 딸에게 지독히도 열심히 공부를 시키지 않습니다. 제가 몸이 아프다보니 건강하게만 자라주고, 공부는 자신이 알아서 하는 것이니 최선을 다해서 알아서 하라고 하면서 공부에 대한 독촉을 하지 않았습니다. 그런고로 중학교 성적 통지표를 받아보고 적지 않은 충격을 받아 그 때부터 공부를 시켰습니다만 결과는 좋지 않았습니다. 고등학교에 가서는 다른 학생들이 더 열심히 하다 보니 성적이 점점 떨어지곤 하였습니다. 물론 그림을 그리기 위해서 공부하는 시간이 부족하고 모자라는 부분도 있습니다. 다른 집 부모님들은 학원에 붙잡아 두고 공부하기를 원했고, 학원에 가기 싫어 뺀질거리면 빨리 가라고 재촉한다고 합니다. 우리 집 부모들은 시험기간에 공부 좀 할라치면 피곤할 테니 일찍 자라고 말하고 학원에 가기 싫어서 땡땡이를 치기 위해서 엄살을 부리면 "그러면 안 되겠다. 오늘 학교와 학원을 가는 대신 집에서 푹 쉬어라"라고 말을 합니다.

이러면 작은 딸은 눈치를 봐서 엄살을 부리며 쉬는데 큰 딸은 기어코 그림은 다 마치고 옵니다. 이제 며칠 후면 큰 딸은 정시로 그림 시험을 치릅니다. 수시 74:1 경쟁으로 시험을 치렀습니다만, 결과는 낙방입니다. 우리 부부는 "괜찮아. 경험 삼아 한 번 시험 쳤다고 생각해." 하며 조금은 쓸쓸해하고 서운해 하는 큰 딸의 어깨를 토닥거리며 한 마디 했습니다.

"아! 이번에 수시에 합격했으면 아빠하고 좋은 데 여행 갔다 올 텐데… 그리고 정시로 시험 칠 때 인지값 벌 수 있었을 텐데. 아, 참 아깝다. 그래도 어떡하냐. 나머지 시간동안 열심히 해야지. 사랑한다. 내 안에 너 있다. 알고 있지?" 어느 한 탤런트가 한 말을 인용해 봤습니다.

고등학교 2학년 때의 말과 행동이 조금 의젓한 것을 느끼곤 하였는데, 고등학교 3학년이 된 지금의 큰 딸은 몸가짐과 언어가 많이 성숙되어지고 철이 든 것 같아 저는 참 행복합니다. 아침에 집에서 나갔다가 밤 11시에 집에 들어오며 "다녀왔습니다." 하고 말하는 딸의 얼굴 모습을 먼저 바라봅니다. 생기가 있으면 저는 안도의 한숨을 지어봅니다. 그러나 얼굴에 핏기가 없어 "피곤하구나?" 하며 제가 손을 만져주면 방에 있는 엄마에게 달려가 "엄마, 빨리 기도하면 안 돼." 하며 조르면 그 소리를 듣고 텔레비전을 끄고 기도부터 합니다. 요즘 우리 집은 큰 딸의 말과 행동에 초점을 맞추고 있습니다. 고등학교 3학년이 된 지금 시간을 아끼기 위해서라도, 또한 요즘 들어 착한 행동을 하니까 초점을 맞추어줍니다. 고등학교 3학년이지만 동생 대신 가끔 주일날 9시 미사 반주를 해주니 말입니다. 동생과 언니가 서로 우애 깊게 행동하는 것이 귀여워 보입니다.

좋은 대학교, 안 좋은 대학교가 중요한 것이 아니라 어느 학교를 가든 그곳에서 최선을 다하여 공부하는 것이 중요하다고 생각합니다. 또 밤늦은 저녁 기도 시간에 성서책을 읽고 "저에게 생명을 주셔서 감사합니다. 좋은 친구를 사귀게 해주셔서 감사합니다. 좋으신 할머니, 부모님께 사랑받게 해주셔서 감사합니다." 하고 기도합니다. 이렇듯 감사기도 드리는 두 딸들이 나에게는 예쁘고 소중합니다. 좋은 대학교도 졸업하면 살아가는 데 도움이 되지만 소중한 것은 무엇과도 바꿀 수 없기 때문입니다. ✝

큰 딸, 예린이의 내일에 대한 희망

어릴 때부터(3~4살) 데리고 다니며 사진도 찍어 주고, 미끄럼틀, 시소, 모래사장 걷기, 한밭도서관 책보기, 관람, 뮤지컬 구경 등 여러 곳을 데리고 다니며 요즘 말로 큰 딸에게 견문을 넓혀 주었습니다. 초등학교 다닐 때에는 인성교육에 집중시켜, 인사하는 법과 마음과 행동의 올바른 행위 등을 여러모로 신경을 쓰며, 특히 여자로서의 생각과 이미지 관리까지 소홀히 하지 않고 가르쳤습니다.

남의 집에 초대받아 가면 많은 어르신들이 어린 나이인데도 너무 조신하고 성숙하다는 말을 큰 딸(예린)은 어떻게 느꼈는지 모르겠지만, 저는 심적으로 굉장히 흡족했습니다. 딸의 성격이 조금은 무심하고, 우직한 면도 있으며 고집스러운 면도 있습니다.

이렇게 초등학교 3~4학년까지 지내다, 제가 학원을 하면서 어린이들, 학생들 교육에 대하여 공부하면서 나 자신이 큰딸(예린이)에게 너무 엄하게 예절교육을 시켰다는 것을 알았습니다. 어린이들은 나이에 맞게 성장해야 된다고 책에 적혀 있었습니다. 그래서 저는 그때부터 딸의 기를 살리기 위해, 예린이를 기를 살려주기 위하여 영미씨와 많은 노력을 하였습니다. 그로부터 얼마 후 딸은 잘 웃고, 천진난만하게 행동을 하였습니다. 이것이 시초가 되어 중학교 생활, 고등학교 생활을 즐겁게, 기쁘게 생활하였습니다.

자녀들 공부에 얽매이지 않게 키우기 위하여 큰 신경을 쓰지 않았습니다. 중학교 2학년, 중학교 3학년이 되면서 공부를 좀 해야 될 것 같기에 깊이 생각 후 학원에 보냈습니다. 기초가 부족하여 학원에 다니면서 곧장 따라가며 열심히 했지만 다른 학생들을 따라 잡기는 역부족이었습니다. 이런 과정에서 그림 그리는 것을 좋아해 예술 고등학교에 입학을 간절히 원했습니다.

예술고등학교에 입학하면 여러모로 힘들단다. 학과 공부부터 여러 가지가 아이에게 도움이 되지 않는다고 하며 잘 달랬으나 말을 잘 안 듣기에, 저희 '희망의 집'에 목욕봉사 오시는 박병식(박사) 형제님과 딸과의 면담을 통하여, 딸이 마음을 고쳐먹고 인문계 여자 고등학교에 입학하게 되었습니다. 재능이 있는지는 모르지만, 중학교 시절 대상은 못 받았지만 금상, 은상 등 많은 상을 수상한 적은 있었습니다. 고등학교에 가서도 보충수업 시간에 다른 학생들은 공부하는데 딸은 그림을 그리기 위하여 미술학원으로 향하였습니다.

이런 생활을 3년을 꼬박 공부하고 시험을 3차까지 치렀지만 낙방이라는 고비의 잔을 마셨다. 사실 전 마음속으로 딸이 얄밉기도 하고 무엇이라 말은 못했지만 마음은 상처를 받았습니다. 영미씨도 내심 겉으로 말은 하지 않지만, 속상해 할 것이라 생각하며, 나도, 영미씨도 딸에게 표출하지 않았습니다. 큰 딸도 말은 하지 않지만, 상처를 받았으리라 생각합니다.

가족 모두가 노심초사 걱정을 했지만, 기도로써 가족 모두가 긴 시간을 두고 실의에 빠지지 않고 큰 딸은 또 다시 떨어진 학과 공부에 열중함과 동시에 그림 그리러 또 다시 학원에 다니고 있습니다. 대학교에 합격 했느냐? 대학교에서 낙방 했느냐?에 대하여 우리 가정에 회오리바람이 불었지만, 서로를 이해하는 마음으로 회오리바람을 잠재웠습니다.

또 다시 아침 일찍부터 집을 나서 밤늦게 돌아오는 큰 딸을 기다리며, 반갑게 맞이하며 하이파이브도 외쳐봅니다. 피곤하면 피곤한 대로, 즐거우면 즐거운 대로, 책상에 앉아 성서책을 읽고 기도합니다. 우리들의 삶이 힘들고 어려울지라도, 내일 또 다른 태양이 떠오르듯. 내일 어떠한 삶이 우리에게 펼쳐지듯 열심히 부지런히 하노라면 좋은 결실을 맺을 수 있으리라 생각하고, 두 손 모아 기도합니다.

"큰딸, 어때? 잘 되어가고 있어?"

"하참, 걱정하지 마슈. 잘 되어가고 있다니깐요."

"하하하."

한바탕 크게 웃습니다. 그래. 웃자, 웃어. 웃으면 복이 온다니깐!

p.s : 큰 딸 낙방 후.

나 : 조금 낮은 곳을 택하여서라도 대학교에 입학하지. 왜 저 높은 곳을 향하여 비율이 센 그 학교에 원서를 내어 시험에 떨어지는지. 참말로 미치겠네.

영미 : 떨어질 줄 알고 누가 그 학교에 원서를 내겠어요. 혹시라도 애가 들을지 모르니 조용히 하세요.

나 : 내 생각을 말하는 것뿐이니 가만 두세요. 오늘 하루만이라도 중얼거리게 놔두세요. 내일부터는 조용히 할게요.

영미 : 알았어요. 조용히 할게요. 내년을 기약합시다. 당신도 알다시피 우리는 그저 얻는 것은 없잖아요? 항상 고난과 시련을 겪고 나서야 좋은 결실로 돌아왔잖아요. ✝

좋은 대학교 합격

며칠 전 밤.

늦은 시간까지 그림 그리기(공부)와 학과 공부까지 하고 딸이 왔습니다.

피곤하고 지친 기색이 뚜렷하였습니다.

그래도 애써 웃는 얼굴로 "다녀왔습니다." 하고 말을 하였다.

"그래, 수고했다." 라고 응답하며 "냉장고에 토마토 갈아서 만들어 놓은 즙하고 감자 삶아 놓은 것 있으니 먹어라." 하고 말하였습니다.

"예, 알았어요."하는 큰 딸의 대답이 끝나기 전에 "많이 먹으면 배 나온다. 조금만 알맞게 먹어라." "아유 참, 알았어요. 제가 알아서 먹을께요."

"어휴, 잔소리."

"야, 아빠가 체험한 것인데 잘 밤에 많이 먹으면 하여튼 인간의 몸에 도움이 안돼요, 글쎄."하고 못 박았습니다.

이런 와중에 큰 딸은 아랑곳없이 맛있게 먹고 있었습니다.

맛있게 먹으면서 갑자기 "엄마는 어디 있어요."

"아유, 빨리도 물어본다."

"내 뒤에서 잠자고 있지."

낮에 점심을 먹으면서 영미씨와 큰 딸이 상 받은 것에 대하여 이야기 했습니다. 배재대학교 이사장 상을 받은 학생은 2년간 등록금 면제에다 장학금까지 준다고 하였습니다.

순간 저는 귀가 번쩍 열렸습니다.

"뭐라고, 조금 전에 한 말 다시 해봐요."

하고 재촉하였습니다.

"아유 참, 등록금하고 2년 동안 장학금 준다고요."

"그럼, 대학교 입학 된 것이나 마찬가지네. 거기에다 등록금 면제에다 장학금까지 준다니 굉장하구나."

저는 영미씨에게 다시 물었습니다.

"큰딸(예린)은 이번에 어느 대학교에 가려고 그래요?" 그러자 영미씨는 "수시에 응해서 합격되면 그 대학교에 가고 안 되면 정시에 시험쳐서 대학교에 갈 것"이라고 말했습니다.

가군, 나군, 다군 전부 서울에 있는 대학교에 응시 할 것이라고 말했습니다.

"아니, 우리 큰딸이 배재대학교에서 열린 그림대회에서 최고상인 학교 이사장을 탔으니, 그냥 배재대학교에 가면 등록금, 장학금 그냥 받으며 대학교 생활 할 터인데 굳이 수시에 응시하고 또 미끄러지면 정시에 시험을 치르는 것은 무엇이냐?'고 따져 물었습니다.

영미씨는 언성을 높이며 "예린이 아빠, 등록금, 장학금이 문제가 아니라 좋은 대학교에 가야 될 것 아니예요."하며 다시 한 번 큰소리로 말했습니다.

"아니, 재수할 때까지 좋은 대학교에 가려다 실패했는데 지금 길이 열려 있는데 굳이 좋은 대학교 고집하며 실패를 무릅쓰며 가려는 이유가 대체 뭐예요." 저는 또다시 반박 했습니다.

"우리나라는 아직까지 그래도 좋은 대학교를 졸업해야 알아줘요. 이것이 현실인데 어떡하냐고요."하며 영미씨가 말했습니다.

큰딸과 영미씨는 저와 생각이 조금 다르며 거기에다 둘 다 눈이 좀 높은 것이 탈입니다.

저는 늘 생각합니다.

우수하고 좋은 대학교에 입학, 졸업하는 것도 중요하지만 자신의 분수를 알고 자기가 입학할 수 있는 대학교에 가서 열심히 공부하고 그림을 그려 장학생도 되고 졸업하여 자신이 원하는 길, 좋아하는 일을 하면 되지 꼭 좋은 대학교, 우수한 대학교에 입학하고 졸업해야만 인생길이 쫙 열리는 것은 아니라고 굳이 말했는데 내 딸은 두 번이나 실패했다. 그럼 이번 삼수 생활 때에는 자신이 일하고 아르바이트 해서 한푼, 두푼 모아 벌어서 대학교에 가려고 했는데, 몇 개월 하는 것을 보고 영미씨가 안쓰러웠는지 다시 삼수대열(학원)에 들어섰는데, 그동안 각고의 노력한 보람이 있었는지 여러 그림대회에 나가 많은 수상을 하게 되었습니다. 많은 상을 받았어도 저는 어떤 혜택이 있는지도 몰랐습니다.

큰딸은 삼수생활을 해서 그런지 예전에 긴장하는 모습은 보이지 않고 당연히 상을 수상할 것이라고 말을 했기에 그렇게 믿고 있었으며 그 노력의 댓가에 "수고했다." 칭찬을 했을 뿐입니다. 아울러 배재대학교 이사장 상을 타면 입학 등록금, 장학금을 주는지도 전 몰랐습니다. 큰딸하고 영미씨만 알고 있었던 사실인데, 며칠 전 낮에 영미씨와 점심을 먹으면서 큰딸이 진로에 대하여 상의하다 이 사실을 알게 되었습니다.

그때는 그랬습니다. 괘씸한 것들, 이런 사실을 나에게 알리지 않다니 전 굉장한 비밀을 알았기에 왠지 기분이 들뜨기 시작했습니다. 딸과 영미씨는 배재대학교의 이 사실을 아빠가 알면 무조건 이 학교에 입학하라고 종용할 것이 뻔하기에 둘 다 쉿쉿 하고 있었던 것입니다.

이제 이 사실을 내가 알았으니 어찌하겠는가?

영미씨가 말하기를 수시응시, 정시응시하고 정시 시험 때 다군 정도에 배재대학교에 마지막으로 응시할 것이라고 했습니다.

"알았다."고 대답한 후, 저는 모른 체 하고 그날 저녁 큰딸 예린이에게 "이번에는 대학교에 합격할 수 있지?" 물었습니다.

"그럼요, 이번에는 대학교에 입학할 수 있어요."하고 큰딸은 자신있게 말했다.

"어쭈, 대담하게 나오는데." 말하자 "수시에 우수하고 좋은 대학교에 합격하면 그것으로 끝이고, 아니면 정시에 응시할꺼예요. 정시시험 또한 서울에 있는 대학교에 할 것이며 제일 마지막에 배재대학교에 응시할꺼예요."하고 딸이 말했습니다.

"아니, 배재대학교 그림대회에서는 이사장 상을 수상했는데, 별다른 혜택 없을까?"하며 큰딸의 눈치를 보며 모르는 체 물었습니다.

그제야 큰딸은 아무런 생각 없이 잠시의 망설임도 없이 내가 알고 있는 사실들을 털어놓기 시작하였습니다.

"야, 그럼 잘 됐구나. 그럼, 바로 배재대학교에 가면 되겠네. 등록금, 장학금 거기에다 학원 원장님이 교수님하고 친분관계도 있어, 너만 열심히 하면 교수까지 될 수 있다고 하니 이 얼마나 좋으냐? 그래, 결정됐다."하고 좋아라 하자 큰딸도 영미씨와 마찬가지로

"아빠, 배재대학교는 제일 나중에 생각할꺼예요. 우수하고 좋은 대학교부터 무조건 응시하고 나중에(실패) 배재대학교 선택할꺼예요."

"서울에 있는 좋은 대학교에 가면 등록금, 학비, 숙비, 돈이 얼마나 많이 드는데."하고 말리자 딸은 조금도 망설임 없이 "또, 또, 또, 돈, 돈, 돈 하시네." 말했다.

"그리고 배재대학교에 가면 등록금으로 어려운 사람 도와줄 수도 있고 얼마나 좋으냐?"

"그건 아빠 생각이고요."

"아하, 이제야 알겠네. 엄마가 아빠한테 배재대학교 혜택을 말하지 말라는

사실을…… 아빠! 무조건 배재대학교 입학을 강요하지 마세요. 그리고 배재대학교 입학을 위하여 기도하지 말고 좋은 대학교 합격을 위하여 먼저 기도하세요. 알았지요."하고 일침을 가하였습니다.

그러나 저는 콧노래를 불렀습니다.

이번 겨울에도 찬바람이 불면 어떡하나 내심 조바심이 났던 것입니다. 여기서 찬바람은 대학실패입니다.

그러나 이제 배재대학교가 떡 버티고 있으니 참 기쁘기 한량없습니다.

야! 이번 겨울에는 참으로 따뜻하겠구나.

계절은 여름인지라 무더워 이마에 땀이 송글송글 맺히는데 내 마음은 왜 이리 따뜻한지 영미씨와 큰딸과 함께 밤 늦은 시간에 촛불을 켜고 끝기도를 합니다. 마음에서 입으로 거쳐 나오는 모든 구절들이 참으로 와 닿았습니다.

흐뭇하기만 했습니다. 주님, 감사합니다.

아직 대학교에 합격은 하지 않았지만 주님께서 말씀 하셨듯이 사랑하는 자에게 참을 수 있을 만큼의 시련을 주신다고 하셨듯이 인내를 가지고 많은 시간들을 단련시켜 주셨습니다.

큰딸 뿐만 아니라 우리 가족들 모두를 말입니다.

두 번째 대학 실패하였을 때는 우리 모두 얼마나 많이 울었습니까?

그때 그 시간의 눈물을 상기하며 타들어 가는 촛불도 아름답게만 보입니다.

기도를 마친 후 이층으로 자러 올라가는 큰딸의 등 뒤를 바라보며 "사랑해."하며 놀리는 마음으로 "배재대학교" 외치자 큰딸이 뒤돌아보며 "아빠"하며 큰소리치며 눈을 흘겼습니다.

"한번만 더 그 소리를 하면 알았지요."하고 주먹을 불끈 쥐고 하늘 높이 올렸다. 권투에서처럼 어퍼컷을 치듯이 말입니다.

대학에 합격만 된다면 그 어퍼컷을 맞아도 기분은 좋겠습니다. ✝

나를 닮은 큰딸

영미씨는 오늘 저녁 성당 사무장님들 "동부지부모임"이라고 콧노래를 부르며 대문을 박차고 나갔습니다.

성당 사무장님들이 남자들이고 연세들이 많으셔서 영미씨가 여자인데다 조금 똑똑하고 붙임성 있고 생글생글 잘 웃는다고 총무직을 맡긴 것 같습니다.

본인을 데리러 온다고 "갔다 올께요."하면서 웃으며 뛰쳐나갔습니다.

큰딸은 학교갔다가 학원까지 다녀야 하기에 아침 일찍 집을 나섰다가 밤 늦은 시간에야 집으로 돌아왔습니다.

작은 딸도 마찬가지로 아침에 학교 갔다온 후 집에서 잠시 쉬었다 저녁 일찍 먹고 학원으로 갔다 저녁 늦은 시간에 돌아옵니다.

마음은 식구들과 항상 같이 있고 싶지만 교육현실이 그렇지 못하여 딸들과 같이 있는 시간이 많지 않으며 영미씨 또한 아침에 출근하여 저녁 늦은 시간에 돌아와 늦은 저녁밥을 먹고 잠시 앉았다 TV보려니 하면 벌써 리모콘을 손에 든 채 잠자고 있을 때가 너무 많습니다.

이런 생활이 요즘 제가 접하고 있는 현실입니다.

때로는 인간적으로 외로울 때도 많이 있습니다만 식구들이 다 모인 저녁 늦은 시간에 대화를 나누며 조금 떠들다 웃으며 감사의 기도를 드립니다.

늦은 밤 시간에 작은 딸이 방문을 열고 들어서며 "다녀왔습니다."하며 살며시 나와 눈 맞추며 생글거리며 웃습니다.

저 또한 "그래, 잘 다녀왔느냐? 수고했다."로 응답하며 손을 맞잡고 서로 손등에 키스를 했습니다.

밖에 있다 왔으니 "손을 깨끗이 씻어라."고 주문하고 길게 비스듬히 드러누워 눈동자를 TV쪽으로 향했습니다.

"아빠! 먹을 것 없어요."를 시작해서 집 안 곳곳을 뒤지기 시작합니다만 눈에 띄기가 쉽지 않습니다. 찾다가 포기하였는지 "아빠"하며 두 손을 내밀고는 "좀 줘요."한다.

먹을 것은 당연히 아빠에게 있는 것을 작은 딸은 잘 알고 있기 때문이다. 왜냐면! 영미씨가 맛있는 것을 사오면 맛있는 모든 것을 내가 먼저 먹고 때로는 숨겨놓는다.

이러면 왜그러느냐고 따지듯이 다그치고 묻는다.

그럴때마다 나는 "살날이 얼마 안 남아 맛있는 것 많이 먹어야 한다."고 외쳐댄다.

"애들은 아직까지 살날이 많이 남았으니 나중에 자기들이 사 먹으면 되지 않느냐?"되지 않는 풍월을 읊으며 과자와 음식에 대한 욕심을 부린다. 그러다가 자녀들이 아양과 더불어 애교를 부리며 다가올 때면 언제 그랬냐는 듯이 아꼈던 먹거리를 온갖 생색을 내며 아이들에게 건넨다. 돈을 들여 사오기는 영미씨가 사오고 생색은 내가 내고 먹기는 애들이 먹으니 참 좋다.

제일 영양가 있게 먹기는 작은 딸이 알차게 먹는다.

자기 혼자 있을 때 먹고, 나하고 있을 때 조금 먹고, 엄마 퇴근하고 와서 먹을 때 빈대처럼 붙어서 조금 먹고, 언니 밤늦은 시간에 와서 먹을 때 또 곁다리 껴서 먹는다. 그 놈 참 맹랑하기 짝이 없게 느껴진다.

작은 딸 혜린이가 잠든 밤시간에 큰 딸이 도착하지 않기에 전화를 걸었는데 때마침 큰 딸도 전화통화를 할려고 했던 찰나였습니다.

학원차 타고 오다 교통사고를 당했다는 것입니다.

적잖이 놀란 저는 거기서 꼼짝말고 기다리라고 전화를 끊었습니다.

갑자기 호흡이 가빠지기 시작하여 심장에서는 두근두근 큰 북을 두드리는 것 같았으며 맥박이 빨라지기 시작하였습니다.

저는 당황할 때나 분노를 표출하는 성질이 났을 때 이런 표징이 일어납니다. 순간 어떻게 해야하나? 빨리 가야할 텐데 오늘따라 영미씨는 사무장모임에 가서 오지 않고 있었습니다.

그래도 일단 영미씨에게 전화를 하였습니다. 다행히 지금 자동차사고 난 지역을 조금 전에 지나쳐 오고 있었습니다.

교통사고 상황을 이야기 하니 영미씨도 그 현장을 바라보며 지나쳐왔다고 했습니다. 그 현장에 큰딸 예린이가 있으니 차를 돌려서 빨리 가보라고 전화로 외쳤습니다.

한참 후에야 얼굴이 헬쑥하고 창백한 큰딸과 함께 영미씨가 방문을 열고 들어왔습니다.

"얘야, 괜찮으냐?"

"예, 괜찮아요." 큰딸은 말했지만 기운이 통 없었습니다.

"아유, 그래 다행이다." "왜 입원은 안 하고 그냥 왔니." 말하자 머뭇거렸습니다.

많이 놀란 것 같아 "그래, 빨리 2층에 올라가서 이불 덮고 푹 자거라. 내일 보자."

큰딸을 잠재우고 시간이 많이 지났지만 난 영미씨와 함께 마주 앉았습니다.

영미씨는 CT촬영한 후 의사선생님이 아무 이상이 없다고 해서 그냥 데려왔다고 했습니다. "그래도 그렇지 입원을 시켜야지."하고 던진 말에 "이상이 없으면 입원도 안될뿐더러 내일 모레가 시험인데 병원에 입원하면 안돼요." 하며 영미씨는 큰소리를 외치며 더이상 말을 못하게 못을 박았습니다.

영미씨의 못 박는 소리에 기죽을 제가 아닙니다.

"아니, 딸 건강이 더 소중하지. 교통사고 후유증이 얼마나 무서운지 알아요."하며 큰소리로 맞대응 하였습니다.

그러자 영미씨는 "제가 교통사고를 안 당해 보아서 잘 모르지만 CT촬영한 후 이상이 없고 입원도 안 된다고 하고 그리고 정작 내일 모레가 시험이니 열심히 해야지요. 손놓고 병원에 입원하고 있어요."하면서 영미씨도 큰소리로 맞대응 하였습니다.

"알았어요. 교육문제는 당신 담당이니 알아서 하세요."하고 난 뒤로 한발 물러났습니다. 그래도 혹시나 하며 염려되었지만 다행히 머리 아픈 것도 가라앉고 생활을 잘하고 있습니다.

큰딸을 보면서 어떤 때는 듬직하고 믿음직스럽고 무엇이든 맡겨도 잘 해 낼 것 같습니다만 웬일인지 불안할 때가 많습니다.

한번은 큰딸이 시내에 볼일 보러 외출 하였다가 버스를 잘못타서 밤늦게 전화 왔는데 집과는 정반대쪽 서구 과수원 진잠쪽에 있다고 하면서 사방이 컴컴하고 어두워 벌벌 떨며 전화가 온 적도 있습니다.

마침 그곳을 지나가는 한 아주머니의 도움으로 집에 잘 도착하여 참으로 다행스러운 일도 있었습니다.

영미씨와 제가 가끔씩 언성을 높이며 말다툼을 하게 되는 것 첫 시발점은 큰딸 때문일 때가 많습니다.

누구를 탓하겠습니까? 제 아버지, 제 엄마 딸인데요. 영미씨가 저한테 대놓고 말합니다.

"쟤 하는 행동 잘 봐요. 하는 행동 하나하나가 다 당신 닮았지."

나는 발끈하며 "무슨 소리하냐고 나보다 당신 더 닮았지."라고 말했습니다. 동생하고 투닥거리며 싸울 때도 있고 때로는 언제 싸웠냐는 둥 그렇게 친근하게 챙겨주고 보호해 주는 것을 보면 천상 우리부부의 딸들입니다.

집을 잘 못 찾아 거리를 헤매도, 공부 마치고 집에 오다 교통사고를 당한 적이 있어도, 떠먹는 요구르트를 개와 함께 나누어 먹듯 먹을 것 있으면 자기 자신보다 친구들에게 다 퍼부어주던, 자신은 언니보다 재능(그림)이 없다고 샘을 내듯, 하루에 거울을 수십번을 보듯, 다이어트 해야한다고 음식을 적게 먹듯, 수재의연금 많이 가져가야 한다고 2만원 가지고 뿌듯해 대문을 나서듯, 우리부부 결혼기념일 큰 종이에 아름다운 마음 글씨를 써주던 우리부부가 사랑하고 이뻐하는 딸들입니다.

참 잘 자라줬습니다. 남들보다 공부는 좀 못해도 주일날 9시 미사 때 성가 반주를 했던 큰딸이나 지금은 언니 대신 반주를 인수받아 작은딸이 하는 모습을 보며, 참 소중하게 느껴집니다.

진정 마음으로 기도합니다. 죽을 때까지 예수님의 몸과 피(영성체)를 모시며 주님의 사랑을 체험하며 완덕의 길로 나아갈 수 있도록 말입니다.

잠깐 이야기가 거슬러 올라가서 저도 열 몇살 때 교통사고를 당하였던 적이 있었습니다. 그리고 우리 큰딸 교통사고를 당한 것을 보니 고개가 갸우뚱 거려집니다.

왜 그러느냐고요? 영미씨가 했던 말 중에

"거봐요. 큰딸은 당신을 더 닮았다니깐요." ✝

예쁘고 귀여운 천사의 손

"예린이 아빠, 내 손 좀 만져줘요." 하며 영미씨가 잠자리에 누워 손을 내밉니다. 내민 영미씨의 손을 저는 물끄러미 쳐다봅니다. 이틀이 멀다하고 바라보며 만져주는 손. 항상 따듯하고 조그맣게 생긴 예쁜 손입니다. 얼마나 열심히 일을 하였는지 오른손 바닥 부분 부분에 굳은살이 잡혀있는 손입니다.

이 조그마한 손으로 참 여러 가지 일을 합니다. 집안일만 해도 밥 짓고, 반찬 만들고, 찌개 끓이고, 설거지 등…. 청소기 돌리고, 빗자루질, 걸레 빨아 여기저기 닦고 정리정돈 등…. 자녀들에게 머리 쓰다듬어 주고, 포옹하고, 하이파이브 하고…. 성당에서는 많은 신자들 교무금을 받아 적고, 청소…. 그 외 '희망의 집' 일을 하기 위해서도 컴퓨터와 씨름하여 손으로 작성합니다. 참으로 많은 여러 가지 일을 하기에 손이 잠시도 쉴 틈이 없습니다.

그 많은 일들 중에 제 어깨며, 다리도 주물러 주고, 목욕할 때는 제 몸을 닦아줍니다. 제 몸을 닦아줄 때는 서로 간에 쑥스러웠지만 기관지 절개 수술을 받은 후(쇠약해져 있었음)부터 닦아주기 시작하였습니다. 홍조 띤 곶감 같은 얼굴을 하며 작은 손으로 잘도 닦아줍니다. 이렇듯 이렇게 일을 많이 하는 이 조그맣고 예쁜 손이 피곤하여 부어 있어서, 아프다고 하면서 살며시 제 손을 잡으며 자신의 손을 만져 줄 것을 부탁하고 있습니다.

참 저도 성격이 괴팍합니다. 이웃이라도 남이 이렇게 원하면 해주면 얼마나 좋겠습니까? 이웃도 아닌 자기 짝인데 "조금만 기다려요. 자기 전에 해줄게요." 하며 손을 살며시 내려놓을라치면 영미씨는 "지금 해줘요." 하며 애교 섞인 목소리와 함께 씩 웃는다. 조금 만져 주는 척 하며 손을 살며시 내려놓습니다. 왜냐면 영미씨는 벌써 잠들어 있으니까요.

사실 저는 조금 늦게 자는 편인지라 자기 전에 기도하고 내가 잠들기 전에 그때 영미씨의 손이며, 다리이며, 종아리며, 지압을 해주며 뱃살까지 살살 만져 줍니다. 조금 꿈틀대지만 워낙 잘 자는 영미씨인지라 상관없이 제 자신이 해주고 싶은 만큼 해 주다가 영미씨의 손을 꼭 붙잡고 잡니다.

가끔씩 눈이 멀뚱멀뚱할 때가 있습니다. 그럴 때는 "하늘에 계신 우리 아버지…. 은총이 가득하신 성모 마리아님. 기뻐하소서…." 기도하다 보면 잠들었다가 어느새 아침을 맞이하곤 합니다. 어떨 때는 밤을 꼬박 새울 때도 있습니다. 그래도 피곤하지 않은 것은 작은 사랑을 실천했기 때문이라 생각합니다.

영미씨의 손이 가끔씩 붓는 것도 걱정입니다. 저도 병원에 정기검진 받으러 가면 의사선생님께서 다리 정강이 부분을 만져보시곤 합니다. 산소가 부족하면 신장이 좋지 않게 되고 그 여파로 손과 발이 붓는다고 했습니다. 지금은 다행입니다만 지난번 기관지 절개 수술 받기 전에 자고 일어나면 얼굴이 퉁퉁 부어 있었으며 몸이 피곤한 채 계속 잠에 취해 있는 상태였으며 눕고 싶었으며 결국은 몸이 좋지 않아 병원에 실려 가고 했었습니다.

기관지 절개 수술 후 몸 상태가 참 좋았었는데 요즘 들어 자고 일어나면 얼굴과 손이 부어 있습니다. 여러 가지 원인이 있을 수 있겠지만 한 가지로는 자면서 산소 줄이 빠져있을 때가 자주 있어서 산소공급이 되지 않아 그럴 때도 있었습니다. 자면서 목이 타고 굉장히 고통스러워서 깨어나서 보면 산소 줄이 영락없이 빠져 있곤 합니다. 제 자신이 얼굴과 손이 부으면 긴장되는데 영미씨도 가끔 손이 부어 걱정하노라 치면 자신은 괜찮다고 하며 도로 저를 걱정합니다.

저는 심심하면 영미씨에게 투정을 부립니다. "얼굴이 부은 것 같다. 손이 부은 것 같다."고 뇌까리면 만져 달라고 하기 전에 자신의 조그마한 손으로 자신보다 큰 손을 시원하게 만져줍니다.

정성스럽게 만져주면 미안한 마음입니다. 나는 만져달라고 안 했는데도 이렇듯 알아서 만져주는데, 영미씨는 나보고 만져달라고 부탁하는데도 뻐딱선 타고 요리조리 피해 다니다 자신의 마음이 생기면 그때나 만져주고…. 저는 참으로 나쁜 사람입니다. 잘못하는 사람입니다. 사랑이란 상대방이 무엇이든 원할 때 해주는 것일 텐데 어차피 해 줄 거면서 사람 속을 애태우다니…. 저는 잘못하는 사람입니다.

조그맣고 따뜻한 손으로 제 몸 아픈 부위마다 만져주는 영미씨가 고맙습니다. 금세 다 낫는 것 같습니다. 저도 조금은 위로받는 것은 영미씨는 내가 만져 준 것도 모르면서 자고 일어나서 손과 팔, 다리가 시원하고 가벼워졌다고 생글거리며 자랑합니다. 그럴 때는 나도 기분이 좋아집니다.

아! 이제 한 번만이라도 영미씨가 원할 때, "알았어, 지금 당장 해주지." 해 줘야겠습니다. ✝

작은딸의 인생공부

주말이면 가끔씩 작은딸과 함께 고스톱을 칩니다.

둘이서 맞고를 치는 것입니다.

조커 3장을 넣고 치는 화투와 달리, 조커 5장을 넣고 10점을 기본 점수로 하는 것입니다.

손에 10장을 쥐고 바닥에 8장을 놓는 것입니다.

바닥에 조커 3장이 놓이면 선이 2장, 후가 1장을 나누는 것으로 정했습니다. 그리고 손에 10장의 화투 중에 숫자 칠 십끗짜리가 들어오면 기본점수 10점을 주기로 하고 띠까지 들어오면 20점, 3장(칠 십끗, 띠, 피)이 들어오면 40점을 주기로 하였습니다.

처음에 화투칠 때 설사(일명 : 뻑)을 하면 마찬가지로 기본점수 10점을 주기로 하였으며 손에 똑같은 숫자 4장이 들어오면 20점을 주며 점수가 나면 네 배로 쳐주기로 하였습니다.

사실 작은 딸이 언제 화투를 배웠는지는 모르겠습니다.

집에서는 전혀 치지 않았으며 명절날 장모님댁에서 동서들끼리, 그리고 처제들과 가끔씩 치곤하였는데, 그때는 큰딸과 함께 조카들까지 섞여 다른방에서 놀고 있었는데 화투를 언제 배웠는지 전혀 알 바 없었습니다.

고스톱에 대하여 어렴풋이 알고 있는 것 같아 툭 한마디 던진 것입니다.

"우리 고스톱 칠까?" 하고 말입니다.

이것이 시초가 되어 주말이면 가끔씩 영미씨가 성당일 마치고 오기 전까지 한 시간 정도 둘이서 머리를 맞대고 손놀이를 하였습니다.

누구나가 마찬가지 이겠지만 화투를 처음 치면 광을 좋아합니다.

그래서 광을 위주로 화투를 치듯 우리 작은 딸도 내가 광을 먹어갈까 노심초사하며 광을 위주로 먹어갔습니다.

광만 먹어가면 좋아라 했습니다. 사실 내 손에 있는 광을 내어주면 좋아라 했습니다. 그러다가 가끔씩 내어준 광을 먹다가 설사(뻑)를 하곤 하였습니다.

설사한 것을 내가 주워 가져가면 억울해 하는 딸의 모습이 참 재미있었습니다. 작은딸은 가끔씩 기본점수 10점이 나면 얼굴에 환한 미소를 좋아했습니다.

내가 기본점수 10점을 주고 다음 판에서는 20~50점을 나 버리면 고개를 갸우뚱거리며 때로는 오기로 가득 차 보일 때도 있었습니다.

그리고 작은 딸이 점수가 날려고 하면 내가 초단, 홍단, 청단 3가지 중 한 가지를 점수 보태어 먼저 기본점수로 나 버리면 때로는 떼거지를 썼습니다.

"왜 화투를 안 보이게 숨겨놨었느냐고"

"참 내 자기가 자기 화투 먹는데 급급하여 놓고는 내 화투 숨겨 놓았다고 큰소리치다니 적반하장이로군."

내가 광으로 점수를 나기보다는 피로 점수를 자주 나 버리니깐 딸도 눈치를 챘었는지 광을 안 먹고 피만 무조건 먹어 기본점수 10점을 났습니다. 이때다 싶어 나는 또 피를 주는 척 하며 광을 먹어 띠와 함께 점수를 났습니다. 이렇듯 자꾸 피로 기본점수 10점을 났다가 광으로 났다가 청단, 홍단 단을 묶어 점수를 나곤 하였습니다.

그럴 때마다 딸은 자기가 이길 것 같은데 내가 먼저 기본점수를 나버리니깐 아쉬워 어쩔 줄 몰라 하였습니다.

이것도 한두 번이지 너댓 판 이런식으로 해버리면 나도 은근히 머리에 쥐가 납니다. 작은딸은 전에는 점수 많이 나려고 고를 부르다가 고박을 쓰기도 하였는데 지금은 화투패 돌아가는 것을 알고 "스톱"을 자신있게 외쳐대곤 합니다.

그리고 무엇보다 쌍피가 판에 뜨면 전에는 무조건 먹었는데 지금은 머리를 씁니다. 이것이 처음 나오는 것인지, 먹어간 것인지 확인한 후에 그것을 먹고 안 먹고 하니 고스톱의 고수가 된 듯합니다.

이렇듯 기본점수 10점을 나기 위하여서는 머리에 쥐가 나도 다리도 아프고 신경이 많이 쓰입니다.

이런 화투놀이에서 무엇을 먹을까 선택하듯 매사에 작은딸도 지혜로운 선택을 하기를 바라며 잘못 패를 먹어 낭패를 당하듯 조그마한 일에 있어서도 돌다리를 건널 때 조심하듯 조심조심 하였으면 합니다.

잠시 잠깐 작은 딸과 화투놀이를 하다 영미씨가 일 마치고 집에 도착하면 서로 인사하고 그만 하기로 합니다.

작은 딸과 이렇게 지내면서 제 마음에 적지 않은 기쁨을 누립니다.

"어때 기분 괜찮아" 물으면 "아빠와 놀아주기가 가끔은 힘들지만 그래도 좋아요."하는 작은 딸의 얼굴을 바라보며 손을 높이 들어 둘이 하이파이브를 외칩니다.

고스톱 놀이처럼 잘 못하는 공부이지만 공부하는 방법을 스스로 터득하여 지혜롭게 공부하였으면 합니다.

아울러 사회에 나갔을 땐 쓴맛, 단맛, 시련과 고통도 있겠지만 화투놀이에서처럼 원고, 투고, 쓰리고를 부르며 휘파람을 부는 날도 있지 않겠습니까?

학생들 누구나가 본인 개인이 아니면 부모님 등쌀에 못 이겨 공부, 공부,

공부하라는 부모님 성화에 못 이겨 책상머리에 앉아 있는 것보다 주말이면 가끔씩 우리 부녀처럼 아니면 이 땅의 부모님들은 자녀들과 함께 자유로운 시간을, 여건을 마련해 주었으면 합니다.

공부 1등하면 좋지요. 누구나가 1등하면 누가 꼴찌합니까?

나는 우리 딸이 공부를 남들보다 월등히 잘하면 좋겠지만 매달 1등을 하면 좋겠지만 공부하는 지혜가 부족하여 남들보다 성적이 좀 떨어져도 몸과 정신이 건강하였으면 합니다.

잘하든 못하든 언니가 하던 성당의 9시 미사 피아노 반주를 이어받아 건반을 두드리는 작은 딸의 모습이 대견스럽습니다.

자기에게 주어진 시간, 빠지지 않고 부지런히 연습하여 눈이 오나 비가 오나 몸이 조금 피곤하여도 겨울에 감기에 걸려도 제시간에 맞춰 피아노 반주를 지금도 하고 있습니다. 때로는 하얀 이를 드러내며 밝은 얼굴로 미소 지을 때도 있으며 때로는 매서운 눈초리를 해대며 앙칼지게 성질 낼 때도 있지만 잠시 잠깐 금방 풀어지는 뒤끝 없는 작은 딸이 정말이지 좋습니다. 그냥 아무런 조건 없이 좋습니다.

화투놀이(고스톱)에서처럼 처음과정, 중간과정, 결론 내용이 있지만 지금은 처음과정, 가정, 학교, 사회(성당, 학원, 시내) 모든 요소 요소 장소에 부딪히며 접하는 모든 것들이 처음 과정이라 생각합니다.

여기에서 작은 딸은 하나 하나 익혀가리라 생각합니다.

이제 작은 딸도 고등학생이 되면 화투놀이 할 시간도 없을 것입니다.

언제든 여유가 된다면 함께 앉아 머리를 맞대고 화투를 손에 잡을지 모르겠지만 화투보다는 마이크를 손에 쥐고 노래방 기기를 틀어 함께 노래를 부르렵니다. 신세대 노래 텔미 텔미 목청 돋우어 부르고 파이팅 외치며 스트레스를 날려 보내렵니다. ✝

작은딸 용돈

저는 결혼하여 두 딸을 낳았습니다. 큰 딸은 어릴 때부터 남에게 주는 것을 좋아했습니다. 분명 자기 자신이 좋아하고 무척이나 아꼈던 물건을 아침까지 가지고 놀았는데, 저녁에 챙기려고 찾아보니 가지고 있지 않았습니다.

"예린아 아빠가 전에 사준 예쁜 인형시계 어떻게 하였니?" 하고 물으니 자기가 좋아하는 옆집 친구에게 주었다고 하였습니다. 때로는 친한 친구, 마음에 드는 친구 사귀려고 자기가 가지고 있던 물건을 서슴없이 주기까지 하였습니다. 심지어는 어릴 때 자기가 먹고 있던 수퍼백(요플레)을 수저로 떠먹고 있다가 강아지가 먹고 싶은 듯이 물끄러미 쳐다보고 있으니 불쌍하게 느껴졌는지 강아지 한 입 자기 한 입 이러고 있었습니다.

우리 부부는 놀래며 물었습니다. "왜 그렇게 하느냐?" 하고 혼을 낼 양 물으니 "강아지가 불쌍해서 주었습니다."라는 큰 딸의 대답이 착하고 나누려는 그 마음이 예뻐서 혼을 내지 않고 머리를 쓰다듬어 준 적이 있었습니다.

스낵과자, 사탕, 먹을거리는 언니고, 동생들이고, 친구들 다 퍼주는 바보 같은 어린이였습니다. 성장하면서도 돈을 손에 쥐어주면 신나게 쓰고 한 푼도 안 남깁니다. 작은 애는 언니와 다르게 어릴 때부터 자기 것은 꼭꼭 챙겨둡니다. 작은 애는 자기 것을 그렇게 챙기면서도 큰 애와 비슷하게 어려운 사람 일이면 꼭 도우려 합니다. 심지어 학교에서 수재민 돕는다고 돈을 가져오라고 하여 이만 원이나 가져갔습니다.

제가 어릴 때도 천 원, 이천 원을 내왔고, 보통 다 그만큼 내었는데, 오천 원만 내어도 된다고 하였건만 많이 도와 줘야 한다면서 이만 원이나 가져갔습니다. 매년 많이 가져가야 한다며 떼쓰고 있습니다.

중학생이 되고 난 후 조금 줄였습니다. 여하튼 언니와 다르게 돈을 사용하고 있습니다. 언니와 같은 자리에서 돈의 중요성을 알게 하기 위하여 노동의 대가 같은 계획을 세워보고 행하기도 하였습니다. 용돈 기입장을 사용하고 수입 지출 건의 사항은 사용하게끔 하며, 큰 애는 영미씨에게 용돈 받고, 작은 애는 나에게 용돈 받기로 하였으며, 여러 가지 여건상 부족하면 인상을 하되 "용돈 없이 가난하게 살아가는 친구들 생각하며 철저히 절제하자."라고 생각도 같이 나눴습니다.

자신들이 무슨 계획에서 용돈이 더 필요할 경우, '아르바이트'를 해도 된다고 상의하였습니다. 사실 아르바이트를 안 하려야 안 할 수가 없습니다. 용돈은 사실 조금 주는데 용돈에 비해 사실 지출할 곳은 터무니없이 많습니다. 부모님 생일, 축일, 할머니 생일을 챙기기 위하여 선물사고, 성당을 다니다 보니 주일 헌금을 분할하려니 또 용돈이 지출되고, 또 한 달에 한두 번 불쌍한 사람, 군인들, 신부님들을 여러 형상으로 도움을 준다고 제2차 헌금까지 내니 용돈이 바닥이 날 것입니다.

바닥이 난 용돈을 메우기 위해서는 명절 때 받아둔 여비들을 사용하기도 하고, 엄마와 아빠에게 온갖 애교를 부려 용돈 가져가고, 안마와 심부름, 밥상 차리는 것을 도와주고 용돈을 받아서 사용하기도 합니다. 참으로 안쓰럽습니다. 이것보다 더 안쓰러운 것은 용돈 기입장 밑에 란에 '용돈이 다 떨어졌다.', 그 다음 밑에 '용돈이 없어도 참아야한다.', 그 다음 란에 '참고 또 참아야 한다.'라는 글귀입니다.

매달 마지막 날과 매달 첫 1일은 어쩌면 우리 애들에게는 천국과 지옥일지 모릅니다. 마지막 날은 용돈이 바닥이고, 첫째 날은 용돈이 두둑히 생기는 날이기 때문입니다. 큰 딸은 영미씨가 용돈을 주니 덜 기다려집니다. 그리고 가끔 애교를 부려 용돈을 가져가니 큰 느낌은 없습니다만, 작은 딸의 용돈을 내가 주니 첫째 날 오후 4시쯤 되면 집에 들어서자마자 "학교 다녀왔습니다.", "응, 학교 다녀왔느냐?" 하는 말이 끝나기가 무섭게 "아빠 용돈 주셔야죠. 잊어버리지는 않으셨겠죠?" 하며 무슨 돈을 맡겨 놓은 것처럼 큰소리로 아주 당당하게 손을 내미는 작은 딸 혜린이 입니다.

"아차, 돈을 준비를 못 했네. 어떻게 하지?" 하고 놀리려고 하면 작은 딸 혜린이는 저의 전부를 알고 있는 터라 "거짓말 하지 마세요. 왼쪽 주머니에 돈 있잖아요. 내가 찾아볼까요?" 하며 막 달려들려고 하는 작은 딸을 물리치며 "알았어. 알았어. 내가 줄게." 합니다.

용돈을 챙겨주면 "고맙습니다. 아버지." 하고 달려와서 용돈을 받고 얼굴에 입맞춤 하는 작은 딸이 귀엽고 착하게 느껴집니다. 큰 딸은 주일날 아침에 피아노를 치기 위하여 앞에서 반주하고, 작은 딸은 나와 함께 성당 제일 뒷자리에서 미사 봉헌하고, 엄마(영미씨)는 사무장으로서 1층에서 일하고, 온가족이 성당에서 미사 봉헌하며 건강하고 행복하게 주일을 경외하며 섬길 수 있는 은총을 주서서 감사했습니다. 또 착한 두 딸을 주서서 감사했습니다.

작은 딸이 용돈 5천원 인상해 주십사 하고 말하였듯이 대화를 통하여 5천원 인상해 주게 되었습니다.

"오예! 아버지 고맙습니다." 손뼉 치고 달려들며 얼굴에 뽀뽀해주니 싫지만은 않습니다. 오천 원이라는 돈이 이렇게 소중한 것임을 다시 한 번 깨닫고 근검절약 해야겠다는 것을 피부로 깨닫게 되었습니다.

혜린아! 사랑한다. 우리 행복하게 살자꾸나. ✝

작은딸의 편지

작은 딸(혜련)이 영미씨에게 "엄마, 토요일 날 시내 노래방 갔다가 영화보고 오면 안 돼?" 하면서 애교 섞인 말을 내뱉었습니다.

그것은 엄마에게 하는 말 같지만 진즉 그 말을 듣고 있는 나에게도 해당되는 말입니다. 영미씨는 말을 한 작은 딸의 눈치와 나의 생각을 살피느라 쭈뼛쭈뼛 망설이면서 연신 밥상에서 젓가락질을 하고 있었습니다.

나는 잠시 생각하다 "안 되지 안 돼. 너 저번에 하영(작은 처제 큰 딸)이 하고 시내에 자주 드나들 때 너무 자주 만나는 것 같아 친척이니깐 봐 주는 것이라고 저번에 너하고 말했지? 그 때 이번이 마지막이야 하고 말할 때 혜련이 너도 알았다고 대답을 하지 않았니. 그런 의미에서 약속은 지켜야지" 하고 말했습니다.

"사람이 살아가면서 약속을 하여도 어쩔 수 없는 일이 일어날 수 있지만 지금 네가 말한 경우는 극박한 사항이 아닌지라 얼마든지 취소할 수 있는, 즉 시내에 나가지 않아도 되는 일이니 네 마음을 정리하기 바란다."

아무 말 없이 대답도 하지 않던 작은 딸이 자기의 생각이 무산되어 버린 것에 대한 아쉬움인지 몇 번 수저질을 하다 수저를 놓고 말없이 2층으로 올라가려는 것을 보고 나는 또 한 마디 외쳤습니다.

"너하고 같이 시내에서 만나 노래방에 가고, 영화 보러 가고, 식사하고 하는 애들 이름도 모르고, 성도 모르고, 전화번호도, 집도 모르는데 어떻게 내가 보내겠느냐? 어른 한 명이라도 같이 간다면 모를까? 너무 아쉬워하지 말아야 한다. 이해하지 못하겠지만 너를 위해서인 것을 감안해 주기를 바란다."

2층으로 올라가는 작은 딸의 뒷모습을 보며 '너무 기를 죽인 것은 아닐까?' 생각하면서도 '아냐, 이럴 때일수록 냉정함을 되찾아야 된다'고 생각했습니다. 잠시 영미씨와 함께 밥상에서 수저질만 할 뿐 침묵만이 흘렀습니다.

영미씨는 작은 딸의 모습이 생각난다면서 "아유, 좀 보내주지." 하며 작은 소리로 말했습니다. "이 사람이 그래도 아직까지 이해하지 못하고…" 하면서 뒷말을 끊어버렸습니다.

다음 날, 그러니까 토요일 아침. 작은 딸은 영미씨에게 문자를 날려 보냈는가 봅니다. 같이 시내에 나갈 학생들 이름, 전화번호, 몇 학년인지 등등. 혜린이와 같은 학교 애들은 한 명도 없고 전부 학원 친구들이며, 그 중에는 남학생도 끼어 있었습니다. 같은 학교 애들도 아니고 더군다나 남자 애들까지 있으니 더 안 된다고 확실히 못을 박았습니다.

오전 시간은 가고 오후가 되어 영미씨와 작은 딸 혜린이와 집에서 점심을 같이 하면서 남학생들, 특히 남자들의 특성상 성향, 행동 이런 부분에 대하여 설명을 좍 하면서 '언니도 고등학교 2학년 때 잠시 아차 하는 순간에 잠시 한눈을 팔아 정신 번쩍 들게 혼난 적이 있는 것을 너도 알잖니?' 하며 설명했습니다.

"그 남학생은 누군데?"

영미씨가 말했습니다.

"나를 좋아하는 남학생이야." 하고 작은 딸이 대꾸했습니다.

"그 남학생 나이는 몇 살인데?"

또 다시 영미씨가 되물었습니다.

"나이는 나하고 똑같아." 하고 작은 딸이 말했습니다.

"그러면 그 남학생 우리 집에 한 번 데려오너라. 엄마나 아빠가 얼굴이나 품행을 한 번 보게." 하고 계속하여 영미씨가 말했습니다.

"아유, 참. 집에 데려오기는 뭘. 나하고 결혼할 사람도 아닌데. 만약 나하고 결혼할 사람이 생기면 그 때 집에 데려와 인사하고 소개 시키지." 하고 작은 딸은 말했습니다. 드라마를 많이 봐서 그런지 그 쪽 방면에는 확실히 알고 있는 듯 했습니다.

"그냥 재미있고 즐기기 위해서 사귀는 거야."

큰딸은 우리에게 말을 안 해서 남자친구가 있는지 모르겠지만, 남학생에 대해서는 자신이 좋아하는 학생이 있다는 것에 대하여 일언반구 한 마디도 한 것이 없는데, 집에서 보는 두 딸의 행동을 보아하니 작은 딸이 조금 더 사교성이 있는 것 같았습니다.

큰 딸은 숫기가 없어서 상대방과 말을 트기 위해서 많은 시간을 필요로 하지만, 작은 딸은 직선적으로 말을 하고, 맺고 끊는 것이 확실합니다.

나의 재차적인 설명을 듣고 작은 딸은 시내에 나가는 것을 포기하였는지 토요일 내내 2층에 올라간 뒤 저녁때까지 내려오지 않았습니다. 저녁 시간 때 영미씨는 성당 사무실에 있고 큰 딸은 토요일에도 학원에서 공부하고 그림을 그리느라 밤늦게 집에 귀가하는 관계로 작은 딸과 둘이 함께 모처럼 김밥과 잔치 국수를 차려 할아버지들과 함께 맛있게 저녁을 먹었습니다.

주일날 성당에 가서 아침 9시 미사 때 반주를 한 작은 딸의 손을 꼬옥 잡고 "수고했다"고 칭찬을 해주자 이층에 갔다 오더니 머리를 뒤로 싹 땋아 올리고 윗옷과 바지를 야실야실한 것을 입고 내려왔습니다.

"아빠. 초코파이 하나 먹어도 될까요?"

시내 노래방과 영화 관람을 친구들과 함께 하려 했는데, 토요일 날 만찬과

하룻밤 잠을 자고 일어나 성당에 다녀온 후로 그 일을 깨끗이 잊고 포기한 작은 딸이 고마웠는데 이렇게 머리며 옷이며 단출하게 입고 내려와 초코파이를 찾으니 어느 부모가 안 챙겨주겠습니까?

"그래. 바로 그거야. 너나 너희 언니는 머리를 뒤로 땋아야 해. 그러면 평상시보다 훨씬 예뻐. 목이 길어 목선도 얼마나 예쁜데. 야, 우리 딸 잘 생겼다. 참으로 예쁘게 생겼다."

입에서 마구마구 좋은 말이 쏟아져 나왔습니다. 작은 딸은 "정말?" 하면서 피식 웃었습니다. 피식 웃는 그 미소가, 아니 저 미소가 오래도록 작은 딸의 얼굴에 남아 있었으면 하는 바람입니다.

고슴도치도 자기 새끼는 예쁘다고 한다지만 내 새끼는 언제 봐도 참으로 예쁩니다. '이런 예쁜 딸이 시내에 가서 무슨 일이 생겼으면 큰일날뻔 하지 않겠는가?' 하고 생각합니다.

가정의 평화는 가족이 함께 이해하고, 받아들이고, 서로를 생각해 줄 때 평화와 기쁨이 배가 되어 찾아든다고 나는 믿고 있습니다. 작은 딸이 한 인격체를 무시하지 않고 존중해 줄 때, 그 작은 인격체도 크게 빛을 발할 것입니다.

작은 딸과는 같이 있는 시간이 많기에 몸이 아픈 나를 작은 딸이 여러모로 잘 챙겨줘 늘 고맙게 생각하고 있습니다. 눈치도 빨라서 이제는 눈만 깜박거려도 알아서 챙겨줄 정도가 되었습니다. 이런 딸의 즐거움과 기쁨(노래방, 영화 관람)을 혹시 내가 빼앗지 않았을까 하는 생각도 들지만 그래도 내 옆에 안전하게 있다는 사실에 늘 감사드립니다.

"혜린아, 우리 저녁밥 빨리 먹고 우리나라 축구 하는데 우리나라가 이길 수 있도록 응원하자!"고 말하자 "네, 알았어요. 아버지." 하던 딸은 밥 먹고 잠시 "안방에서 누워서 볼게요." 하더니 초저녁에 잠이 들었습니다. 그 모습을 본 저는 '아유, 자는 모습 좀 봐. 참 가관이다.' 하고 생각했습니다. 두 팔은 하늘로 치켜들고 두 다리는 벌린 채 배꼽은 보일랑 말랑. 완전 대(大)자로

자고 있는 모습을 사진이라도 찍어놓을까 하다 참았습니다. 작은 딸은 어릴 때부터 밤 8시 30분만 되면 무엇을 먹으면서도 입에 물고 잠에 취해 곯아떨어지곤 했습니다.

시간만 되면 자는 작은 딸! 착하고 예쁜 마음을 지닌 네가 이 다음에 아름다운 사랑을 하고 사랑의 열매를 맺고 꽃피우기를 이 아버지, 엄마, 언니는 기도할게. 사랑한다~♡. ✝

어머님 사랑합니다

저는 가진 것도 없습니다. 저는 부모님도 안 계십니다. 저는 공부도 많이 하지 못했으며, 학벌도 내세울 것이 없습니다. 저는 몸도 건강하지 못하며 정말이지 볼품없는 사람입니다.

딱 하나 천주교인으로서 영세 받고 믿음을 가진 신앙인이었습니다. 이렇게 보잘 것 없는 나를 사랑해 주는 여인이 있었습니다. 이 여인의 사랑을 받는 자체가 부담스럽고, 조심스러웠고, 아픔을 주고 겪게 되는 것은 아닌가 생각하며, 항상 해맑게 다가오는 지금의 부인(영미)이 있어 저는 참 행복했습니다.

결혼이라는 말에 지금은 고인이 되신 장인어른은 한마디로 NO. 거절이셨습니다. 장모님은 같은 천주교 신앙인이고, 주변에서 저에 대해 좋은 말을 많이 전해 들으시고 반신반의 하시는 표정이셨습니다. 몇 번이고 장인어른으로부터 퇴짜를 맞으며 침울했지만, 은인들의 도움으로 슈퍼마켓을 하게 되어 결혼을 할 수 있는 동기가 되었습니다.

이야기가 잠시 빗나간 것 같습니다.

저희 장모님이 계서 이렇듯 큰딸과 우여곡절 끝에 결혼을 하게 되었습니다.

장모님의 고향은 전남 고창, 보수적이시며, 양반 집에서 빼어난 미모를 가지고 태어난 여인이셨습니다. 대학은 못 나오셨지만 고등학교 다닐 때까지 꿈 많고 학교에서 꽤 낭만적이고 활동력이 강했던 여성이셨습니다. 지금은 고인이 되신 장인어른을 만나 신혼 시절 때 아침 일찍부터 밤늦은 저녁까지 식당 일을 하며, 위로는 시부모님을 봉양하시고, 아래로는 시동생들을 공부 시키고 출가시킨 독립심이 강한 여성이셨습니다.

어머님 자신 한 몸이 으스러질지언정 정신력만은 강한 여성이셨습니다. 고인이 되신 장인어른의 우유부단한 성격 탓으로 식당을 그만 인계하고 나서도 몸이 피곤하도록 일해서도 집안 경제 살림은 가난에서 벗어날 수 없었습니다. 그 시대의 어머님들이 콩나물 값 100원, 200원을 아끼셨듯이 떨어져 나가는 배추 시래기가 아까워 깨끗이 주워 손질하여 된장국을 끓여 자식들을 먹여 키우신 어머님이셨습니다.

때로는 늦은 밤이 되면 자식들이 직장 때문에 밤늦게 공부를 하는 통에 혼자 식탁에 앉아 물에 밥을 말아 김치를 놓고 눈물로 끼니를 때우셨던 어머님이셨습니다. 홀로 자식들을 거의 출가를 시킨 어머님이십니다. 아들을 서울대학교, 대학원까지 공부시키기 위하여 먹고 싶은 것, 좋은 옷 입고 싶은 것, 좋은 곳에 여행가고 싶은 것도 참으시고 졸업시킨 어머님이십니다. 이제는 아들, 딸, 사위, 며느리, 손자, 손녀 등 후손들이 20명이나 됩니다.

행복해하시고 기뻐하시며 얼굴에 미소를 담으시지만 마음 안에는 고인이 되신 장인어른을 생각하고 계시다는 것을 저는 잘 압니다. 비록 살아생전 마음고생을 시키셨던 분이셨지만 그래도 자식들의 아버지이시니 좋은 일이나 궂은일이나 생각이 왜 안 나시겠습니까? 특히 딸자식을 결혼시킬 때 손잡고 들어갈 남편이 없으니 오죽 그 마음이 애달프겠습니까? 이렇듯 자식들을 건강하게 키워 출가시킨 어머님이 참으로 위대하다고 생각합니다. 어머님의 그 큰 노고에 아낌없는 박수를 보냅니다.

젊었을 때부터 고생을 많이 하신지라 무릎 관절, 허리, 모든 육신이 여기저기 아픕니다. 병원 진료를 받으시며 치료 받고 그래도 조금만 움직일 수 있으면 집에 가만히 계시지 않고 여기저기 전부터 해 오신 그 곳에 가서서 봉사활동도 다니십니다. 여성강좌에 가서서 좋은 말씀을 들으시고 저한테 오셔서 강의 내용을 힘주어 말하십니다. 약한 사위에게 힘이 되고, 도움이 되었으면 하는 바람으로 열변을 토하십니다.

너무나 긴 시간을 요하시기에 "예. 이제 그만 됐어요."해도 어머님은 할 말을 다 하십니다. "대단합니다. 정말 대단합니다."하고 제가 말하면 "이제 얼마 안 남았어. 끝까지 들어."하면서 어머님이 또 다시 말씀하시면 "역시 어머님이 계시면 꼼짝 못 하는구만."하고 영미씨도 한 마디 던집니다. 우리 어머님은 혼자 가만히 있으면 힘이 떨어지지만 말을 들어주고 장단을 맞춰주면 얼마나 말씀을 잘 하시는지 시작도 끝도 없으십니다.

말씀을 그렇게 열심히 하고 계시면 "어머님은 조금만 더 배우시고 결혼만 잘 하셨더라면 틀림없이 한 자리 하고도 남았지."하는 생각이 듭니다. 어머님의 발그레한 얼굴을 보노라니 어머님한테나 저한테나 지금은 참 즐거운 시간입니다. 강의하고 떠나신 그날 밤. 저는 혼자서 어머님이 하신 말씀을 상기하며 열심히 실행에 옮기고 있습니다. 제가 생각해도 참 우습습니다. 혼자서 픽하고 웃어봅니다.

이렇듯 힘이 있을 때도 계시지만 단지 또 하나 걱정은 어머님께서 눈이 잘 안 보이신다는 겁니다. 텔레비전도 잘 못 보시고 듣기만 할 때가 많으시고, 노래 가사도 잘 못 보셔서 노래만 들으시면서 그냥 흥얼거리시고, 책이나 성경책도 보고 싶지만 잘 안 보여 테이프로만 들으시고 가끔은 길을 다니다가 넘어지려고 할 때도 있으시며, 어떤 때는 길에 있는 택시와 부딪혔다고 말씀하셨습니다. 참으로 마음이 아프고 미어집니다.

이제는 아들딸 자식 다 키워 편안히 살아야 되는데 이렇게 인생 말년에 눈이 잘 보이지 않아 고생하시는 어머님이 불쌍하게만 느껴집니다. 차라리 숨이 차서 밖에 잘 못 나가는 내 눈을 어머님과 바꾸었으면 할 때도 있습니다. 어머님께 우리 자식들 애정의 10분의 1이라도 갚아드리면 좋으련만 그렇게 하지 못하는 제 자신이 미워집니다.

저희 집에 다니러 오셨다가 가실 때 산소통에 산소가 없다고 하여 어머님을 홀로 혼자 보내는 저 자신이 얼마나 이기적인 인간인가 말입니다. 이런 이기적인 인간도 자식이라고 저를 비롯한 모든 후손들을 위하여 매일 새벽 다섯 시에 일어나셔서 촛불을 켜놓고 두 손 모아 기도하고 계십니다. 자식들의 건강을 위하여, 자식들의 행복을 위하여….

저도 기도합니다. 어머님의 사랑을 본받기 위하여…. ✝

제4부

희망을 띄우는 편지

정승래 바오로 형제님! 주신주 그라시아 자매님!

가족끼리 끝기도를 마친 후 처음으로 선풍기를 틀지 않고 잠을 청할 수 있었습니다. 인공호흡기에서 쉭쉭 바람 소리를 강하게 낼 때마다 잠을 깨고, 더워서 몸이 땀에 절어서 잠을 깨고, 가끔은 모기한테 물려서 잠을 깨곤 했는데 시원한 바람이 창문을 통하여 들어와 저 자신의 체온을 시원하게 해 주었기에 이불을 살짝 덮고 깊이 잠들 수 있었습니다.

미약하고 부족한 제 자신에게 오늘도 변함없이 생명을 허락하신 주님께 감사드립니다.

✝ 찬미 예수님

바오로 형제님! 그라시아 자매님!

어제 주일은 거룩하게 잘 지내셨겠지요?

우리 주님께서는 두 분을 너무나 사랑하고 계시기에 많은 은총을 베풀어 주셨으리라 믿습니다. 아기자기한 모습으로 때로는 아웅다웅 목소리를 높여 가며 살으시는 모습 참 보기 좋습니다.

저희 부부들도 두 분의 좋은 모습을 보고 열심히 살려고 노력하고 있습니다. 지금은 데레사도 아침 일찍부터 성당 봉헌금을 은행에 예치시키느라 분주하게 다녀서인지 점심 먹고 나서 잠시 쉬고 있습니다.

할아버지, 아저씨들도 방에 계시기에 무료한 점을 핑계 삼아 잔디밭으로 운동시키기 위해 마당으로 다 내보냈습니다.

연로하신 민 스테파노 할아버지께서는 바깥에 나가셔도 움직이지 않으려고 하시며, 평상에 가만히 앉아 계시기를 원하며 잠시 앉았다 옆으로 누워 잠을 청합니다.

그래도 다른 분들은 한 발 한 발 움직이면서 운동을 하고 계십니다. 아무쪼록 어르신들이 건강하게 오래오래 사시기를 바랍니다.

따스한 햇살이 나뭇잎들과 잔디를 좋아한 나머지 잘 감싸주고 있습니다.

따스한 햇살 아래 느티나무와 사철나무와 벚꽃나무들이 자기들이 제일인 양 살짝 부는 바람을 친구 삼아 춤을 추고 있습니다. 마당에 쫙 깔려있는 잔디들은 잡초와 더불어 아웅다웅 집안 싸움을 하고 있습니다.

저는 긴 산소줄을 목에 있는 기관지에 걸치고 서너 계단까지 내려가 햇볕을 쬐며 일광욕을 하면서도 잠들어 계신 할아버지 낮잠을 너무 많이 주무시는 것 같아, 발바닥을 살살 간지려 봅니다.

발 한쪽을 허공에 대고 움직이는 할아버지의 모습이 귀엽게만 느껴집니다. "스테파노 할아버지! 술 한잔 드세요."하고 고함을 질렀더니 일어났습니다. 일어났지만 술이 보이지 않고 내가 옆에 앉아 있는 것을 보고 장난 그만하라며 핀잔을 줍니다. 저는 그 모습까지 이쁘게만 보입니다.

술 대신 시원한 음료수 한 잔을 건네며, 우리 모두 시원하게 목을 축여 봅니다.

바오로 형제님! 그라시아 자매님!

행복이 어디 멀리 있습니까? 지금 자신이 처한 상황에서 감사하고 만족하면 그것이 행복 아니겠습니까?

저는 제가 눈을 뜨고 살아 있다는 자체만으로도 감사하며 행복하다고 생각하고 있습니다. 여기에다 내가 사랑하는 데레사가 있고, 두 딸도 있고, 식구처럼 함께사는 우리 할아버지, 아저씨들까지 계시니 말입니다.

아울러 저를 도와주시는 후원자님들과 봉사자들 그리고 기도해 주시는 분들까지 계시니 말입니다. 그리고 바오로 형제와 그라시아 자매님을 알게 된

행운도 있지 않습니까?

늘 조용하고 미소 지으며 순명적인 바오로 형제와 조금은 괄괄한 목소리가 저를 위축들게 하지만 실천적인 사랑을 베푸시는 그라시아 자매님께서 세세하게 도와주심에 늘 감사드립니다.

제 마음 깊은 곳에 꼭 새기고 차근차근 매일매일 기도드리겠습니다.

상세한 내용은 잘 모르겠습니다. 자녀들의 문제로 신경을 많이 쓰고 계신다는 소리를 들었습니다. 저 또한 큰 딸의 문제로 마음고생 했습니다. 모든 것이 부모님의 마음대로 되는 것은 아니라고 많은 사람들의 말을 들어왔지만, 막상 제 자신이 자녀들의 문제로 닥치니 결코 쉽지만은 않았습니다.

순리대로 하느님께 맡기고 자녀들이 원하는 것으로 따라주어야 할 것 같습니다.

고린도전서 13장의 내용처럼 사랑은 참으로 위대한 것 같습니다.

바오로 형제님! 그라시아 자매님!

자녀들의 문제를 우리 모두 '사랑'으로 이겨냅시다.

배고플 때가 있으면 배부를 때가 있고, 비가 올 때가 있으면 화창하게 개인 날이 있고 울 때가 있으면 이 다음에 웃을 때가 있지 않겠습니까?

바오로 형제님과 그라시아 자매님의 부부 사이와 자녀들과 가정에 항상 화창한 개인 날씨와 웃음꽃이 활짝 핀 날이 연속되기를 기원합니다.

아울러 우리 주님의 기쁨과 평화가 넘쳐나소서!

2011. 7. 22

윤현순 로사 자매님, 안녕하세요

✝ 찬미 예수님

로사 자매님, 안녕하세요.

먼저 하느님의 큰 사랑과 평화가 자매님에게와 가정에 충만히 깃들기를 기도드립니다. 가양2동에 사실 때에는 자주 뵌 것 같은데 이사한 후 자주 못 뵌 것 같습니다. 그래도 성당에서 마주 대하니 그 또한 감사한 일입니다.

14일날 성당 사무실에서 모처럼만에 뵈었을 때 참으로 반가웠습니다. 손을 맞잡았을 때 전해져 온 마음과 마음이 통해서일까 진한 사랑을 느꼈습니다. 자매님께서 저를 생각하시며 기도해 주시듯 저 또한 자매님을 생각하며 기도 하듯이 말입니다.

데레사를 통하여 늘 자매님의 근황은 들어 알고 있습니다만 아프신 분들을 위하여 그토록 애쓰시는 일이 쉽지 않다는 것을 알고 있는 저로서는 자매님이 대단하게 느껴집니다.

지금 현재 처해있는 한 가정의 책임자로서 가장으로서 얼마나 힘드시겠습니까? 자매님과 사무실에서 악수하기 전부터 웬일인지 자꾸만 기도 중에 편지를 써서 보내드려야겠다는 생각이 밀물처럼 밀려들었습니다만 차일피일 미루다 악수하고 난 뒤 결심을 굳히게 되었습니다.

생전 처음으로 본당에 계신 분에게 필을 들게 되어 몸둘 바를 모르겠습니다만 조심스러운 마음으로 그리고 감사드리는 마음으로 하얀 백지를 메꾸어 보렵니다.

하늘에 계신 형님의 영혼을 위해 늘 기도하며 살아 생전 신앙적으로 열심이셨던 점과 희망의 집을 도와주신 점에 감사드립니다.

언제나 조신한 모습으로, 정숙한 여인의 모습으로, 살짝살짝 얼굴에 미소를 띄며 말씀하시는 자매님이 참 좋았습니다.

미약하고 부족한 저를 위하여 손수 오셔서 머리 염색까지 해주시고……. 잊을 수 없을 것입니다.

많은 분들에게 은혜를 입으며 살아가는 저이지만 자매님 또한 잊지 않고 제 마음에 늘 담고 열심히 살겠습니다.

승철이를 위한 큰 따님의 희생처럼 가정의 가장으로서 아프신 분들을 위하여 희생하시는 자매님처럼 저 또한 주워진 환경 속에서 몸은 약하지만 주님의 은총 속에 희생하겠습니다.

주님의 사랑과 은총 속에서 자매님을 알게 된 것을 큰 행운으로 여기고 있습니다.

자매님!

힘들고 지칠 때도 많이 있으시지요. 힘과 용기를 내십시오.

자매님 곁에는 사랑하는 가족이 있잖습니까?

그리고 미약하고 부족한 프란치스코가 늘 기도하고 있으니깐요. 파이팅!

주님의 평화가 함께 하시기를…….

사랑합니다.

2011. 8. 19

김 원 바오로 형님, 그 동안 별일 없으신지요

구름 한 점 없는 청명한 가을 하늘 날씨입니다.

그러나 태양열은 이글거리듯 햇볕이 강하게 내리쬐고 있습니다.

바람 한 점 불지 않아 나뭇잎들은 옷을 갈아입는 듯 애쓰고 있는 듯 합니다.

감나무, 느티나무, 사철나무, 벚꽃나무, 모두들 주름을 자랑하고 있습니다.

그리고 마당에 잔디들은 잡초들과 어울려 아웅다웅 서로들 잘난 체 하고 있습니다.

벚나무에 매미가 눌러 앉아 매~매~맴 하며 노래 부르고 있습니다.

오후에 한숨 자려 할 때면 저 매미소리도 신경이 쓰여 짜증날 때도 있는데, 지금은 참 기분이 좋습니다.

형님을 생각하며 필을 들고 글을 올리는 있는 시점이니 말입니다.

✝찬미 예수님

바오로 형님, 그 동안 별일 없으신지요.

저는 주님의 은총과 사랑 속에서 행복하게 잘 살고 있습니다.

가끔씩 독일 약국의 형님을 통하여 안부를 들을 수 있었습니다.

형님께 자주 안부 전화도 해 드려야 되는데 게으름을 피워 죄송합니다.

몸이 많이 중하여 집안에만 있다가 의사의 권고로 또 몸이 많이 호전되어 2달 전부터 장애자용 오토바이를 타고 성당에 미사를 다닐 수 있게 되었습니다.

참으로 감사한 일입니다. 주님의 보살핌이며 저의 짝꿍 데레사의 내조 덕분입니다.

아울러 함께 사는 가족의 힘도 큽니다.

그리고 중요한 것은 저를 아는 분들이 기도해 주셨기 때문입니다.

사모님(자매님)도 안녕하신지요?

자매님과 형님은 매년 유치원 연중 계획표를 만들고 또 상반기 하반기 계획대로 움직이고 좀 더 세밀하게 한 달 두 달 또 주일마다 프로그램을 선생님들과 만들어 일년 이년도 아니고 오랜 시간 동안 참으로 대단하십니다.

저는 형님처럼 연중 계획은 세우지 못합니다.

단지 달력에 아니면 제가 가지고 있는 수첩에 한 달 정도 메모해 놓고 있습니다. 메모라고 해 봐야 행사라고 해 봐야 희망의 집 안에서 움직이는 것입니다. 목욕 봉사와 음식을 만들어 주시는 몇몇 봉사자님들을 맞이하는 것 말입니다.

몇 분 안 되는 봉사자님들이지만 저에게는 참으로 고마우신 분들입니다. 더욱이 이 분들은 제가 희망의 집 시작할 때부터 봉사 활동을 해주신 분들이라 얼마나 감사한지 모릅니다.

그리고 제 몸의 상태가 좋은 것이 아니라 일주일 전 다르고 내일 다르고 아침에 좋았다가 저녁에 상태가 좋지 않을 때가 있기 때문입니다.

그런데 요즈음은 인공호흡기를 밤에 잘 때 착용하고 나서부터는 몸이 많이 좋아졌습니다.

형님! 형님께서 하시는 유치원 일은 참으로 중요한 것입니다.

그러니 정말이지 건강해야 됩니다.

저를 봐서라도 그렇고 가정을 위해서도 그렇고 어린 새싹들을 위해서도 말입니다.

우리 주님께서는 형님에게 참으로 좋은 달란트(은총)를 주셨습니다.

항상 기쁜 마음으로 늘 감사하는 마음으로 주님의 달란트 잘 관리하는 형님이 때로는 부러울 때도 있었습니다.

저는 어릴 때부터 유치부 즉 고아원을 운영하고 싶었습니다.

그러나 주님은 저에게 할아버지들과 함께 살라는 달란트(은총)을 주신 듯합니다.

저 또한 현 상태에서 늘 감사드리며 기도하는 마음으로 살고 있습니다.

가끔씩 데레사가 지쳐가는 모습을 보며 미안한 마음 감출 길이 없습니다.

괜히 죄스러운 마음에 다리 아프다는 데레사의 다리를 주물러 주지만 미안한 마음은 어쩔 수가 없습니다.

시간이 허락하신다면 아니면 성당 앞을 지나가는 일이 생길 냥이면 잠시 들러 데레사에게 힘과 용기를 주셨으면 합니다.

예쁜 따님은 대학교에 잘 갔지요? 조용했던 아드님은 많이 컸겠지요?

여름날 아침 태양빛이 저녁노을까지 한참이나 가듯이 형님과 저 또한 하느님의 사랑과 은총 안에서 오래도록 관계를 유지했으면 합니다.

형님의 가정에 주님의 평화가 늘 함께 하기를 기도드립니다.

2011. 8. 21

사랑하는 집사님!

창문을 통한 밝은 햇살에 눈을 떴습니다.

예전 같으면 또 다시 눈을 감고 잠을 청할 시간이었습니다.

오전 6시. 오늘도 주님께서는 변함없이 미약하고 보잘 것 없는 이 죄인에게 생명을 주셨음에 감사드리며 기도하는 마음으로 일어났습니다.

물 한잔을 마신 후 밤마다 기관지 절개 수술한 곳에서 인공호흡기를 떼고 제 몸 안에 있는 이산화탄소를 빼내기 위하여 링겔줄을 통하여 쉬임없이 불기 시작하였습니다.

이렇게 불지 않으면 조금만 걸어도 숨이 차기에 오랫동안 불고 있어야만 합니다. 이 일이 끝나면 잠시 현관을 나서서 먼 하늘을 바라보며 긴 기지개를 켭니다. 많은 사람들이 폐가 양쪽에 있어 호흡을 하는데 있어 큰 무리가 없지만 폐가 한쪽밖에 없고, 그 한쪽 폐마저 제 기능을 다하지 못하는 저로서는 맑은 공기(산소)가 얼마나 소중한지 모릅니다.

산소호흡기를 통하여 산소를 24시간 들이마시고 있으면서 긴 산소 줄을 통하여 현관까지 나와 하느님이 주시는 맑은 호흡하기 위하여 매일 아침이면 현관에 나와 긴 숨을 들이마시고 내쉬기도 합니다.

세면을 하고 아침을 맞이합니다. 단출하지만 사랑하는 영미씨(집사람)가 차려준 음식이기에 감사하는 마음으로 맛있게 먹습니다. 사랑하는 두 딸은 아침 일찍 학교로 가고, 영미씨도 직장인 성당으로 일보러 갑니다.

집에 있는 저는 아침 먹은 그릇을 깨끗이 씻어놓은 후, 할아버지와 아저씨들과 함께하는 기도를 합니다.

몸이 자유스럽지 못하고 지능이 다소 떨어지시지만 기도 시간만큼은 정말 진지하십니다. 감사 기도를 마친 후 매일 하는 말이지만 "이 집은 아저씨, 할아버지들 집이기에 자유롭게 살으시고 감사하는 마음과 웃으면서 행복하게 살아갑시다."하고 먼저 박수 치면 다들 모두 웃으면서 기쁜 마음으로 박수 쳐 줍니다. 지체가 부자연스럽지만 그래도 조금씩 움직이는 것이 건강에 좋기에 조금씩 운동도 시킵니다.

잠시 혼자 묵상을 합니다. 이 시간이 참 좋습니다. 묵상의 주제를 가지고 할 때도 있지만 때로는 아무 생각없이 십자가만 쳐다보기만 할 때도 있습니다. 묵상을 마치면 개인 기도를 통하여 희망의 집을 도와주시는 후원자들, 봉사자들을 위하여 기도합니다.

손으로 꼽으라고 해도 얼마 안 되는 즉 열 손가락도 안 되는 후원자님들이 온라인을 통하여 계속하여 도와주고 계십니다. 정말이지 너무 고맙습니다. 이렇게 힘든 시기에 변함없이 도와주시니 말입니다.

집사님 감사합니다. 제 마음 깊숙이 간직하며 열심히 살겠습니다.

기도를 마치면 주방에서 시원한 생수 한 잔을 들이킵니다. 참 맛있습니다.

점심때에 식구들이 먹을 국을 간간하게 짜지 않게 끓입니다. 그리고 찌개도 양념장을 잘 만들어 준비해 둡니다. 뼈에 좋은 칼슘 반찬인 가는 멸치도 좀 볶고, 단백질인 검정콩도 좀 볶아 준비해 둡니다. 양배추를 된장 쌈에다가 찍어 먹을 수 있게 준비하고 시원한 김치… 이 정도로 준비해 놓으면 사랑하는 우리 영미씨(집사람)은 행복해 합니다. 우리 식구 모두는 감사하는 마음으로 제가 준비해 놓은 반찬과 국, 밥을 맛있게 먹습니다.

사랑하는 집사님!

그동안 잘 계셨습니까?

집사님께 자주 문안 인사를 드려야 함에도 불구하고, 나태하고 게을러서 문안드리지 못하여 늘 죄송한 마음입니다.

어디 편찮으신 데는 없으시지요. 건강하게 잘 계시리라 믿습니다.

우리 주님의 사랑과 은혜, 축복이 충만하시기를 늘 기도드립니다.

지금 집사님을 생각하며 이렇게 글을 올리게 되면서도 집사님의 얼굴을 떠올립니다. 조용한 말투와, 선하신 얼굴, 주님에 대한 굳은 믿음과 신앙심을 엿볼 수 있었던 첫 대면 때의 말입니다.

사모님(자매님)께서는 잠깐 전화통화로 목소리를 접하였지만 참 고운 목소리였습니다. 자매님께서도 건강하게 잘 계시리라 믿습니다.

집사님, 저는 위에서 글을 쓴 것과 마찬가지로 오전에는 주로 일상생활을 이렇게 해나가고 있습니다만, 집사님께서는 어떻게 지내시는지 궁금합니다.

저도 몸 상태가 좋을 때는 이렇게 주방에서 음식을 준비할 수 있지만 몸이 좋지 않을 때에는 힘이 들어 주방에 들어가지 못하면 집사람이 고생을 많이 합니다. 그래서 집사님께서 사주신 미건의료기를 많이 사용하여 건강을 회복하고 있습니다. 특히 저보다 저의 집사람이 많이 사용하여 그 덕을 톡톡히 보고 있습니다. 아울러 가끔 우리 아저씨들 그리고 봉사자들이 잘 사용하고 있습니다. 이 모두가 집사님의 큰 은혜 덕분입니다. 감사합니다.

미건의료기를 통해서 집사님의 기도와 후원을 통해서 건강하게 살렵니다.

한 여인의 남편으로서 두 딸의 아버지로서 나아가서는 우리 할아버지들 아저씨들의 아들로서 말입니다.

지난번 집사님께서 이런 생활을 통해서 겪은 시련과 아픔, 사랑과 아름다움을 글로 써서 책으로 펴내면 많은 사람들에게 힘과 용기를 줄 수 있을텐데 하면서 저에게 말씀하신 적이 있으시지요?

저는 그 말씀을 들으며 감히 제가 어떻게 배운 것도 없고, 여러모로 부족한 내가 책을 펴낼 수 있을까 생각도 못할 일이었기에 체념을 하였습니다.

그런데 일상생활을 하면서 자꾸 집사님의 말씀이 떠올랐습니다. 그래서 기도하는 마음으로 한 글자 한 글자 적어 나갔습니다. 그리하여 지금은 많은 분량의 글자들이 모여질 수 있었습니다.

작가들이 보기에는 턱없이 부족한 내용이지만 똑똑한 사람들이 보기에는 무식해 보일지 모르겠지만 제 마음 가는 그대로 제가 생활하며 겪은 그대로를 하얀 종이 위에 옮겨 놓았습니다.

병원에 입원해 있으면서도 몸이 조금만 회복되면 펜을 들고 글씨를 썼습니다. 환자들에 대하여, 간호사들에 대하여, 의사들에 대하여, 매일 일 마치고 남편을 보러 오는 집사람에 대하여 말입니다. 그래서 우리집에서 막내로서 예쁘게 살다 하느님 나라에 간 귀염둥이 규남이에 대하여 쓴 글이 있기에 집사님에게 복사하여 보내드립니다.

혹시 글자가 너무 작아 잘못 읽혀지는 글이 있어도 이해하여 주시고 읽어주십시오. 이제 글 쓴 자료가 어느 정도 마무리가 되어 책을 펴내려고 하니 책을 펴내려면 기본권수가 나와야 되며, 그 가격이 만만치 않아, 그냥 복사해서 할까도 생각중입니다. 책을 만들어 내면 모양새는 좋지만 돈이 부족하여 복사를 하면 보기에는 조금 부족하고…….

기도하는 마음으로 기다려야 합니다.

때가 되면 우리 주님께서 손을 펼쳐 주시지 않겠습니까?

사랑하는 집사님!

횡설수설 두서없는 글을 올리게 됨을 죄스럽게 생각합니다.

그러나 집사님을 사랑하고 감사드리는 마음으로 펜을 들게 되었으니 예쁘게 봐 주세요. 모쪼록 집사님과 자매님 건강하고 행복하게 오래 오래 살으셔요. 부족한 사람이 두 분을 위하여 늘 기도 드리겠습니다.

우리 주님의 사랑과 평화, 그리고 성령과 역사하심의 둔 분과 가정에 충만히 깃들기를 기원합니다.

2011. 7. 23

어머님께 드리는 편지

† 찬미예수님!

언제나 우리를 사랑하시는 예수님의 은총이 어머님께 충만히 임하시길 빕니다. 주어진 새로운 날에 변함없이 생명을 주신 주님께 감사드리며 어머님께 문안드립니다.

어머님, 안녕히 주무셨습니까? 그동안 잘 계셨는지요? 식사는 잘 하셨는지요? 여러모로 궁금하지만 항상 기도하시는 어머님이신지라 평안하시리라 믿습니다.

같은 하늘아래 같은 지역에 살면서도 매일 보지 못하는 안타까움이 있어 언제나 송구스럽기만 합니다. 지난주에는 큰딸과 함께 지냈습니다.

그런데 대전에 와서도 우리들과 함께 있는 시간보다는 외출하면서 친구들 만나고 학원 원장님 만난다고 바쁘게 지내다 서울로 갔습니다.

기침하면서 내려오더니 결국은 저에게 감기를 선물로 주고 가는 바람에 저도 한 3일간 감기에 걸려 고생했습니다. 그런데 이젠 영미씨가 감기에 걸려 고생합니다. 부부가 닮을 걸 닮아야지 감기까지 함께 하니 참 우리 부부는 천생연분인 듯 합니다.

병원 다녀오고 신부님께 양해 구하여 오후에 늦게 출근하였습니다. 어제 밤 새벽에는 제가 영미씨 온 몸을 안마해 주었습니다. 착하지요? 귀엽지요? (아유~ 주책, 또 잘난체하는구만 마음속으로 그렇게 생각하시지요? 아니까 다행이네 그러시지요? 제가 웃어야지요….)

언제나 오동통하던 손이 많이 거칠어진 채 기침하면서 손도 야위어 있었습니다. 마음이 착잡하고 안타까웠습니다. 진정 오늘이 어머님 생신인데 건강한 모습을 보여드려야 할텐데… 그래야 효도하는 것인데….

늦은 시간이지만 두 손 모아 영미씨의 빠른 쾌유 건강을 위하여 기도했습니다.

생신축하드립니다. 부모님을 통하여 태어난 이날 기쁘고 즐거운날 되세요.

부족하고 때로는 건강하게 보이려고 노력하는 소자 진심으로 생신 축하드립니다. 이번 한 해에는 자주 전화드리고 편지도 자주 해 드려야지 생각했는데… 죄송합니다.

큰딸 예린이를 위하여 성서쓰기를 작정하다보니, 어머님께는 소홀하게 되었습니다. 매일 조금씩 쓰면 될텐데 연필을 한 번 잡으면 몇 시간씩 쓰려는 고집이 있어 팔이 아플 때까지 쓰다보니 시간이 금방 가버립니다. 너무 오래 쓰다 몸이 안 좋아 보이면 영미씨한테 혼이 나면서도 빨리 써야지 하는 생각에 어머님께 편지도 자주 못하고 말입니다.

큰딸 대학교에 합격시켜 주신 주님과의 약속을 지키기 위해서라도 끝까지 성서 쓰는 것을 마쳐야지요. 주님의 사랑을 위해서라면 이 몸 조금 상한들 무슨 상관입니까? 제 팔이 조금 아픈들 그것이 대수입니까? 참으면서 끝까지 쓰면 예수님이 칭찬해주실 것입니다.

큰딸 합격한 후 어머님께서 주신 큰 사랑의 선물, 정성의 선물 고맙습니다. 그것이 어머님의 희생이 가득한 것을 제가 왜 모르겠습니까? 하나하나 어머님의 시간과 정성, 희생이 기도와 땀으로 엮어져 있다는 것을 압니다. 큰딸 예린이한테 잘 설명을 했는데 마음깊이 간직하고 할머니 살아생전 잘했으면 하는 바램입니다. 안 받아야 되는 줄 알면서도 단호한 어머님의 말씀에 지극한 어머님의 희생의 뜻이 포함되어 있는 것을 알기에 넙죽 받았습니다.

잘해드린 것이 없는 놈이 덥석 받았습니다.

어머님, 주고 나서 후회하고 계시지는 않지요? 후회된다고 말씀하셔도 이제는 소용없어요. 제 손에 들어오면 절대 나가는 법이 없으니깐요. 자물쇠 꽉 채웠어요.

올해에는 할 일이 많은 것 같습니다. 성서쓰기도 끝마쳐야 하고 외삼촌댁에도 한번 다녀와야 하고 시골에 계신 숙부님께도 한번 다녀오고 싶습니다.

시골에 돌아가신 제 부모님을 납골당에 유패를 모셔놓았다고 하시기에 인사라도 하고 와야지요. 저보다 더 열심히 사시는 어머님께서 부족하고 가끔은 게으른 저를 채찍질하여 주십시오. 채찍질을 기꺼이 맞겠습니다만 안타까운 것은 어머님께서 눈만 잘 보이면 좋을텐데 말입니다. 제가 호흡이 가빠 숨이 찬 것도 십자가인 듯, 어머님께서는 눈이 잘 안 보이시는 것이 십자가인 듯합니다.

어머님 저와 함께 신앙적인 이 십자가를 회피하지 말고 끝까지 잘 참고 지고 가십시다. 피곤하고 지쳐도 때로는 힘들고 외로워도 때로는 고통스럽고 아파도 끝까지 잘 참고 지고 가십시다. 영광의 면류관이 저희들을 기다리고 있습니다. 예수님께서 잘 참았다고 칭찬해 주실 것입니다. 제 앞날에 어떤 일들이 펼쳐질지 모르겠지만 힘들면 힘든대로 기쁘면 기쁜대로 저에게 주어진 상황에 감사드리며 기도하는 마음으로 살겠습니다. 또한 어머님께서도 잘 보이지 않아 얼마나 괴롭겠습니까? 이제껏 잘 참고 견디었듯이 조금만 조금만 더 참고 힘을 내주십시오. 정 힘들고 괴로우면 주님께 더욱 의지하시고 부족한 제 어깨에라도 한번 기대보세요. 가끔 열변을 토하시는 어머님의 강의가 기다려집니다. 성주간 잘 지내시고 기쁘고 즐거운 부활 맞이하세요.

다시 한 번 생신 축하드립니다. 어머님! 사랑합니다.

2012년 3월 3일
큰 사위가

존경하옵는 본당 신부님께

구름 한 점 없는 가을 하늘, 오늘도 변함없이 태양은 떠올라 온 대지를 뜨겁게 달구고 있습니다.

집에 있는 나무 가지들도 조금도 요동을 치지 않고 있습니다.

가만히 앉아 있어도 이마에 땀이 송글송글 맺히고 있습니다. 빨래 건조대에 널려 있는 옷가지들은 참으로 잘 말라가고 있습니다. 점심 식후 인지라 할아버지 아저씨들은 팔을 벼개 삼아 한숨 자고 있습니다.

너무 오래 주무시면 밤에 잠 못 이루시니 깨워드려야겠지요.

"자, 간식 시간입니다. 일어들 나셔요. 시원한 음료수 한잔들 드세요."

음료수 한잔에도 기도하시는 스테파노 할아버지께서 '성부와 성자와 성신의 이름으로 아멘. 하느님께서 우리들에게 음료수도 주시고 …(생략)…

기도하신 후 음료수를 벌컥벌컥 드시는 모습 속에서 행복감을 느낍니다.

하루 생활의 일부분이지만 이 속에서 행복을 느낄 수 있도록 은총을 베풀어 주신 주님께 감사드립니다.

✝ 찬미 예수님.

존경하옵는 신부님께.

먼저 우리 주 예수 그리스도의 사랑과 평화가 충만히 깃들기를 기도드립니다.

신부님께서 가양동 성당에 부임하신 지도 벌써 반년이 넘었습니다. 엊그제 오신 것 같은데 참으로 많은 시간이 훌쩍 지나고 말았습니다. 저도 때마침 몸 상태가 조금 호전되고, 의사의 처방에 따라 산소통을 들고서라도 미사에 참례할 수 있게 되어 참으로 기뻤습니다.

집안에서 저 혼자 환자 봉성체를 하였었는데 신부님께서 오셔서 할아버지를 비롯한 우리 아저씨들도 성체를 영할 수 있도록 큰 사랑을 베풀어 주셔서 참으로 감사했습니다. 그래서 주일 날 장애자용 오토바이를 타고 성당에 가는 것이 얼마나 기쁜지 모릅니다.

이 또한 우리 주님께서 사랑해 주시고 은총을 베푸시니 얼마나 행복합니까. 이런 행복, 사랑을 체험케 해 주시니 감사한 일이지요. 신부님의 마음 씀씀이에 감사드리며 우리 할아버지들과 데레사와 두 딸과 함께 행복하게 살겠습니다.

저는 제 마음으로 늘 다짐합니다.

제 자신이 가양동 성당에 몸담고 있는 한 지금 사무활동 하고 계시는 본당 주임 신부님을 위하여 매일 기도할 것을 말입니다.

저는 가끔 신앙 생활하면서 안타까울 때가 있습니다. 본당 신부님의 사목활동에 대해서 아니면 성격에 대해서 아니면 본인 마음에 들지 않는다고 불평불만을 털어놓는 신자들 때문입니다.

물론 신앙생활, 믿음을 가진 지 얼마 되지 않았으면 다소나마 이해도 하지만 신앙생활 오래 하고 단체장까지 하셨던 분들이 그리하면 저는 불만을 말하기 전에 먼저 자신을 돌아보고, 먼저 본당 신부님을 위하여 매일 기도하여 보라고 권하곤 합니다.

그리하면 신부님이 달리 보이실 테고 그 안에서 성령의 하느님이 활동하고 계심을 느낄 수 있을 거라고 말입니다.

이런 말하는 제 자신도 늘 부족함을 느끼지만 본당 주임 신부님을 위해서는 순명하고 항상 기도해 드려야 하는데에 있어서는 변함이 없습니다.

처음으로 본당 사제에게 글을 올리게 되어 다소나마 쑥스럽습니다.

아무쪼록 본당에 계시는 동안 영육간에 건강하옵시기를 기도드립니다. 본당에 몸 담고 있는 모든 신자들 예쁘게 예쁘게 봐 주세요. 내일은 환자 봉성체 하는 날이니 좋은 마음으로 준비하겠습니다.

우리 할아버지, 아저씨들 영성체(환자 봉성체)를 할 수 있도록 큰 사랑을 베풀어 주심에 부족한 프란치스코가 다시 한 번 신부님께 감사드립니다.

2011. 9. 1

진정 마음으로 존경하옵는 양안드레아 신부님

구월 삼일 첫째 토요일입니다.

오후 세시 삼십분 경 먼 하늘을 쳐다봅니다.

구름 한 점 없이 연한 회색의 하늘이 참 깨끗해 보입니다.

✝찬미 예수님

진정 마음으로 존경하옵는 양안드레아 신부님.

먼저 우리 주 예수 그리스도의 사랑과 평화 건강이 충만하옵시기를 기도
드립니다.

그동안 잘 계셨는지요?

신부님의 안부는 데레사를 통하여 가끔 들을 수 있었으며 요즈음은 안호
영(루치아노) 형제를 통하여서도 들을 수 있었습니다.

루치아노 형제와는 한 달에 한번 모이는 모임의 형제 관계입니다. 신부님
께 전화라도 자주 드려야 함에도 불구하고 나태하고 게을러서 문안드리지 못
함을 신부님의 넓은 마음으로 이해하여 주십시오.

신부님께서 가양동 본당을 떠나가신 것이 벌써 육년은 지난 것 같습니다.
얼마 되지 않은 것 같은데 참으로 많은 시간, 나날들이 지나 갔습니다. 이 시
간을 빌어 잠시 회상해 보건데 그래도 신부님께서 계실 때가 가장 행복했던
것 같습니다.

다른 신부님들과 비교하는 것은 절대 아닙니다. 물론 백 신부님, 윤 신부
님, 지금 부임해 계시는 신 신부님, 모든 분들이 사랑해 주시지만 그래도 인

간적으로 가장 저희 부부를 아껴 주셨던 것에 깊은 감사를 드립니다.

신부님께서 저희 부부를 칭찬하여 주실 때, 교만하면 안 된다는 것을 배웠으며 신자들과 식사하러 갔을 때도 신부님께서 먼저 식사비를 내 주셔서 사람들을 기뻐하게 하셨음을 배웠으며, 또 충분히 어떤 게임에서 많은 이익을 충당할 수 있음에도 불구하고 적당히 타인을 생각해 주시는 배려심을 배울 수 있었습니다.

가끔 신자들이 본인들의 생각으로 신부님들을 저울질 하고, 불평 불만을 털어 놓을 때마다 안타까운 마음이며, 저는 그 자리에서 신부님들의 불만을 말하기 전에 자신을 돌아보고 신부님을 위하여 기도해 보라고 그러면 그런 생각들은 사라질 것이라고 말입니다.

저도 인간인지라 때로는 실망할 때도 있었습니다. 그러나 강론을 통해서, 성서를 통해서, 신앙 서적을 통해서 깨칠 수가 있었습니다.

감히 저는 다짐합니다. 매일매일 사제님들을 위하여 기도할 것을 말입니다. 복음의 완덕을 실천하시고 항구한 사제의 삶을 영위할 수 있도록 말입니다. 지난번 양 신부님을 만났을 때, 고기 못 사줬다고 미안해 하시며 다음에 꼭 맛있는 것을 사주시겠다고 데레사가 말을 했습니다.

양 신부님, 그날을 기다리겠습니다.(후후후)

희망의 집을 후원해 주셨던 것과 저의 부부를 늘 사랑해 주셨던 점과, 신부님과 함께 엠마오 갔을 때의 좋았던 추억을 마음속에 늘 간직하며 희망의 집 우리 모든 식구들 행복하게 잘 살겠습니다.

아울러 하느님께서 사랑하옵시는 안드레아 신부님께옵서는 맛있는 것 많이 드시고 늘 건강하시기를 기도드리겠습니다.

고맙고 감사했습니다. 사랑합니다.

2011. 9. 3

사랑하는 김광식 바오로 형님

지금 연한 진회색 하늘이 심술을 부리듯 한두 방울 비를 뿌리고 있습니다.

한 며칠 계속하여 뜨겁게 우리네 이마에 땀방울을 맺히게 하더니 요즈음은 아침저녁으로 갑자기 쌀쌀해진 가을입니다. 활짝활짝 열어두었던 창문을 자꾸만 닫아가고 있습니다.

"할아버지, 이제 날씨가 쌀쌀해졌으니 감기 걸리지 않게 조심하시고 저녁에 주무실 때는 창문을 조금 닫고 주무셔야 합니다." 하고 말씀드리면 귀가 잘 안 들리는 할아버지께서도 "응, 알았어." 하며 창문 닫는 흉내를 내십니다.

할아버지들에게 감기 걸리지 마셔요, 하는 저 자신도 계절 바뀌는 이 시기에 감기 걸리지 않도록 무던히 신경씁니다.

† 찬미 예수님

사랑하는 바오로 형님.

다정스럽게 말씀하시며 항상 씩 웃으시는 바오로 형님에게 우리 주 예수 그리스도의 사랑과 평화와 기쁨이 충만하시기를 기도드립니다.

가양동 본당 대건회 할 때부터 형님을 뵈어 왔습니다만 다른 형제들처럼 유별 떨지 않고 항상 뒤에서 밀어주며 좋은 일을 하면서도 표시나지 않게 오른손이 하는 일을 왼손이 모르게 하시는 형님의 그 모습이 저는 참 좋았습니다. 형님께 처음으로 이런 표현을 하게 되어 쑥스럽지만 그래도 이런 형님을 알게 되어 저로서는 참 기쁩니다.

바오로 형님 가게(약국)은 사랑방 같아 보입니다. 저도 가끔 감기에 걸려 약

처방을 받아 갈 때면 진맥을 봐 주시면서 이런 얘기, 저런 얘기 해 주시며 제 몸에 맞는 좋은 약을 챙겨 주셨습니다. 이렇듯 저에게 사랑을 베풀 듯 약국을 드나드는 아픈 사람들에게 한결같이 환자들에게 희망과 더불어 좋은 말과 좋은 약을 챙겨 주시니 항상 많은 사람들이 옹기종기 모여 있는 모습들이었습니다.

일전에 필요한 약품 있으면 챙겨가라고 말씀 하시기에 집에 와서 몇 가지 품목을 적어 갔었는데 '사랑의 집' 수녀님들은 많은 약을 챙겨 가셨다는 말을 듣고 정신이 아찔하였습니다. 챙겨주는 마음 즉 선을 베푸는 마음은 어떠한 것이며 받는 마음은 어떠하여야 하는 것인가? 의문을 가져보는 좋은 기회였습니다.

자신의 몸을 너무 무리해서인지 조금씩 악화되어 산소호흡기를 하게 되고 거기에다 기관지 절개 수술까지 하게 되고 이제는 자면서 인공호흡기까지 착용하게 되는 순간까지 오면서도 제가 사용하고 있는 식염수 및 정제수를 볼 때마다 바오로 형님에게 큰 사랑을 받고 있음에 깊이 감사드립니다.

비단 이것뿐이겠습니까? 그때그때마다 소화제도 챙겨 주시고, 필요한 약품도 일일이 챙겨주시니 말입니다.

명절을 맞이하여 좋은 먹거리까지 챙겨주셨으니 우리 희망의 집 식구들이 잘 먹고 건강하고 행복하게 잘 살겠습니다.

지난번 아픈 사연을 겪으면서도 꿋꿋이 삶을 영위하고 계시는 형님의 그 모습을 옆에서 지켜보고 있는 저로서도 하루하루의 삶을 더욱 성실하게 살아야겠다는 다짐도 해봅니다.

추석 명절을 잘 지내시기를 바라오며 아침저녁으로 늘 우리 식구들이 기도합니다만 형님께서 더욱 더 영육간에 건강하셨으면 합니다.

형님께서 제 옆에 든든하게 계셔야 제가 편안하지 않겠습니까? (후후후)

비가 조금 더 많이 내리네요. 이 가을비가 형님의 마음을 따뜻하게 했으면 하는 마음으로 필을 놓겠습니다.

2011. 9. 8

사랑하는 어머님께

✝ 찬미 예수님

사랑하는 어머님께

어머님을 사랑한다는 말보다는 그냥 인간적으로 좋아합니다.

저를 비롯한 영미씨, 예린이, 혜린이가 잘 대해 줄 때는 한없이 감사하며 고맙지요. 때로는 제가 마음에 들지 않아 싫은 소리 할 때면 속 좁은 제가 삐지기도 하지만 그 또한 저를 생각해서 하는 말인 것을 잘 알기에 금세 마음을 고쳐먹습니다.

오늘 [아침 마당]에서는 선물에 대해서 이야기를 나누더군요. 원미연 가수는 아버지께서 살아생전 사주신 옷에 대하여, 전영미씨는 유학 생활 중 가장 어려웠던 시절 도움받은 사실에 대하여, 이병훈 야구 해설가는 수험생을 태워 무사히 시험을 치러 합격시켜 받은 예쁜 인형에 대하여….

장용씨는 어려웠던 어린시절 신문 배달할 때 어떤 누나가 신문지에 밤과 대추를 줘 눈물을 흘렸다는 사실에 대하여, 진미령 가수는 부모, 남편도 중요하지만 자기 자신을 사랑하고 파이팅을 외치며 살았다는 사실에 대하여….

또 다른 분들도 계셨지만 이날 이때껏 살아오면서 각자가 받은 좋은 선물을 마음에 간직하며 열심히 살아왔다는 그분들의 말씀을 들으며 저 자신의 삶도 한번 되돌아 볼 수 있었습니다.

저는 제 자신이 누구에게나 타인에게나 식구들에게나 그다지 좋은 선물을 주지 못했다는 사실입니다.

늘상 좋은 선물을 받기만 받았지 주지 못했던 것입니다.

어린 시절부터 지독히 고생만 하고 자라서, 타인을 사랑해야한다는 것과, 진실한 사랑을 받아보지 못하여 생긴 병이라고 생각합니다. 이러한 것을 예수님을 통하여 조금씩 조금씩 깨달았습니다.

저의 이러한 삶에 비하면 어머님의 삶은 희생 자체이며 내미는 손과 마음 씀씀이 하나하나가 선물이 되어 식구들에게나 이웃에게 선물이 되었습니다.

제가 어머님을 어머니라고 부른 지가 거의 이십이년 되었습니다. 저를 유난히 사랑해 주시고, 어머님의 과거와 지금 현재의 생활을 이야기 해 주셔서 조금이나마 어머님을 더 이해할 수 있었습니다.

갓난애기였던 작은 딸 혜린이를 키워주셨던 일, 명절 때마다 생선, 물김치, 산적거리 등 여러 가지를 챙겨주신 일, 철마다 김치를 담궈 주시고 몸이 부실한 저를 위하여 몸에 좋은 보양식을 챙겨주신 일, 그리고 좋은 음식(먹거리)이 있으면 혼자 드시지 않고 챙겨주신 일, 자식들 생각하는 마음으로 쑥을 뜯어 가래떡을 뽑아주신 것, 이 모든 것이 진한 사랑으로 변하여 마음에 좋은 선물로 다가왔습니다.

쑥 가래떡만 하여도 그렇습니다.

앞이 잘 안 보이시는 분이 쑥을 캐다가 떡을 맞추어 비닐로 감싸서 맏이로부터 막내처남까지 열심히 챙기시는 그 과정이 희생이 없이는 어찌 가능하겠습니까?

이것이 어머님의 선물이라 생각하며 가래떡을 맛있게 먹겠습니다. 어머님의 말씀대로 조청에다가 찍어서 맛있게 먹겠습니다.

지금 조금 다이어트를 하고 있지만 잠시 멈추고 꼭꼭 씹어 맛있게 먹을게요. 가래떡 먹을 생각을 하니 벌써부터 군침이 돕니다.

저는 이토록 많은 선물을 어머님께 받았는데 나는 어머님에게 해 드릴 일이 없을까? 생각해보니 그럴 듯하게 생각나는 게 없네요.

저도 좋은 선물 챙겨 드리려 무던히 노력하겠으며 무엇보다도 어머님의 눈이 밝게 뜨여졌으면 하는 것과 건강을 위하여 기도하겠습니다.

집에서 된장찌개만 끓이면 뭐 하겠습니까?

여름 한철 다 지나가도록 식사 한번 대접하여 드리지 못해 송구합니다. 산소통 때문에 밖에 잘 다니지 못하여 그렇다고 하는 것은 핑계일 뿐 언제 시간이 허락되시면 꼭 전화 주세요. 기다리겠습니다.

"안 서방, 나 지금 배고파! ○○○사줘. 지금 당장, 빨리 나와!"

명령하면 나가야지 어떡하겠습니까?

이런 날이 언제가 될지 궁금해집니다.

사랑합니다. 그리고 고맙고 감사합니다.

2011. 9. 1일 맏사위 올림

어머님 건강하셔야 합니다

✝ 찬미예수님!

주님의 평화를 빌며 문안드립니다.

내일이면 한가위입니다.

막내처제로부터 어머님께서 성모병원에 진료를 받고 가셨다는 말을 들으며 마음 한구석에 또 아련히 쓰려움을 느낍니다. 죽으면 썩어 없어질 몸이지만 살아생전 건강하게 살다 주님 곁으로 가면 얼마나 좋겠습니까?

한 세상 살면서 어머님처럼 고생을 많이 한 사람도 드물 것이라 생각합니다. 육신의 고통도 고통이지만 마음의 고생 또 얼마나 많이 했습니까?

가끔 어머님과 대화하면서, 어머님 옆에서 지켜보면서 피부로 느꼈습니다. 큰딸 예린이가 열일곱살이니 어머님과 제가 인연이 된 것도 벌써 십칠년이나 되었습니다. 참으로 많은 나날이 흘러 지나갔습니다. 처음 뵈올 때의 고운 자태는 사라지고 어느덧 노년의 모습을 드러내며 그래도 열심히 살으시는 어머님이 좋습니다.

어머님께서는 아버님과 함께 큰 딸을 결혼시켰지만 작은 딸부터 시작하여 막내처남까지 혼자 힘으로 출가시킨 어머님의 그 위대함에 아낌없이 박수를 보냅니다. 참으로 장하십니다.

처남 때문에 잠깐 마음고생 하셨지만 그 모든 것을 극복하시고 이루어 낸 것이기 때문에 어머님은 참으로 위대하십니다. 거슬러 올라가자면 대인관계나 행동이나 성품에 있어 남보다 뒤떨어지지 않고 대쪽같은 성격을 지니시고 그 힘든 여정의 나날들을 극복하셨으니 참으로 위대하십니다.

어머님의 후손 하나 하나 한 생명 모두 다가 소중하겠지만 우리 작은 딸 혜린이로부터 시작하여 약한 저까지 일일이 신경 써 주시고 위로와 격려의 말씀 사랑을 베풀어주시니 참으로 고맙습니다. 참으로 존경합니다.

이렇듯 애정을 베푸시는 어머님의 십분의 일이라도 행하면 다행이겠지만 그렇게 하지 못하여 죄송스럽기만 합니다. 단지 제가 약속을 드릴 수 있는 것은 제 숨이 다하는 그날까지 어머님을 위하여 기도 할 수 있겠습니다.

어머님과 제가 성부와 성자와 성령의 이름으로 세례를 받고 구원을 얻었으니 이 얼마나 감사하고 행복한 일입니까? 지금 현세에서 정신적으로 육체적으로 힘이 들고 괴로울 때도 있겠지만 잘 참고 견디어 봅시다. 잘 참고 견뎌보면 예수님께서 재림하시어 저희들과 함께 부활해 주시리라 믿습니다. 마음으로 준비하여 어머님과 함께 손잡고 저 하늘나라로 가고 싶습니다.

어머님 당신의 자손인 아들, 딸들, 사위들, 손자 손녀들을 위하여 아침마다 일찍 일어나셔서 기도해 주시는 그 기도가 주님께 봉헌되어 저를 비롯한 모든 자녀들이 이렇게 행복하게 잘 살고 있습니다.

어머님 건강하셔야 합니다.

어머님께서 건강하게 오래토록 살으셔야 우리 자손들이 함께 모여 웃음의 꽃을 피울 수 있지 않겠습니까? 자녀들의 웃음과 행복이 어머님의 기쁨 아니겠습니까?

아무쪼록 오래토록 만수 무강하셔야 합니다. 그래야 여성회관에서 배우신 것을 저희 집에 오셔서 열띤 강의를 해주시고, 저와 함께 가끔씩 티격태격 다투지 않겠습니까?

식구들이 다 잠든 이 시간에 홀로 저만이 이렇게 상념에 젖어 어머님을 생각하며 두서없는 글을 올리게 되었습니다.

"어머님! 사랑합니다!" 참으로 좋은 말입니다.

두 딸과 데레사에게 하루에 몇 번이고 사랑한다는 말을 해도 지겹지 않으니 말입니다. 그러나 오늘 저녁에는 "어머님, 사랑합니다."라는 말보다는 "어머님, 좋아합니다." 라고 말하고 싶습니다.

같은 하늘 아래 어머님과 인연이 된 것을 가장 자랑스럽게 생각합니다.

주님, 감사합니다.

어머님! 행복하소서….

P.S 어머님! 큰딸 영미씨를 저에게 주셔서 감사합니다.

2008년 9월 13일
큰 사위 올림

살아줘서 고마워

사랑하는 이에게!

갑자기 편지를 쓰려고 하니 좀 쑥스럽기도 하고 어떤 말이 위로가 될까 하는 고민이 생기네.

너무 과장되거나 포장된 말들은 더 도움이 안될 것 같기는 해서 좀 걱정도 되네.

아무튼 살아줘서 고마워.

우린 결혼 때부터 늘 건강문제나 심지어 죽음에 대해서도 많은 생각을 하고 살았기 때문에 기관지를 절제했더라도 그 수술에 대해서 별 걱정은 아니라고 생각해.

다소 불편하고 다소 보기 나쁘더라도 삶을 연장해서 다시 가끔은 웃으면서 살 수 있다는 사실만 생각하기로 해.

그럼 너무 감사하고 좋은 일이잖아.

늘 힘내라고만 해서 부담되겠지만 나도 힘내고 있고 우리 딸들도 힘내고 있으니 자기도 힘내.

누가 뭐라 해도 우리 딸들이 대견스러워.

가끔 불쌍한 생각도 들지만 일찍 철이 들고 이제는 나도 잘 도와주고 씀씀이도 헤프지 않고 아껴쓰는 모습이 안쓰럽기도 하지만 대견스럽고 우리가 자식을 잘 키웠구나 하는 생각을 해.

오늘이 '발렌타이데이'라고 모서방이 쵸코릿 사들고 가라고 하대. 예쁜 쪽지도 써서.

본인은 잘 하는지 몰라.

시간이 없기는 하지만 그 말대로 해보려고 했는데 쵸코렛은 그렇고 해서 그냥 편지만 쓰기로 했지.

우린 다른 사람들이 말을 굳이 안 해도 눈빛만 보고도 잘 통하는 부부라고 하지만 내가 많이 부족한 것은 알아. 시늉만 해도 알아들어야 하는데 잘 못 알아듣고 엉뚱한 소릴 하곤 하니.

이제 소리도 못 내는데 더 못 알아듣는 것 같아 가끔 속상하네. 자기가 이해해 줘라.

내가 많이 둔하잖아. 그럴 때마다 화내지 말고 천천히 하자고……

중환자실에 오래 있어서 많이 힘들지?

그래도 잘 버텨주니까 조금만 더 힘내면 잘 될거야.

오늘도 물 없이 하는 샴푸나 목욕세제가 있는 줄도 모르고 어떻게든 씻어 줄 생각조차 못하고 있었으니 참 바보 같다.

너무 흉보지 말고 좀씩 더 참아줘.

누워있는 사람한데 부탁만 하고 있네.

아무튼 살아줘서 고맙고. 또 나중에 더 힘든 일이 생기더라도 포기하지 말고 살아줘 끝까지. 끝까지.

사랑해.

2008. 2. 14 아내

당신의 기대처럼 살 수 있을 때까지

기나긴 고통의 늪에서 빠져 나온 것 같았다.

수술 들어 갈 때 사실 조금은 긴장되었다.

전신마취 시킨다는 소리에 아! 이대로 죽을 것 같은 예감. 간호원이 수술대 위에서 기도할 때 살아야한다는 강한 신념이 생기기 시작했고 마음으로 기도할 때 살아야한다는 강한 신념이 생기기 시작했고 마음으로 기도를 했다.

중환자실에 왔을 때 목에 있는 관이 뽑혀 있는 것을 느끼며 얼마나 기뻤는지 몰랐다.

중환자실에서 나올 때는 한 마디로 개선장군이었다.

주님의 은총이 얼마나 크고 크신지 얼마나 넓고 넓으신지 중환자실에서 깨우쳤다.

영미야!

참으로 부르기 쉬운 이름이다.

정답게 느껴지기도 하여 어린 애기처럼 대하여 지기도 한다.

데레사 내 사랑하는 여인이여!

당신의 애정이 또 한번 절실히 피어나는 이번 순례의 길에서 아름답게 피어났습니다.

많은 일을 하면서 지치지도 않고 하는 것은 하느님 아버지께서 성모님께서 당신을 얼마나 사랑하고 계심을 느꼈소.

그래요! 당신과 나는 함께 운명을 같이 했으면 하는 바램…

우리 사랑이 성장하여 자신들이 자신의 일을 완성할 수 있을 때 생각하여 봅시다.

당신의 기대처럼 살 수 있을 때까지 열심히 숨을 쉬며 살아갈께요.

자식들 챙기랴, 남편 챙기랴, 아저씨들 챙기랴, 성당의 신부님 신경쓰랴, 신자들 챙기랴, 장모님 신경쓰랴, 너무나도 많은 일들이 산재되어 있어도 부족하지만 하나 하나 처리해 나가는 당신이 대견스럽다 못하여 위대하다는 것을 느끼오.

사람이야 완전한 사람이 어디 있겠소. 당신이 나에게 부족한 만큼 나 또한 당신에게 훨씬 부족한 사람이오.

나를 챙겨주는 당신에게 비해 너무나도 부족한 나를 탓하지 말아주오.

지금보다는 나아지는 당신이 되리라 생각해 보며 필을 놓겠소.

2008. 2. 18 남편

우리 가족이 너무너무 좋아요

To. 사랑하는 가족

며칠 전 '인간극장'을 봤어요. 거기에 나오는 가족 중 아빠가 뇌를 다치고 근육을 못 써서 못 움직이고 그런 아빠를 위주로 살아가는 엄마, 큰딸, 쌍둥이 딸이 나왔어요.

아빠가 미안해 할까봐 힘들다는 소리는 절대 안 하고 이쁜말 듣기 좋은 말만 하며, 그렇게 살아가고 있었어요. 아빠만 돌보며 사는 엄마를 걱정하고 대신 돈 벌러 다니는 딸들을 걱정하고 자신땜에 힘들어할까봐 그 가족은 그렇게 서로를 걱정하고 걱정하며 살아가고 있었어요, 우리 가족이랑 비슷한 것 같았어요, 서로를 사랑하는 마음만큼은 굉장히 비슷했어요.

집 밖에 나가지 못하고 하루 종일 집에만 있는 아빠가 불쌍했어요, 그리고 같이 있어주지 못해서 미안했어요. 아빠가 자신을 무시한다고 생각할 때마다 속상했어요, 아빠 힘이 약해졌다고 느낄 때마다 속상했어요, 나는 아빠가 걱정하는 것보다 훨씬 잘 살 거예요. 엄마 아빠가 너무 잘 키워줘서 나는 잘 살 수 있다고 생각해요. 아빠 이마의 주름을 볼 때마다 가슴이 탁탁해져요. 가슴이 꽉 막혀서 숨이 잘 안 쉬어졌어요, 아빠가 알아줬으면 해요, 너무 사랑하는 걸.

아빠 때문에 우리 때문에 고생하는 엄마에게 미안했어요, 세상에서 그 누구보다 내 편을 들어주고, 항상 기다려주고 감싸주는 엄마에게 미안하고 고마웠어요, 그 어떤 엄마도 부럽지 않을 사랑하는 엄마였어요. 다시 태어나도 꼭 엄마한테서 태어나고 싶어요(엄마는 아닐지 몰라도ㅋㅋ 나같이 속썩이는 딸) 엄마 눈가 주름이나 팔자주름이나 가끔 엄마 늙어가는 모습에 속상했어요, 엄마의 잔손금을 봐도 얼마나 많은 일을 했나 알 수 있었어요. 내가 화를 내도, 울어도, 짜증을 내도 그렇게 착하게 받아주고 토닥여주는 엄마를 너무 사랑하고 고마워요.

그렇게 나랑 손 붙잡고 딸랑딸랑 걸어 다니던 동생이 이젠 도도한 얼굴로 마주보고 앉아있을 땐 옛날 모습이 그리웠어요, 내가 기억하기엔 너무 커버려서 어쩔 때 장난이 심할 때나 졸린데 싫은 소리, 잔소리 할 때면 짓는 그 표정에 깜짝 놀랄 때도 있어요, 내 동생이 맞나…

어떻게 저런 표정으로 나를 볼 수 있을까… 저런 말은 어디서 배웠을까. 생각보다 성장했지만 아직 많이 어린 동생이 험난한 세상에서 힘든 일을 겪을까봐 걱정이 많았어요. 제발 몸조심하고 마음 조심해야 할텐데. 내가 하는 잔소리는 정말 쓸모 있어서 하는 소린데 그렇게 짜증내는 표정을 지으면 속상했어요. 언제쯤 깨달을까 조바심도 났어요. 그래도 정말 어릴 때로 돌아가서 아무것도 아닌 일에 숨넘어가도록 웃고 장난도 칠 때면 정말 그렇게 행복할 수가 없었어요. 밤길에 귀신이야기 하면 무섭다고 눈감고 나한테 매달릴 땐 정말 오랜만에 안아보는 동생이 좋아서 더 무섭게 했어요. 나중에 더 커서 이런것도 무서워하지 않으면 어떡하죠? 동생이랑 사이좋게 지내고 싶어요, 엄마 아빠가 없을 때 정말 서로에게 든든한 지원군이 되는…

나는 우리 가족에게서 태어나서 행복했고 엄마 아빠 딸이라서 행복했고 혜린이가 내동생이라고 너무 고마웠어요.

가끔 엄마 아빠가 싸울 때나, 아저씨들한테 큰소리 칠 때는 정말 너무너무 힘들었어요. 가끔은 그래서 희망의 집이 너무 싫을 때도 있었어요. 엄마 아빠가 싸울 땐 정말정말 힘들었어요 죽고싶을만큼. 나 때문에 싸우는거든, 나 때문이 아니든, 부모가 싸우는 모습은 아이들에게 정말 안 좋은 것 같아요!!!

동생과 싸우는 모습을 부모님께 보여드리는 것도 안 좋을텐데 우리는 너

무 많이 보여준 것 같아요. 그러면 안 되는 걸 알면서 끝까지 안 지려는 동생이 얼마나 밉던지… ㅠㅠ

이젠 그런 모습 안 보여드릴께요. 제가 착한 언니니까 양보해야죠. 철이 덜든 동생을 위해…ㅋ

아빠의 작아진 모습을 봤을 땐 가슴이 찢어진다는 게 무슨 뜻인지 알았어요, 마냥 권위 세우시고 우리를 혼내던 무서운 아빠가 어쩌다 힘이 없고 구부정한 자세로 나한테 말싸움(?)에 지셨을 때(?) 그 한없이 약해보이고 작아보이셨던 모습은 다시는 보고 싶지 않았어요. 아빠, 이것도 기억해 주세요. 아빠는 항상 우리들 위해서 우리가 존경하는 분으로 계시다는 걸. 아빠와 우리들 사이에서 노력하시는 엄마의 무너진 모습을 봤을 때도 너무 걱정스러웠어요, 내가 이렇게 고집만 안 피웠어도 아빠랑 내가 조금만 타협했어도….

항상 우리 가족들 연결시켜주시는 엄마에게 고맙고 힘들게 해서 미안해요. 가끔 당연시하게 엄마에게 모든 걸 받아가는 나라서 더 미안해요. 착하고 귀엽던 동생이 나 때문에 나쁜 성격을 가지게 된 것 같아 미안해요. 너무 많이 괴롭힌 것도 미안해요.

그래도 이런 동생 정말 없는데. 친구들한테 다른 가족들 얘기 들으면 드라마에 나오는 얘기 같아서 깜짝 놀래요. 가족끼리 저런 태도로, 저런 말로, 저런 표정으로 대하다니….

나는 우리 가족이 너무너무 너무 좋아요. 알죠? 모두?

사랑해요. 우리 가족의 이런 행복 오랫동안, 오랫동안 지속됐으면 좋겠어요, 서로 더 아끼고 사랑하는 가족이 돼요.

나한테 고마운 가족이 되어줘서 고마워요. 나를 믿어주는 가족이 되어줘서 고마워요. 내편이 되어줘서 고마워요.

정말 너무 사랑해요~. 말로는 표현할 수 없을만큼….

Form 희망의 집 큰딸 예린

미소가 항상 아빠 얼굴에 있었으면 합니다

To. 사랑하는 아빠께

안녕하세요 아빠, 저 혜린이예요. 오늘은 아빠의 생신입니다.

평일이라서 어떻게 해야하나 막막하네요. 물질적인 선물도 좋겠지만 글쓰기를 좋아하시는 아빠에겐 편지를 써봅니다. 어렸을 때나 지금이 별 다를 거없이 삐뚤삐뚤 글씨도, 뒤죽박죽 내용도 그대로예요. 잘 써보려고 하다보니 더 이상하게 써져요. 요즘에 점점 추워지고 있어요.

아빠와 성당 나갈 일도 얼마 남지 않았네요. 추운 날씨면 항상 감기 걸리지 말라고 말씀해 주셔서 걸리지 않으려고 노력하고 있어요, 이젠 제가 아빠를 걱정합니다. 매번 기도할 때면 투정부리고 가끔은 서운하게 들릴 수도 있는 말도 생각없이 말하곤 하지만 늘 그랬듯이 후회합니다. 그런 건 어쩔수없이 반복돼요. 서운하게 하는 것도 가족이고 나의 아빠이기 때문에 가능했던 것 같아요. 제가 서운하게 해드린 것도 있지만 가끔 죽음에 대해 이야기하는 아빠께 저 스스로 지치고 힘들 때면 드라마나 영화가 슬프다며 울곤 합니다. 저도 애써 감추며 울어요.

아빠가 먼저 죽냐, 엄마가 먼저 죽냐 등 그런 이야기를 할 때면 장난인 것도 알지만 슬픕니다. 누가 먼저 죽든, 어쨌든, 부모님이 돌아가신다는 건 맞는 이야기잖아요.

어쨌든 한번쯤은 그런 아픔이 있을텐데, 그런 장난스런 이야기를 듣고나면 조금은 찡~ 합니다.

어쩔수없이 "나보다 더 오래 살 것 같은데요?"라는 말과 함께 저도 장난스럽게 받아드립니다.

옛날엔 아빠의 병이 저에겐 남들과 다른 특별함이라고 생각했습니다. 그 특별함이 좋은 특별함이라고 생각하지 않았지만 지금은 어느 가정보다도 더 멋진 특별함을 가진 것이라고 생각합니다. 친구들과 시내에 나가고 노래방도 가는 일이 별로 없지만 저는 그런 시간을 아빠와 고스톱치고, 저녁 차리고, TV도 보면서 이야기도 하고 아빠와의 시간이 더 많아진 것 같아요. 지금은 훈련했다고 귀찮아하고 훈련이 늦게 끝나서 같이 할 시간이 줄어들긴 했지만 옛날에 아빠와 했던 시간들 덕분에 조금은 냉정하고 표현하지 못한 성격이 속으로는 따뜻해진 것 같아요.

아빠의 폐가 하나 없어 많은 일들을 경험했었죠, 이산화탄소가 쌓여 코피가 나고 엄마와 싸우며 119구급차에 실려갔던 일도, 병원에 입원해서 언니와 둘이서 할아버지들 저녁 차린 일도, 2층에 있다가 학원가겠다고 한 저에게 아픈 모습을 보이며 "뭘봐?"라며 제정신이 아닌 상태를 보고 어쩔 수 없이 학원으로 발걸음을 옮긴 일, 목을 뚫은 수술이 끝나고 처음으로 들어가 본 중환자실에서 말하지 못하고 종이에 글씨를 쓰시면서 항상 저와 언니 걱정, 보고 싶었다는 그 한마디 못하고 종이에 적어주신 그 모습은 잊을 수가 없습니다. 저도 보고 싶었어요, 라는 따뜻한 한마디 못 건네고 그저 눈물만 감추려고 했던 것도 생각납니다. 숨이 차서 계단을 오르기도 힘들어 하시고, 밥 한번 차리고 나시면 숨차 하셨던 아빠가 지금은 건강해 보이시고 산소통 들고 어디든 갈 수 있어서 그런 아빠의 모습을 볼 때면 정말 기쁩니다. 아빠의 오토바이 하나로 행복해 하셨던 그 미소가 항상 아빠 얼굴에 있었으면 합니다. 이런 편지글도 저는 말로 전할 수 없습니다.

말로 했다면 더 큰 진심으로 다가왔겠지만 표현이 서툰 저에게는 힘든 일입니다.

늘 후회합니다. 하지만 감사한 것도 표현하기 힘듭니다. 눈물 날 것 같거

든요. ㅎㅎㅎ

  말로 전할 수 없으니 더 잘해 드리고 싶고 뭐든 해드리고 싶은 건 부모가 자식에게나 자식이 부모에게나 마찬가지인 것 같습니다. 죄송하지만 지금은 저 자신에게 해야 할 일이 너무나 힘들고 지치고 복잡해서 자꾸만 투정을 부리게 될 것 같습니다. 정말로 아빠께서 돌아가신다면 그때는 저 자신일보다 투정부리지 말고 좀 더 잘해드릴걸 이라고 또 후회하겠죠. 그래서 노력할려고 해요. 노력하는만큼 조금 더 서운하기도 할테고 실망하기도 할 테지만. 가족이니 이해할 수 있을 것 같아요. 늘 그렇듯이 아빠의 편지에 비해 감동도 부족하고 글쓰기 실력도 글씨도 엉망이지만 누구보다도 아빠를 생각하고 있구요, 누구보다도 더 사랑해요, 진심으로 생신 축하드려요.

  처음으로 축하드리진 못했지만 마지막으로는 제가 축하해 드릴게요. 정말 정말 생신 축하드리고 행복했던 하루였음 좋겠어요.

2012. 11. 15 목

Form. 혜린

찬미예수님

✝ 찬미예수님

변함없으신 마음으로 우리를 사랑하는 예수님의 이름으로 문안드립니다. 한 해의 마지막 달 12월에 접어들었습니다. 일년동안 있었던 많은 일들이 영화필름처럼 제 눈에서 펼쳐지고 있습니다.

예전에는 저의 건강이 허락하는 때에는 할아버지들과 한 달에 한 번씩은 외식도 하였지만 지금은 저의 건강이 허락하지 않아 바깥 외식은 못하고 집에서 짜장면, 김밥, 수육, 족발 등 여러 가지를 시켜 먹고 있는 일들과 봉사자들이 오셔서 맛있는 반찬과 밥을 해 주셔서 맛있게 먹고, 때로는 윷놀이하며 같이 손뼉치고 기뻐했던 일, 교회에서 주최하는 노인잔치에 초대받아 박수치며 박장대소하던 일, 가만히 있어도 무더웠던 여름날 봉사자들의 도움을 받아 장용산 휴양림에서 시원한 바람을 맞으며 음식을 먹었던 일, 저는 못 갔지만 가족들이 제주도까지 다녀오신 일, 김치와 더불어 먹거리들을 주시고 어려운 이때에 흰 봉투 꺼내며 쑥쓰러워했던 은인들, 매주 저의 집에 오셔서 목욕시켜 주시고, 달마다 우리 할아버지들을 머리 깎아 주셨던 일 등 참으로 많은 일들이 있었습니다.

이렇듯 사랑을 받으며 살아갈 수 있었던 것도 여러 은인들의 관심과 애정이라 생각하며 늘 진심으로 감사드립니다. 한 톨의 쌀이 익어 우리에게 양식이 될 때까지 햇빛과 바람과 물, 그리고 땀 흘린 수고로움과 관심 속에 그리고 그 긴 시련 속에서 이겨내어 우리에게 양식으로 오듯이 우리의 마음도 이러한 한 톨의 쌀처럼 되어 얼마 남지 않은 이 한 해에 그렇게 살아가야겠습니다.

저희 희망의집 가족들과 이 세상을 살아가는 모든 이들에게도 살아가는 뜻이 있다고 생각합니다. 거저 되는 것은 아무것도 없다고 생각되어집니다. 희망의 집을 운영한 지 이제 십 몇 년을 넘겼습니다. 십년이면 강산도 변한다는데 여러 일들이 있었지만 한결같음을 주님의 사랑에 감사드릴 뿐입니다.

하루하루를 지내며 제 마음 한 구석의 기쁨은 민승팔(스테파노) 할아버지께서 계셔서입니다. 행복하게 해 주셨습니다. 예전에도 한 공동체 생활에서부터 인연이 있었지만 희망의집 시작부터 여태껏 함께 살아오셨는데 이제는 연로하셔서 거동이 많이 불편한 모습을 보며 마음이 안타깝기 그지없습니다.

희망의 집을 찾아오시는 많은 분들에게도 사랑과 관심을 받으며 행복해하셨고 본인 자신도 많은 이들에게 기쁨과 행복을 주셨는데 말입니다. 진정 저에게는 없어서는 안 될 분입니다. 가끔 이 할아버지가 돌아가시면 어떻게 하나 생각하면 가슴이 쿵 내려앉습니다. 때로는 고집도 부리고 억지를 쓰지만 큰소리로 말씀하시는 것을 보면 아직까지는 돌아가실 때가 되지 않은 것 같아 그나마 위로가 됩니다.

저는 인공호흡기를 차고 잠을 자는지라 아침에 눈을 뜨면 "아, 오늘도 나에게 생명을 주셨구나"생각하며 얼마나 고마운지 모릅니다. "주님, 뜻대로 하십시오."라고 말입니다. 아침에 눈을 뜨면 감사하고 진정 오늘도 살아가는 이유가 있다고 단정 짓고 있습니다. 하루를 살아가는 생활태도, 방식은 사람들마다 모두 다르지만 분명한 것은 사랑을 위하여, 희망을 위하여 살아가고 있다고 생각합니다.

몇 번의 죽을 고비를 넘기며 살아있는 것을 보면 아직까지 제자신이 부족하지만 때가 되지 않은 것 같아 사랑을 더 많이 베풀라고 주님께서 살려주시

는 것 같습니다. "사랑합니다. 사랑해요"라는 말은 진정 마음에서 우러나와
야 하지만 가끔은 웃으며 살짝 말을 건네도 자신과 '사랑합니다.'라는 말을
듣는 그 사람도 행복해진다는 것입니다. 한번 해보십시오. 처음에는 쑥스럽
지만 자꾸 하면 행복해진다니까요.

올 한해도 변함없이 관심과 애정을 베풀어주신 은인들, 봉사자들에게 다
시금 감사드리며 얼마 남지 않는 한해의 시간을 잘 마무리하시고 밝아오는
새해도 기쁜 마음으로 맞이하시길 기도드립니다. 건강하시고 가정에 평화가
가득하시길……
　사랑합니다!!

2011년 12월 마지막 날 즈음에
장애인 공동생활 가정 희망의집 가족 일동 드림

희망을 리필합니다

프란치스코 체험 에세이

발 행 일 | 2013년 11월 15일
지 은 이 | 안영열
발 행 인 | 李憲錫
발 행 처 | 오늘의문학사
출판등록 | 제55호(1993년 6월 23일)

주   소 | 대전광역시 동구 삼성1동 125-6 한밭오피스텔 401호
전화번호 | (042)624-2980
팩시밀리 | (042)628-2983
홈페이지 | http://www.lito77.co.kr(홈페이지)
전자우편 | hs2980@hanmail.net

공 급 처 | 한국출판협동조합
주문전화 | (070)7119-1741~2
팩시밀리 | (031)944-8234~6

ISBN 978-89-5669-576-1
값 15,000원